花實叢書第一四六篇

文学の中の姨捨

利根川　発

現代短歌社

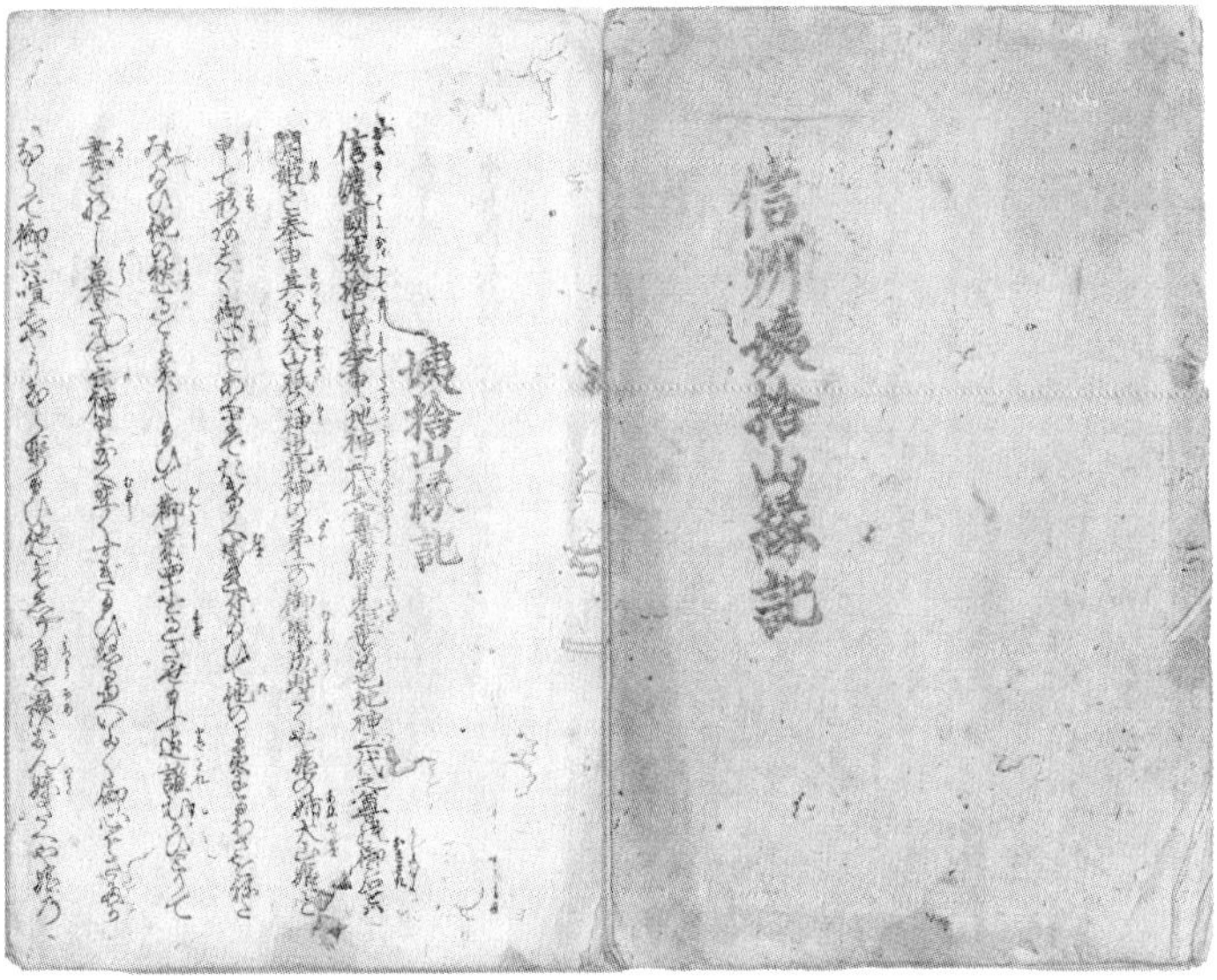

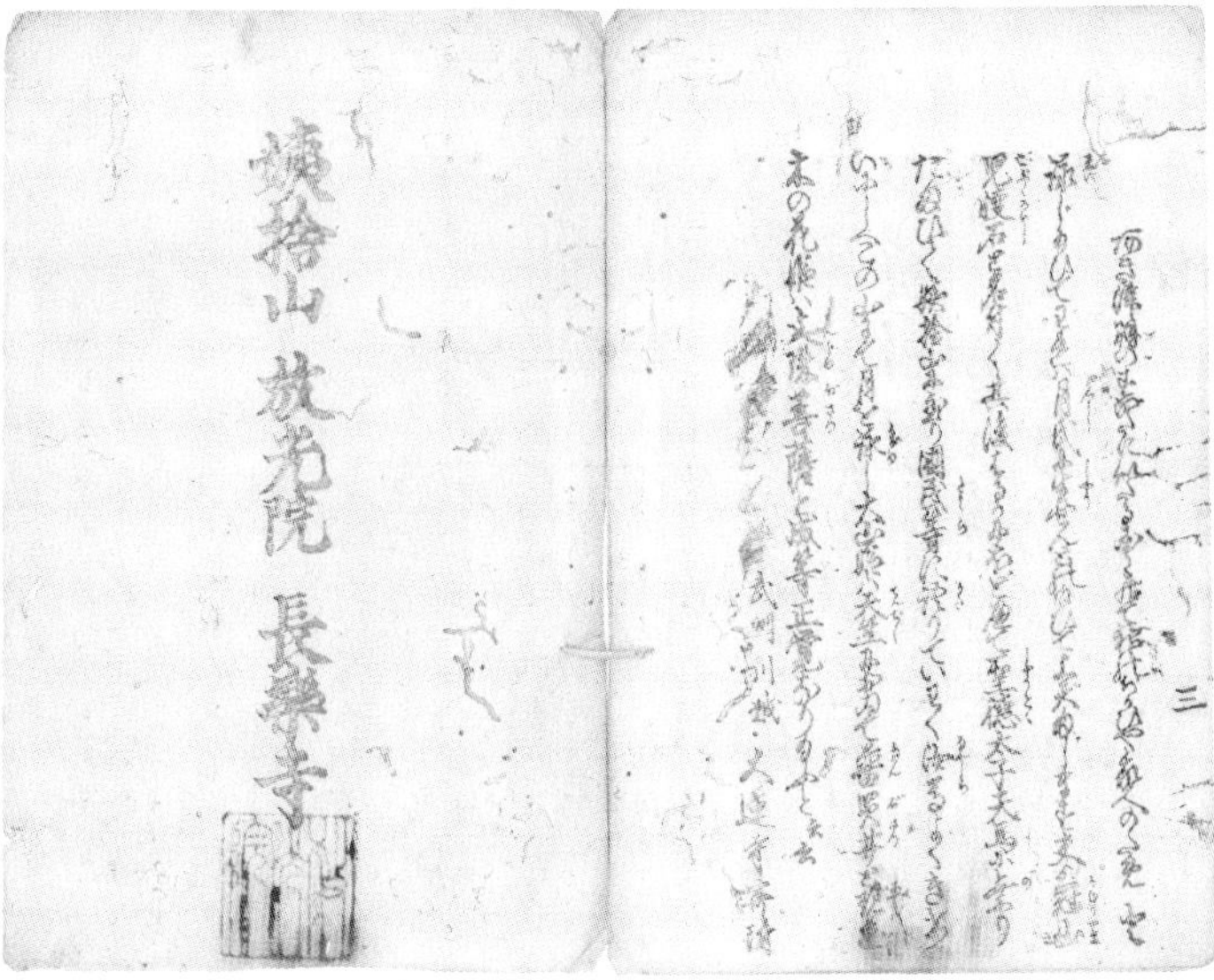

信州姨捨山縁記

目次

文学の中の姨捨

第一章　説話文学にみる姨捨

はじめに

信濃の国姨捨山、田毎の月を尋ねる機会が三回程あった。一度目は、二十五、六年前になろうか。職員旅行の幹事を務めた時、上山田温泉を選び、善光寺、姨捨の長楽寺、田毎の月の文学散歩をした。善光寺はともかく、長楽寺は小さなお寺で狭い庭に句碑が多数立ち並んでいるだけ。しかも大型バスは入らない。総ての教員の興味をそそる所ではない。それぞれの幹事の個性を生かした計画をたてれば、いろいろの方面の勉強にもなるので文学散歩もよいだろうということであった。内心心配しながら長楽寺に行った。興味を示しそうにもないと思っていた教員が、なんと一生懸命碑にカメラをむけているではないか。まずは安心した。二度目は、隣町の毛呂山町立図書館にて『今昔物語集』の講座を依頼され、その三回目の講座で「姨捨」をやって、四回目が文学散歩ということであった。それが平成九年十月九日であった。三度目は、同じ図書館で文学散歩として長楽寺が計画された。それは九年十月二十四日であった。十月に二回も講師として同行した。

『今昔物語』

まず『今昔物語集』巻三十。第九話「信濃国姨母棄山語第九《しなののくにのをばをやまにすつること》」から見てゆきたい。

今昔、信濃ノ国更科ト言フ所ニ住ム者有ケリ。年老タリケル姨母ヲ家ニ居《す》ヘテ、祖《おや》ノ如クシテ養《やしなひ》テ、年来相副《としごろあひそひ》テ過シケルニ、

大意　今ではもう昔の話だが、信濃の国の更科という所に住んでいる人がいた。年をとった姨母を家に置いて、親のように面倒を見て、数年来よりそって生活してきたが、

『今昔物語集』の書き始めはどの話も必ず「今昔」で始まっている。そして終りは「トゾ語リ伝ヘタルトヤ」である。『今昔物語集』は、一一二〇年（平安時代）頃の成立。全三十一巻（現存二十八）一四〇〇の説話が、天竺（インド）震旦（中国）本朝（日本仏教説話）本朝（日本世俗説話）として配列されている。編集者は未詳である。「信濃ノ国更科」は現在、長野県更埴市である。

其ノ心ニ此ノ姨母《をば》ヲ糸厭《いとい》ハシク思《おぼ》ヘテ、此レガ姑《しうとめのごとく》如ニテ老屈《かがま》リテ居タルヲ極テ憾《にく》ク思ケレバ、常ニ夫ニ此ノ姨母ノ心ノ□ク悪キ由ヲ言ヒ聞《きか》セケレバ、夫「六借《むつかし》キ事カナ」ト言テ、此ノ姨母ノ為ニ心ニ非《あら》デ愚ナル事共多ク成《な》リ持行《もてゆき》ケルニ、此ノ姨母糸痛ク老テ、腰ハ二重ニ

テ居タリ。

大意　その妻は心の中でこの姨母をたいそう厭わしく思い、この姨母が姑のような顔をして老いて腰が屈まっているのを、この上なく憎いと思っていたので、いつも夫に、「この姨母の心はたちが悪くてどうしようもない」と言い聞かせていた。夫は、「わずらわしいことだなあ」と言っていたが、この姨母の上に、夫の心にもない良くないことが多くなっていった。この姨母はたいそう年とって、腰は二重になっていた。

「其ノ心ニ」は妻の心にである。親でもないのに姑顔をしているのが、妻にはたまらなかった。また、老いて腰が曲がった姿も見たくないと思って、姨母の悪口を常に夫に言っていた。「□ク」と空欄がある。『今昔物語集』の中にはしばしばこの表現がある。前後の関係から、当然そこに入るべき言葉は誰にでも解かると思われる時この方法がとられているようである。ここでは「心ノさがなク」となる。「さがなし」は「性質がよくない、たちが悪い、意地が悪い」などの意があり、この姨母への妻の思いとしてぴったりの言葉となる。夫にとっては妻より長く寄り添ってきた姨母であるが、妻から再三悪口を聞かされ、姨母を信じていた心が揺らぎ始めてきた。

婦《よめ》ハ弥《いよい》ヨ此レヲ厭テ、「今マデ此レガ不死《しな》ヌ事ヨ」ト思テ、夫ニ、「此ノ姨母ノ心ノ極テ慳《にく》キニ、深キ山ニ将行《ゐて》テ棄テヨ」ト言ケレドモ、夫糸惜《いとほし》ガリテ不棄《すて》ザリケルヲ、妻強《めあながち》ニ責言ケレバ、夫被責《せめら》レ侘テ、「棄テム」ト思フ心付テ、八月十五夜ノ月ノ糸明カリケル夜、姨母ニ、

「糸《いと》吉キ事カナ。去来《いざ》給へ、嫗共《おうなども》。寺ニ極テ貴キ事為ル、見セ奉ラム」ト言ケレバ、姨母、「糸《いと》吉キ事カナ。詣デム」ト言ケレバ男掻負《かき》テ、高キ山ノ麓ニ住ケレバ、其ノ山ニ遥々ト峰ニ登リ立《たち》テ姨母下リ可得《うべ》クモ非ヌ程ニ成テ打居《うちす》ヘテ、男逃テ返《かへり》ヌ。

大意　嫁は姨母が二重になった姿を見ていよいよ嫌って、「今までよく姨母が死なかったことよ」と思って、夫に、「この姨母の根性はこの上なく憎い、深い山につれて行って捨ててくれ」と言ったけれど夫はたいそうかわいそうだと思って捨てないでいたところ、妻は無理遣り責めたてて言うので、夫は当惑して「捨てよう」と思うようになって、八月十五夜の月がたいそう明かるかった夜、姨母に、「さあ、いらっしゃい。姨母さんよ。寺でたいそう貴い説教があります。お見せしましょう」と言うと、姨母は「大変よいことです。お参りしよう」と言ったので、男は背負って行った。高い山の麓に住んでいたので、その山の峰にはるばると登っていって、姨母が下りて来られない高さの所に降ろして、男は逃げて帰った。

今昔物語の表記は、漢字に片仮名を交じえ、振り仮名は平仮名を用いている。小学館の古典文学全集『今昔物語集』は漢字と片仮名の一行書き、岩波書店の古典文学大系『今昔物語集』は片仮名の部分が小さく二行書となっている。表音・表意文字・漢文口調もある。「不死ヌ」は「死なぬ」など漢文表記があり、「糸惜ガリ」は「いとほしがり」で「糸」は単なる表音のみである。妻に姨母を山に捨てるように責めたてられた夫は、ついに決意して寺にありがたい説教があるからつれて行くと偽って姨母を背負い、山の高い所までつれて行った。この山が有名な姨捨山である（現在は冠着山）。この山の北西の麓に姨捨山放光院長楽寺がある。

姨母、「ヲイゝゝ」ト叫テ、男答ヘモ不為《せ》デ、逃ゲテ家ニ返《かへり》ヌ。然《さ》テ家ニテ思フニ、「妻ニ被責《せめられ》テ此ク山ニ棄テツレドモ、年来《としごろ》祖ノ如ク養ヒテ相副テ有ツルニ、此レヲ棄ツルガ糸悲ク」思エケルニ此ノ山ノ上ヨリ月ノ糸明ク差出タリケレバ、終夜不被寝《よもすがらいねられ》ズ、恋ク悲ク思テ、独言ニ此《か》クナム言ケル、

ワガコ、ロナグサメカネテサラシナヤヲバステ山ニテルツキヲミテ

ト言テ、亦其ノ山ノ峰ニ行テ、姨母ヲ迎ヘ将来《ゐてき》タリケル。然テ本ノ如クゾ養ケル。

大意　姨母は、「おおいおおい」と叫んだが、男は答えもしないで逃げて家に帰ってしまった。さて、家で思ってみるのに「妻に責められて、この山に捨てては来たけれど、長年親のように養って共に暮らして来たのに、捨ててしまったのが大変悲しく」思えたのでこの山の上から月が明るく出たので、一晩中眠れず恋しく悲しく思って独言にこのように言った。私の心は姨母を更科山に一人捨ててきてしまったので山の上に照る十五夜を見ても慰められないことだ。と。又山に行き姨母をつれて帰ってもとのように養った。

山の上に姨母を捨てて逃げて家に帰っては来たものの、長い年月親のように養ってきた姨母が

十五夜の美しい月の照っている山の上で、たった一人でどんな思いでいるかと思うと、姨母が恋しく悲しく、ついに一睡もできず夜を明かしたのであった。「わが心なぐさめかねつ更級や姨捨山に照る月を見て」（八七八）と詠んだわけである。『古今和歌集』十七巻、雑上、「よみ人しらず」として載っている。その他『大和物語』『古今六帖』『新撰和歌集』などにも、第二句「なぐさめかねつ」の「て」が「つ」となって載っている。歌の鑑賞としてこの姨捨伝説をぬきにしては正しい鑑賞はできないだろう。この伝説によって一首に広がりと深みとやりきれない悲しみとが余情としてこめられてくるのである。さらに今昔物語の作者の感想が続く。

然レバ今ノ妻ノ言ハム事ニ付テ、由無キ心ヲ不可発《おこすべから》ズ。今モ然ル事ハ有ヌベシ。然テ其ノ山ヲバ其ヨリナム姨母棄山ト言ヒケル。難慰《なぐさめがた》シト言フ譬ニハ旧事《ふるごと》ニ此レヲ言フニゾ。其ノ前ニハ冠山《かうぶり》トゾ言ヒケル。冠ノ巾子《こじ》ニ似タリケル、トゾ語リ伝ヘタルトヤ。

大意　だから、新しく来た妻の言ったことにくみして、つまらない心をおこしてはならない。現在もこのようなことはあるだろう。

さて、その山をそれからは姨捨山と言った。「慰めがたい」と言う譬に「姨捨山」と古い言い伝えに言っているとか。その前には冠山と言った。冠の巾子《こじ》に似ていたからであると語り伝えられているということである。

姨捨山にまつわる伝説を述べてきて、ここで初めて作者の感想が説教として出てくる。要するに、新しく来た妻の言う事を聞いて長年親しんだ親のような姨母を捨てるというようなつまらないことはすべきではない。現在でもあるようだと戒めているのである。「由無キ心」とは「理由がない、根拠がない」また「よくない、つまらない」などの意がある。

最後に姨捨山のいわれと、「慰めがたし」の譬となったことを述べている。そして以前は冠山（かうむりやま）と言っていた。それは冠の上に出ている部分の巾子に似ているからということであった。更埴市の長楽寺に近付いて千曲川の橋の上から見ると、椀を伏せたような丸い山がある。それが姨捨山ということであった。現在は、冠着山（かむりきやま）とも姨捨山とも言われているようである。

『今昔物語集』の「天竺」の伝説は難題が解けて、両国が仲良くなり、国も豊かになり「棄老国」という国名から「養老国」となったのである。ここで東洋文庫の『日本お伽集(1)』神話・伝説・童話（平凡社）森林太郎・松村武雄・鈴木三重吉・馬淵冷佑同撰から「姨捨山」の話を紹介しよう。結果としては山に捨てるのだがおふれは島流しである。

むかし信濃の国のある殿様が年寄りが嫌いで七十歳以上を島流しにした。島では年寄り達は食事も思うにまかせず死んでしまった。同じ信濃の国の更科に一人の百姓がいて、母と二人で暮らしていたが母は七十になってしまった。殿様の家来に見つけ出されるのなら山の奥へ捨てる事にしようと思いつき、十五夜の夜、「山の上で月見をしよう」と母に言って山に登って行った。母はおぶさりながら木の枝をぽきぽき折って道に捨てていた。なぜ枝を折るのか聞いても母はただ笑っていた。山の奥に着いて、草の上に母を下し、涙を流し百姓は両手を地面について「じつは今年おかあさんが七十歳になったので島流しにされるかもしれないと思って、だましてここにつれて来てしまったのです」というと「おふれが出た時から覚悟していた。山につれ出されたわけも知っていた。道にまよわないように枝を折って捨ててきたからそれをたよりに早くお帰り」といった。百姓は「近いうち又見に来るから」と木の枝をたよりに家に帰った。家で山の上の月を見ていると悲しくてたまらない。悲しみがこらえられなくなって、山に登って行った。母は目をつぶって座っていた。「どんなにお上のおふれが厳しくても今まで通りお世話します」といって、母を家につれて帰った。殿様の家来に見つかるかもしれないので、考えた末、床下に穴を掘って母をかくした。そして心からいたわった。

そのうち隣国から信濃の国の殿様に「灰の縄をこしらえてほしい。それができなければ信濃の国を攻める」という手紙が来た。殿様は大変困って、「灰の縄をこしらえて出した者に、ほうびをやる」と国中におふれを出した。百姓は母に聞いてみた。「縄によく塩をぬりつけて焼けばよい。そうすれば灰になってもくずれない」というのでそのようにしたらできた。「年寄りはちがうものだ、若いものはかなわぬ」と思った。殿様は喜んでお金をたくさんくれた。

又、隣国から「使の者に持たせた玉に絹糸を通してほしい。できなければ信濃の国を攻める」という手紙がきた。殿様が玉を見ると小さい穴が曲がりくねっていた。家来に聞いたが誰も玉に糸を通せないので又国中におふれを出した。百姓は又母に聞いた。絹糸のはしを蟻にゆわえつけ、反対側に蜂蜜をぬれば蟻が蜂蜜の匂いの方へ進んで、糸は通った。殿様は喜んだ。母の命を助けてほしかったが島流しになると大変なのでお金をもらって帰ってきた。

又、隣国から難題がきた。「ひとりでに音のする太鼓を作れ」とのこと、例の通り母に聞いた。「太鼓に皮をはる前にかなぶんぶんを入れればよい」という。自然に音のする太鼓を作って殿様に持って行った。そして殿様は「国中で一番の知恵者だ、希みのものを何でもやる」というので、「七十になった母の命を助けてほしい」と切り出した。これらの難題はすべて母に教えてもらったと言うと、やっとわかって母親をかくしておいた罪を許しお金もくれ、年寄りを島流しにすることをやめた。隣国も攻めることを止めた。

この伝説も『今昔物語集』の「天竺」と大変良く似た伝説である。

『大和物語』

次に『今昔物語』の姨捨伝説と非常に良く似た『大和物語』を見ることにする。『大和物語』は平安時代前期に成立した歌物語で作者未詳。約三百首の歌が百七十三編の物語として組み立てられている。前半は『後撰和歌集』時代の歌人の歌を中心に物語られ、後半は古い伝承の歌物語が集められている。ここにあげるのは『大和物語』一五六段「姨捨」である。

信濃の国の更級といふ所に、男すみけり。若き時に、親は死にければ、をばなむ親のごとくに、若くよりそひてあるに、この妻《め》の心憂きことおほくて、この姑め、老いかがまりてゐたるを、つねに憎みつつ、男にもこのをばの御心《みこころ》のさがなくあしきことをいひ聞かせければ、むかしのごとくにもあらず、おろかなることおほく、このをばのためになりゆきけり。このをば、いといたう老いて、ふたへにてゐたり。これをなほ、この嫁、ところせがりて今まで死なぬことと思ひて、よからぬことをいひつつ、

大意　信濃の国の更級という所に、一人の男がいたそうだ。若い時に親は死んでしまったのでおばが親のように若い時からそばに寄り添っていたのに、この男の妻の心は気にかかる事が多くなった。この姑が老いて腰が曲がっているのを、いつも嫌いながら、男にもこのおばが性質が悪く良くないと言い聞かせていたので、昔の通りでもなく、おろそかになることが、このおばにとって多くなっていった。このおばはたいそうひどく老いて腰が二重に折れ曲がっていた。これをいっそうこの嫁はやっかいがって、今までよくも死なかったものよと思って、夫によくない告げ口を言いながら、

「信濃の国の更級といふ所」は現在の長野県更埴市。「男すみけり」の「けり」は伝聞によって

知った過去の事を回想する助動詞である。この男にとっては親が早く亡くなったので、このおばを親のように思って育ってきた。妻は老いた姑を嫌って悪口をしきりに夫に言って聞かせて、おばを憎むよう仕向けている。そして早く死ねばよいと思っている。「ところせがる」は「場所が狭い。やっかいだ。めんどうだ。扱いにくい」などの意がある。

「もていまして、深き山に捨てたうびてよ」とのみ責めければ責められわびて、さしてむと思ひになりぬ。月のいとあかき夜、「嫗ども、いざたまへ。寺にたうときわざすなる、見せたてまつらむ」といひければ、かぎりなくよろこびて負はれにけり。高き山のふもとにすみければ、その山にはるはると入りて、高き山の峰の、おり来べくもあらぬに、置きて逃げて来ぬ。

大意　「つれていらっしゃって、深い山に捨てて来て下さいよ」とだけ責め立てたので、夫はあまり責められ悩んで、そのようにしようという思いになった。月がたいそう明るい夜、「おばあさん、さあいらっしゃい。寺で尊い法会があるということです。お見せいたしましょう」と言ったので、おばはこの上なく喜んで背負われた。高い山の麓に住んでいたので、その山に深く入って行って、高い山の峰でおばには一人で下りて来られない所に下ろして、置いて逃げて帰って来てしまった。

「もていまして」は「持っていらっしゃって」の意。人間に対して「持って」と言っているのは、おばが老いさらばえているので、人間的な扱いでなく物体として妻の心に入っていたため「もて」と自然に妻の口から出てしまったと思われる。「たうびてよ」は、上に「捨て」と動詞の連用形が来ているので補助動詞として用いられ、尊敬の気持ちが表現されている。「わざすなる」は「す」がサ変の終止形。「なる」は終止形接続で伝聞、推定の助動詞「だそうだ」の意。偽りとも知らず、ありがたい法会を見に連れて行ってくれるというので、このおばの喜び様は一通りではなかったろう。それなのに降りて来られない高い山に置いてきぼりにされ皎々と照る月を見ながら何を思っていたのだろうと思うと悲しみが突き上げてくる。まさに、喜びは急転直下奈落の底へ突き落とされたのであった。

「やや」といへど、いらへもせで、逃げて家に来て思ひをるに、いひ腹立てけるをりは、腹立ちかくしつれど、年ごろ親のごと養ひつつあひ添ひにければ、いと悲しくおぼえけり。この山の上《かみ》より、月もいとかぎりなくあかくいでたるをながめて、夜ひと夜、いも寝られず、悲しうおぼえければ、かくよみたりける。

大意　おばは「おいおい」と言ったけれど、夫は返事もせず、逃げて家に帰って来てしまった。帰って、思ってみると、妻がおばの悪口を言って腹を立てさせた時は、腹立たしくなってこのようにおばを捨ててしまったけれど、数年来親のように養いながらつれ添っていたので、たいそう悲しく思われた。この山の上から月もたいそうこの上なく明るく照らしているのを眺めて、一晩中寝るに寝られず、悲しく思われたので、このように詠んだ。「いひ腹立てける」「やや」は感動詞で呼びかけ。「これこれ・おいおい・もしもし」などの意。「いも寝られず」の「い」は「寝」。「も」は係助詞。妻からの告げ口によって腹は立てたものの、長年親のように養ってきたおばである。悲しくてならず、おばのいる山の上に照る月を見てついに夜も寝られなかったのである。

わが心なぐさめかねつさらしなやをばすて山に照る月を見て

とよみてなむ、またいきて迎へもてきにける。それよりのちなむをばすて山といひける。なぐさめがたしとは、これがよしになむありける。

大意 私の心は慰めようとしても慰められない。更級の姨捨山に照り渡る月を見ても（おばのことが思われて）。

と詠って、また山に迎えに行って連れて帰って来た。それから後姨捨山と言った。「なぐさめがたい」とはこういう理由によって姨捨山が譬えられるようになった。

古今和歌集の歌が実に巧みに組み込まれている。「なむ」は係助詞で「ける」が結びとなっている。この数行の中に続けざまに三回も係助詞を用いていることは、「迎えに行って連れ帰った」「姨捨山という固有名詞」「なぐさめがたしの譬え」をいかに印象付けたかったかがうかがえる。

『更級日記』

「更級」が書名となっている『更級日記』について見てみよう。「あづまぢの道のはてよりも、猶おくつかたに生《おひ》いでたる人、いか許《ばかり》かはあやしかりけむを」で始まる有名な日記文学である。作者は菅原孝標女《すがわらのたかすえのむすめ》で寛弘五年（一〇〇八）に生まれ、没年ははっきりしないが康平二年（一〇五九）で日記が終わっているのでここまで生存していた事は確かである。父の菅原孝標は菅原道真から四代目。学問の家に生まれている。母は藤原倫寧《ともやす》の娘で、母の姉に『蜻蛉日記』の作者・道綱母がいる。父方も母方も学問に深く関っているので、少女の頃から文学にあこがれていた。父の任国の上総にて成長した。京には『源氏物語』があるということを聞いて、読みたくてたまらず、等身大の仏を作って、ひそかに早く京へのぼらせてほしいと祈る。十三歳にて上京。物語が手に入り、光源氏に愛された夕顔、匂宮の求愛に悩んだ浮舟などにあこがれ夢中で読みふけった。それを「まづはいとはかなくあさまし」と回想する。この日記は、毎日付けたのではなく、上京した十三歳から五十二歳頃までを回想した形で書いてある。原文を見ることにする。

甥どもなど、ひと所にて、朝夕見るに、かうあはれに悲しきことののちは、所どころになりなどして、誰も見ゆることかたうあるに、いと暗い夜、六郎にあたる甥の来たるに、珍し

くおぼえて、

月もいでででやみに暮れたるをばすてになにとてこよひたづねきつらむ

とぞいはれける。

大意　甥たちなど一所に住んでいて、朝夕顔を合わせていたのに、こんなにしみじみと悲しいこと（夫の俊通が死んでしまった事）のあとは、あちこちに離れ住むようになったりして、誰もやって来ることがめったになくなったのに、たいそう暗い夜、六番目にあたる甥がやって来たので、珍しく思われて、

月も出ないで、まっ暗な夜になっている姨捨山にどうして今夜たずねて来たのであろう

と自然に口をついて出たのであった。

『更級日記』の最後の〔後の頼み〕の一節である。この節の前が〔夫の死〕である。夢多き少女が宮仕えしたり、結婚したり、夫の死にあったり、その時々仏にすがりながら、辛い思いをした数々の回想を書き連ねてのこのくだりになったのである。夫、橘俊通《としみち》に死なれて、縁者達は離ればなれになって、もう誰も自分が生きていることさえ気にとめてくれない嘆き、寂しさ、孤独感にさいなまされる日々に、たまたま甥が来てくれた。この「姨捨山」は勿論、『古今和歌集』の「我が心なぐさめかねつ更級やをばすて山にてる月を見て」（読み人しらず）をふまえている。「月が照っていてもなぐさめかねる姨捨山なのに、自分の心はまるで月の照っていない姨捨山の

ようで、もっともっと辛い」というのである。「いでで」は「出ないで」である。「やみに暮れたる」は「闇の夜となった」と「自分が闇にくれ途方にくれている」の意となる。「きつらむ」は「来たのであろう」で「つ」は完了。「む」は推量の助動詞。「ぞいはれける」の「ぞ」は係助詞。「ける」が結び。「れ」は自発の助動詞。さて、ここで作者の書き終えた五十二歳頃の心境が暗い姨捨山なのである。「姨捨日記」と言わず、「姨捨」の上に冠せられる「更級」を用いたと思われる。また夫も信濃の国に行っていたこともあるという。

『枕草子』

『今昔物語集』の棄老国から養老国になった話の中に木の本と末を定める話があるが、『枕草子』にもこの話がある。『枕草子』は平安時代中期に成立。随筆。作者清少納言は、勅撰集『後撰和歌集』の撰者であり「梨壺の五人」の一人として『万葉集』の訓読作業もした学者であり、歌人でもある清原元輔の娘である。一条天皇の中宮定子に仕えた人。漢学に造詣が深く、行動的で機知に富んでいたといわれている。宮廷生活の細々とした事が書かれている。『枕草子』には諸伝本があるが、『日本古典文学大系』岩波書店による。二四三段の「社は」と二四四段の「蟻通の明神」と同一段になっている伝本もあるが、ここでは別段となっているので二四四段を見る。

〔二四四〕蟻通《ありどほし》の明神、貫之が馬のわづらひけるに、この明神の病《や》ませ給ふとて、歌よみてたてまつりけん、いとをかし。

大意　蟻通の明神は、貫之がここを通った時馬が病気になったので、この明神が病ませなさったというので、短歌を詠んで奉納したという、たいへん興味深い話である。

「蟻通の明神」は大坂府泉南郡にある。「貫之」は紀貫之、歌人。『貫之集』第十雑部に「かき曇りあやめも知らぬ大空にありとほしをば思ふべしやは」がある。「病ませ給ふ」の解釈に、「明神が心を病んでいらっしゃる」と解釈する説もある。

この蟻通とつけけるは、まことにやありけん、昔おはしましける帝《みかど》の、ただわかき人をのみおぼしめして、四十になりぬるをばうしなはせ給ひければ、人の国の遠きに行きかくれなどして、さらに都のうちにさる者のなかりけるに、中将なりける人の、いみじう時の人にて、心などもをかしかりけるが、七十近き親二人を持たるに、かう四十をだに制《せい》することに、まいておそろし、とおぢさわぐに、いみじく孝なる人にて、遠き所に住ませじ、一日に一《ひと》たび見ではえあるまじとて、みそかに家のうちに地《つち》を掘りて、そのうちに、屋をたてて、こめ据《す》ゑて、いきつつ見る。

大意　この蟻通とつけたわけは、事実あったことだろうか、昔おいでになった帝が、ただ若い人だけをお思いになって、四十歳になった人を、殺しなさったので、地方の国の遠い所に逃げ隠れなどして、全く都の内に四十歳以上の人がいなくなったが、中将であった人は非常に時めいていた人で心も賢かったが、七十歳近い両親を持っていた。このように四十歳でさえ禁制するのに、まして（七十近いので）恐ろしいと恐れ騒いでいた時、中将は極めて孝行心深い人で、遠い所に両親を住まわせまい、一日に一度は見ないですますことはできまいと、ひそかに家の内に土を掘って、その穴の中に部屋を造って、隠まっておいて、行っては逢った。「まことにやありけん」の「けん」は過去の推量の助動詞、以下の話がほんとうにあったかどうかわからないがとことわっている。「おぼしめす」は「思ふ」の尊敬語。「おぼす」「思ひ給ふ」より尊敬の気持が強い。「うしなふ」は「なくす・死なす・殺す」の意がある。「時の人」は「ときめいている人」。「住ませじ」の「じ」は打消の意志の助動詞。「えあるまじ」は「え」は副詞、「え～打消」で「～することができない」となる。この話は島流しでも山に捨てるのでもない、遠国に自から行って逃げ隠れるのである。

人にも、おほやけにも、失《う》せかくれにたる由を知らせてあり。などか、家に入りゐたらん人をば知らでもおはせかし。うたてありける世にこそ。この親は上達部《かんだちめ》などにはあらぬにやありけん、中将などを子にて持《も》たりけるは。心いとかしこう、よろづの事知りたりければ、この中将もわかけれど、いと聞《きこ》えあり、いたりかしこくして、時の人におぼすなりけり。

大意　他人にも、朝廷にも失踪した由を知らせてあった。どうして、家に籠っている老人なら知らぬふりをしておいでになればよいのに。いやな世の中であることだ。この親は、上達部などではなかったろうか。中将などを子として持っていたのは。聡明で、いろいろの事を知っていたので、この中将も若いけれど、大層評判がよく、思慮のある人で帝も大事な人と思っておられるのだった。

「などか」は副詞、下に打消をともなって「どうして～か、なぜ～か」などの意となる。「知らぬふりをしておいでになればよいのにそれができないのか」となる。「世にこそ」の「こそ」は係助詞、結び「あれ」が省略されている。「にやありけん」の「や」は係助詞で疑問「～であったのだろうか」となる。作者清少納言は昔話を入れながら、感想も加えている。

唐土《もろこし》の帝《みかど》　この国の帝を、いかで謀りてこの国討《う》ちとらんとて、つねにこころみごとをし、あらがひごとをしておそり給ひけるに、つやつやとまろにうつしくげに削《けづ》りたる木の二尺ばかりあるを、「これが本末《もとすゑ》いづかた」と問《と》ひに奉《たてまつ》りたるに、すべて知るべきやうなければ、帝おぼしわづらひたるに、いとほしくて、親のもとにいきて、「かうかうの事なんある」といへば、「ただ、速《はや》からん川に、立ちながら横《よこ》さまに投げ入れて、返《かへ》りて流れんかたを末《すゑ》としるして遣《つかは》せ」と教ふ。まゐりて、我が知りがほに、さて、「こころみ侍らん」とて、人と具《ぐ》して、投げ入れたるに、先にしていくかたにしるしをつけて遣《つかは》したれば、まことにさなりけり。

大意　（その頃）唐土《もろこし》の帝が、この国の帝を何とかしてだましてこの国を討ちとろうとしていつも知恵だめしをして言い争い事をよこしなさった時、つやつやと丸くきれいに削った木で二尺ばかりあるのを、「これの本と末とはどちらか」とたずね献上なさったのに、だれもわかりようがないので帝は思案に余っていらっしゃったので中将はお気の毒なあまり、親の所に行って「こういう事があった」というと親は「何でもない。流れの早い川岸に立ったまま横にして投げ込んで、転回して流れた方が末と印してやれ」と教えた。自分が思いついたような顔をして、そして「ためしてみよう」といって、人々を連れて、木を投げ入れると、先になってゆく。その方に印をつけてやると、ほんとにそうであった。

「唐土」は中国のこと。木の本末を見分ける難題は前にも書いた『今昔物語集』巻五の三十二話のインドの説話と同じである。その中には「同様《オナジヤウ》ニ削タル木ノ漆塗タルヲ」とある。「ただ」は「他と変わらない、あたりまえだ、ふつうだ」とあるので「何でもない」と解釈した。「速からん川」の意味として「ん」の意味のとり方で全く二様に解釈できる。「流れの早い川」「流れの早くない川」また「立ちながら横ざま」の意味が不明である。

また、二尺ばかりなるくちなはの、ただおなじ長《なが》さなるを、「これが男女《をとこ》を」とて奉《たてまつ》れり。また、さらに人え見知らず。例の、中将来て問へば、「二つを並べて、尾《を》のかたにほそきずばえをしてさし寄《よ》せんに、尾《を》はたらかさんを女《め》と知れ」といひける、やがて、それは内裏《だいり》のうちにてさしけるに、まことに一《ひと》つは動かず、一つは動かしければ、またさるしるしつけて、遣《つかは》しけり。

大意　また、二尺ほどの蛇のただ同じような長さなのを「これはどちらが雄か雌か」といって献じた。また、まったく人は誰も知ることができない。例の如く中将が親の所に来てたずねると「二匹を並べて尾の方に細い若枝を出してさし寄せた時尾を動かす方を雌と思いなさい」といった。やがて、それを内裏の内でそうした時にほんとに一匹は尾を動かさず、一匹は尾を動かしたので、またそう印をつけてやった。

「さらに」は下に打消を伴って「決して、少しも」の意。「え見知らず」は「え」が副詞。下に打消しを伴って「〜することができない」となる。「すばえ」は「木の枝や幹から細長くまっすぐにのびた若枝」。

ほどひさしくして、七曲《ななわた》にわだかまりたる玉の、中通りて左右に口《くち》あきたるがちひさきを奉りて、「これに緒通《をとほ》して賜はらん。この国にみなし侍る事なり」とて奉りたるに、「いみじからんものの上手《ず》、不用なり」と、そこらの上達部《かんだちめ》・殿上人、世にありとある人いふに、また行きて、「かくなん」といへば、「大きなる蟻をとらへて、二《ふた》つばかりが腰にほそき糸をつけて、またそれに、いますこしふときをつけて、あなたの口に蜜を塗りて見よ」といひければ、さ申して、蟻を入れたるに、蜜の香をかぎて、まことにいととくあなたの口より出でにけり。さて、その絲の貫《つらぬ》かれたるを遣してけるのちになん、「なほ日の本《もと》の国はかしこかりけり」とて、のちにさる事もせざりける。

大意

それから久しくたって、幾重にも曲がりくねった玉の中は穴が通って左右に口があいた小さいのを献上して、「これに緒を通していただこう。この国の人は皆している事だから」といって差し出したが、「どんなにすぐれた名人でも役に立たない」と多数の公卿・殿上人をはじめ世にありとある人がいうので、中将がまた親の所に行って「こういう次第です」というと、「大きな蟻をとらえて、二匹ほど腰に細い糸をつけて、一方の穴から入れ、もう一匹にもう少し太い糸をつけて入れ、あちらの口に蜜を塗って見よ」といったので、帝の御前でそう申し上げて、蟻を入れると、蟻は蜜の香をかいで、ほんとにたいそう早くあちらの口から出た。そこでその糸の通ったのを送り返してのちに、「やはり日本の国は賢明であった」といって、その後はそのようなことはしなかった。

「七曲（ななわた）」は幾重にも曲がったの意である。「わた」は彎曲した所の意。「いみじ」は程度がはなはだしい時に用いて、意味はいろいろである。ここでは立派な人、すぐれた人の意。

この説話も難題をすべて解いたために難をのがれたことになる。しかも解けたのは法にふれてでも隠しておいた親に聞けたからであった。唐土からの難題を日本で巧みに解いたということになる。難題はいろいろあるのだが蛇の話は珍しい。

この中将をいみじき人におぼしめして、「なにわざをし、いかなる官《つかさ》、位《くらゐ》をか賜ふべき」と仰《おほ》せられければ、「さらに官もかうぶりも賜はらじ。ただ老《お》いたる父母《ちち》のかくれうせて侍るたづねて、都に住《す》まする事をゆるさせ給へ」と申しければ、「いみじうやすき事」とてゆるされければ、よろづの人の親これを聞きてよろこぶ事いみじかりけり。中将は上達部《かんだちめ》、大臣になさせ給ひてなんありける。

大意　この中将を帝は感心な者とお思いになって、「この恩賞にはどんなことをし、どんな官位を授けたらよかろうか」とおっしゃったので「全く官も位もいただきません。ただ年老いた父母が行方知れずになっておりますので探し出して都に住まわせることをお許し下さい」と申し上げると、「至極造作もないことだ」といって中将は許されたので、多くの人の親はこれを聞いて喜ぶことこの上なかった。帝は中将を上達部の中の大臣に御登用なさったということであった。

三つの難題が親のおかげで総て解けた。日本は唐土に攻められないで済んだ。帝はこの中将にどんな官位でもやるという。中将は官位より父母を救ってほしいという。許されて、全国の老人達は大喜びであった。「いかなる官、位をか賜ふべき」の「か」は係助詞で疑問を表わし結びは「べき」連体形、当然の助動詞ととりたい。この短い所に「いみじ」が三回でてくる。「いみじき人」は「すばらしい立派だ。すぐれている」の意となる。「いみじうやすき事」の場合は程度がふつうでない場合に使うので「はなはだしい。なみなみでない」の意から「至極造作もない」となる。「よろこぶこといみじかりけり」の場合は、「なみなみでない、この上ない」の意となる。この「いみじ」は良い場合にも、悪い場合にも用いられる。「上達部（かんだちめ）」とは「摂政・関白・太政大臣・左右大臣・内大臣・大中納言・参議・三位以上の者」をいう。「たまひてなんありける」の「なん」は係助詞「ありける」が強められている。「ける」は過去の助動詞、「けり」の連体形で「なん」の結びとなっている。

さて、その人の神になりたるにやあらん、その神の御もとにまうでたりける人に、夜現《よるあらは》れてのたまへりける。

七曲《ななわた》にまがれる玉の緒《を》をぬきてありとほしとは知らずやあるらん

とのたまへりける、と人の語《かた》りし。

大意　さて、その中将が蟻通の神様になったのだろうか、その神の御前に参詣した人に、夜神様が現われて、おっしゃった歌。

七曲りに曲りくねった玉の中を通る穴に蟻を用いて緒を通したので、この神様を蟻通の明神という名がついたことを世間の人は知らないでいるだろうか。

とおっしゃったと人が語った。

この中将は神様になってしまった。「にやあらん」の「や」は係助詞の疑問である。「のたまへりける」の下に「歌」が略された形。「知らずやあらん」の「や」も係助詞疑問。「ん」は推量の助動詞連体形「知らないのであろうか」となる。この歌について『枕草子』以外には載っていない。清少納言もこの説話に興味を持って蟻通明神の縁起として書いたと思われる。

姨捨山は月の名所、田毎の月としても有名である。歌枕にもなっている。「慰めがたし」の比喩として姨捨山が文学作品の中にも出てくるのでいくつか例をあげてみよう。

人がらも、なべての人に思ひなずらふれば、けはひことなくおはすれども、もとよりしみにしかたこそ、なほ深かりけれ。なぐさめがたき姨捨にて、人目に咎めらるまじきばかりに、もてなし聞え給へり。（『源氏物語』若菜下巻）

大意 女二宮の人柄も普通の人に思ひ比べると、様子は非常に勝っていらっしゃるけれども、柏木は最初から心に思い込んでしまった女三宮にこそ思慕はいっそう深いものであった。心は慰めかねる「姨捨山の月」で（女二宮を見ても、女三宮恋しさに心は慰めかねるが）この女二宮を人目に咎められそうもない程度にだけ、妻らしくもてなし申し上げなさった。

「おのづからながらへば」など、慰めんことを、思ふに、更に、「姨捨の月」のみ澄み昇りて、夜更くるままに、よろづ思ひ乱れ給ふ。（『源氏物語』宿木）

大意 「～私が生き長らえておれば、匂宮の心も直って、二人の間はもとのように良くなるであろう」など、心を慰めようと、中君は思うのにいくら考えても一向に慰めがたい心ばかり盛んになってきて夜が更けるにつれ中君はいろいろ思い乱れなさる。

日本の民話

姨捨伝説は各地にあるのだが、前に述べた長野県の姨捨伝説（『今昔物語集』・『大和物語』）の他に更級郡に伝わる話がある。ここに紹介しておこう。

昔、六十歳になると山へ捨てるという習慣があって、誰も認めあっていた。老人達も六十歳近くなると「姨捨山へ行く年になった」と言っていた。ある夜明けに、六十歳になった父親を二人の兄弟の兄が背負って、山路を歩いてゆくと、何かぽきぽきと音がする。兄がふりかえってみると、父は木の枝を折っては捨てている。兄は父にたずねた。「木の枝を折って捨ててどうするのだ。自分達が帰ってから、その枝を目印にして逃げてくる気か」と。すると父は歌で答えた。

奥山にしおり手折るは誰《た》がためぞわが身を捨てておもう子のため

大意　奥深い山道にしおりとして木の枝を手折っておくのは誰のためか。これは、自分の身は捨ててすべて思う子が無事に家に帰れるようにするためである。

と。父は自分のことなど考えずただひたすら兄弟が無事に帰れるために枝を折って目印をしたのであった。この歌の出典を調べてみたのだが同じ歌はない。ただ、『今昔物語集』の歌に八幡の袈裟御子の歌として次のようにあった。

おく山にしをるしをりは誰《たれ》がため身をかきわけてむめる子のため

また『曾我物語』（真名）に姑女房の歌として

奥山にしをるしほりは誰がためぞ我が身をわけてうめる子のため

とある。多少の変化はあるにしても意味は言うまでもなく良くわかり、二首とも同意である。さて父が詠んだ歌はこれら二首をふまえていることは確かである。

この歌を詠んだだけである。枝を折りながら山奥深く来た時は日暮れ方になっていた。二人はただ父が重いのと山深いので大変な思いのみして、あとは何も考えずに奥山に着いたのだった。そして父を置いて帰ることになるのだが、同じ道を帰るのもおもしろくないから他の道を帰ろうということになって出発した。下れば村に着くと簡単に考えていたが、なかなか着かず、山犬の声、梟の声などして、おそろしくなってきた。ともかく父の所まで戻ることにした。そしてここで初めて父の深い思いやりに気付いたのだった。やがて月が昇り、青白い月光の下に父はじっと坐っていた。二人は走り寄って「どうしても帰り道がわからない。一緒に帰って、もと来た道を教えてくれ」というと父は「木の枝をおとしてあるからそれを目当てに帰ればよい。自分はこのままここにいる」と動じない。「自分を山に捨てなければきまりを破ったことになるので何をされるかわからない」ともいう。父の深い心を知って二人は父を背負って山道をおそわりながら戻った。家に帰って深い穴を床下に掘って父をかくまった。ある日殿様から灰で縄をなえという難題が出され、誰も困りはてていたので父に聞くと「塩水でしめらせてから縄になって、それを焼くとよい」と教えてくれて殿様に灰縄を差し上げた。すると又「法螺貝に糸をとおせ」との難題。又父に聞くと、「法螺貝の先を明るいところへ向けておき、糸の先に御飯粒をつけたものを蟻につけて放してやれ」と教えたのでその通りにすると糸は通った。殿様はこの国にどれほど知恵者がいるかためしたのだった。兄弟にどうしてこの知恵が出たか聞いたので、父のいきさつを話した。殿様は、「年寄りというものは大切なものだ」と気付き、国中に親を捨てることを禁止したという伝説である。(『日本の民話10信濃・越中篇』)

遠野と大分県の伝説。まず、遠野の捨老伝説の一つを見ることにする。

昔、ある所に婆さまと息子夫婦と孫の四人家族がいた。婆さまがかせいでいるうちはいい婆さまだったが、年とって、働けなくなると厄介者とされた。昔だから虱がついて、婆さまは、灯の下で取っては食い殺している。それを嬶《かかあ》が見るのも疎ましくなって、早く死ねば良いと思うようになった。悪口を夫に言って聞かせたが、夫は「年をとれば誰もああなるのだから我慢してくれ」といったが、嬶は我慢できなくなって「山奥へ持って行って投げてきてくれ」と言う。夫は「あと何年生きられるわけではないから我慢してくれ」と言う、嬶は「それほど親が大切なら、自分の方から出て行く」といった。夫は困って、嬶は出したくない、母は殺すわけにゆかない。嬶が我を通すので、婆さまに言った。「どうしても嫌だから山に投げてこいという。嬶に出て行かれても困るしな」すると、婆さまは「いい、いい、おれもわかっていた。どこへでも持って行って投げてくれ」という。いよいよ投げに行く日が来た。孫が「婆さまを投げるなんてやめろ」という。「婆さまが行くならおれも行く」といってきかない。ついに親子して婆さまを投げに行った。日の当たる、沢水のある、平らな大きな石のある所に降ろした。「婆さまにはかわいそうで置いて行きたくないけど、ここで死んでくれ」とすがりついて泣いた。婆さまは孫に「賢い人になって、父母《ととかか》が年とっても大事にせよな」と言った。孫も婆にすがりついて泣いた。そして「父母も年とれば婆みたいになるが、おれにはこんなことはできない」という。婆さまは「ここで死んで鳥のえじきになるから。お前は立派な者になって、賢くなって、父母にこんなことするなよ」という。孫はますます転げ廻って泣き、どうしようもなくなった。どうすればよいのだと父がいうと「婆さまを連れて帰ろう」というので婆さまを又おぶって戻ることにした。長く長く歩いて登ったので帰り道が定かでない。かわいそうだ、かわいそうだと思って足下ばかり見ていたからだった。しかし、孫の方は賢くて、休んだ所や曲がり角に目印をつけて歩いた。

家では嬶が、厄介者がいなくなって、これで親子三人暮らせていいと思っているところへ、三人で戻って来たのだ。孫が、「婆みたいに年とるなよ、おれには婆が投げられないから」と言って母親をいろいろ説得した。子供に負けてしまった嗅は、婆さまを大事にして婆さまも孫を可愛がった。辺りにない孝行な家という評判になった。

これも孫に説得されて、捨てに行った親を連れ戻し孝養をつくす説話である。次に大分に伝わる話を見てみよう。

昔、年とると何もできなくなるので、畚《もっこ》に入れて山へ捨てに行く時代があった。ある所に婆さんがいて、子供と孫が畚に入れて山へ捨てに行った。婆さんは畚の中から草をちぎっては丸めて道に投げ投げしている。「何をするのか」と聞くと、「お前達が帰る時、道に迷わないよう目印を置いておくのだ」という。そのまま山に行って婆を捨てて帰ろうとした。その時孫が畚を持ち帰るという。「どうしてそんなことをするのか、もういらなくなったのに」というと孫が言うには「また父が年をとったら捨てに来なければならないから」と。父は「ああ、これは、おれが悪かった。年よりを捨てると、又自分も捨てられることになる」と思って、また、婆さんを連れて帰って大事にした。

という同類の話である。

姨捨に関る民話は『日本の民話』角川書店刊だけでも、「爺捨山」（安芸・備後篇）、「姨捨山」（周防・長門篇）、「親捨山」（肥後・薩摩・大隅篇）、「人捨ヤア（穴）」（沖縄・八丈篇）などがある。また、『世界の民話』のヨーロッパに「親捨て」があり、『フィリピンの民話』に「敬老」などがある。後日紹介したいと思うのだが、このへんで歌枕である「姨捨」という本題に戻りたいと思う。

歌枕とは、歌の中に古来多く詠み込まれた名所のことである。名所といっても昔の人がその場所に行って必ずしも詠んだわけではない。ある歌なり伝説なり物語などによってその地名が一定のイメージ化されて、多くの歌に詠み込まれるという傾向があった。だから歌枕にはその名所の一定のイメージの域を出ないものが多い。名所を詠み込んだ歌を読んで共通のイメージによって歌を詠むということになる。歌枕は全国各地にある。最も多いのは奈良・京都である。長野県には一ケ所「姨捨山」がある。

外国の民話

信濃の国の姨捨山の捨老伝説について前に書いたのだが、日本各地に多少変化した形で捨老伝説がある。中で特に有名なのが信濃の姨捨山である。日本のみならず、中国、インドにもある。ここで又、『今昔物語集』によって、中国の捨老伝説を見ることにする。

『今昔物語集』第九巻「震旦の厚谷、謀父止不孝語」（チチヲタバカリテフケウヲトドメタルコ

ト)」第三五

今ハ昔、震旦《シンタン》ノ□代ニ厚谷ト言フ人有《アリ》ケリ。楚ノ人也。

其ノ父、不孝《フケウ》ニシテ父ノ遅ク死ヌル事ヲ常ニ厭《イト》フ。而《シカ》ル間、厚谷ガ父、一ノ轝《コシ》ヲ造《ツクリ》テ、老《オイ》タル父ヲ乗セテ、此ノ厚谷ト共ニ此レヲ荷《ニナヒ》テ深キ山ノ中ニ将《ヰ》テ行《ユキ》テ父ヲ弃置《ステオキ》テ家ニ返《カヘリ》ヌ。

大意　中国の厚谷という人が策謀をめぐらして父親の不孝をとどめたという話。今ではもう昔のこととなったが、中国の□代に厚谷という人がいた。楚の国の人である。厚谷の父親は子として親のために十分尽くさず、父親がなかなか死なないことをいつも厭っていた。そうしているうちに、厚谷の父は一つ轝を作って、老いた父を乗せて厚谷と共にこれをになって、深い山の中に連れて行って父親を棄てて家に帰ってきた。

これは中国の話である。厚谷と父と祖父の三人が出てくる。厚谷は立派な考えの持ち主である。父が祖父を嫌って轝に乗せて山に捨てに行く手伝いを厚谷はするのだが、その父を諫める話である。

其《ソ》ノ時ニ、厚谷、此《コ》ノ祖父《オホヂ》ヲ乗セタリツル轝ヲ家ニ持返《モチカヘリ》タリ。父此レヲ見テ厚谷ニ言《イハ》ク「汝ヂ何ノ故ニ、其ノ轝《コシ》ヲバ持返ルゾ」ト。厚谷、荅《コタ》ヘテ曰ク「人ノ子ハ、老タル父ヲバ轝に乗セテ山ニ弃《ス》ツル者也ケリト知《シリ》ヌ。然レバ、我ガ父ヲモ老《オイ》ナム時ニ、此ノ轝ニ乗セテ山に弃テム。亦、更ラニ轝ヲ造ラムヨリハ」ト。

大意　その時に、厚谷はこの祖父を乗せた輦を家に持ち帰った。父はこれを見て厚谷に言った。「おまえは何故に、その輦を持ち帰るのか」厚谷が答えて言った。「人の子は年老いた父を輦に乗せて山に棄てる者がいると知りました。だから、我が父をも、年老いた時に、この輦に乗せて山に棄てましょう。又、更に新しい輦を作るのよりはこれを用いることにします」と。

父此レヲ聞テ「然ラバ、我モ老《オイ》ナム時、必ズ被弃《ステラ》レナムズ」ト思テ、怖レ迷《マド》ヒテ　即チ、山ニ行テ父ヲ迎テ将返《ヰテカヘリ》ニケリ。其ノ後ハ、厚谷ガ父、老《オイタルチチ》父ニ孝養スル事不愚《オロカナラ》ズ、此レ、偏《ヒトヘ》ニ厚谷ガ謀《ハカリゴト》ニ依《ヨリ》テ也。然レバ、世擧《コゾリ》テ厚谷ヲ譽《ホ》メ感ズル事無限《カギリナ》シ。祖父《オホヂ》、命ヲ助ケ、父ニ孝養ヲ令至《イタサシ》ムル、此ヲ賢キ人ト可云《イフベシ》トナム語リ伝ヘタルトヤ。

大意　父はこれを聞いて「それならば、我も年老いた時、必ず棄てられてしまうだろう」と思って、怖れ迷い、すぐに山に行って父を迎えて連れて帰った。その後は厚谷の父は、年老いた父に孝養を尽くすことはなみひととおりではなかった。これは、ひとえに、厚谷の策謀によるところであった。

故に、世間の人はすべて厚谷を褒めちぎった。祖父の命を助け父に孝養をつくさせたこと、これこそ賢い人と言うべきであると語り伝えたということである。

日本の捨老伝説と良く似ている話である。

インドの捨老伝説

捨老伝説は日本だけではない。中国の捨老伝説を『今昔物語集』の中から見たのだが、『今昔物語集』の中のインドの捨老伝説を見ることにする。この説話は捨老国から養老国になった説話である。日本の子供向けの話の中にも出てくる有名な話である。隣国から難題をつきつけられて、例の如く捨てないで養っていた母に解いてもらう説話である。『今昔物語集』巻五、第三十二「七十ニ餘ル人ヲ流遣他国国語（七十ニ余ル人ヲホカノクニニ流シヤリシタ国ノコト）」がある。

今昔、天竺ニ七十ニ餘ル人ヲ他ノ国ニ流シ遣ル国有ケリ。其ノ国ニ一人ノ大臣有リ。老タル母ヲ相具《グ》セリ。朝暮ニ母ヲ見テ孝養スル事无限《カギリナ》シ。如此《カクノゴト》クシテ過《スグ》ル間ダニ、此ノ母、既ニ七十ニ餘リヌ。朝《アシタ》ニ見テ夕《ユフベ》ニ不見《ミ》ヌソラ尚不審《ナホオボツカナ》サ難堪《タヘガタ》シ。何況《イカニイハム》ヤ、遥ナル国ニ流遣《ナガシヤリ》テ永ク不見《ミ》ザラム事、更ニ可堪《タフベ》キニ非ズト思ヒテ、子ノ大臣、密ニ土ノ室《ムロ》ヲ掘《ホリ》テ家ノ角《スミ》ニ隠シ居《ス》ヘ《（ヱ）》ツ。家ノ人ソラ此レヲ不知《シラ》ズ、況《イハン》ヤ、世ノ人知《シル》事无《ナ》シ。

大意　今ではもう昔のこととなったが、天竺（インド）に七十歳以上の人を他国に流して捨てる国があった。その国に一人の大臣がいた。年とった母と生活を共にしていた。朝夕に母を見て親孝行することひととおりではなかった。このようにして日を過ごしている間にも、この母はすでに七十歳余りになってしまった。朝母を見て夕方見ないことは、やはり心配で堪えがたいことだ。ましていうまでもなく、遥か遠くの国に流して捨てて永く見ないでいることは堪えられないことだと思って、子の大臣は、ひそかに、土の室を掘って家の角に母を隠しておいた。家の人さえこれを知らない、まして世間の人が知ることがあろうか。

「天竺」はインドの事。『今昔物語集』は全三十一巻。巻一から巻五までが天竺（インド）の説話で、巻六から巻十までが震旦（中国）の説話、巻十一以降は本朝（日本）の説話が収められている。そのいずれにも捨老伝説がある。この説話は山に連れて行って捨てるのではなく他国に流すのである。舟に乗せて風まかせに進ませるので或いは島に流れ着くかもしれない可能性もある。この大臣は母を捨てかねて家に穴を掘って隠していたのであった。

カクテ、年ヲ経《ヘ》ル程《ホ》ドニ、隣ノ国ヨリ同様《オナジヤウ》ナル牝馬《メムマ》二疋《ヒキ》ヲ遣《オコ》セテ云《イハ》ク、「此ノ二疋ガ祖子《オヤコ》ヲ定メテ可注遣《シルシオコスベ》シ。若《モ》シ不然《シカラ》ズハ軍《イクサ》ヲ荻《オコ》シテ七日ノ内ニ国ヲ亡《ホロ》ボサムト」ト云《イヒ》タリ。其時《ソノ》ニ、国王、此ノ大臣ヲ召《メシ》テ、「此ノ事ヲ何《イカ》ガ不為《スベ》キ。若《モ》シ思ヒ得タル事有ヲバ申セ」ト仰セ給フ。大臣ノ申サク、「此ノ事輙《タヤス》ク可申《マウスベ》キ事ニ非《アラ》ズ、罷《マカリ》出《イ》デ、思ヒ廻《メグラ》シテ可申《マウスベ》シ」ト云《イヒ》テ、心ノ内ニ思フ様フ「我ガ隠シ置タル母ハ、年老《オイ》タレバ、如此《カクノゴトキ》ノ事聞《キヤ》タル事ヤ有ラム」ト思テ忩《イソ》ギ出ヌ。

大意 こうして、年が経つうちに、隣の国から同じ様な牝馬二匹をよこして言う「この二匹の親子をきめて印てよこせ、もしそれができなければ軍を起して七日の内に国を亡そう」と。その時国王はこの大臣を召して「この事をどうすべきか。もし思いつくことがあったら申せ」とおっしゃる。大臣が申し上げる。「この事はたやすく申すべき事ではない。退出して考えて申し上げる」と言って、心の中で思った事は「私が隠している母は年を取っているのでこのような事を聞いた事があるだろう。」と思って急いで退出した。

その他インドに伝わる伝説は老人を山に捨てるのではなく、海に流すというものであった。捨てるという事には変わりはない。

忍《シノビ》テ母ノ室ニ行《ユキ》テ、「然々《シカシカ》ノ事ナム有ル、何様《イカヤウ》ニカ可申《マウ》スベキ。若《モ》シ聞給タル事ヤ有ル」ト云フニ、母谷《コタヘ》テ云《イハ》ク、「昔シ若カリシ時ニ我レ、此ノ事ヲ聞キキ。『同様ナル馬ノ祖子《オヤコ》ヲ定ムルニハ二ノ馬ノ中ニ草ヲ置テ可見《ミルベ》シ。進《ススミ》テ起《オキ》テ食《クラフ》ヲバ子ト知リ、任セテノドカニ食ヲバ祖《オヤ》ト可知《シル》ベシ』カク様ニゾ聞キシ」ト云フヲ聞テ還リ参タルニ、国王《コクワ》ウ、「何《イカ》ガ思ヒ得《エ》タルト」問給フニ、大臣、母ノ言《コト》ノ如《ゴト》ク、「カク様ニナム思ヒ得テ侍《ハベ》ル」ト申ス。国王、「尤《モト》モ可然《シカルベ》シ」ト宣《ノタマヒ》テ、忽ニ草ヲ召テ二ノ馬ノ中ニ置テ見ルニ、一ハ起キ食《クラ》フ、一ハ此ガ食ヒ弃《ステ》タルヲノドカニ食フ。此レヲ見テ、祖子ヲ知《シリ》テ、各《オノオノ》札ヲ付キ返シ遣《ツカハ》シツ。

大意　人目をさけて母の室に行って、「こうこうの事があった。どのように申すべきであろうか、もし聞きなさった事があろうか。」と言うと、母は答えて言った。「昔若かった時に私はこのことを聞いた。『同じ様な馬の親子を見定めるには、二頭の馬の中に草を置いて見ると良い。

進んで起きて食べる方を子と知り、子どもには存分食べさせておき（争わず）ゆっくりと食べるのを親馬と知る』このように聞いたことがある」と言うのを聞いて参上すると、国王「何か思いついたか」と問いなさるので、大臣は母の言葉のように「このように思いついた」と申した。国王「最もなことだ」とおっしゃって、すぐ草を用意させ二頭の馬の間に置いて見ると、一つは起きて食べ、一つは此が食べ残したのを食べた。此れを見て親子がわかって、各々に札を付けて返してやった。

馬の親子を見分ける難題が出されて、隠している母の知恵を借りて、無事とけたということである。

其ノ後、亦、同様ニ削《ケヅリ》タル木ノ漆塗《ウルシヌリ》タルヲ遣《オコセ》テ、「此レガ本末《モトスヱ》定メテヨ」ト奉レリ。国王、此ノ大臣ヲ召テ、亦、「此ヲバ何《イカ》ガ可為《スベ》キ」ト問《トヒ》給ヘバ、大臣、前《サキ》ノ如ク申シテ出《イデ》ヌ。母ノ室ニ行テ、亦「然々《シカシカ》ノ事ナム有ル」ト言ヘバ、母ノ言《イハ》ク「其レハ糸《イト》安キ事也。水ニ浮ベテ見ルニ、少シ沈《シズム》方《カタ》ヲ本ト可知《シル》ベシ」ト。大臣、返リ参テ亦、此ノ由ヲ申セバ、即チ、水ニ入レテ見給フニ、少シ沈ム方有リ。其方《ソノカタ》ヲ本ト付《ツケ》テ遣《ツカハ》シツ。

大意　その後に、また、同じ様に削った木で漆を塗ったのを送ってよこした。「この木の本と末をきめよ」と申した。国王は此の大臣を召して、亦「これをどうすべきか」と問いなさるので、大臣は、前のように申して退出した。母の室に行って、亦「このような事があった」と言うと、母が言う、「其れは大変やさしいことだ。水に浮かべて見ると、少し沈む方を本だと知ることができる」と。大臣は、参上して亦、此の事を申すと、ただちに、水に入れて見なさった。少し沈む方があった。その方を本と印を付けて返した。

一つ目の難題を無事通過したと思うと、次の難題が又出された。国王は、大臣を呼びつけて相談した。大臣は又母の知恵を借りて、この難題もわけなく解けた。この話については清少納言の『枕草子』の二四四段「蟻通の明神」（岩波書店刊・日本古典文学大系）の段に「つやつやとまろにうつくしげに削りたる木の二尺ばかりあるを、『これが本末いづかた』と問ひに奉りたるに」とあって国をとろうとして難題を出す一つの題としてあげてある。これも捨老伝説の一つの話としてある。ともかくこの難題も解けたのであった。

其ノ後、亦、象ヲ遣《オコセ》テ「此ノ象ノ重サノ員計《カズカゾ》ヘテ奉レ」ト申シタリ。其ノ時ニ国王、「如此《カクノゴトキ》ノ云ヒ遣《オコ》スルハイミジキ態《ワサ》カナ」ト思《オボ》シ煩ヒテ、此大臣ヲ召《メシ》テ、「此レハ何ガ可為《ス》ベキ。今度《コノタビ》ハ更ニ難思得《オモヒエガタ》キ事也」ト宣《ノタマ》ヘバ、大臣モ「實《マコト》ニ然《シ》カ侍ル事也。雖然《シカリトイヘド》モ罷リ出デテ思ヒ廻《メグラシ》テ申シ侍《ハベラム》」ト云ヒテ出《イデ》ヌ。国王思《オボ》ス様、「此ノ大臣、我ガ前ニテモ可思得《オモヒウベ》キニ、カク家ニ出デツツ思ヒ得テ来《キタ》ルハ、頗ル不心得《ココロエ》ヌ事也。家ニ何《イカ》ナル事ノ有ルニカ」ト思ヒ、疑ヒ給フ。

大意　その後、また、象をよこして「この象の重さをはかって申し出せ」と申した。その時に国王は「このように言ってよこすのは、大変めんどうなことだ」と思い煩われて、この大臣を召して「これはどうすべきであろう。今度の題は更にむずかしいことだ」とおっしゃったので、大臣も「ほんとにそうだ。そうだとはいっても、退出して考えて申し上げる」と言って退出した。国王が思うには「この大臣、私の前で考えることができるはずなのに、このように家に帰って考えて来るのは、ちょっと不可解なことだ。家にどんなことがあるのか」と思い疑いなさった。

大臣が家に帰っては答を出してくるので二度までは、国王も疑わなかったのだが、さすが三度目になると、なぜ自分の前で考えて答を出さず、何時も家に持ち帰るのか疑問をいだくようになった。

而《シカ》ル間、大臣、還リ参《マキリ》ヌ。国王、此ノ事ヲモ「難心得《ココロエガタ》クヤ有ラム」ト思給《オモヒ》テ、「何《イカナラム》ゾ」ト問《トヒ》給ヘバ、大臣、申シテ云《イハ》ク、「此モ聊《イササカ》ニ思得テ侍《ハベ》リ。象ヲ船ニ乗セテ水ニ浮ベツ。沈ム程ノ水際《ミツギハ》ニ墨ヲ書テ注《シルシ》ヲ付《ツケ》ツ。其ノ後、象ヲ下《オロ》シツ。次ニ船ニ石ヲ拾ヒ入レツ。象ノ乗テ書《カキ》ツル墨ノ本ニ水至《イタ》ル。其ノ時ニ石ヲ量《ハカ》リニ懸《カケ》ツ、其ノ後チニ石ノ数ヲ惣《スベ》テ計《カソヘ》タル数ヲ以テ象ノ重サニ當テ、象ノ重サハ幾《イクバ》ク有ルト云フ事ハ可知《シルベ》キ也」ト申ス。国王、此レヲ聞テ其ノ言ノ如ク計《カソヘ》テ、「象ノ重サ、幾《イクバク》ナム有ル」ト書テ返シ遣《ツカハ》シツ。

大意　そうこうしているうちに、大臣が帰って参上した。国王はこのことも「わけがわからないであろう」と思いなさって「どうであるか」と問いなさると、大臣が申して言うには「これもちょっと思いついた。象を船に乗せて水に浮かべてみる。次に沈む所の水際に（吃水線）墨でもって書きしるしを付けてみる。其の後、象を下ろす。次に船に石を拾って入れてみる。その後象が乗った時しるしをつけた墨の線の所まで水が迫る。その時石を量にかけてみる。その後に石の数をすべてはかって計算した数を象の重さと判断する。象の重さがどれくらいあるということがわかる」と申した。国王、これを聞いてその言葉のように計算して「象の重さは幾らある」と書いて返してやった。

前回二つの難題よりさらにむずかしい題であった。あの大きな象の体重を量るのである。国王もこの難題は解けないのではないかと心配した。その表現として「難心得クヤ有ラム」としている。またこれに対して大臣は「聊ニ思得テ侍リ」という。「聊」は「すこし・わずか・かりそめ・いささか」などの意がある。「浮べツ」「付ツ」「下シツ」「入レツ」「懸ツ」と「ツ」を重ねて用いている。「ツ」は完了の助動詞で動作・作用が実現して完了した意を表す。また、動作の併列を意味して「…をしてみる。そして次に…をしてみる」などの解釈をあてる。こうして三つの難題はすべてこなせたことになる。それも老いた母を捨てず、知恵を借りたのであった。

讎《アタ》ノ国ニハ、三ツノ事ノ難知《シリガタ》キヲ善ク一事不替《イチジタガハ》デ毎度《タビゴト》ニ云ヒ返シタレバ、其ノ国ノ人无限《カギリ》ナク褒《ホ》メ感ジテ、「賢人多カル国也《ナリ》ケリ。オボロケノ有才《ウザイ》ナラム者ハ可知《シルベ》クモ非ヌ事ヲ、カクノミ云ヒ當テ、遣《オコ》スレバ、賢カリケル国に讎《アタ》ノ心莪《オコシ》テハ、返《カヘリ》テ被謀《ハカラレ》テ被罰取《ウチトラレ》ナム。然《サ》レバ互ニ随《シタガヒ》テ中善カルベキ也」年来《トシゴロイト》挑ナミツル心永ク止《トド》メテ其ノ由ヲ牒《テフ》通ハシテ中吉《ヨ》ク成《ナリ》ヌレバ、国王、此ノ大臣ヲ召シテ宜《ノタマ》ハク「此ノ国ノ恥辱《チジョク》ヲモ止《トド》メ、雠ノ国ヲモ和《ヤハ》ラゲツル事ハ、汝、大臣ノ徳ニ依《ヨリ》テ有ル事也。我レ无限《カギリナ》ク喜ビ思フ。但シ如此《カクノゴトキ》ノ極メテ難知《シリガタ》キ事ヲ善ク知レル、何《イカニ》」ト。

大意　難題をふきかけた相手の国には、三つの事でわかるのがむずかしいのを、よく一つも違えないでその度ごとに言い返したので、其の国の人はこの上なく褒め感心して、「賢人の多くいる国である。なみたいていの才能のある人では知るべくもないことを、このように正解してよこしたので、賢人の多くいる国に、難題をふきかけるような心をおこしては、かえって逆に、謀られて討ち取られてしまうであろう。それならばお互いに相手にさからわずに仲好くすべきである」とながねん挑んできた心を永久にやめて、その由を正式の文書を交換して仲良くなったので、国王は、この大臣を召しておっしゃった。「この国の不面目を止め、相手の国をも和らげたことは、貴殿、大臣の徳に依るのである。私はこの上なく喜びに思う。ただしこのように極めて知ることもむずかしい事をよく知っていたのはどういうわけであるか」と。

難題をすべて解いて相手の国も和んだので両方めでたしである。

其《ソノ》時ニ、大臣、目ヨリ涙ヲ出《イダシ》ツルヲ袖シテ押シ巾《ノゴヒ》テ国王ニ申サク、「此ノ国ニハ往古《イニシヘ》ヨリ七十ニ餘《アマリ》ヌル人ヲバ他ノ国へ流シ遣《ヤル》事定レル例也、今ニ始タル政《マツリゴト》ニ非ズ。而《シカ》ルニ己《オノ》レガ母、七十ニ罷《マカリ》餘テ今年ニ至ルマデハ年ニ満ヌ。朝暮ニ孝養《ケウヤウ》セムガ為ニ密ニ家ノ内ニ土ノ室《ムロ》ヲ造テ置《オキ》テ候《サブラヒ》ツル也。其レニ、年老タル者ハ聞キ広ク候《サブラ》ヘバ、若シ聞キ置ヌル事ヤ候フトモ罷出《マカリイ》デツ、問ヒ候《サブラヒ》テ、其ノ言《コト》ヲ以テ皆申シ候シ也。此ノ老人不候《サブラハ》ザラマシカバ」ト申ス時ニ、国王、仰セ給フ様、「何《イカ》ナル事ニ依《ヨリ》テ昔シヨリ此ノ国ニ老人ヲ捨ツル事有リケム。今ハ此ニ依《ヨリ》テ事ノ心ヲ思フニ、老タルヲ可貴《タフトブベ》キニコソ有リケレ。然レバ遠キ国へ流遣《ナガシヤリ》タル老人共、貴賤男女、皆可召返《メシカヘスベキ》宣旨《センジ》ヲ可下《クダスベ》シ。亦、老ヲ捨ツト云フ国ノ名ヲ改テ老ヲ養フ国ト可云《イフベ》シ」ト被下《クダサレ》ヌ。其ノ後、国ノ政《マツリゴト》平カニ成リテ民穏カニシテ国ノ内豊カ也ケリトナム語リ傳ヘタルトヤ。

大意　その時、大臣は目より涙を出したのを袖でおしぬぐって国王に申した。「この国には昔から七十歳以上の人を他国へ流しやることは定まっている事で、今始まった政治ではない。けれど私の母は七十歳になって、朝夕孝養をつくすためにひそかに家の中に土の室を造って置いた。それに、年老いた者は見聞が広く、もしや聞き知っている事があろうかと、行って聞いて、その事を皆申し上げた。この老人がもしも居なかったならば」と申した時国王がおっしゃるに「どういう事によって昔からこの国に老人を捨てる事があったのだろう。今はこれによって事の次第を思うに老人を貴ぶべきである。故に遠い所へ流した老人達、貴賤男女とわず皆召し返せと宣旨をくだした。又、捨老国という国名を改めて養老国と言うべし」と宣旨を下された。その後、国の政治は平和になり民も心が穏やかに国の内は豊かになったと語り伝えたとかいう事だ。

姨捨に関係する話をいくつかあげておきたい。『遠野の昔話』（佐々木徳夫編）を紹介したが、この中の他の話を紹介しよう。佐々木徳夫編『遠野の昔話』（ぎょうせい出版）

昔、七十を越えればどんなに丈夫な爺さまでも婆さまでも姨捨山に捨てられた。ある所に親一人、子一人の親孝行息子がいた。母親がもうすぐ七十だ。掟をまげるわけにもいかず、だんだんその日が近づいてくると飯も喉をとおらなくなった。母親は「世の中みんなそうなのだから苦にすることはない。その日が来たら連れていってくれ」と言っていた。とうとうその日がきた。ありったけのうまい物を食べさせ、負って連れていった。すると母親は道々木の枝を折っている。何の呪かと聞くと、「お前が私を捨てて帰る時の目印だ」という。親は死に際まで子の事を思っているのだと思うとどうしても捨てて帰れない。もしお咎めがあれば親子もろとも死のうと思って又つれて帰った。そして家の根太をはいで穴を掘って温かくして母親を入れて養った。

そうするうちに殿さまが、隣国の殿様から難問をふっかけられた。大きな玉に七曲の穴があり糸をとおせ。というのと、姿かっこうが同じような馬の親子を識別せよということであった。

家来に聞いてもわからない。そこでこの息子は隠しておいた母親に聞いた。「玉の片方に甘い物をおいて、蟻の足に糸をつければよい。また、馬は、馬桶に餌を入れて二匹の前に置けば、親は必ず子に先に食べさせる」と教えられ、その通りにすると難題がとけた。殿様から「お前一人の知恵なのか」といわれ、母親を隠まった話をすると「お前のおかげでこの国の名誉が保たれた」といって、今までの考えを改めて親を大切にさせたということである。

また、同じ『遠野の昔話』の話であるが、むかし六十二になるとでんでら野（親を捨てたという伝説的な場所）に連れて行った。捨てられた人達は、五人か十人ずつ一家族になって生活したという。働かねば食べられないので村に働きに出かけた。働きに出かけるのを「墓立ち」、仕事が終わって帰るのを「墓上り」といったという。

さて親孝行な息子がいて、親をでんでら野に捨てられず根太の下を掘って隠しておいた。お上から「四十八曲がりに曲がり、七そりにそった木の節穴に糸をとおせ」というおふれがあった。皆わからなくて困っている。この息子が隠しておいた親に聞くと「蟻の足に糸をつけて、穴に入れ、反対側の穴に蜜をぬっておけ」と教えてくれた。その通りにして糸をとおした。又おふれが出た。「灰縄三束なって出せ」と。又親に聞くと「縄を三束なって鉄板の上に置いて火をつけて焼けば灰縄になる」と教えてくれた。そのとおりにして灰縄を出した。二つとも一人の人が難題を解いたので何かあるということで家捜しされ、親が見つけられてしまった。しかし、年寄りの知恵によって、難題が解けたということで、年寄りも捨てたものではないとわかり、捨てないように法律が改まった。ということである。

この話は『遠野の昔話』の中のものであるが、同じような事ではあっても多少の違いがある。捨てられた人達が集団で生活するという話は今まで書いてきた中では初めてである。また、難題の多くの場合は隣国からであるが、この話はお上からのものであった。また捨てられる年齢もまちまちで、この二つの話は前者は七十歳、後者は六十二歳となっている。姨捨伝説は全国にある。さらには外国にもある。働けなくなって捨てられるが知恵によって救われるのだ。

民話の中に姨捨山の話がかなりでてくる。ここでいくつか紹介したい。ただし和歌とは少し離れてしまうのだが。瀬川拓男・松谷みよ子編『日本の民話』（角川書店刊）の中の話をここでは二つ紹介する。

瀬川拓男氏が書かれた九州地方に伝わる話である。「親捨て山」となっている。

むかし、七十になる婆さんと息子と嫁と、七つばかりになる孫がいた。嫁が婆さんを嫌って、山に捨てに行こうと夫をそそのかした。夫は婆さんを乗せる箱を用意した。婆さんは浜へ出て、黒い小石を拾ってたもとに詰めた。嫁は婆さんに「山に遊びに行こう」と言った。嫌がる婆さんを箱に押し込んで夫婦で山に出かけようとした時、孫もどうしても連れて行けとせがむ。そこで四人で行くことになった。道々婆さんは木の枝を折る。四つ角に来ると黒い石を落とした。

それは息子達が帰る時に道に迷わないためであった。奥山に着くと、婆さんを大木にくくりつけた。日も暮れてきた。帰ろうとする孫が「婆ちゃんをどうして置いて行くのか」という。嫁が「仕事をしないで飯ばかり食っているから、仕事のできない年寄りは山に捨てることになっている」という。そして箱を投げ捨てた。孫が「あの箱を持って帰る」といってきかない。どうしてかと聞くと「父母が年を取って仕事ができなくなったら、あの箱に入れて捨てるのだ」という。それを聞いて夫婦は背筋が冷たくなって、婆さんを木からほどき一緒に帰ろうといった。婆さんは「嫌われながら生きようと思わない。木の枝と黒い小石が落としてあるからそれを頼りに家に帰れ」という。しかし、むりに婆さんを箱に乗せて山を下った。それから数年たって、飢饉の年に婆さんが死に嫁も死んだ。あの世に行った嫁は地獄の臼に入れられ鬼につかれている。婆さんは実に安楽に暮らしている。婆さんが地獄をのぞくと、石臼でつかれている嫁が見えた。婆さんは頼んで嫁を助けてもらった。初めは嫁も大変喜んでいたがだんだん忘れていった。ある日、山の清水を嫁が飲んで、その泉で足まで洗ってしまった。自分は水を飲んだ。あとの人はどうでもかまわないといった。恐ろしい心は死んでも治らなかった。そこで再び嫁は石臼でつかれることになった。

次に同じ『日本の民話』の中の福井に伝わる話である「うばすて山」とある。

昔、年寄りを山に捨てるきまりがあった。父親が年寄りになって、息子に負われて山に登った。途中父親が木の枝を折っている。訳は息子が帰る時道に迷わない道しるべだという。子を思う親心の有難さに感動してつれ帰り、穴を掘って隠して養った。この男の女房が美人で殿さまの耳に入り、三つの難題を出して、解けなければ女房を殿さまの所に奉公に出させるということであった。難題は灰で縄を作ること、曲がりくねった玉の穴に糸を通すこと、四角い板のどちらが根の方で、どちらが末か、ということであった。父親に聞いて総て解けた。どうして解けたかと殿さまに言われ、ありのまま答えた。すると「年寄りは国の宝である、大切にせよ」と言われ、以後、年寄りを山に捨てないようにおふれを出された。

これらの二つの話の前者は箱を持ち帰るのだが、以前にもっこを孫が持ち帰る話を書いた。そこまでは同じであるがその続きがおもしろい。語り継がれながら展開してゆくのである。後者は美しい女房とききき殿様が欲しくて難題を出す。年寄りの知恵によって解ける。難題そのものは同じでもその出された動機が違っていておもしろい。これは杉原ツヤ氏が話し、杉原文夫氏が採集したものによる。

日本に伝わる姨捨伝説は多い。しかし、実際に行われていたかというとそうではないらしい。ただ、外国にもこの話はあって、それが日本に入ってきて根付いたのではないだろうか。平成十二年六月二十五日に行われた東洋大学国語国文学会にて大島建彦氏の「『姥捨て』の伝承」という資料によると日本全国に伝わる捨老伝説は二〇七箇所あるという。少し拾ってみると「デンデラ野」（岩手）、「ババ落し」（秋田）、「うばが谷津」（茨城）、「ばば山・じじ山」（群馬）、「カンカン山」（群馬）、「人落し」（群馬）、「人骨山」（千葉）、「姥捨沢」（山梨）、「亡者岩」（岐阜）、「六十くずし」（京都）、「死人谷」（岡山）、「仏峠」（岡山）、「五十落し」（岡山）などがある。長野の「姨捨山」は中でも有名である。それは歌枕となったからであろう。

海外の伝説をみると、カスピ海に面したコーカサスの話には、むかし、イスラムの族長カンの治める国に六十をすぎた者を高いところから捨てるきまりがあった。四十歳の息子が父を捨てるために高い岩の上につれていった。父が「おまえもあと二十年すると捨てられるのだなあ」と嘆いた。親心を知った息子は父を捨てられず、夜ひそかに連れ戻して地下室に入れた。そんな時隣国から難題が出され、父に聞いて解けた。カンに解けた事を問いつめられ、真実を話した。以後カンは六十を過ぎた親を捨てないよう命令を出した。という話である。これに似た話が日本に根付いたようだ。コーカサス地方に「老人の岩」というのがあって、現実に捨てた場所とされている所があるという。捨てた老人の知恵によって救われる話が多いのである。ヨーロッパ、バルト地方、ポーランド、アメリカ、中国、フィリピンなどにもある。

ここでフィリピンに伝わる話を一つあげてみよう。

あるところに妻と十人の息子と八十歳の父を養っている男がいた。妻から父を捨てるよう強くいわれ、毛布と食糧をつめたバスケットを渡された。農場の小屋に捨ててくることになった。

息子が毛布を半分に切っているので、どうするのか聞くと、父親が捨てられる時のために半分必要だから切っておくという。その男は息子から言われ驚き、後悔して、年寄を大切に世話をした。

中国の話は以前に書いたのでここでは省くことにする。

今まで書いてきた捨老伝説の多くは、五十歳・六十歳になった老人が、その息子に山に捨てられる。息子は捨てかねて連れ戻す。そこでいろいろな難題が出てきて、老人に知恵を借りる。老人の言う通りにして成功する。解けた経緯を問い詰められて、止直に、死をも覚悟して話す。すると許されて、老人の知恵は尊いものだから以後大切にするよういわれる。難題についてはいろいろある。「灰の縄」「象の重さ」「ほら貝に糸を通す」「母馬子馬」「打たぬ太鼓が鳴る」「木の元と先」などである。いずれも老人の知恵の大切さである。また捨てに行って捨てられないのにもいろいろある。前述の「毛布型」「もっこ型」「枝折り型」などがある。捨てられる親が息子の帰り道を案じて標をしておく、それに感動して捨てられず連れ帰るのである。

第二章　古典和歌に見る姨捨

これからしばらくの間、歌枕となっている姨捨の和歌について見てゆこうと思う。

勅撰集

題しらず　　　　　　　　　　　　　　　よみ人しらず

わが心なぐさめかねつさらしなやをばすて山にてる月を見て

（古今和歌集　八七八）

大意　旅の空にある私の心は慰めようとしても慰めきれない。更科にある姨捨山に今でている美しい月を見ても。

『古今和歌集』は醍醐天皇の勅命によって紀友則・紀貫之・凡河内躬恒・壬生忠岑の四人が撰んだ最初の勅撰和歌集で平安時代に成立した。この歌は『古今和歌集』巻第十七雑歌上にある。この歌はいろいろな歌集に載っている。『今昔物語集』（一一六六）をはじめとして『関白内大臣家歌合（保安二年）』（四判）、『俊頼髄脳』（一一九一）、『和歌童蒙抄』（九五五）、『和歌初学抄』（一一七四）、『袖中抄』（八三四）、『古来風体抄』（一一八八）、『和歌色葉』（三〇九）、『大和物語』（一一六一）、などである。同じ歌がいろいろの集に載るということは、よほどこの歌が捨てがたい名歌であったのだろう。『今昔物語集』の「信濃国姨母棄山語第九」をはじめ『大和物語』にてすでに紹介したとおりである。姨捨に関する歌は『古今和歌集』の中ではこの一首のみである。

そのほどに帰りこんとてものにまかりける人の、ほどをすぐしてこざりければつかはしける　よみ人しらず

こむといひし月日を過すをばすての山のはつらき物にぞ有りける

（後撰和歌集　五四二）

返し　よみ人しらず

月日をもかぞへけるかな君こふるかずをもしらぬわが身なりけり

（後撰和歌集　五四三）

大意

某日の頃には帰って来ようといって所用で出かけた人（男）がその日を過ぎても帰って来なかったのでつかわした歌

帰って来ようと言った言葉を信じて月日を過ごしてゆくのは、姨捨山の山の端に出る月ではないが慰めがたく、あなたのつれないのがつらいものですよ。

返歌

あなたは月と日を数えていたのですね。それに対して私はあなたを恋い慕うことの数さえわからない身なのです。

『後撰和歌集』は村上帝の勅命により源順・大中臣能宣・清原元輔・紀時文・坂上望城の撰によって天暦五年以後成立した。「をばすての」には年を取って捨てられたという意も込められている。

女のもとよりかへりてあしたつかはしける　源　重光朝臣

かへりけんそらもしられずをばすての山よりいでし月を見しまに

（後撰和歌集　六七五）

大意　女のところから帰った翌朝につかわした歌
帰ったであろう道もうつろでわかりません。姨捨山から出た月のように私は心を慰めかねております。あの姨捨山に出ている月を見ている間に。

『後撰和歌集』の中にはこの二首が載っている。「をばすての山よりいでし月」は『古今和歌集』の歌を心に置いている事は想像される。「そらも」の「空」は茫漠とした空間の意もあるが、「むなしい」の意ととりたい。詞書の中の「あした」は翌朝のことである。

義忠の朝臣、物いひける女の姪なる女に又すみうつり侍りけるをききてつかはしける

誠にや姨捨山の月は見るよもさらじなどおもふわたりを

赤染衛門

（後拾遺和歌集　一〇九二）

大意　義忠の朝臣が情を通わせていた女の姪にあたる女にまた心を移したと聞いてつかわした歌

姨捨山の月を（伯母を捨てて姪を）見ているというのはほんとうでしょうか。まさか更科の（さらない）あたりを去らないと思っていたのに。

赤染衛門は平安時代の女流歌人。平兼盛の女《むすめ》。大江匡衡と結婚。藤原道長の妻倫子《りんし》、その女《むすめ》彰子（一条天皇の中宮）に宮仕えした。「誠にや」の「や」は疑問。「ほんとうでしょうか」となる。「姨捨山の月」は音が同じことから「伯母を捨て」となり「月」は姪を暗示し「伯母を捨てて姪に心を移したこと」。「さらじなどおもふ」は「更科」と「去らじ」と掛詞《ことば》となっていて、「更科

を去らない」とは「情を通わせていた女と別れない」となろう。たくみに姨捨伝説を生かした歌である。また、赤染衛門集に次のようにある。

女院左近の命婦に、のりただすみしを　めいの少納言のないしにうつりたりとききて、のり忠にやりし

まことにやをばすて山の月はみなよにさらしなのあたりと思ふに

（赤染衛門集　五七一）

大意　彰子付きの女房の左近の命婦のもとに義忠が棲んでいたのに、姪の少納言の内侍の方に心を移してしまったと耳にして、義忠にやった歌

ほんとうでしょうか、姨捨山の月はたいてい更級のあたりを照らしているものと思っていたのですが。（まさか伯母の左近の命婦を捨てて姪の少納言の内侍の方に移ったということがあるのでしょうか。）

『赤染衛門集』の方では具体的に人物の名前がはっきり出ている。「女院」は一条天皇の中宮彰子のこと。赤染衛門は彰子に仕えていたので、左近の命婦にしてもその姪の少納言の内侍にしても、事情にはくわしいことになる。歌の表面の意味は「姨捨山の月は更科に照っていると思っていた」ということだが、寓意の歌となっている。ここの姨捨山というイメージは「慰めがたい」の意ではない。ただ単に「姨」を「伯母」の同音によって「伯母を捨てた」というように用いているのである。「伯母を捨てて姪に走った」と知って、赤染衛門の脳裡に「姨捨山」がひらめいたのである。「よに更級の」の「よに」は「実に、たいてい」などの意がある。

人の許よりこよひの月はいかがといひたるかへりごとにつかはしける

月みては誰も心ぞ慰まぬをばすて山のふもとならねど

藤原範永朝臣
（後拾遺和歌集　八四八）

大意　人の許から今宵の月はどうかと言ってきた返事としてつかわした歌

月を見ていては誰も心が慰められない。ここはあの姨捨山の麓ではないのに。

「ぞ」は係助詞、「慰まぬ」の「ぬ」が結びで強調されている。この歌は姨を山に捨て、姨が月を見て悲しんでいる伝説の歌をふまえての意味である。姨捨山の麓から見る月なら慰まないのは当然であるが、そうでなくても月を見ると物悲しい心が慰められないということになる。『古今和歌集』『今昔物語集』など念頭に置いた歌。

越後よりのぼりけるに姨捨山の麓に月あかかりければ

是やこの月見るたびに思ひやる姨捨山のふもとなりける

橘為仲朝臣
（後拾遺和歌集　五三三）

大意　越後の国から上った時に姨捨山の麓にて月が明るく照っていたので歌った歌。

これがまあ、あの月を見るたびに思いやっていた姨捨山の麓であったことよ。（やっと今実際に目にすることができたことだ。）

作者、橘為仲は、延久（一〇六九〜七四）の頃、越後守であった。『橘為仲朝臣集』には「これや此の月みるたびに思ひつるをばすて山のふもとなるらむ」（一一九）となっている。意味は「思っていた月であろうか」となる。またこの歌が『別本和漢兼作集』（一一五三）にも太皇太后宮亮為仲朝臣となって載っている。『袖中抄』（八三六）には範永朝臣としても載っている。この歌は「これや此行くも帰るも別れつつ志るも知らぬも逢坂の関」（後撰和歌集一〇九〇・蝉丸）の表現をふまえている。歌枕の姨捨山は多くの歌でイメージ化されているのだが、この歌は実際に目にした感動をそのまま素直に表現しているのである。月の名所姨捨山を月を見るたびに思い浮かべていたが、今ぞ名だたる姨捨山の麓に来て照る月を見ることができた心のたかぶりが詠まれた写実の歌となった。

『後拾遺和歌集』には姨捨山の歌が三首ある。この集は白河帝の勅命により応徳三年（一〇八六）に藤原通俊《みちとし》によって撰ばれた。

題しらず　　律師済慶

思ひ出もなくてや我身やみなまし姨捨山の月見ざりせば

（詞花和歌集　二八七）

大意　何も思い出もなくわが身は終えてしまったことであろう。この美しい姨捨山の月を見なかったとしたならば。

『玄玄集』（一六七）に済慶法師としてこの歌が載っている。姨捨山の月を称え、実際にこの目で見ることができたのでもう思い残すことはない程見たくてたまらなかった。憧れの姨捨山の月であったようだ。上の句と下の句が倒置されている。「せば〜まし」の形をとり反実仮想を現している。『袖中抄』（八三七）にもこの歌がある。『宝治百首』の中に但馬の歌として「思出になにをかせましさらしなやをばすてやまの月みざりせば」（一五九八）がある。多少の言葉は違っていても同意の歌である。作者は勿論違っている。どちらがどちらの影響を受けているのかは、調べかねているが。この歌も実際の有名な姨捨山の月を見ることができた喜びの歌である。

父永実信濃守にてくだり侍りける共にまかりてのぼりたりけるころ左京大夫顕輔が家に歌合し侍りけるによめる　　藤原為実

名に高き姨捨山も見しかども今夜ばかりの月はなかりき　（詞花和歌集　二八八）

大意　父の藤原永実が信濃の守として赴任した時その供として下向し、帰京した頃、左京大夫顕輔の家で歌合があった時詠んだ歌。

月の名所として名高い姨捨山の月も見たけれど今夜ほどの美しい月は見たことがなかったことだ。

美しい月の名所といわれている姨捨山の月と顕輔の家で見る月とを比較して、顕輔の家で見る月の方がすばらしいと讃美している歌である。作者の姨捨山に照る月への思い入れはない。むしろ有名な姨捨の月より、こちらの月の方がすばらしいではないかと言っているのである。歌合に招かれ顕輔へのへつらいがあったかもしれないが、美しい月であったのだろう。この歌が『歌合文治二年』（衆議判宮内卿季経朝臣書詞）の八番右但馬の歌の判詞の中に用例として出てくるのであげておきたい。尚四九と五〇番の歌である。

八番　左勝　定家

あきかぜのくるればはらふ空になほひかりはあまる夜半の月かな

右　但馬

てる月は姨捨山もことふりぬこのやどにてぞみるべかりける

大意

左勝　定家

夕方になって秋の風は雲を吹き払って、澄み透った空にはますます光の冴えかかる夜半の月であることよ。

右　但馬

照る月の美しいのは姨捨山からの月であると言われているがそれも言い古されてしまった。美しい月はこの家でこそ見るべきであるようだ。

この但馬の歌は前出の為実の歌の心と通うものがある。定家の歌と但馬の歌と競った時定家の歌の方が勝っている。その理由の判詞をここにあげておく。「左歌、くもともいはではらへることいかが、などさた侍り。右歌、月をよまむにをばすてやまをそしらむこと、うちまかせず、など人人侍るめり。まことにもおもふたまふるに、後拾遺に、為仲朝臣がこしよりのぼるに、をばすて山のふもとにて、月を見てよめるうた、これやこの月みるたびにおもひやるをばすて山のふもとなるらん、とよめり。されば、月を見むにはをばすて山をば思ひいづべきこととききこゆ。ただし、為実、ちち永実にぐしてしなのへまかりてのぼれるすなはち、故左京兆歌合に、なにたてるをばすてやまもみしかどもこよひばかりの月はなかりき、とよめり。これぞかのやまをそしれる歌にて侍る。件の歌合未判なれば、勝負しりがたし。うちまかせて歌にはかやうのことはいかがとおもうたまふべしかば、そのよしは申しいで侍りにき。その為実がうたは詞花集にいれり。歌合と撰集とには、ことかはるにや、歌合には毛をふくことにや、撰集などには、このほどのことには、うたがらめづらしければゆるし侍るにや、左の雲の難あながちのことならずは、をばすてやまをそしれる、いかが、とて左勝ち侍りぬ」ということである。定家の歌は雲が入っていないが不適当ではない。姨捨山の月は称えるべきものでそしるのはどんなものか。だから左の定家の歌を勝とした。為実の歌は詞花集に入っている。撰集では珍しければ許されるのだろうかと判詞がおもしろい。

勅撰和歌集は勅命または院宣によって一人または数名の撰者で編まれた集である。『古今和歌集』から『新古今和歌集』までを八代集。続きの『新勅撰和歌集』から『新続古今和歌集』までを十三代集という。合わせて二十一代集と呼ぶ。『詞花和歌集』はその第六番目の勅撰和歌集である。平安時代後期、仁平元年（一一五一）ごろ崇徳上皇の院宣を受けて、藤原顕輔が撰進したものである。巻数は十巻、歌数は四一一首と八代集の中で一番少ない。姨捨に関る歌は二首のみである。『歌合　文治三年』の四九と五〇番目の歌の判詞で『詞花集』の「名に高き姨捨山も見しかども今夜ばかりの月はなかりき」（藤原為実）の歌を例にあげて「てる月は姨捨山もことふりぬこのやどにてぞみるべかりける」（但馬）の歌は姨捨山の月をそしっている。それなのに為実の歌が『詞花集』に載っているのは珍しければよい歌なのか。歌合は毛を吹くようにむりに欠点をあばくのかといっているが、顕輔の家での月が姨捨の月よりすばらしいと為実が詠み『詞花集』に入集。撰進は顕輔なのである。

次に八代集の中の七番目の和歌集『千載和歌集』の姨捨の歌。この集には五首載っている。

藤原季通朝臣

さらしなやをばすて山に月みると都にたれかわれを知るらん

（千載和歌集　五一二）

大意　更科の姨捨山でこのように私が月を見ていると都にいる友人達の誰が知っているだろうここで「姨捨」は都から遠く離れた捨てられたような境遇の意も込められていよう。慰めかねる姨捨の月という意味から不遇を嘆いて遠く姨捨の地にあって都を恋しく思っていると、都の人の中で誰か思うだろうという意。『久安百首』（四九三）の中に羇旅の歌として前備後守季通朝臣の歌として載っている。

八条院六条

まつほどはいとど心ぞなぐさまぬをばすて山のあり明の月

（千載和歌集　一〇〇六）

大意　月の出を待つ間は期待に満ちているはずなのにいよいよ心が慰まないことだ。姨捨山の有明の月は。

月の出を待っているのは期待に満ちているもの、それなのに心が慰まない。姨捨山の月は心慰さまないというイメージ化された歌である。

人に餞し侍りけるあかつきよめる

わするなよをばすて山の月みても都をいづるあり明のそら

右衛門督頼実

（千載和歌集　四九六）

大意　旅立つ人を送る会をした明け方詠んだ歌

今都を出発する時の有明けの空の景色を忘れないで下さいよ。あの月の名所といわれる姨捨山の月を見たとしても。

信濃の国へ行く人を送別するにあたっての歌である。

うらみけるけしきやそらにみえつらんをばすて山をてらす月かげ

藤原敦仲《あつなか》

（千載和歌集　一二四四）

大意　姨捨山に捨てられた老人達が恨んでいた様子が空に見えたのだろう。姨捨山を慈悲の月の光が照らしていることだ。

『千載和歌集』巻第十九は釈教歌である。この歌の前の歌に「勧持品《かんじぼん》をよめる」とある続きの歌である。釈迦の叔母が授記されない恨みを察して釈迦が慈悲の光で包んでやるという意である。

摂政前右大臣家に百首歌よませ侍りける時、月のうたとてよめる　藤原隆信朝臣

出でぬより月みよとこそさえにけれをばすて山のゆふぐれの空

（千載和歌集　二七八）

摂政前右大臣家にて百首歌を詠ませた時月の歌として詠んだ歌

月がまだ出ないうちから、今夜の月はすばらしいから、ぜひ今夜の月を見なさいとばかりに、冴えかえっていることだ。姨捨山の夕暮れの空は。

大意

百首の歌を詠んだ時の月の歌として詠まれた歌なので、写実の歌ではない。月の出ない夕暮れから冴え渡っている空だから、今夜の月はさぞすばらしいだろうと想像しているのである。姨捨山がいかに月の名所として知名度が高かったかがわかる。なおこの歌は「秋下後法性寺入道殿、右大臣ときこえたまひしとき、百首歌よませさせ給ひしに、月をよめる」という詞書があって『隆信集』の一九八番に載っている。「出でぬより」の歌の前の歌が「いづこにも月はわかじをいかなればさやけかるらん更級のやま」（隆源法師）とある。二七七番である。訳は「どこに出る月であっても区別はないはずなのに、どうしてこんなにさやかなのだろう更級のやまを照らす月は」である。「姨捨」の語は入っていないが、「更級」があるので一応あげておく。写実でなくても、夕暮れの空から月の冴えかえる姿を想像したところが大変おもしろい。『千載和歌集』は平安時代末期の文治三年（一一八七）に成立した第七番目の勅撰和歌集である。後白河院の勅命によって、藤原定家の父藤原俊成《としなり》が撰んだものである。

次に八代集の最後の『新古今和歌集』にうつる。

題しらず　伊勢

さらしなや姨捨山の有明のつきずも物をおもふころかな

（新古今和歌集　一二五七）

大意　古歌に詠まれ更科の里にある姨捨山の月ではないが、尽きることなく物思いにふけることであるなあ

「有明のつき」と「尽きず」の「ツキ」の同音が掛詞となっており、「さらしなや姨捨山の有明の」までが「つきず」を引き出すための序詞となっている。さらに本歌が「わが心なぐさめかねつさらしなや姨捨山に照る月を見て」（古今和歌集）である。この一首の中に掛詞、序詞、本歌取りと和歌に於ける修辞を巧みに詠み込んでいるのである。作者の伊勢は平安時代の女流歌人で『後撰和歌集』には七十首載っている。伊勢守であった藤原継蔭《つぐかげ》の女《むすめ》である。またこの伊勢の私歌集である『伊勢集』に「さらしなのをばすてやまのありあけのつきずもものおもほゆるかな」（四〇四）があり、多少の言葉の違いはあっても、古今和歌集の歌をふまえながら、恋の心を詠んだ歌である。「尽きることなく物思いをしてしまうことだ」となろう。『伊勢集』の歌の場合「の」音の繰り返しを五つも用いてリズムをやわらかくしている。

『新古今和歌集』は建仁元年（一二〇一）、後鳥羽院の命によって撰進が進められいろいろな経過があってから元久二年（一二〇五）にまとまった。さらに完成したのは承元四年（一二一〇）

という。源通具《みちとも》、藤原有家《ありいえ》、藤原定家、藤原家隆、飛鳥井雅経《まさつね》、寂蓮（途中にて死亡）によって撰ばれた。非現実的な美の世界が求められ、技巧の多い歌集として有名である。

次に『新勅撰和歌集』を見ることにする。第九番目の勅撰和歌集である。この集から十三代集に入る。

能因法師

九月十三夜の月をひとりながめておもひいで侍りける

さらしなやをばすて山にたびねしてこよひの月をむかし見しかな

（新勅撰和歌集　二八一）

大意　九月十三夜の月をぼんやりとひとりで眺めていて、思い出したので詠んだ歌

かつて更科にある姨捨山に旅した時に泊った宿で、今夜の美しい十三夜と同じような月を昔見たことがあったことだ。

能因法師は平安時代（永延二年、九八八）から没年未詳の人。三十六歌仙の一人。俗名は橘永《なが》愷《やす》。二十六歳頃出家し、はじめ融因と号したがのちに能因《のういん》と改めた。各地を旅しながら詠んだ。著書には『玄玄集』（私撰集）、『能因歌枕』（歌論集）、『能因法師集』（私家集）などがあり、『後拾遺集』に多くの歌がある。この中の『能因法師集』の二一三番の歌が「九月十三日夜の月をひとり望月詠之」と詞書があって、前出の「さらしなやをばすて山に」の歌が出ている。「九月十三日夜の月」は八月十五日の月についで美しい月といわれ「のちの月」とも呼ばれている。「ひとりながめて」という詞書には、孤独の寂しさから、昔姨捨山に泊って見た美しい月を思い出し

た。能因は各地を旅しているが姨捨山に宿ったかどうかは不明である。宿らなくとも姨捨山の近くは通過しているであろう。能因はこの歌を詠んだ時には、実に美しいのちの月を見ているのである。そこでかつて旅した思い出を詠んだのである。「さらしなや」は更科にあるとなるのだが枕詞的に用いられ姨捨山にかけられている。用例は多い。能因の歌があったので『能因法師集』の中の姨捨に関する歌をここで見ることにする。

たえてとはぬ男の、さすがにこと人にものいふなりなどいひせいしたれば、その女にかはりて

君もこず人もとはずはしもつけやふたあら山と我やなりなむ　（能因法師集　四三）

いまの男のせきもりありけりなどいひたるに又かはりて

をばすての山となりにし我なればいまさらしなに関守もなし　（能因法師集　四四）

大意　訪れなくなってしまった男が、やはり別の男性と親しく交る人がいるのであろうなどといって、男との付き合いを制したので、その女にかわって詠んだ歌

あなたも来てくれないし、あの人も来てくれないならば、下野の国にある二荒山のように二人あらぬ身となってしまうのでしょうか。

この話題の男が見張りがいるなどといったので又代わって

姨捨のように捨てられてしまった私ですから、いまさら見張りなどいません。

これらの二首の歌は女性のための恋歌の代作である。当時は男性が女性に代わって詠んだりし

ていた。「二荒山」と「二人あらぬ」が掛詞となる。これは日光の地の歌で東国の歌である。姨捨の歌については、姨捨の山となってしまった自分ということで、捨てられてしまった自分、あるいは年老いてしまった自分の意で姨捨を用いているので、実際に写実の歌ではなく、単なる比喩として用いられていることになる。

『能因法師集』の中の歌をここにあげてみる。

ある所にある女、桜の散るを見て、もの思へるさまにてかくいふ

うき身をばなぐさめつるに桜花いかにせよとかかくは散るらん　（能因法師集　六六）

大意　ある所に住んでいたある女性が、桜の花が散るのをみて、もの思いに沈んだ様子で、このように詠んだ。

悲しくつらい思いを慰めていたのはこの桜花であったのに、いったい、私にどうせよというのであろうか、このように散って。

この歌は『新続古今和歌集』雑上の一六四六番に能因法師として入集している。「悲しくつらい思い」というのは、訪れの途絶えがちな男性への思いであろう。姨捨とは直接関係のない歌ではあるが次の歌がこの歌を聞いての返歌であるから一応引いておいた。

これを聞きて

思ふことなぐさめけるは桜花をばすて山の月にますかも　（能因法師集　六七）

大意　この歌を聞いて

思い悩むことを慰めてきたのは桜の花であった。清く澄みとおって姨捨山に出ている月よりも桜の花の方が慰められる点ではまさっていることだ。

古今和歌集の歌の「慰めがたい」という姨捨山のイメージがこの歌に盛り込まれている。

女かへし

をばすての山をば知らず月見るはなほ哀れます心地こそすれ

（能因法師集　六八）

大意　女の返歌

私は姨捨山の月のことは知らないが、月を見るということは、しみじみとした情趣深い悲哀も増すような心地がする。

ここでは、心が慰められるのは桜の花か月かということだが、やはり、どちらかというと月の方が悲しみが増すようだというのである。姨捨山に捨てられた老人が見る月の悲しみがこの一首にも込められているのである。この女性は老いているのかもしれない。

また返し

月はなほ哀れと物を思ふなりつれなき人は見ぬにやあるらん

（能因法師集　六九）

大意　再度の返歌

月はやはりしみじみし物悲しいものだと、月を見ていると物思いがましてくる。無情で冷淡なあの人は月を見ないのであろうか。

来てもくれなくなってしまった男性への恋情を切々と詠んだ歌である。

かく言ひわたる人、九月ばかりになくなりけりと聞きてあはれ桜を惜しみしものをなど思ひて

桜花ちるを惜しみし言の葉になみだの露の今朝は置くかな

（能因法師集　七〇）

大意　このように言いながら日を過ごしていた女の人が、九月の頃に亡くなったと聞いて、ああ桜の花の散るのを惜しんでいたのになどと思って

桜の花が散るのを惜しんでいた言葉、その葉に涙の露が今朝は置かれることよ。

姨捨と関らないが一連なので上げてみた。

題しらず　　正三位家隆

さらしなやをばすて山のたかねよりあらしをわけていづる月かげ

（新勅撰和歌集　二五四）

大意　更級にある姨捨山の高い嶺から強い風を分けて出てきた月の光よ

藤原家隆《いえたか》は保元三年（一一五八）～嘉禎三年（一二三七）。藤原俊成に学んだ。歌人として藤原定家と並び称された。この歌は『壬二《みに》集』（五〇）（一〇六〇）と二つ出ている。『三百六番歌合』（三四〇）に廿六番右に出ている。『家隆卿百番自歌合』（六〇）、『落書露顕』（五五）、『六華和歌集』（七二五）などにも載っている。多く載っていることは有名な歌なのだと思う。

題しらず　　　　　　　　　　　　　　　　　　　　西行法師

あらはさぬわが心をぞうらむべき月やはうときをばすての山

（新勅撰和歌集　一〇八四）

大意　姨捨山に照る月を見て、心が慰まないからといって、月を恨むべきではない。心の憂愁を発散させず、中に籠らせている自分の心をこそ恨むべきだ。月は姨捨山が嫌いだから疎遠にするなどと別に区別しているわけでもなく、他の山と同じように照らしているではないか。

西行法師は元永《げんえい》元年（一一一八）～文治六年（一一九〇）。俗名佐藤義清《のりきよ》といった。鳥羽上皇に仕えた武士であったが、二十三歳で出家し以後は修行・作歌など続けた。僧であるので仏教的なことが関わってくるので解釈がむずかしい。西行の歌の参考書をいろいろ見てもなかなか納得がゆかない。神作光一先生に教えていただいたこの解釈で、やっと納得することができた。『御《み》裳濯河歌合《もすそがわうたあわせ》』（六六）にも載っている。この集は西行の自歌合で西行が自選し七十二首を三十六番の歌合形式に編集したもの。俊成を判者としている。例としてここにあげておく。

卅三番　左持　　　　　　　　　　　　　　　　山家客人（西行法師）

わしの山思ひやるこそとほけれど心にすむぞ有明の月

右　　　　　　　　　　　　　　　　　　　　野径亭主（西行法師）

あらはさぬわが心をぞうらむべき月やはうときをばすての山

俊成判詞

「二首の釈教の心、左は霊鷲山を思ひ、右はをばすてをおもへり、天竺和国雖異、所詮心月輪を観ぜり、歌のしなも又同じ、仍為持」とある。三十三番と三十四番は釈教の歌というわけである。

文法的なことを少しあげておく。まず「心をぞ」の「ぞ」は係助詞、「べき」が結びなので、「恨むべきである」となる。「月やはうとき」の「やは」は反語「疎いだろうかいや疎くはない」の意。「うとき」の意味は、「親しくない、そっけない」などの意である。この歌が仏教的な寓意の歌ならば「真如の月（煩悩が解けて現われ出る心の本体を明月にたとえていう語）が悟れない自分の心を恨むべきだ」となるのか。

『新勅撰和歌集』には三首姨捨の歌がある。能因、家隆、西行の歌である。いずれも当代きっての歌人である。『新古今和歌集』に次ぐ第九番目の勅撰和歌集。撰者は藤原定家。後堀河天皇の勅命によったが、政界の乱れなどがあり譲位、また崩御など重なり稿本焼却などもあったようである。道長家にとどめられていた稿本をもとに再び定家が完成させたという。歌枕の「姨捨」から少し離れてしまったのだが、「月」といえば「姨捨」を思い起こし、『古今和歌集』『今昔物語集』などによる伝説をふまえていると考えられる。

九月十三夜十首歌合に名所月　　　　参議為氏

秋ごとになぐさめがたき月ぞとはなれてもしるやをばすての山　（続後撰和歌集　三六〇）

大意　九月十三夜に十首歌合をした時名所の月という題で詠んだ歌

秋が来るたびに毎年九月十三夜の月を眺めていて珍しくなくなっていても見るたびに慰めがたくなぜ感じるのだろうか、姨捨山に出る月を。

この歌は『影供《えいぐ》歌合』建長三年の二三一番に載っている。「長月のきくのたかはま月影にうつろふなみを花かとぞ見る」（一三三二）が右の歌で左が勝っている。為氏は定家の孫にあたる。『続《しょく》後撰《ごせん》和歌集』は後嵯峨院の勅命により藤原為家が建長三年（一二五二）に奏上した。姨捨に関る歌は一首である。

あやしくも慰めがたき心かなをばすて山の月も見なくに

小野小町

（続古今和歌集　一八五〇）

大意　不思議なことに慰めがたい（気がまぎれない）心であることよ。心が慰まないと言われている姨捨山の月を見たわけではないのに。

小野小町は平安時代の女流歌人。絶世の美女として語りつがれている。六歌仙の一人でもあり名歌が多い。生没年未詳である。この歌は『小町集』（九六）にも載っている。『続古今《しょくこきん》和歌集』は後嵯峨院からの院宣を受け初め藤原為家が、後に藤原基家、同家良、同行家、同光俊が加わって撰ばれた。「見なくに」の「な」は打消「ず」の未然形「く」は接尾語。「に」は間投助詞で和歌に多く用いられた。

善光寺にまうでける時をばすて山の麓にやどりて詠み侍りける　前大僧正覚忠

今宵われをばすて山の麓にて月待ちわぶと誰かしるべき

（続古今和歌集　八七六）

大意　善光寺にお参りした時、姨捨山の麓に宿って詠んだ歌

今宵私が姨捨山の麓に宿泊してあの有名な月を待ちわびていると誰が知るだろう。

この歌は『万代和歌集』（三三七八）にも載っている。この集は私撰集で撰者は衣笠家良かと言われている。宝治二年（一二四八）の成立。作者の前大僧正覚忠《かくちゅう》は比叡山長谷大僧正である。

千五百番歌合に　宜秋門院丹後

郭公なれもこころやなぐさまぬ姨捨山のつきに鳴く夜は

（新後撰和歌集　一九一）

大意　郭公よお前も心が慰まないのか。姨捨山に出ている月の夜に鳴く時は。私も姨捨山の月を見ながら心慰まないのだよ。

この歌は『千五百番歌合』（八五九）の四三〇番左「さみだれにふしみのたゐに水こえてにはまでつづく宇治の河波」（隆信朝臣）の右の歌として載っている。『夫木《ふぼく》和歌集』（二八二四）にもある。この集は私撰集で延慶二年（一三〇九）から三年に一応成立したという。撰者は藤原長清である。作者丹後は、生没年未詳。鎌倉時代初期の女流歌人。定家、隆信と親交が深かった。『新後撰和歌集』は後宇多上皇の院宣により二条為世らが撰んだ。「郭公」と初句切れにして呼びかける形式で歌い始め、「こころやなぐさまぬ」で係助詞疑問の「や」と結び「ぬ」打消助動詞

連体形で三句切れにして呼びかけを受けた。「なれも」の「も」に「私も」が込められている。

この歌も伝説の姨捨山をふまえている。

第十五番目の勅撰和歌集『続千載和歌集』を見ることにする。

名所夏月といふことを

明け易き空にぞいとどなぐさまぬ姨捨山のみじか夜の月

大江貞重

（続千載和歌集　二九六）

大意　名所の夏の月という題で詠んだ歌

夜の明け易い夏の空にはますます気がまぎれないことだ。姨捨山に出ている夏の短い夜の月よ。

月の名所といえば姨捨山の月。しかもその月は慰めがたきもののたとえと『古今和歌集』の昔から言われている。この歌も古歌を心に置いて詠まれたものであろう。作者については調べがつかない。

題しらず

月見ればころも手さむし更級やをばすて山の峯のあき風

鎌倉右大臣（実朝）

（続千載和歌集　四五九）

大意　題はしらない

姨捨山の峰を吹きおろす秋の風によって更級にある姨捨山の月を見ている私の衣の袖は冷たくなったことだ。

この歌は「明けぬるか衣手寒し菅原や伏見の里の秋の初風」（新古今和歌集二九一　藤原家隆）「故郷伏見の里に宿って一夜明けたことだ。身にしみて袖が寒く感じられる。菅原の伏見の里の秋の初風は」の歌をふまえているのだろうか。実朝の私家集『金槐和歌集』の二八四番の歌として「名所秋月」と詞書があってこの歌が載っている。ついでに『金槐和歌集』のもう一首の姨捨の歌を見る。

名所秋月

やまさむみ衣手うすしさらしなやをばすての月に秋ふけしかば

（金槐和歌集　二八五）

大意　名所の秋の月

山が寒いので月を見ている私の衣の袖も薄く感じられることだ。姨捨山の月にも秋の夜はふけてきたので。

前歌二八四番の歌と心はほとんど同じである。あるいは詠みかえたのかもしれない。晩秋の姨捨山に照っている月を仰ぎ見ているとそうでなくても心は晴れないのに冷え冷えとして、袖の薄さが感じられた。「やまさむみ」の「み」は形容詞の語幹に接尾語「み」がついて「～なので」の意となる。「山が寒いので」と解釈できる。『続千載和歌集』は後醍醐天皇の勅命（諸説有り）によって二条為世が撰んだ。源実朝は源頼朝と北条政子の二男。三代将軍となったが鶴岡八幡宮で殺されたのは周知の通りである。二十八歳であった。万葉調の大らかな骨太い歌を『金槐和歌集』などに残した。

百卅四番　左　　家隆

うき雲は月やはらふさらしなやをば捨山のみねの秋風

右　勝　　雅経

遠山田いなばの風はほのかにていほもるひたのさ夜ふかきこゑ

（老若五十首歌合　二六七・二六八）

百卅四番　左　　家隆

大意　更科にある姨捨山を吹く秋の風は月にかかっていた浮雲を払ってしまったのだろうか

右　勝　　雅経

遠い山田の稲葉を吹く風はほのかで仮小屋をもれる鳴子の音が夜ふけに聞こえていることだ。

同じような歌なので家隆の歌をあげておいた。歌合せでは家隆の歌の方が負けである。家隆の私家集『壬二集《みに》』一七一七番にも載っている。『壬二集』には姨捨に関わる歌が他にもある。

しなのへくだる人に餞するとてよめる　　貫之

君が行く所ときけば月みつつをばすて山ぞ恋しかるべき

（続後拾遺和歌集　五四七）

大意　月の名所として知られている姨捨山はあなたが旅立ってゆかれる所と聞くので今後は月を見ながら姨捨山ばかりが恋しく思われることであろう。

紀貫之《きのつらゆき》は貞観十二年（八七〇）頃から天慶八年（九四五）頃の人。歌人。紀望行の子。『古今和歌集』の撰者であり代表歌人でもある。また「仮名序」の筆者。『土佐日記』の作者としても知られ、王朝文学史に貢献した。この歌は『貫之集』（六一一）『秋風和歌集』（九八七）にも載っている。『新後拾遺和歌集』（八五三）にも載っていて、詞書に「しなのへくだりける人に、大納言師氏の餞し侍りけるによめる」とある。また『古今和歌六帖』（二三七四）にもあって詞書は「わかれ」となっている。『貫之集』を見ると「師氏宰相の君のめしけるにたてまつる二首」とあって、「我にしも草の枕はこはなくにものへと聞けば惜しくもありける」（私だけに一緒に旅に行きませんかと乞うのではないのに、旅に出ると聞くと惜しまれることだ）の歌が六十番にあって、六十一番がこの歌である。但し「君がゆくところをきけば」と「と」が「を」となって多少の違いがある。師氏の少将が信濃に行く人に餞別の宴をしようとして貫之に詠ませなさった歌ということである。『続後拾遺和歌集』は、後醍醐天皇の勅命によって二条為藤、二条為定が撰者となった。第十六番目の勅撰和歌集である。この集には二首姨捨の歌がある。

題しらず　　祝部成茂

さらしなやをばすてやまのむかしより秋の心は月ぞ知るらむ

（続後拾遺和歌集　三五六）

大意　題はわからない

更科にある姨捨山に照る月は慰めがたいと言われている昔から秋のもの寂しいほんとうの

心は月だけが知っているのであろう。

作者の成茂は治承四年（一一八〇）生まれ、没年未詳。祝部宿禰。『新古今集』以下の勅撰和歌集に作品がある。この歌も『古今和歌集』の歌を心に置いての作である。

次に第十七番目の『新千載和歌集』を見る。一首載っている。

源信明朝臣

秋の夜の暁がたの月みればをばすて山ぞ思ひやらるる

（新千載和歌集　四五〇）

大意　秋の夜の明け方の月を見ていると、あまり美しいので、月の名所である姨捨山に照る月もさぞ美しいだろうと遠く思いをはせることだ。

『新千載和歌集』は延文元年（一三五六）、後光厳天皇の勅命によって二条為定が撰者となった。源信明《さねあきら》は延喜十年（九一〇）から天禄元年（九七〇）三十六歌仙の一人。『信明集』という私家集がある。「思ひやる」というのは「遠く思いをはせる・想像する・推量する」などの意がある。「山ぞ思ひやらるる」の「ぞ」は係助詞の強めで「思ひやる」が強められている。「るる」は自発の助動詞「る」の連体形で「ぞ」の結びとなっている。自然に思いをはせることになる。作者はあるいは姨捨の月の美しさを見たことがあるのかもしれない。そしてかつての体験が京で月を見ていた時思い出されたと考えられる。

三条入道左大臣

正治二年　百首の歌に

更級や姨捨山の月は見じおもひやるだになみだ落ちけり

（新拾遺和歌集　四〇六）

大意　正治二年の百首の歌に詠んだ

更級にある姨捨山に出ている月は見ますまい。遠く思いやるだけでも棄てられた姨のことなど思われて涙がこぼれてしまうことだ。

『新拾遺和歌集』は足利義詮《よしあきら》のすすめで後光厳院が藤原為明に勅命を下され、第十九番目の勅撰和歌集である。この歌は『秋風和歌集』にも三八八番に「正治二年にたてまつりける百首歌に」として載っている。また『正治初度百首』の一八五一番に「詠百首和歌」と詞書があり、作者は入道左大臣実房（沙弥静空）として載っている。但し「姨捨山の月は見じ」の「の」が「姨捨山に月は見じ」と「に」になっている。少し意味が違ってきそうである。実房は通称三条入道左大臣といわれ、法号が静空である。久安三年（一一四七）頃から嘉禄元年（一二二五）の人。「正治二年院御百首」他『千載和歌集』以下勅撰集に三十首入集。

入道左大臣実房（静空）

詠百首和歌　冬

さえわたる月のくまなくみゆるかなをば捨山の有明の雪

（正治初度百首　一八六三）

大意　百首詠んだ時の和歌　冬

冴え渡る月は曇りや影もなく澄みきって見えることだ。姨捨山の明け方の雪明かりの中に。

実房の歌があったのでここで取り上げておいた。月の名所である姨捨山を頭において、冬月を詠んだ歌である。

詠百首和歌　　前中納言隆房

月よりもなぐさめがたきながめかなをばすて山の夕ぎりの空

（正治初度百首　八四八）

大意　百首詠んだ時の和歌

慰めがたい例として姨捨山の月は用いられるのだが、月よりも夕霧のかかった姨捨山の空の風情は一層慰めがたいものであるよ。

姨捨山の空に出ている月と、夕霧のかかった姨捨山の空と比較して、慰めがたいのは、月よりもむしろ夕霧の方だという歌で、これも古歌をふまえている。『正治初度百首』が前歌にあったので、ここにとり上げた。隆房は久安四年（一一四八）から承元三年（一二〇九）の人。藤原隆房。私歌集に『隆房集』がある。

月の歌として詠ませ給うける　　後二条院御製

更科や姨捨山もさもあらばあれ唯我がやどの雲の上の月

（新後拾遺和歌集　三六三）

大意　月の歌としてお詠みになった歌

更科にある姨捨山に出る月は美しいというが、それはまあともかくとして、ただ私の家の雲の上に出ている月の美しいことよ。

『新後拾遺和歌集』は後円融院の勅命によって、二条為遠が撰んだがその死後二条為重があとをついで撰進した。第二十番目の勅撰和歌集である。後二条天皇は第九四代天皇『後二条院御集』などがある。「さもあらばあれ」は「ままよ・ともかく」の意がある。なりたちは「さも」（副詞）＋「あら」（ラ変動詞未然形）＋「ば」（接続助詞）＋「あれ」（ラ変動詞命令形）となる。『後二条院御集』の一七九番にも載っている。

月多遠情といふ事を

さらしなや姨捨山の峯までもおもひやらるる夜半の月影

源有宗朝臣

（新続古今和歌集　四六六）

大意　月は遠く思いやる心が多いという題で詠んだ歌

あの美しい月の名所である姨捨山の峰までも自然に遠く思いやられることだ。この美しい夜半の月の光よ。

『新続古今和歌集』は二十一代集最後の集である。六代将軍義教が撰者として飛鳥井雅世を推挙し後花園天皇が勅命を下した勅撰和歌集である。この歌は『題林愚抄短歌』の四二八二番に載っている。また『万代和歌集』の九七四番の歌としても載っている。美しい月を見ていて、名所姨捨山の月を想像した歌である。この歌については古歌をふまえているということではなく、単に月の名所としての姨捨山が詠まれているのである。

関白左大臣

中務卿宗良親王しなのの国よりのぼりて、河内国山田といふ所に住み侍りし比、九月十三夜月いとあかかりしに申しおくり侍りし

おも影もみしにはいかにかはるらんをば捨てならぬ山のはの月

（新葉和歌集　三三二）

中務卿宗良親王

返し

身のゆくへなぐさめかねし心にはをばすて山の月もうかりき

（新葉和歌集　三三三）

大意　中務卿宗良親王が信濃の国から上京して河内国の山田という所に住みなされた頃、九月十三夜の月がたいそう明るかったので申し送りなさった歌　関白左大臣

姨捨山のほんとうの美しい月の面影を見てからは、どんなにかかわったことでしょう。姨捨山に照る月ではないこの山の端にかかっている月は。

返しの歌　中務卿宗良親王

わが身の行く末を思い気がまぎれない心で見ると美しいはずの姨捨山の月もつれなく無情なことだ。

八代集と十三代集と合わせて二十一代集となる勅撰和歌集がある。『古今和歌集』から『新続古今和歌集』までである。この『新葉和歌集』は、準勅撰集である。撰者は宗良親王。この方は、正和元年（一三一二）から元中二年（一三八五）の方で七十四歳で没している。七十五歳説もあるようだ。後醍醐天皇の第五皇子。母は二条為世の女《むすめ》贈従三位為子である。母の甥にあたる二条

為定に師事し、二条家風の和歌を学んだ。家集に『李花集』がある。十五歳で天台座主となり、北条氏討伐に従事し敗れ讃岐に配流。再び都に還った。遠江、甲斐、信濃等にて戦う。後村上天皇が為定を撰者として勅撰集を編む計画があったが崩御。後村上天皇の追慕のため宗良親王が撰集を編まれ、長慶天皇の命によって準勅撰集となった。南朝の歌人の歌をここにまとめ上げられた。宗良親王はたえず戦っていて、信濃にも行っていた。姨捨山の美しい名所の月を見ているので、京に帰って山に照る月を見ても見方が変わったことだろうと関白左大臣にいわれたのに対して、美しいはずの月も自分の行く末を考えると美しいとばかりは言えないと返歌している。戦争にあっての不安の心情が表出されている。関白左大臣は二条教頼である。

をばすての山の嵐に雲きえて月すみわたるさらしなのさと

民部卿光資

（新葉和歌集　三三一九）

大意　姨捨山に吹きつのっていた嵐のために、雲がすっかり払われて、今更科の里には月が澄み渡っていることだ。

民部卿光資は中納言光資として『南朝五百番歌合』に参加している。歌そのものは名所の月が澄みきった空に冴え返っている意味、それほど新鮮味はないと思う。だいたい南朝歌人の歌を『新葉和歌集』にまとめられたので、特にすぐれた歌というわけにはゆかない平凡な歌と思う。

をば捨山ちかく住み侍りし此、夜ふくるまで月をみて思ひつづけ侍りし　中務卿宗良親王

これにます都のつとはなきものをいざといはばやをば捨の月　（新葉和歌集　三三〇）

大意　姨捨山の近くに住んでおりました頃、夜がふけるまで月を見て思い続けてをりました時の歌

この美しい月にも増すものは都への土産としてはないのになあ。さあ、都の人に持ってゆきたいものだよ、姨捨山に照る月を。

『古今和歌集』巻二十に「をぐろさきみつのこじまの人ならば宮このつとにいざといはましを（お黒崎のみつの小島の人ならば、都の人へみせるみやげとして、さあ都に行かないかと誘うのだが）」（一〇九〇）とある。この歌を本歌取りしていると思われる。「都のつと」は土産のことである。「なきものを」確定条件を表わす逆接の場合と順接の場合とがあるが、これは和歌の中に用いられている「ものを」なので詠嘆の意を表わし「なのになあ・のだがなあ」の意としてとりたい。「いざ」は「自分の気が進んで何かを始めようとするときに発する語」で「どれ・さあ」の意となる。「ばや」は、自己の願望を表わす「したいものだ・しよう」などの意となろう。この歌も名所の月としての美しさを詠んでいる。

ここまでで勅撰和歌集に詠まれた姨捨の歌については見終えた。次には私撰集、等を見てゆきたいと思う。

私撰集1

寂蓮

百首歌中に月の歌とて

いひしらずせめても月のさゆる夜はうす霧わたるをばすての山

（玄玉和歌集　一四一）

寂蓮

大意　百首の歌の中に月の歌として詠んだ

言いつくせないほど美しいものだ。すくなくとも月の冴えている夜は。今はうす霧がかかってぼんやりとしている姨捨の山よ。

左少将定家朝臣

左大将家の百首歌の中に月の歌とてよめる

さらしなは昔の月のひかりかはただ秋空ぞをばすての山

（玄玉和歌集　一八二）

左少将定家朝臣

大意　左大将家の百首の歌の中に月の歌として詠んだ

更級の里に出ている月の光は昔のままの光であろうか、いやそうではないだろう。今はただ秋風がむなしく吹いている姨捨山よ。

前歌「いひしらず」は「形容のしようがない・言い尽くせない」の意で初句切れ。「せめて」は「非常に、すくなくとも」などの意。後の歌の「かは」は反語で「〜であろうか、いや〜ではない」の意。寂蓮にしても藤原定家にしても当代きっての歌の達人である。

百首歌中に、月歌とて

皇太后宮大夫俊成

月みればなぐさめがたしおなじくはをばすて山の都なりせば

（玄玉和歌集　一九二）

大意　百首の歌の中に、月の歌として詠んだ歌

皇太后宮大夫俊成

月を見ると気がまぎれないことだ。おなじことなら姨捨山が都にあるのだったらなあ。

『古今和歌集』の姨捨の古歌をふまえ、姨捨に出る月は気がまぎれないものだといっている。「都なりせば」の「せば」は下に「まし」の略された形で反実仮想を表わす。現実にそういうことはないことを仮に想像する時に用いる。現実に姨捨山は都にはないのであるが、都にあるのだったらと想像していることになる。

月前述懐といふ心を

隆信朝臣

さらしなやをばすて山もまだみぬに思ひしらする夜半の月かな

（玄玉和歌集　一三九）

大意　月前に思いを述べる心を詠んだ歌

隆信朝臣

更級の里にある姨捨山はまだ見たことがないのだが、しみじみとわかることだ。夜半のこの美しい月よ。

この歌は『隆信集』の二〇六番に詞書が「後徳大寺左大臣、大納言と申ししときの百首に、月のまへのとほき心といへることを」とあって載っている。また、『治承三十六人歌合』の一二六番「月前遠情」として。『三百六十番歌合正治二年』の三三〇番。『歌仙落書』二七一番に右馬権

頭隆信七首の中の一首などに載っている。

『玄玉和歌集』は私撰和歌集。撰集の時期は、鎌倉初期ともいわれている。撰集者は未詳である。仮名序に「つれづれのなぐさめがたきあまりに、ちかき世のうたを集めて玄玉集となづく」とある。収められている歌人はここにあげた他に西行、俊恵、慈円、家隆などである。当代の名だたる歌人の歌が集められている。また序に「ちかき世」とあるのでこれらの歌人の活躍した時代に撰集されたと考えられる。姨捨に関する歌は前述の四首である。

をばすての月をしめでじみみと川そこをのみこそしのびわたらめ　（古今和歌六帖　一五六二）

かは　つらゆき

かわ（川）　つらゆき

大意

　姨捨山の月は愛でますまい。みみと川のそこだけを人目をさけて渡ることにしよう。

『古今和歌六帖』は編集も成立も諸説がありすぎて定説がない。ただ万葉、古今、後撰集の中の歌が四四〇〇首余り撰ばれている。たぶん歌の手本のような形で平安時代に撰ばれたものであろう。作者貫之については前に述べているが『古今和歌集』の撰者であり『土佐日記』の作者であり歌聖である。「みみと川」はどこの川か調べがつかない。この集の中には姨捨に関する歌が三首ある。すでに書いているが一応歌のみあげておく「きみがゆくところときけばつき見つつをばすて山ぞこひしかりける」（貫之　一二三四七）、「我が心なぐさめかねつさらしなやをばすて山にてる月を見て」（作者未詳　三三二〇）である。後の歌は『古今和歌集』にあって、この歌が姨捨山に関わるすべての歌の元になっている。なお文法的なことを少し書くと、「めでじ」の「じ」は打消の意志の助動詞「〜すまい」、「し」は強め。「こそ」が係助詞で結びは「め」意志の助動詞「む」の已然形である。『夫木和歌集』に「ちくま川」として載っている。

高倉一宮のくさあはせのかちわざの事しけるにをばすて山に月をのぞむ人あるところに　藤原家経朝臣

久方の月はひとつををばすての山からことにみゆるなりけり

（続詞花和歌集　一八二）　藤原家経朝臣

大意　高倉一宮で草合せの勝負事をした時に、姨捨山の月を希望する人があるところで歌った歌

月はどこに照っていてもひとつであるのに姨捨山からの月はことに美しく見えることだ。

「高倉一宮」は「高倉一宮紀伊」のことか。「紀伊」と呼ばれている。「くさあはせ」は昔、五月五日の節句などに種々の草を出し合って優劣を競った遊びである。「かちわざ」は勝負事で勝った方がするもてなしの意がある。「久方の」は「月」にかかる枕詞。『続詞花和歌集』は私撰集。撰者は藤原清輔。三十巻。歌数は一〇〇〇首。この集の中には姨捨関係の歌は一首である。

勧持品　清輔

をばすての山のけしきのしるければいまさらしなに照らす月かげ

（今撰《こんせん》和歌集　二一三）

大意　仏教に帰依する心を　清輔

姨捨山の景色がきわだっているから、今更級の里を照らしている月の光よ。

『勧持品』は仏教の用語。法華経第十三。仏に帰依する心である詞書として釈教歌にしばしばでてくる。「いまさらしなに」は掛詞、「今更級に」と「今さら」とが掛けられている。『今撰和歌集』は「こんせん」と読む。歌集。藤原顕昭の撰。『続詞花集』とほぼ同時代に成立。歌数は二一三首と少ない。姨捨に関する歌は一首。

千五百番歌合　嘉陽門院越前

なぐさまぬ心に月のめぐりきて昔にかへるをばすての空

（夫木《ふぼく》和歌集　五一七四）

大意　千五百番歌合の時の歌　嘉陽門院越前

気がまぎれない心のままに、又満月がめぐってきて、昔の状態にもどってしまう姨捨の空の月であることだ。

この歌は『千五百番歌合』の一四七九番の歌として載っており、七四〇番左の歌は公経卿の「たまぼこのゆくての袖にてるまでにもみぢをあらふ秋のゆふぐれ」で、その右の歌である。判者は釈阿で右が勝っている。

正治二年百首　正三位季経卿

これもまたなぐさめかねつうの花の月かと見ゆるをばすての山

（夫木和歌集　二三九四）

大意　正治二年百首の歌に　正三位季経卿

これもまた気がまぎれないひとつである。卯の花が姨捨山にまるで月かと見まごうほど白々と咲いていることだ。

今まで姨捨に関る歌を上げてきたのだが、白々と咲く卯の花も心がなぐさまない例として上げてあったのははじめてである。

月前鹿　後嵯峨院御製

月見てもなぐさめかねてなくしかのこゑすみのぼるをばすての山

（夫木和歌集　四八二四）　後嵯峨院御製

大意　月の前の鹿の歌

美しい月を見ても心がなぐさめられないで鳴いている鹿の声がますます澄んでゆく姨捨の山よ。

建保三年名所百首　正三位家衡卿

雲やなきをばすて山の秋のそら月ぞすみけるさらしなのさと

（夫木和歌集　一四七八〇）　正三位家衡卿

大意　建保三年名所百首

雲がかかっていない姨捨山の秋の空に月が澄みきっている更級の里よ。

承安二年前参議教長卿家歌合　暁郭公　清輔朝臣

月よりもなぐさめかねつほととぎすをばすて山のあけぼののこゑ

（夫木和歌集　二八二三）

大意　承安二年前参議教長卿家歌合の時、暁の郭公という題の歌　清輔朝臣
月はなぐさめがたいものだけれどそれにも増して気がまぎれないのは明け方姨捨山に鳴くほととぎすの声であるよ。

千五百番歌合　後京極摂政
さらしなやをば捨山のうす霞かすめる月に秋ぞこもれる
（夫木和歌集一五七六・千五百番歌合二七三）

大意　千五百番歌合の歌　後京極摂政良経
更級の里にある姨捨山にうっすらと霞がかかっているが、かすんだ月の中にも秋の気配がこもっていることだ。

この歌は『千五百番歌合』の二七三番左の歌で、左大臣正二位藤原朝臣の作となっている。なお右の歌として「たづねいるこころのはてをみよし野のやまよりふかく花やしるらん」の作者が通具朝臣である。この左の判詞は「をばすて山のうすがすみに秋のこもれらんこころをかしく侍り」右の判詞は「よろしくは見ゆるを、をちかくかやうのこころききはべりしやうにおぼえ侍れどさのみはばかりあふべからざるにや可為持歟」といって、持にしている。

承保三年十一月源経仲朝臣出雲国名所歌合　よみ人しらず
いかにしてをばすて山の月よりもいづものうらにてりまさるらん　（夫木和歌集　一一四一一）

大意　承保三年十一月源経仲朝臣出雲国名所歌合に　よみ人しらず
どうしてあの有名な姨捨山に照る月よりも出雲の浦にすばらしく照るのであろう。

をばすて山　信乃　光台院入道二品親王家五十首　山家月　信実朝臣

佐良科やをばすて山の柴の戸にしばしも秋の月はくもらず　（夫木和歌集　八二六一）

をばすて山　信濃　光台院入道二品親王家五十首　山家月の歌　信実朝臣

大意　更級の里にある姨捨山の柴で作った粗末な家の戸にまでもさしている秋の月は少しの間さえも曇らないことだ。

「佐良科」という書き方がめずらしい。「柴の戸」「しばし」の音の重ねでリズムを整えた方法もとられている。

定家卿母の思ひにて侍りける時つかはしける時《ママ》　五首御歌　後京極摂政

みよし野やをばすて山の春秋もひとつにかすむ雪のあけぼの　（夫木和歌集　七三〇七）

大意　定家卿が母の思いにおられた時つかわした　五首御歌　後京極摂政

み吉野の里は雪が降っていて明けようとしているが姨捨山の春の景色も秋の景色もひとつ色にかすんで今は雪が降っている。

『夫木《ふぼく》和歌集』は『夫木和歌抄』ともいわれる。私撰歌集。撰者は藤原長清。鎌倉時代に成立。歌数は一七三五二首。三十六巻。この集は歌数も多いが姨捨に関る歌も多い。全部で十二首あった。すでに他の集と重なっていてここでまとめて十二首は説明しなかった。歌そのものはあまり特徴がなくやや平板なきらいがあるが、姨捨を角度をかえて見ているのがおもしろいと思った。

次に『万代和歌集』の歌を見ることにする。全部で五首ある。

勧持品を　　法橋顕昭

あまぐもやいまさらしなにはれぬらむ月すみにけりをばすての山　（万代和歌集　一六八六）　法橋顕昭

大意　勧持品という題で

雨雲がかかっていたが今去ったために更級の里ははれたのであろう。月が澄み渡っているなあ、姨捨の山よ。

「今さらしなに」が「今さら」と「更級」との掛詞。「今さら」は「今去って」の意、「更級」は地名。作者の顕昭《けんしょう》は、藤原顕昭。顕輔の養子として歌学家である六条家の中心人物の一人。十二歳で作歌したという。「法橋」は僧の位のこと。「法印《ほういん》」が第一等の僧位。次が法眼。その次が法橋という僧位であるという。

をばすて山の月を見てよみ侍りける　　藤原範永朝臣

世にふとももをばすて山のつき見ずばあはれもしらぬ身とぞならまし　（万代和歌集　九七五）　藤原範永朝臣

大意　をばすて山の月を見て詠んだ歌

年をとったとしても姨捨山の月を見なかったならば、しみじみとした情趣深さも知らない自分となったであろう。幸いなことに姨捨山の月を見ることができて、しみじみとした趣深さを解することができたことだ。

私歌集『範永朝臣集』九七には「よにふともをばすて山の月みずばあはれをしらぬみとやならまし」とあって「あはれも」が「あはれを」となり「身とぞならまし」が「みとやならまし」と多少の違いがある。「身とぞならまし」の「ぞ」は係助詞の強めで「身となったであろう」となり、「や」は係助詞の疑問を表わす。範永は生没年未詳。平安時代末期の人。藤原範永。『万代和《まんだい》歌集』は私撰集。撰者は衣笠家良かといわれている。宝治二年（一二四八）に成立。二十巻。姨捨に関わる歌は五首あるが他の三首はすでに他の集にも出ていて説明済みなのでここでは省く。

私家集1

『壬二《みに》集』は藤原家隆の私家集である。「姨捨」に関わる歌は十首ある。七首ここにあげる。三首については既に書いている。

みし秋の月よりのちも慰まず雪のあしたのをばすての山　（壬二集　一六七五）

大意　秋の頃に姨捨山に照っていた月を見た時も気がまぎれなかったのだが、それ以来ずっと気のまぎれる日とてないことだ。今雪の朝の姨捨の山よ。

雪の朝真白く姿をかえている姨捨山であるが、気が晴れない姨捨山の月のたとえのようにずっと秋から冬にかけても気が晴れない日が続いてしまっている。「みし秋」の「し」は過去の助動詞である。かつて秋に見た時の月なのである。この歌も姨捨山の月は慰めがたいという『古今和歌集』の「わが心なぐさめかねつさらしなやをばすて山にてる月を見て」をふまえている。

恨みわび袖ばかりにやくもりけんをばすて山の秋のよの月　（壬二集　二四九九）

大意　あの人のつれなさに恨み悲しんで涙にぬれた袖だけがくもって晴れないのであったのだろうか。姨捨山には美しく照っている秋の夜の月よ。

自分の心だけが何時までも曇ってしまっていて心が晴れない。姨捨山の月は気がまぎれないと例えられているのに、その姨捨山にかかっている秋の月は美しく照っているのにというような気持ちなのだと思う。「ばかりにや」の「にや」は断定の助動詞「なり」の連用形に係助詞「や」がついて疑問を表す。さらに「けん」は過去の推量の助動詞で「～であったのだろう」となる。

をばすての山のはいづる月影のかたぶくまでにすめる空かな　（壬二集　四四四四）

大意　姨捨山の山の端に出た月の光が西に沈もうとするほどに澄み渡っている空であることよ。

「山のは」は山を遠くながめたとき、山が空に接するあたりをいうので、この場合は姨捨山のすぐ上の空ということになろう。「までに」は程度をはっきり表す意で「～くらい」「～ほどに」の意である。この歌は自然詠として姨捨山の月と空の澄み渡っている様子の美しさが表現されているのである。

秋風に雲の残らぬ有明けの月ぞかかれるをばすての山　（壬二集　二四四〇）

大意　秋風に吹き払われて雲一つかかっていない明け方の空に有明けの月が冴え返っている姨捨の山よ。

「月ぞかかれる」の「ぞ」が強めの係助詞。「る」が結び。四句切れの歌である。姨捨山の明け方の空に美しい月を見て詠んだ自然詠の歌である。「姨捨」が歌枕であって、慰めがたい例えとなってはいても、こうした単なる美しい自然として詠まれる場合もある。

秋もやがて有明がたに成りにけりをばすて山の長月の月　（壬二集　一五〇）

大意　秋もすぐに陰暦の二十日過ぎの月がまだ空にあるままで夜が明けようとする頃になってしまうことだ。姨捨山の九月の月よ。

陰暦の九月は秋も終わりに近い。しかも有明の月が出るのは陰暦で十六日以後の特に二十日過ぎの月である。ということは、秋も二十日過ぎると冬に近くなったことになる。季節の移ろいの早さを心に入れての歌であろう。

おもひやるをばすて山も月の比いつも心はみよしののおく　（壬二集　一八六）

大意　思いやるのは姨捨山も月のころだけで、いつもの心はみ吉野の奥にあることだ。

この歌は歌枕である姨捨を称えていない。「み吉野の奥」について例として「み吉野の奥まで花にさそはれぬかへらむ道の栞だにせで」（新後撰和歌集九五　後鳥羽院下野）などあり、吉野の奥まで桜の花が咲いているということである。

みよし野やをばすて山よいかにして月と花とに契りそめけん（壬二集　八六）

大意　み吉野と姨捨山よどうして姨捨山は月の名所、吉野は花の名所と取り決めはじめたのだろうか。

作者家隆は生涯六万首も詠んだが伝わる歌は五分の一という。

同じ人に、とだえたまひて

姨捨の山の月影《つきかげ》みし夜《よ》よりまたなぐさまぬここちこそすれ（一条摂政御集　一八一）

大意　同じ人に、往来がとぎれなさって

姨捨山の月を見た夜からというものは、（心ならずもあなたを残して帰った夜からというもの）また心が晴れやらない心地がしていることだ。

かへし

あはれとはみえやはしけんをばすてのおもひはなれしつきのひかりは（一条摂政御集　一八二）

大意　かえしの歌

貴方の方ではさぞあわれと思ってごらんになったことでしょう。私の方は姨捨のように心が離れて見捨てられてしまって世を厭いながら見ているこの月の光ですが。

一首目の歌は男性から女性に贈った歌。表面の意味は「心が慰まないといわれている姨捨山の

月を見てからはまた心が慰まない心地がする」の意であるが、作者がいいたいことは「あなたに逢って帰った夜からはあなたのことを思って恋心で心が晴れない」ということで寓意の歌である。「こそ」は係助詞の強め「すれ」が結び。二首目は女性が男性に返した歌である。姨捨山を「心が離れて見捨てられた」たとえとして用いている。「おもひはなれし」は「心が離れる」意と「厭離」とが掛かっている。『一条摂政御集』は前後二部に分れ、前半は女性との恋愛贈答を歌物語的に構成した四十一首。後半は「おなじおきなのうた」として一五三首。贈答歌を主としている。作者伊尹（これただ・これまさ）は九二四年から九七二年。藤原の嫡流に生まれ、政治的にも、歌才の面でもすぐれていた。この集の姨捨に関る歌は前記の二首の贈答の歌だけである。

『康資王母集《やすすけおうのははしゅう》』には姨捨に関る歌は一首である。

返し

をば捨の山のはの月忘られず思ひ出でけりみるぞ嬉しき

（康資王母集　一四二）

大意　返しの歌

姨捨の山の端の月ではないが、伯母である私を忘れることができず思い出して、月が出るのを見てくれたのは、嬉しいことであったことだ。

この歌は返しの歌であるので初めの贈った歌を記す。

道つねがつくしよりのぼりてからものなどつかはしてかくよめる

山のはの月をわすれてあはれ我がそらごと人に成りやしぬらん　（康資王母集　一四一）

大意　道宗が筑紫から上京して来て唐物などを贈ってよこして、このように詠んだ。

山の端の月を忘れて、ああ私は嘘つきの人になってしまったでしょうか。

という歌に対して返歌したのである。前歌は「姨捨」の「をば」と同音の「伯母」を引き出すための序詞として姨捨山が用いられている。康資王母は生没年未詳。歌人や漢学者等の家柄に生まれ、四条宮女房中の歌人として活躍した。神祇伯延信王に愛され康資王を生んだ。神祇伯は神祇官の長官である。

寄山恋

をばすてのやまは心のうちなれやたのめぬよはの月をながめて　（秋篠月清集　一五九）

大意　山に寄せる恋

姨捨の山は心の中で恋いしたっているだけであることよ。頼みにさせない夜半の月をただながめているだけだ。

「なれや」は断定の助動詞「なり」の已然形に間投助詞「や」がついた形で「〜であることよ。〜だなあ」の意となり、和歌に多く用いられた。「たのめぬ」は「頼みに思わせない、あてにさせない」などの意。作者は「山」というと姨捨山がまず思い出され、姨捨山といえば月の名所と姨捨伝説の歌を頭にえがいたのだと思われる。

月五十首

わがやどはをばすてやまにすみかへつみやこのあとを月やもるらむ　（秋篠月清集　六八）

大意　月五十首

私の家は姨捨山に住み替えてしまった。都にあった家のあとは月が守ってくれるだろう。月の美しい姨捨と聞いて、家を住み替えて月を眺めていたいと思ったのだと思う。月の名所としての姨捨山が詠まれている。

院第二度　百首千五百番　春

さらしなやをばすてやまのうすがすみかすめる月に秋ぞこもれる　（秋篠月清集　八〇九）

大意　院の第二度　百首千五百番　春

更科にある姨捨山には薄霞がかかっているが、その霞んで見えない月には秋がこもっていることだ。

『秋篠月清集《あきしのげつせいしゅう》』は藤原良経《よしつね》の家集。六家集の中の一つ。鎌倉時代初期に成立。上巻下巻に分かれ計一六一五首収録。作者良経はすぐれた歌人であって、新古今時代に欠くことのできない人であった。尚六家集とは六つのすぐれた私家集で、藤原俊成の『長秋詠藻《ちょうしゅうえいそう》』、藤原良経の『秋篠月清集』、慈円の『拾玉集《しゅうぎょくしゅう》』、藤原定家の『拾遺愚草《しゅういぐそう》』、藤原家隆の『壬二集《みにしゅう》』、西行の『山家集』をさす。これらの人達と並び称せられる良経である。

さらしなにやどりとるたびびとあり

さらしなにやどりはとらじをばすての山までてらせあきのよの月

（忠見集　二二二）

大意　更科に宿をとる旅の人がいた

私は更科に宿はとりますまい。宿をとる旅人のために姨捨の山まで美しく照らしてくれ、秋の夜の月よ。

『忠見集《ただみしゅう》』は壬生《みぶの》忠見の家集。歌数は西本願寺本が一九六首、歌仙版本が一六八首、書陵部本が一一二首とまちまちである。この歌も姨捨山の月は心なぐさめられないという、古今和歌集の歌の心をふまえた上で、自分はあまりにも淋しすぎる姨捨山の秋の月の頃に宿はとるまい。旅人のために、淋しさを消し去るように美しく照ってくれよ。秋の夜の月よ。と言っている歌である。少し横道にそれるが、百人一首の「恋すてふわが名はまだき立ちにけり人知れずこそ思ひそめしか」（拾遺和歌集六二一・壬生忠見）がある。天徳四年内裏歌合の時「忍ぶれど色に出でにけりわが恋は物や思ふと人の問ふまで」（拾遺和歌集六二二・平兼盛）と合わせられ優劣つけがたかったが負けたため思い悩んで死んだという話もある。

『拾玉集』は慈円の私家集である。歌数が約五〇〇〇首で多いのだが姨捨に関する歌も十二首もある。

薄暮卯花

をばすての山もたづねじ卯花のかきねよりこそ月は出でけれ　（拾玉集　三九二六）

大意　薄暮の中の卯の花

月の名所である姨捨山はたずねますまい。それにも増して暮れ方卯の花が白々と暮れ残っている垣根の向こうから出た月こそすばらしいことだ。

卯の花は五月か六月頃に咲く白い花である。夏の季語でもある。姨捨は月の名所で特に秋の月の名所なのである。夏の卯の花と秋の姨捨の取り合わせは珍しい。卯の花の白い垣根の向こうに出た月はとても美しく、何も姨捨山の月をわざわざ訪ねなくても良いと詠んでいるのである。夏の月の美しさに目を向けた作である。

月

をばすての山よりいづる月を見て今さらしなに袖のぬれぬる　（拾玉集　三七〇三）

大意　月

姨捨の山から出る月を見ていると、今になってまた、更科の姨捨山の月の光の中で泣いているであろう姨を思い悲しくなって、涙で袖がぬれることだ。

「今さらしなに」が「今更」と「更科」と掛詞になっている。「袖のぬれぬる」は涙のために袖がぬれることである。この歌は慈鎮和尚として『正治後度百首』一〇三〇番にのっている。「さらしなに」が「さらしなの」となっている。

待月

松かぜにうきたる雲をはらはせて暮行く空はをばすての山　（拾玉集　四七七五）

大意　待月
松を吹く風に浮き雲を払わせて、今暮れてゆこうとしている空にくっきりと浮き出ている姨捨山であることだ。

擬人法を用いている。姨捨山の上の空は今や暮れてゆこうとしている。シルエットをなした姨捨山が見えるようである。

月をのみ思ひ出にするうき身かなことしもこぞもをばすての山　（拾玉集　五三六二）

大意　月だけを思い出に生きているつらいことの多い身の上であるなあ。今年も去年も同じように照っている姨捨山の月よ。

「うき身」は『憂き身』でつらいことの多い身の上のこと。この歌は「うき身」と姨捨山の「なぐさめがたい」と意味を重ねている。

としもへぬわれ思ひしれ秋の月猶行すゑもをばすての山　（拾玉集　五三六七）

大意　多くの年月も経っていない自分だが、しみじみと悟りなさい。ますます前途も秋の月に照らされている姨捨山のようになぐさめがたいものであることを。

「としもへぬ」は「数年もたたない、多くの年月もたたない」の意。「思ひしる」は「物事の道理や趣などをわきまえ知る。しみじみと悟る」の意。「行くすゑ」は「進んで行く先・前途・余命」などの意である。ここではやはり姨捨山の秋の月は名所でもあるが、『古今和歌集』の歌「わが心なぐさめかねつ更級や姨捨山に照る月を見て」をふまえ「私の心は慰めようとしても慰めることができない」を重ねているのである。

おもひいれてながむる夜半の月影は都の空もをばすての山　（拾玉集　一三七九）

大意　心に深く思いめぐらしてながめている夜半の月の光は、都の空に出ていても姨捨山に出ていても同じように慰めがたいものであることだ。

「おもひ入る」は「深く思いこむ、いちずに思う。深く思いめぐらす」などの意。何を慈円は深く思いめぐらすのだろう。具体的にはわからなくとも、将来、前途のことなど思いめぐらすと、やはり心は慰められないものになってしまうのだろう。心慰まないのは姨捨山の月ばかりではない。都の月も同じだと詠んでいる。

あきのよはよもさらしなと思ひしにをばすて山に雲のかかれる　（拾玉集　一三六二）

大意　秋の夜の月はまさかいうまでもなく姨捨山の月と思っていたのに、姨捨山には雲がかかっていることだ。

「よも」は副詞。多く打消を伴って「まさか、よもや、決して〜でない」の意となる。「さらしな」は「更科」と「さら（更）」との掛詞で「今さらいうのもおかしい、いうまでもなく」の意。秋の夜の月は姨捨山の月だと思って、まさか雲がかかっていて見えないなどとは思っていなかったので、雲のかかっていた意外性に驚いた歌である。この歌は月の名所としての姨捨である。

いかでかはなぐさめかねんさらしなやをばすて山の有明の空　（拾玉集　九二三）

大意　どうして気がまぎれないのであろうか。更科にある姨捨山の月がまだ残っている明け方の空よ。

「いかでかは」は疑問・願望・反語などを表すが、ここでは疑問にとりたい。「有明け」は「月がまだ空にあるままで夜が明けようとしている」時である。明け方の月を見て心がまぎれないでいることが詠まれ、姨捨山は慰めかねる山とされている。

わが心なぐさめかねつわぎもこはをばすて山の月ならねども　（拾玉集　三八六）

大意　私の心は慰めようとしても慰めることができない。私の妻は姨捨山の月ではないのに。（姨捨山の月なら心が慰められないということはわかっているのだが。）

初句二句はそのまま『古今和歌集』の「わが心なぐさめかねつ更級や姨捨山に照る月を見て」からとっている。「わぎもこ」は「吾妹子」で男性から妻・恋人・姉妹を親しんでいう言葉。姨捨山の月なら慰められないのはわかるが妻がいても慰められない意である。

いかにせんをばすて山のみねの雲よ花なりけりな春の曙　（拾玉集　四一七五）

大意　どうしたらよいのだろう姨捨山の峰にかかっている雲よ。春の夜がほのぼのと明けようとしている頃、おぼろに霞んで見えているのは月ではなく花であったということだ。春なら心が慰められるはずなのに春の曙の花がかすんでいる頃にも心が慰められないでいるのであろう。

夏のよのよのまをだにもなぐさめよをばすて山の山のはの月　（拾玉集　二二一四）

大意　夏の夜の間だけでも慰めてくれよ、姨捨山の上の山に接しているあたりに出ている月よ。姨捨山に出ている月が慰めがたいのは特に秋の月であろう。せめて夏の月だけは慰めてほしいという意であろう。

さらしなやをばすて山の夜半よりもよしののおくの春の曙　（拾玉集　五〇八）

大意　更科にある姨捨山の夜半の月の美しさよりも吉野の奥の春の明け方の景色の方がすばらしいことだ。

姨捨山は秋の月の名所、吉野は春の桜の名所となっていて、両者の比較が詠まれているが、この場合は吉野の方が良いといっているのである。他の歌にもこの比較は詠まれている。『拾玉集』は慈円の家集である。歌数は七巻本もあれば、九巻本もありまちまちである。久寿二年（一一五五）～嘉禄元年（一二二五）の人。藤原氏。関白忠通の第十一男として生まれ、十一歳で入山、十四歳で出家。二十七歳で慈円と改めた。仏道はいうまでもないが、歌の方も大変すぐれて、新古今時代を代表する歌人であった。特に速吟にすぐれ、定家と競ってもはるかに早く多作したという。

羇中眺望

しなのぢや月まつころの旅の空はただをばすての山のはの色

（拾玉集　一四九〇）

大意　旅の途中の眺め

信濃路で月を待っている時の空の美しさは、何といっても普通に考えられることは姨捨山を遠くから眺めた稜線の色である。考えるまでもなく月の出かかった姨捨山の稜線が美しいといっている。三句で字余りしてまで「は」を入れたのは他から特にとりたてて言いたかったのであろう。この題で十首詠んでいる中の一首。

雑三十首

いかにしてふたつの山にいへゐせん春はみよしの秋はをばすて

（拾玉集　二三八七）

大意　どうにかして二つの山に家を造って住もう。春は桜の名所であるみよしのに、秋は月の名所である姨捨山に。

「いかにして」は疑問をあらわす「どのようにして」と願望をあらわす「どうにかして」の二つある。ここでは願望にとった。「吉野」には奈良時代離宮があったり、平安時代吉野行宮があったりして桜の名所としても知られている。姨捨は月の名所である。春と秋と二つの名所に家を造って住みたいという願望である。

次に『清輔朝臣集』にうつる。

月三十五首

人ごとによもさらしなとおもひしをきくにはまさるをばすての月　（清輔朝臣集　一二三九）

大意　人毎に言うように決して更科の月に勝るものはないと思ってはいたが、実際に見ると、聞いていたよりはるかにすぐれてすばらしい姨捨山の月よ。

姨捨山に出た月の美しさに驚き感動した歌で、やはり有名な月の名所なので「聞きしに勝る」といった発見であったと思う。

月

夜もすがらをばすて山の月をみてむかしにかよふわが心かな　（清輔朝臣集　一二一九）

大意　一晩中姨捨山の月をみていると、昔の思い出に通じてくる私の心であることよ。

姨捨山の上に照っている月はすばらしい月なのである。月を見ていると、昔の事が思い出されてくる。その思いは具体的には解らないが、月は人の心を感傷的にするものであるから、しみじみと思い入る事があったのだろう。『清輔朝臣集《きよすけあそんしゅう》』は藤原清輔の家集。自撰であるらしい。本文四四七首に拾遺七十五首の五二二首、一巻である。この集の歌数は多くない。歌合の作者であり判者となり、平安末期の六条藤家の有力者で俊成らと対抗したという。歌人としてよりもむしろ歌学者としてその力を発揮した人でもある。著書の『袋草紙』『奥義抄《おうぎしょう》』は有名である。この集には姨捨山関係の歌は二首だけであった。

次に『林葉和歌集』に一首のみあるので見ることにする。

賀茂にて

宮こだになぐさめかぬる月影はいかがすむらんをば捨の山　（林葉和歌集　五〇二）

大意　都にいて見ているのでさえ慰めようとしても慰めることができない月の光は、まして慰められない月として古歌にもある姨捨山の月はどんなに澄み渡っていることであろう。

「宮こ」と書いてあるがこの表記は珍しい。都にいてさえ淋しく見える月である。淋しいと言われている姨捨山の月はどんなであろうかと思いやって、古歌をふまえている。『林葉和歌集』は『俊恵法師集』ともいう。源俊頼の子。永久元年（一一一三）から没年未詳。全六巻。九一六首。中央歌壇にて活躍した。「歌林苑」という文学結社など持ったりしていた。

『山家集』と『西行法師家集』は同じ西行法師の家集なのでここで見ることにする。

勧持品

あまぐものはるるみそらの月影にうらみなぐさむをばすての山　（山家集　八八六）

大意　雨雲がなくなって晴れ渡った美しい空の月のように、真如の月をおがむことができて、今まで悟ることができず恨みをもっていた心が慰められた姨捨の山よ。

この歌は『西行法師家集』三八八番の歌としてもある。仏教の知識を必要とする歌でとてもむずかしい。「月影」とは釈尊が成仏するという予言を授けることを暗喩しており、「怨み」は釈尊の姨母が予言されないことを憂えた怨みだという。さらに「をばすて山」で「釈尊」の「姨」と掛けている。釈尊の姨母とは憍曇弥《きようどんみ》という人だという。「勧持品」というのは法華経第五巻第十三品のことというが、これもまたむずかしい。「真如の月」とは「明月が夜の闇を照らすのにたとえていう」。また「真如」とは「一切存在の真実のすがた」のこと。ただ表面の意味だけでも味わえる歌ではある。なおこの歌の次の歌が「いかにしてうらみし袖に宿りけん出で難く見し有明の月（山家集　八八七）」と共に詠まれた歌である。訳は「どうして出そうもなかった有明の月が、授記を受けることができなくて恨んでいた釈尊の姨母の袖に光を宿したのだろう」である。

をばすてのみねと申す所のみわたされて、思ひなしにや、月ことに見えければ

をばすてはしなのならねどいづくにも月すむみねの名にこそ有りけれ　（山家集　一一〇七）

大意　おばすての峯という所が遠く見渡されて、気のせいか月が特別に美しく見えたので姨捨という山は信濃の姨捨ではなくても、どこにあっても月の澄み渡る峯の名前であることよ。

この歌は『西行法師家集』四六五番にもある。「をばすての峯」は大峯山中の峯。川上村伯母が峯のこと。大峯山は奈良県にある山で修験道の霊地である。「大峯の深仙と申す所にて、月を

見て詠みける」と詞書があって四首詠んでいる最後の歌がこの姨捨の歌である。前歌三首をあげておく「深き山にすみける月を見ざりせば思ひ出《いで》もなきわが身ならまし」（一一〇四）、「峯の上も同じ月こそ照らすらめ所柄《ところがら》なるあはれなるべし」（一一〇五）、「月澄めば谷にぞ雲はしづむめる峯吹きはらふ風に敷かれて」（一一〇六）である。結句の「名にこそ有りけれ」の「こそ」は係助詞、「けれ」が結びで強められている。『山家集』の中には姨捨に係わる歌は二首であった。『西行法師家集』には三首あるが、前記二首と『新勅撰和歌集』の中にはすでに出てきた「あらはさぬ我が心をぞうらむべき月やはうときをばすての山」である。『山家集』は西行の家集。『六家集本山家集』と『異本山家集』など二種以上伝えられている。西行法師は元永元年（一一一八）から建久元年（一一九〇）の人。七十三歳没。佐藤義清（憲清・則清なども）で武士であったが二十三歳にて出家した。勅撰和歌集の『新古今和歌集』への西行の入集歌数は九十四首で最高であった。また姨捨の歌にもどるが、大峯山の別名を伯母が峯といったことから、「伯母」から「姨捨」が連想されて、信濃にある姨捨山は月の名所ではあるが、月の澄んで見えるここ伯母が峯にも十分に通用するので、姨捨山というのはどこにあっても月の澄む山のことなのだと詠んだ歌である。

月五十首

さらしなは昔の月の光かはただ秋風ぞをばすての山　（拾遺愚草　六八七）

大意　更科の里に照る月の光は昔のままであろうか、今はただ秋風がさびしく吹いている姨捨の山よ。

この歌は「月」についての五十首詠、すなわち題詠であり、写生の歌ではない。『古今和歌集』の歌を頭に置いてはいるが、直感的に五十首も詠んだ歌の中に、月といえば姨捨山の月は入れねばならなかったのだと思う。それにしても達者な詠みぶりだ。

旅

旅の空をばすて山の月影にすみなれてだになぐさみやせし

（拾遺愚草　九五）

大意　旅

今旅にいて空を眺めているのだが、姨捨山の月の光が淋しく照っている。ここに住みなれていてさえ慰められたであろうか。いや慰められなかったであろう。

この歌は「雑廿首」の中の「旅」五首の最後の歌である。姨捨山の見える場所に住んで見慣れていても姨捨山の月の光は慰めがたいものであると、古歌を踏まえている。

母の思ひにてこもりゐたりし冬、雪のあしたに、大将殿より

三吉のやをばすて山の春秋もひとつにかすむ雪の曙

（拾遺愚草　二四七二）

大意　母の喪に服してこもっていた冬、雪の朝。大将殿より

み吉野の春の花も姨捨山の秋の月のそれぞれの名所もひとつに霞んでしまっている雪の曙

　　であることよ。

どんなに有名な場所であっても雪に埋もれてしまえば、すべて一つ色になってしまう。一首には万物のはかなさが読みとれる。

『拾遺愚草』は藤原定家の家集。歌の総数は三八一九首で、定家以外の作もあり、定家作は三六五三首と見られている。定家は俊成の子。母は美福門院加賀（八条院五条局）。応保二年（一一六二）から仁治二年（一二四一）の人。八十歳にて没。定家の子に為家がおり、その子に二条為氏、京極為教、冷泉為相らがいた。この為相の冷泉家が古文書の公開で知られた家、すなわち定家の子孫に当たるわけである。

　定家は十七歳で『別雷社歌合』に三首出詠しているのが、現存最初の歌、また現存の日記『明月記』は十九歳からのものである。十八歳で『初学百首』、十九歳で『堀河院題百首』を詠み、父俊成もそのすばらしい出来栄えに落涙したという。その後も活躍がめざましくなっていった。歌風は初めは父俊成に似て温雅であったようだが、新風開拓を試み続けた。そして「有心体」を確立するに至った。「有心体」とは、余情が深く、風雅な趣をもつ歌のことで、優美な情趣を深く心に凝らし、妖艶な美を追求するところに実現する風体であるとされ『新古今和歌集』の修辞法の第一の方法となった。この方法は、有名な古歌の一部を詠みこんで内容を広げ深め、本歌の趣向からの連想を新しい歌の情趣の中にとりこむのである。このくだり、私の卒論のテーマだったので少し多く書き過ぎた。

藤原定家の父俊成の家集に『長秋詠藻《ちょうしゅうえいそう》』がある。姨捨に関する歌は二首である。

勧持品、我等聞記、心安具足、

かくばかり心はれける月影を姨捨山となに思ひけむ

（長秋詠藻　四六四）

大意　勧持品　我等記を聞き、心安んじて具足せり

このように心のはれた美しい月の光を、世に捨てられた姨のいる姨捨山の月とどうして思ったのだろうか。

「勧持品」は法華経第十三品。こんなに心が晴ればれとしているのだから、月の名所は、あの悲しい伝えのある姨捨山の月が美しいとなぜ思ったのだろうか、ということで、姨捨山を先ず心に置いたのは、世に捨てられたと思い込んだからで「記」を聞いたことによって心が満ちたりたというのである。俊成は、永久二年（一一一四）から元久元年（一二〇四）の人。九十一歳にて没。多くの歌合の判者となった。中世の歌論として幽玄の美をとなえた。「けむ」は過去の推量の助動詞で「～たであろう」となる。

月

わが庵はをばすて山の麓かはなぐさめがたき秋の月かな

（長秋詠藻　五三三）

大意　月

私の庵は姨捨山の麓にあるわけではないのに、心を慰めようとしても慰めることができない秋の月であることよ。

この歌は『閑月和歌集』の二一四番にもある。その詞書に「右大臣家百首、治承二年五月晦比給題七月進詠」とある。自分の庵が姨捨山の麓にあるのなら、月を見て心が慰まないのは古歌にあるのでよく解るのだが、そうではないのに秋の月を見て心が慰まないと嘆いているのである。『長秋詠藻』は藤原俊成の家集。俊成が自撰したものを、その子定家が添加し増補し編集したと見られている。「かは」は反語となる。

雑の歌《ざふのうた》

みつつわれなぐさめかねつさらしなのをばすてやまにてりしつきかも（躬恒集　八四）

大意　更科の里の姨捨山に美しく照っている月であることだ。その月を見ながらも、私の心は慰められないでいる。

姨捨山に照っている月は、どんなに美しく冴え返っている月であっても、心の慰めにはならないものだということで、この歌も『古今和歌集』の姨捨の歌をふまえている。『躬恒集』は凡河内躬恒（おおしこうちのみつね）の家集。『躬恒集』には異本が多く歌数もまちまちである。だいたい歌数は少ないのだが、三八四首のもあれば、二二〇首のもある。生没年は未詳であるが、古今和歌集時代の歌人。『躬恒集』には歌合歌や屏風歌が多い。中に身の不遇を訴えて奉った歌などもある。『古今和歌集』の撰者の一人でもあり、一九三首入集している。また表現の冴えのある作品を残している。

名をえたるをばすてやまの月なればいまさらしなになにかいふべき　（重家集　九二）

大意　すでに名前の知れわたっている更科にある姨捨山の月なのでいまさら私が何をいうことがあろうか。

姨捨山の月は美しいこと。月の名所であること。慰めようとしても慰められない月であることなど、すでに名が通っているので、今さら言ってもどうにもならないという歌である。また、「いまさらしなに」が「更科」という地名と「いまさら」と掛詞となっている。『重家集』は、藤原重家の家集。大治三年（一一二八）から治承四年（一一八〇）の人。自撰家集と思われる。歌数は他人の歌六十首程を含めて六一一首。六条家の顕輔の子。七歳で蔵人となって、地方官など歴任し、中宮職関係にもつき、高位についた。歌の方は位よりはあまり冴えを見せていなかったという。

観音の御頂におはしますあみだ仏ををがみたてまつる事をよめる

峰たかきをばすて山の木末よりさしいづる月の光をぞみる　（散木奇歌集　九四七）

大意　観音様の頭上にいらっしゃる阿弥陀様をおがみ申し上げる事を詠んだ歌

姨捨山の高い峰の木末をもれる月の光をあおぐように、観音様の頭上よりありがたい光を放っている阿弥陀様の御威光をおがむことである。

姨捨山を観音様にたとえて、月を阿弥陀様にたとえた歌で、表面上の意味は姨捨山の上に出ている月をあおいでいるということになる。詞書があるので、その例えがはっきりしてくる。

殿下にて詠山月といへる事をつかうまつれる

こよひしもをばすて山の月を見て心のかぎりつくしつるかな

（散木奇歌集　五三一・関白内大臣歌合　保安二年）

この歌は『関白内大臣歌合　保安二年』の二番左として出ている。この歌と競った右の歌は次の歌である。

右

あなしやまひばらがしたにもる月をはだれ雪ともおもひけるかな

（関白内大臣歌合　保安二年　基俊）

ここに判者、前左衛門佐基俊の判詞をあげてみる。「左歌は、こよひしもをばすて山の、などいへるもじつづきことなることもなくぞみえはべるに、またをばすて山の月はなぐさめがたきことにぞいにしへよりよみふるしたるを、このうたには心をつくすとはべるこそ、みみなれずあたらしきここちぞはべれ、右の、ひばらがしたにもる月は、なんずべきところはなけれども、ふるめきすぎてめづらしからぬさまにはべれば、おとるとまうすべきにやはべらん。このうたども別無其難、左歌は、このまよりもりくる月のかげみれば心づくしの秋はきにけり、といふうたあり、それによそへられたれども、つくしつるかな。とある義にあはず心えず、方人申云。わが心なぐさめかねつさらしなやをばすてやまにてる月をみて、とよめる歌はあれば、つくしつるかなは、さやうの心にやさぶらふらん、判者云、をばすて山の月はなぐさめかねつとこそよめれ、心づくしにはあらず。右歌は、あなしやまひばらがしたのなかつ道はだれしもふる月いでにけり、といふうたをおもひてよめるか、左詠僻事右似古歌、持とやまうすべからん。」

大意　関白内大臣家で詠山月という題で歌合をいたしました時の歌。

今夜は姨捨山に出ている月を見て物思いのかぎりを尽したことだ。

判詞を見ると、「こよひしもをばすて山の」の文字の続きもよいし、姨捨山の月は昔から慰めがたいものとされていて、詠み古るされているが、この歌の場合は「心をつくす」と詠まれているので「みみなれずあたらしきここち」と言っている。作者源俊頼は、新しい歌を自覚して詠んだ歌人でもある。右の歌も「めづらしからぬさま」ではあるが特に劣るということもない。そばにいた人が、慰めがたき月とはいうが、心をつくす月とは思えないといい、判者は「持」としたのである。この歌には「花見にと人やりならぬのべにきて心のかぎりつくしつるかな」（新古今和歌集三四二・経信）として、下の句がそのまま同じである。意味は「花見に人から強いられたのではなく、自分の心からやってきて物思いのかぎりを尽したことだ」ということである。判詞で「持」としたのは、互いに優劣がつけがたい時に用いたのである。

ことのついでありけるに、さらしなをよみける

さらしなはをば捨山のふもとにていかでみやこに名をとどむらん　（散木奇歌集　一三八〇）

大意　ことのついでがあって更科を詠んだ歌

更科の里は姨捨山の麓にあるのに、どうして都に名前を残しているのであろう。姨捨山は都から遠く離れた信濃の国にあるのに、どうして名前が都にまでとどいているのかという疑問の歌である。

ちぎりしことどもを忘れけるにや、ことざまに思ひなりにけりときこゆる人のがり、つかはしける

契りおきしことをばすての山なれどよもさらしなとなをたのむかな　（散木奇歌集　一三七九）

大意　約束していた事など忘れたのでしょうか、心変わりがしたと申す人のもとにつかわした歌

約束していたことを姨捨山ではないが捨ててしまったようですが、まさかそうではありますまいと、なお頼みにしています。

「をばすての」が助詞の「をば」と「姨捨」。「さらしな」が地名「更科」と「然らじな」と掛

詞。「よもさらしなと」の用例が他にあるのでここにあげておく。

信濃なるよもさらしなと思ひしを我をばすての山のはぞうき（続詞花和歌集　六三四）

大意　信濃にある更科の姨捨山ではないが、そうではないと思っていたのに私を捨ててしまったのは不本意です。

『散木奇歌集』は源俊頼の自撰歌集。一六二二首。全十巻。天喜二年（一〇五五）から大治四年（一一二九）の人。七十余歳で完成した。新風和歌の第一人者であった。白河院の院宣によって『金葉和歌集』を大治二年（一一二七）に撰進。歌学書に『俊頼髄脳』がある。

いとこをばなりける女に、しのびてものいひけるに、をんなしなのへまかりて、京にいひおこせける、人にかはりて

めぐりあはむそのよはいづくさらしなやをばすてやまの月をわするな（江帥集　二四五）

大意　いとこがおばである女に、人目を避けて話しかけたのに、女は信濃へ行ってしまって、京に言ってよこした、人にかわって詠んだ歌

めぐりあうであろうその世は、いったいどこにあるのだろう。更科の姨捨山の月ではないが、どうか私を忘れないでほしい。

「姨捨山」はここでは単なる掛詞として「をば」を言うためにのみ用いられている。『江帥集（ごうのそちしゅう）』は大江匡房《まさふさ》の家集。匡房は長久二年（一〇四一）から天永二年（一一一一

一）の人。七十一歳没。赤染衛門の曾孫に当たる。歌数五二三首。一巻。四歳から読み書きし、八歳で史記・漢書を読破したという。百人一首に「高砂の尾上の桜咲きにけり外山の霞たたずもあらなむ」があって、権中納言匡房とある。権中納言には五十三歳でなっている。異例の早さで昇進していったという。さらに大宰権帥になり、最後は大蔵卿になって没した。著書も多い。歌の方は万葉調の歌で、万葉の詞句を用いたような歌もある。その談話を集録した『江談抄』は有名である。

私家集2・定数歌

冬日陪太上皇仙洞同詠百首応製和歌

正二位行権大納言臣藤原朝臣経継上

秋二十首

よしさらばをば捨の月はみじさしてもうさのなぐさまぬ身は

（文保百首　一三四七）

秋二十首（内一首）　藤原経継

大意

ええままよ。それならば姨捨山の月は見ますまい。そうでなくてもつらさの慰められない身であるから。

姨捨山に出る月は慰めがたいものということを前提とした一首である。「よしさらば」は「縦《よ》しさらば」で「それならば・ままよ」の意である。本来ならば満足できないがしかたないとして許容する意を表す。「みじ」の「じ」は意志の打消の助動詞である。第二句「をば捨の」では字が足りない「をば捨山の」となるべきか。

秋日侍仙洞詠百首応製和歌　住吉神主従四位上行摂津守臣津守宿称国冬上

秋

木の葉こそうつろひにけれ人はいさ心もしらぬ姨捨のやま

（文保百首　二六四九）

秋　津守国冬

大意

山の木の葉は散ってしまったことだなあ。人の心は移ったかどうか、さあわからないが、姨捨山は昔のままであることよ。

「人はいさ心もしらぬ」は「人はいさ心も知らずふるさとは花ぞ昔の香ににほひける」（古今和歌集四二・貫之）の歌を本歌としている。「うつろふ」は「散ってゆく、色が変わってゆく」と「心が他の方へ移ってゆく」と掛けて用いている。

『文保百首』は文保二年（一三一八）十月三十日に後宇多院が『続千載和歌集』の撰進を藤原為世に下命した際、資料とするために、当代の歌人達に百首ずつ詠進させた歌集である。全歌数は三三九六首。国冬は文永七年（一二七〇）～元応二年（一三二〇）の人。五十一歳没か。

詠五十首和歌　正治元年九月四日

秋十首

月を見ばをばすてやまのあきのそらなぐさめかぬるこころありとも（明日香井和歌集　八四〇）

大意　秋十首（内一首）

たとえ慰めがたい心があったとしても、月を見るならば、やはり姨捨山に出ている秋の空の月がよいのである。

「見ば」は「見るならば」で「ば」は未然形に接続して仮定条件を表す接続助詞。上の句と下の句とが倒置されている。名月を見るのは、いろいろ謂れはあったとしてもやはり姨捨山の、しかも秋の夜空に輝く月なのだということである。

最勝四天王院名所御障子

更科里

雲とほき山ぢの月を人とはばいまさらしなのをば捨の空（明日香井和歌集　一〇〇五）

大意　更科里

はるか遠い山路の月を人がたずねたならば、今更のように立ち去ることができない更科の里にある姨捨山の空の月よ。

「雲とほき」は「はるか遠い所」の意。「いまさらしなの」は「今更」と「更科」の地名との掛詞。『明日香井和歌集』は藤原雅経の歌集。嘉応二年（一一七〇）から承久三年（一二二一）の人。五十二歳没。参議従三位右兵衛督となった。飛鳥井と号した。和歌所の寄人。『新古今和歌集』の撰者の一人でもある。歌才があった。

勧持品　何故憂色

わが心なぐさめかねてみしかどもをばすてならぬ山のはの月

（寂蓮法師集　九九）

大意　勧持品　何が故に憂の色で如来を見るか

私の心はついに慰められず、姨捨山ではない山の端に出ている月を見たけれども、どうしても慰められない。そのような悲しい心で仏を見るのである。

「勧持品」は法華経第五巻第十三品のこと。法華経に「何故憂色、而視如来」という言葉がある。訳は「何が故に憂いの色で如来を視るや」ということで、これを題として寂蓮が詠んだ歌である。「なぐさめかねて」は「慰めることができなくて」の意で、心に何か憂いを持っていて解決することができなくての意であろう。「みしかども」は「見たけれども」の意で、姨捨山の月を見たけれどと如来様を見たけれどと二つの意味があろう。この歌も『古今和歌集』の「わが心なぐさめかねつ更科や姨捨山に照る月を見て」の歌を本歌としている。

左大臣家歌合

月といへば伯母すて山の秋の空ながむる宿はさらしなの里

（寂蓮法師集　三一〇）

大意　左大臣家歌合（左大臣良経家十題廿番撰歌合）

月というと姨捨山の秋の空に照っている月であり、しかもその月を眺める場所は更科の里の宿であることだ。

平明でわかりやすい歌である。名所として月というと姨捨山に出ている月のことであって、その月を見るのは更科の里の宿であるというのだが、姨捨山の月は慰めがたい月で、単なる美しい月の意味のみではない。心に辛いことがあって、その心を慰めようとして見る月は、どこで見る月より姨捨山で見る月に越したことはないのである。「姨捨山」の文字が「伯母すて山」となっているのは珍しい。寂蓮法師は藤原定長。生年未詳。一説に保延五年（一一三九）頃から建仁二年（一二〇二）頃没という。六十歳くらいで没している。父俊海の兄藤原俊成の養子となった。俊成には、成家、定家が生れ、定家が十歳の頃に養子を辞退して出家した。出家後も歌人として活躍し、多くの歌合に参加し、後鳥羽院中心の歌壇にあって、和歌所の寄人となり、『新古今和歌集』の撰者にもなったが途中で没した。定家とともに俊成の歌風を直接受け継いだ。艶と寂寥を一つにした歌風は『新古今和歌集』の美を代表する歌風であった。また新風和歌の推進にも力を尽した。

詠百首和歌　月　御製

たれもしれをばすてならぬ月を見てなぐさむやどの秋の心を　（延文百首　四七）

大意　詠進した百首和歌

誰も知りなさい。姨捨山に出ている月ではない月を見て、慰められるだろうか、いや、慰められはしない。物思いに沈みがちの秋の心は。

「延文百首」は定数歌。『新千載和歌集』の撰進にあたって、後光厳天皇が延文二年（一三五七）に三十三名の歌人に命じて詠進させたもの。作者「御製」は後光厳天皇である。『新千載和歌集』だけでなく、『新続古今和歌集』まで四集の撰進資料となった。

詠百首和歌　月

座主宮尊道

いでなばとなほなぐさめてをばすての山のはつらき月を待つかな

（延文百首　八四四）

大意　月が出たならば心も慰められようかと、やはり心を慰めて姨捨山の山の端に出る辛い月を待っていることよ。

春日同詠百首和歌　月

なぐさまぬ月はいかなる色ならん千さとの外のをばすての山

（延文百首　三二四六）

大意　春日同詠百首和歌　月

心慰まないと言われている月はいったいどんな色をしているのであろうか。はるか遠い距離にある姨捨の山よ。

二首の歌ともに古今集の古歌をふまえている。姨捨山に出る月は心が慰められないという事で名が通っていたのである。

『隆信朝臣集』は藤原隆信の家集。康治元年（一一四二）から元久二年（一二〇五）の人。六十四歳にて没。父は藤原為経、母は美福門院加賀で、後に藤原俊成に嫁し定家・成家と妹を生んだ人。いずれも歌に長けた家である。上中下三巻より成り九五八首集録、内、長歌七首。別人の返歌もある。

よをそむきて侍りしを、五条の三位入道のゆめかうつつかなど侍りしあはれは、なほつきせぬ心ちして、そののちふつか三かありて申しおくりし

しのぶぐさ　しげりのみます　むかしにや　うき世のほかは　かよふらん　いでにし家の
ふるさとの　のこるくまなく　いまさらに　露ときえにし　おもかげも　あとにとまれる
ことのはも　袖のみぬれて　かなしきに　有りともなくて　あり明けの　あかしかねつる
秋の夜も　ややくれがたの　むしのねを　ともとたのみて　なぐさむる　こゑの色さへ　よ
はりゆく　心ぼそさは　ささがにの　いとひても猶　いとふべき　うき世にかくて　すみぞ
めの　ころもばかりは　そめつれど　はれせぬ霧に　むせびつつ　ながき夢ぢの　さめぬま
を　今はむみやうの　くもきえて　心のつきも　はれよやと　おなじはちすを　ねがふべき
さとりあらはす　君がことのは　（隆信朝臣集　九三六）
ひらくべきさとりやちかく成りぬらんさらにむかしのゆめぞかなしき　（隆信朝臣集　九三七）

三位入道返し

あさぢふの　露けきやどに　ながめつつ　秋のくれにも　なりぬれば　ただおほかたの　こ

ろだにも　なぐさめがたき　世のなかを　そむきにけりと　きくときは　いかばかりかは
あはれおほき　ましてうちはへ　こひわたる　むかしのことを　しのぶぐさ　かけてしのぶ
る　ことのはは　かきながしける　水ぐきの　あとごとにこそ　かなしけれ　おもへばひさ
し　契ありて　なれにし程を　かぞふれば　いそぢもすぎし　はるのそら　たちわかれにし
　かすみより　えだをわかるる　花につけ　夏にもなれば　のきちかき　花たちばなの　か
をるかに　むかしの袖をよそへつつ　まどろむ時は　おもひねの　ゆめぢにのみぞ　なぐさ
むる　秋の月には　さらしなや　さらにもいはず　をばすての　山よりいでて　山のはに
いりぬる影を　こひかねて　すぐる月日を　おもふには　ととせの秋に　なりぬれど　こふ
る心の　はかなさは　昨日けふとぞ　まよはるる　かかるなげきも　これはみな　ほかなき
ゆめの　まどひなり　いまはひとへに　ねがはくは　はちすの池に　ふく風に　うゐの思ひ
を　ひるがへし　心をふかく　すましつつ　さとりひらかん　ことをしぞおもふ

（隆信朝臣集　九三八）

長い引用になってしまったが隆信が藤原俊成に対して「さとりが開けて心の曇が晴れようぞ」と詠んだのに対し俊成からの返歌である。その中になぐさめかねる秋の姨捨の月が詠み込まれている。悟りを開くまでのなぐさめがたい心の内を詠んだ長歌である。

二品法親王五十首に

月きよみ心すむよはいづくにも有りけるものををばすての山　（隆信朝臣集　二〇五）

大意　守覚法親王の主宰した五十首に

月が清らかなので心まで澄みとおる夜はどこにでもあるのだなあ。月の名所である姨捨の山は。

この歌は『御室五十首』の中の四二六番の歌としても載っている。この集は守覚法親王が主宰し、建久八年（一一九七）十二月に下命があって翌々年詠出したもの。俊成、隆信、有家、定家、家隆、寂蓮など十七名である。隆信もこうした仲間の中の一人であった。月を見て清らかなすばらしい所は、何も姨捨山の月ばかりではない。どこにでも美しい月はあるのだと詠んでいる。この場合は姨捨山の月は月の名所として扱われている。「ものを」は接続助詞もあるが、四句切れととって終助詞の感動・詠嘆ととりたい。間投助詞「を」があるので詠嘆が強くなる。

和歌所歌合に　春山月

はるとてもはなをやは待つさらしなやおぼろ月よのをば捨の山　（隆信朝臣集　五〇）

大意　和歌所の歌合に　春の山月を詠んだ

春だからといって桜の花だけを待つのだろうか、いやそうではない。更科の里のぼんやりとかすんだ春の夜の月もすばらしいものだ。

「あさ緑花もひとつに霞みつつおぼろに見ゆる春の夜の月」（更級日記）にもあるように「おぼろ」は春の霞とともに用いられる。「やは待つ」で「やは」が反語「待つ」が連体形で結び「待つものだろうかいやそうではない」の意。上の句で「春といえば花ばかりではないぞ」と言って、下句でおぼろに霞んだ月のすばらしさを表現している。しかも月は「姨捨の月」なのである。

その他に『隆信朝臣集』の中に「いでぬよりつきみよとこそさえにけれをばすて山の夕ぐれの空」（一九八）は『千載和歌集』にあり、「さらしなやをばすて山もまだみぬに思ひしらするよはの月かな」（二〇八）は『玄玉和歌集』にあってすでに見た。

次に『正治初度百首』を見る。『正治百首』ともいう。

詠百首和歌　　上総介藤原家隆上

秋

をばすての山のはいづる月影のかたぶくまでにすめる空かな

（正治初度百首　一四四七）

詠百首和歌　上総介の藤原家隆がたてまつった歌

秋

大意　姨捨山が空に接するあたりに出た月がやがて沈もうとするまで澄み渡っている空であることよ。

正治二年（一二〇〇）秋、後鳥羽院が詠進させた百首歌で『新古今和歌集』の選歌の資料としたもの。藤原定家の『明月記』に事情など書かれている。「山の端」は山が空に接するあたりのことである。出たばかりの月から沈もうとするまで月は澄み渡っているの意。

秋日詠百首応太上皇製和歌

夏

正三位臣藤原朝臣季経上

これも又なぐさめかぬるうの花の月かと見ゆるをばすての山

（正治初度百首　九二五）

秋日詠百首応太上皇製和歌

藤原季経

夏

大意

これもまた心慰めようにも慰められないものだ、卯の花が夏白く咲いて、まるで月の光かと思われるほどの姨捨の山よ。

作者季経（すえつね）は、天承元年（一一三一）から承久三年（一二二一）の人。九十一歳没。藤原氏。顕輔の子。卯の花の白さを月の光と見たてたのがおもしろい。姨捨の山に出ている月を見ると心を慰めようとしても慰められないが、卯の花の白さを見ても姨捨山の月光が思い出されて、これまた、慰められないというのである。卯の花は夏の季語である。ウツギの別称。

詠百首和歌

沙弥寂蓮

秋

都よりいく夜の草をむすびても月を思はばをば捨のやま

（正治初度百首　一六四六）

大意　詠百首和歌　　沙弥寂蓮

秋

都から幾夜もかけて旅寝をして月を見に出かけて行っても、月のことを思うならばやはり姨捨山であることだ。

作者寂蓮は鎌倉時代の人。藤原定長が出家して寂蓮となった。『新古今和歌集』の撰者であったが完成を見ないで没した。月の事に関しては何といっても姨捨山に出る月でなければならないという。それほどまでに姨捨山を月の名所として称えている。

秋日詠百首応太上皇製和歌

冬

正三位臣藤原朝臣経家上

さらしなやをばすて山にふる雪をなぐさめかねし月かとぞみる

（正治初度百首　一〇六八）

大意　秋日詠百首応太上皇製和歌　　藤原経家

冬

更科の里にある姨捨山に降る雪の白さを見ていると、姨捨山のあの慰めようにも慰められない月を見ているのかと思う。

経家は藤原氏。生没年未詳。平安時代末期から鎌倉時代初期の人。重家の子。雪を月光と見る歌は珍しい。「とぞ見る」で係助詞「ぞ」を用いて「見る」が連体形で結び。強めている。

『正治後度百首』は『正治初度百首』についで、正治二年（一二〇〇）に後鳥羽院が十一名に詠進させたもの。一題五首、二十題から成る。『正治二年第二度百首和歌』などとも呼ばれている。

詠百首応製和歌　散位隆実

月

ながむればみやこもかなしさらしなやをばすて山に出づる月かも

（正治後度百首　四三三）

詠百首応製和歌　藤原隆実

月

大意

眺めていると都の空に出ている月も悲しいことだ。さらに更科の里の姨捨山に出る月はもの悲しいことであろうよ。

散位は「さんに」と読み、位階だけあって官職についていない者、または、職を辞した者をいう。隆実（たかざね）は藤原氏、後に信実といった。治承元年（一一七七）から文永二年（一二六五）の人。八十九歳にて没。後鳥羽上皇熊野参詣の途中歌会が開かれた時の歌『熊野懐紙』などにも出詠している。姨捨山に出る月はどんなに悲しみの色をたたえているのだろう。都で見る月もこんなに悲しみの色に見えるから、の意である。「かなし」にはいろいろ意味があるが、姨捨伝説をふまえた歌であると考えれば、やはり「悲しい。心がいたむ」ととりたい。

詠百首応製和歌　散位従五位下鴨県主長明上

五月雨

とにかくに月に心ぞなぐさまぬをばすて山の五月雨の比

（正治後度百首　六二五）

鴨長明

大意　詠百首応製和歌

五月雨

とにもかくにも月によって心が慰められない。姨捨山の五月雨の頃には。

鴨長明は久寿二年（一一五五）から建保四（一二一六）の人。六十二歳にて没。賀茂氏。『新古今和歌集』にも十首撰入。『方丈記』の作者として知られている。「ぞなぐさまぬ」の「ぞ」は係助詞、よって「ぬ」は連体形。打消の助動詞。慰まないことが強められている。五月雨の頃は雨のため月が見られない。

詠百首応製和歌

女房宮内卿

月

まだしらぬをば捨山も月といへば心にならすさらしなの里

（正治後度百首　八三〇）

宮内卿

大意　詠百首応製和歌

月

まだ姨捨山の上の空に出ている月は知らないけれど、月というと心に馴れ親しませている更科の里であることよ。

宮内卿は生年未詳。年齢も未詳であるが若くして亡くなられたようである。源氏。『千五百番歌合』に年少の身でつらなり「薄く濃き野辺のみどりの若草にあとまで見ゆる雪のむらぎえ」が絶讃された。『新古今和歌集』に十五首入集されている。

詠百首応製和歌　　女房越前

つき

なげきけん昔の人のけしきまでおもひしらるるをばすての山

（正治後度百首　九三三）

詠百首応製和歌　　女房越前

つき

大意

姨捨山に捨てられた姨が嘆いたであろうし、またいずれ捨てられる身を昔の人が嘆いたであろう様子まで身にしみてしみじみ知られる姨捨の山よ。

女房越前は生年未詳から弘安六年（一二八三）。六十余歳没。鎌倉中期の歌人。安嘉門院四条、右衛門佐、四条とも呼ばれ後の阿仏尼である。『十六夜日記』が有名である。『老若五十首歌合』『千五百番歌合』など有名な歌合には越前で名をつらねている。「なげきけむ」の「けむ」は過去を推量する助動詞。姨捨伝説をふまえての歌であることがわかる。

詠百首応製和歌　　従五位下行能登守臣源朝臣具親上

月

里わかず秋は心もあり明になほ月かげはをばすての山　（正治後度百首　三三四）

月　詠百首応製和歌　源具親

大意　どの里と区別することなく秋のわびしい心はあるけれど、有明けの月はやはり姨捨の山に出る月であることだ。

具親（ともちか）は生没年未詳。鎌倉初期の人。源氏。歌合に参加しているが判では持や負が多かったという。この歌も技巧的で構成の方が先走ってわかりにくい。「あり明に」は掛詞で「有る」と「有明の月」を掛けている。

『正徹千首』は伝本に多少の数の違いがある。一条兼良が正徹の歌を撰したと言われている。室町前期の歌僧。東福寺の書記でもあった。歌集に『草根集』歌論書に『正徹物語』があり有名である。歌風は夢幻的・象徴的であるという。

月　秋二百首

都にもおなじ鏡をかけ出づる遠山鳥のをばすての山　（正徹千首　三六六）

月

大意　都にも、はるか遠い地にある姨捨山に出た月と同じような澄んだ美しい鏡のような月が出たことだ。

「おなじ鏡」とは、姨捨山に出ている月を鏡と見たてている。姨捨山は月の名所でとりわけ美しいとされている。都の空に出た月も澄み渡って冴えていて非常に美しかったので、名所の月を思わせたのであろう。「遠山鳥」は山鳥の異名。「山鳥」は枕詞。尾と同音を持つものに掛る。山鳥の尾は長いことから「尾」と「山鳥」とは関りが深い語である。その「を」の音から「おのれ・おのづから」などに掛かるので「をばすて」にも掛かると思われる。「鏡をかける」は「細事をくわしく知る」意味もある。

詠五十首和歌　　上総介藤原家隆

見し秋の月より後もなぐさまず雪のあしたのをばすての山

（御室五十首　五八六）

詠五十首和歌　　上総介藤原家隆

大意

秋に姨捨山の空の月を見てからも、心慰まないままに月日を重ねてしまったことだ。雪の降っている朝の姨捨の山よ。

『御室五十首』は守覚法親王の主宰した五十首で『仁和寺五十首』『守覚法親王家五十首』とも呼ばれている。建久八年（一一九七）十二月に下命があって正治元年（一一九九）に詠出したもの。俊成・隆信・有家・定家・家隆・寂蓮など十七名である。歌数に多少の過不足もあるようだ。藤原家隆は保元三年（一一五八）から嘉禎三年（一二三八）八十歳にて没した。『新古今和歌集』

の撰者となるなど当代きっての歌人である。歌意は秋に名所の月を見てから心が慰められないことだと、雪の朝の姨捨山を思い浮かべながら詠んだ歌である。

詠五十首倭歌　　中総権大輔藤原有家

秋十二首

ゆきてみんほかには月もさらしなやをばすて山の在明の空

（御室五十首　四七六）

詠五十首倭歌　　中総権大輔藤原有家

大意　行って見るほかには月もくまなく見られないだろう。更科の里にある姨捨山の明け方の空よ。

「さらしな」が「曝す」と「更科」と掛詞と思う。「曝す」に「くまなく見る」の意があるのでこうとってみた。少し冒険かもしれないが。この歌は「秋十二首」の中の八番目の歌であった。藤原有家は久寿二年（一一五五）から建保四年（一二一六）。六十二歳にて没。『新古今和歌集』の撰者の一人。後鳥羽院の庇護を受けた。和歌所の寄人ともなった。『御室五十首』の中に姨捨に関する歌はここに上げた二首の他に「月きよみ心すむ夜はいづくにもありけるものををばすての山」（隆信）がある。『隆信集』にあって、すでに書いたのでここでは省く。

山月　　性脩

久かたの雲井の月の影やすむなぐさみかねぬ姨撤月の山

（永享百首　四四七）

大意　山月　性脩（公種）

空に出ている月の光は澄み渡っているだろうか。心慰めにくい姨捨の山よ。

「ひさかたの」は「雲」にかかる枕詞。「雲井」は「雲居」とも書く。雲、空のこと。「や澄む」は「や」が係助詞。「澄む」が結び。疑問。「がね」は「〜にくい。できない」の意。結句の「姨捨」は珍しい表現である。『永享百首』は『新続古今集』の応制百首である。下命を受けた四一人が詠進したということであるが一部以外現存しないという。性脩は藤原公種（きんたね）。『新続古今和歌集』に入集。出家して性脩となった。前大納言、正二位大納言などの位についていた。

月　覚勝

をばすてや空もひとつにながむれば月のふもとのさらしなの里

（洞院摂政家百首　解題　一二三二）

大意　月　覚勝（公経）

姨捨山の空も都の空も同じ空で、眺めやるこの月のふもとにある更科の里が遠く思われることよ。

『洞院摂政家百首』は洞院摂政藤原教実が主宰した百首詠で、寛喜二年（一二三〇）に企画され、貞永元年（一二三二）に二十題、各五首ずつ百首であった。作者が二十二名、二十三名と異本がいろいろあるようである。この「解題」とあるのは、底本に欠けている歌で東北大学本拾遺である。その中に覚勝とあって二十題、各五首ずつ詠んでいる。

三位侍従母

心のみをば捨山と住みなれし月にやどかるさらしなの里

（洞院摂政家百首　一五七一）三位侍従母

大意　心だけは澄みきっている老女である私は、まだ行った事がなく心ばかり住みなれていた姨捨山の美しい月を見ながら一夜の宿をかりることができた更科の里であることよ。

「姨捨山」は老いた自分の比喩。「住み」は「澄み」と「住み」の掛詞である。かつてまだ見たことのない姨捨山の月についていろいろ想像していたので心だけは住みなれたと表現している。それが旅に出て実際に更科の里で姨捨山の月を見ることができたという歌である。三位侍従の母とは俊成卿の女のことである。承安元年（一一七一）頃から建長六年（一二五四）の人。八十四歳くらいで没した。藤原氏。三位（具定）の母である。後鳥羽院をめぐる各種の歌合に出席。なおこの歌は『俊成卿女集』に「旅」と題して五首ある中の一首である。比喩を用い、掛詞を用いて力量を発揮した一首である。

月五首　但馬

まだ知らぬをば捨山を尋ぬれば月こそ秋のしるべなりけれ

（洞院摂政家百首　六九五）

大意　月五首　但馬

まだ知らない姨捨山を尋ねてゆくと月こそ秋にゆかりのあるものであることだ。

姨捨山を尋ねても知らないものばかりであったが、月だけは、有名な古歌にも詠まれ、月の名所でもある唯一自分の知っている、ゆかりあるものであったという意であろう。但馬は藻壁門院但馬、中宮但馬・中宮●子《しゅんし》などともいう。「こそ」は係助詞で「けれ」が結びである。「こそ〜けれ」の間が強められている。「しるべ」は「①導き・手引き・案内すること　②知り合い・ゆかりある人」などの意がある。ここでは「ゆかり・縁」などの意ととりたい。姨捨山といえば「月」と古歌に詠まれている。姨捨山と月はあまりにも有名な取り合せなので、姨捨山を尋ねると、まず第一に思い出されるものは「月」であり、しかも慰めがたい悲しい寂しい月なのである。田毎の月としても有名ではあるが。

四十番　閑山月　左九条前内大臣家百首

むかしおもふ人だにあらじさらしなやをばすて山に月はすむとも

（隆祐集　一三九）

大意　四十番　閑山月

昔、姨捨山に捨てられた姨のことを思う人はありますまい。更科にある姨捨山にどんなに美しく月が澄もうとも。

「むかしおもふ」にはいろいろな思いが込められるように思う「昔のさまざまな事が思い出される」「昔思ふ草のいほりのよるの雨に涙な添へそ山ほととぎす」（新古今和歌集・藤原俊成）が

まず頭に浮かび淋しい、辛い昔が思われるようである。この歌の場合、やはり「むかし」は姨が捨てられたことに関わると思われる。『隆祐集』は『隆祐朝臣集』・『藤原隆祐朝臣集』などともいわれている。隆祐は生没年未詳。鎌倉時代の人。藤原氏。家隆の長子。諸歌会・歌合にて活躍した。題が「閑山月」であるから、しみじみとした山の月の風情を詠んだ歌である。「あらじ」の「じ」は意志の打消の助動詞である。「とも」は逆接の仮定条件を表す。接続助詞。「たとえ〜にしても」の意である。

次に『建保名所百首』をあげておく。建保三年（一二一五）十月に順徳院の命によって詠進された作者十二名、名所百カ所の一二〇〇首である。その内「佐良科里信濃国」とあって十二首ある。

五四一　さらしなや夜渡る月の里人もなぐさめかねて衣うつなり
五四二　わが心さてしもいとどなぐさまず今更しなの月はみれども
五四三　はるかなる月の都に契ありて秋のよあかす佐良科のさと
五四四　雲やなきをばすて山の秋の空月ぞすみけるさらしなの里
五四五　わすれなむなぐさめかねし山のはの空を秋とはさらしなのさと
五四六　さらしなの里をばかれぬ月のよもとふべき物と人はまたれず
五四七　さらしなの里の草葉はうらがれてかれずぞ月に人はとひける

五四八　われとしもさそはぬ月にしをれきぬ誰をうらみん佐良科の里
五四九　都にてみしにやにたる秋の月いづこはあれど佐良科の里
五五〇　うづらなく夕の空のあはれまで月に深行くさらしなのさと
五五一　をばすての山より月のいづるにもそもさらしなの秋の空かな
五五二　あづまぢやいづくはあれどさらしなの里とひ出づる夜はの秋かぜ

各歌の作者は初めから順徳院・行意・藤原定家・藤原家衡・俊成卿女・兵衛内侍・藤原家隆・藤原忠定・藤原知家・藤原範宗・藤原行能・藤原康光である。この十二首の中に姨捨に関する歌は五四四の藤原家衡の歌と五五一の藤原行能の歌である。「をばすて」と詠み込まれた歌二首の他にも姨捨を思わせる歌があるので一応ここにあげてみた。楽しみの少ない昔、歌によっていろいろな楽しみ方をしたものだと感心させられた。少し横道にそれたが。

月依所明

名にたかきをばすてやまのかひなれや月のひかりのことにみゆらむ

（建礼門院右京大夫集　四九）

大意

月依所明（月の光も場所によって明るい）

月の名所として有名である姨捨山の山峡から見る甲斐があって、月の光がことのほか明るく見えるのであろうか。

「名にたかき」は月で名高い意である。「やまのかひ」は山峡と甲斐との掛詞。「なれや」は断定の助動詞「なり」の已然形に係助詞「や」のついたもので疑問を表す。建礼門院右京大夫は保元二年（一一五七）頃から没年未詳。父は藤原伊行。高倉天皇の中宮、平徳子（平清盛の娘）に仕えた。平資盛との恋の歌を多く詠んでいる。七十歳の頃に没したと思われる。

露上月　　散位源頼政

月のすむをばすてやまのしたつゆやむかしのひとのなみだなるらん

（為忠家後度百首　三七五）

大意　露上月　　源頼政

月の光の美しく澄みとおっている姨捨山の草木からしたたり落ちる露は昔捨てられた姨の涙なのであろう。

「したつゆ」は「草木からしたたり落ちる露」のこと。「露」を「涙」に見立てている。「むかしのひと」は『古今和歌集』の古歌を念頭においての上の作であろう。捨てられた姨が一人で山の上に月を見ながら泣いている涙であろうと露を見立てたのである。「らん」は推量の助動詞。『為忠家後度百首』は『為忠家初度百首、後度百首』あわせて「両度百首」とも呼ばれている。この本は鳥羽院近臣であった丹後守藤原為忠が近親者や知人に春二十、夏十五、秋二十、冬十五、恋十、雑二十の百題各一首を八人に詠ませたもの。長承元年（一一三二）から保延二年（一一三六）の間に成立した。作者源頼政は長治元年（一一〇四）から治承四年（一一八〇）の人。清和源氏。源三位と呼ばれた。平安末期の大歌人の一人。武門歌人として実朝と並び双璧といわれた。

雑百首

わが心なぐさめかねていく世へぬをばすて山の月はみねども　（後鳥羽院御集　一〇四二）

大意　私の心はなぐさめられないままに幾年も経ってしまった。あの慰めがたいという姨捨山の月は見ていないのに。

老人になって働けなくなり山に捨てられて、夜は月を見ながら泣いているという伝説のある姨捨山の月である。姨の上を思うと月を見ても慰められないのである。その姨捨山の月を見ていないのに心が慰められないままに幾年も経ってしまったと嘆いている。『後鳥羽院御集《ごとばいんぎょしゅう》』は後鳥羽天皇の家集。編者、成立年代不詳。後鳥羽天皇は治承四年（一一八〇）から延応元年（一二三九）の方で第八十二代の天皇。高倉院の第四皇子。兄安徳天皇のあと位についた。承久の乱に敗れ隠岐の島に流され、同地に没した。和歌所を設け寄人五人に『新古今和歌集』を撰進させた。在京時代の歌は『後鳥羽院御集』にほとんど収めてある。

光音寺僧正坊にて名所歌よみ侍りし時、伯母棄山秋

よしさらばなぐさめかぬる身のうさをばすて山の月にかこたん　（草庵集　五三〇）

大意　光音寺僧正坊にて名所歌よみ侍りし時　伯母棄山秋

ままよ、それならば慰めようにも慰められないこの身の辛さを姨捨山の月のせいにしよう。「よし」は副詞「仮に許す意」から「不満足ではあるがどうなろうとしかたがない」の意。「さらば」は「然らば」それならばの意「かこたん」は「関係のないことを無理に結びつける」意である。姨捨山の月は慰められない意なので、この身の辛さは姨捨山の月を見たからだと、姨捨山の月のせいにしてしまおう。実はそうではなく辛く悲しいことが身に起っているのであろう。

御子左大納言家旬十首に、駒迎

をばすてをいつか越えけん逢坂をこよひぞいづるもち月のこま

（草庵集　五一〇）

大意　御子左大納言家旬十首に、駒迎

姨捨山をいつ越えたのであろうか、今宵は逢坂山の上に出ている満月よ。

御子左家（みこひだりけ）は和歌の家。平安時代末期、俊成、定家によって和歌の師範家の地位を確立した。「駒迎」は「秋の駒牽《こまひ》きの時、諸国からの貢馬を、官人が近江の逢坂関まで出迎えること」である。「けん」は過去の推量の助動詞で「～たであろう」となる。上の句は「姨捨山をいつ越えたのであろうか」となって主語は下の句の「望月のこま」である。「諸国からの貢馬が姨捨山をいつ越えたのか」となるがこの場合信濃からの貢馬であろう。また「望月のこま」とあるが、「満月」の意ととりたい。「望月の駒」とは「平安時代以後、毎年八月望月のころ、諸国から貢進した駒」の意である。姨捨から貢進された駒を役人が逢坂山にある関まで迎えに行っ

て馬を受け取ってくるのである。この意を込めて「駒迎」という詠題から「望月」を連想し、「望月」から「姨捨山」を連想したのだと思う。意味が大変に複雑であるが、思いつきが珍しい。

善光寺にまゐりて侍りし時、九月十三夜にをばすて山を越ゆとて

こよひしもをば捨山をながむればたぐひなきまですめる月かな

（草庵集　一二七九）

大意　善光寺に参りました時、九月十三夜に姨捨山を越えようとしてよりにもよって九月十三夜の今宵、姨捨山を眺めると例を見ないほど澄み通っている月であることよ。

「しも」は副助詞、強意を表す。「よりによって」の意。「たぐひなき」は「並ぶものがない」の意。『草庵集』は頓阿自撰家集。頓阿は二条派の歌僧。鎌倉・南北朝時代の人。俗名、二階堂貞宗。藤原為世に師事し、為世門の能誉（慶運）・浄弁・兼好とともに四天王の一人。『新拾遺和歌集』を完成させた。

山月　御製

いづくにも月は一をいかにしてをばすて山はてりまさるらん

（宝治百首　一五六〇）

山月　後嵯峨院御製

大意　どこに出た月でもひとつ月なのに、どうして姨捨山に出た月はいっそう美しく輝くのだろう。

素直に意味のとれる歌で平明である。月はどこに出ても同じなのに名所というだけで姨捨山に出る月は格別なのはなぜかという単純な疑問を投げかけながら、姨捨山の月を称えているのである。後嵯峨天皇は承久二年（一二二〇）から文永九年（一二七二）。土御門天皇の皇子。第八十八代天皇。『続後撰和歌集』『後古今和歌集』を撰ばせた。

山月　　　　　　　　　　　　　　　　　　　　　　　　　　　忠定

まさご行くちくまの川にうつりきてをばすて山をいづる月影　（宝治百首　一五七二）

大意　山月　　　　　　　　　　　　　　　　　　　　　忠定卿前参議正二位

こまかい砂の上を歩いてゆく千曲川に映ってきたことだ。姨捨山に出た月の光よ。

作者忠定（ただきだ）は六条藤原系の人。康元元年（一二五六）没。『宝治百首』は『続後撰和歌集』の選歌資料として後嵯峨院が宝治二年（一二四八）に当時の主要歌人四十人に詠進させた百首である。伝本は四種類あって多少異なる。歌の言葉も違っている。四十人、各百首の四千首である。

歌合・歌学書・物語・日記等収録歌

佐良之那里信濃　　　　　　　　　　　　　　　　　　　　　僧正慈円

月出でばよも更科の夜半の空をば捨ならぬ秋の山かな　（最勝四天王院名所御障子和歌　三六二）

大意　更科の里　信濃　　僧正慈円

月が出たならばあちこち更科の里の夜半の空は、姨捨山ではない月の美しい秋の山であることよ。

「よも」は打消を伴って「まさか・よもや」の意もあるが「あちこち、いたるところ」の「四方」もあるので、後者をとった。姨捨に出た月ばかりではなく、秋の山すべて姨捨山と同じように美しいのだということであろう。慈円は久寿二年（一一五五）から嘉禄元年（一二二五）の人。藤原氏。十四歳で出家。僧として順調に進んでゆくが和歌にも深く執心し新古今時代に活躍した。

佐良之那里信濃　　雅経朝臣

雲とほき山路の月を人とはば今更科のをばすてのそら　（最勝四天王院名所御障子和歌　三六八）

大意　更科の里　信濃　　雅経朝臣

はるか遠い山道の美しい月を人がたずねたならば今更ながら更科の里にある姨捨山の空にかかっている月であるよ。

「今更科」が掛詞「今更」と「更科」の二つの意味となろう。雅経は嘉応二年（一一七〇）から承久三年（一二二一）。藤原氏。和歌を藤原俊成に学び、『新古今和歌集』の撰者の一人でもある。子孫も代々和歌を学び飛鳥井家といい、蹴鞠の家でもあった。

佐良之那里信濃　有家朝臣

信濃路や雲井に聞きし更科の里のしるべはをばすての山

（最勝四天王院名所御障子和歌　三六五）　有家朝臣

大意　更科の里　信濃

信濃路よ。遠く都でうわさにのみ聞いていたのは、更科の里にゆかりのあるものというと姨捨の山であることだ。

集名でわかるように名所の歌を障子に書いたものである。更科の里の歌が三六一番から三七〇番まで十首ある。その中で、はっきり「姨捨」とあるのは三首である。ここに参考として十首あげておく。「姨捨」となくても心に置いている歌である。

三六一　あぢきなくなぐさめかねつ更科やかからぬ山も月や住むらむ　御製

三六二　月出でばよも更科の夜半の空をば捨てならぬ秋の山かな　僧正慈円

三六三　更科や嶺ふきくだす秋風の霜にしをれていづる月かげ　大納言

三六四　里の名を秋に忘れぬ月影に人やはつらきさらしなの山　俊成卿女

三六五　信濃路や雲井に聞きし更科の里のしるべはをばすての山　有家朝臣

三六六　あらし吹く山の月影秋ながらよも更科の里のしらゆき　定家朝臣

三六七　秋風の吹く大ぞらの月のいろもただ里からのさらしなのやま　家隆朝臣

三六八　雲とほき山路の月を人とはば今更科のをばすてのそら　雅経朝臣

三六九　詠めわびぬこれもこころのおもひかなかくてふりぬる更科の月　具親

三七〇　更級の月吹くあらし夢にだにまだみぬ山の鹿ぞ鳴くなる　秀能

最勝四天王院は後鳥羽院が関東調伏のために白河に築いたもので、源実朝の死後こわされたという。その院の障子に名所絵四十六か所に十名の歌人が歌を寄せている。絵を見ての作である。

太政大臣

をばすての山の秋風早夜ふけて木曾の麻衣月にうつなり　(兼載雑談　四三)

太政大臣

大意

姨捨山の秋の風がいかにも夜がふけた感じに吹いていて、ここ木曾の里では月の夜寒々と麻衣をうつ砧の音が聞こえている。

『新古今和歌集』に「み吉野の山の秋風さ夜ふけてふるさと寒く衣打つなり」(四八三・藤原雅経)がある。これは本歌取りの歌で「み吉野の山の白雪つもるらし古里寒くなりまさるなり」(古今和歌集)がある。いずれを本歌としたかわからないが、新古今の歌そのままである。『兼載雑談』は猪苗代兼載の書いた歌論書・連歌論書である。明応末年の頃か。成立時未詳。

廿六番　左持　允成

すみわたる月の光も浦さびて松風さゆるあまのはしだて

右　　　　　　　　　　　　　　　　　　兼経

ながむれば昔にかへる心かな月やなになるをばすての秋

右、をばすての秋、心えず、月やなになるといへるもおぼつかなし、左の、あまのはしだて月すみわたるなどいふ事いたくふるめかしくや、持などにこそ

（石清水若宮歌合　正治二年　一八三・一八四）

大意

廿六番　左持　　　　　　　　　　小比叡社祝允成

澄みわたっている月の光もなんとなく寂しいここ天の橋立には、松風の音も澄みとおっているることだ。

右　　　　　　　　　　　　　　　　散位兼経

ながめていると心が昔にたち返ることだ。いったい月はなんなのだろう。姨捨山の秋の夜の月よ。

右の歌の「をばすての秋」はわけがわからない。「月やなになる」というのもはっきりしない。左の歌の「あまのはしだて月すみわたる」などという事はたいへん古めかしいので「持」などである。

この歌合の判者は、内大臣兼右近衛大将源朝臣通親公である。「持（じ）」は歌合の時、双方に優劣のないとき、引き分けの時に用いる。この二首の歌は両方ともあまりかんばしくないようで「持にした」となる。さて、姨捨の山の歌の方だが、姨捨山の秋の夜の月を見ているとなぜか昔

のことに心がたち返ってしまうが月はどんな力を持っているのだろうという意であろう。

前僧都全真

卌一番　左

おもひつる心のくまも晴れぬればいづくの月もをばすての空

雅経朝臣

右勝

あくがるるこころの程は月もみよ千里の外のあり明のそら

侍従雅経

左、いづくの月もと侍る心えがたくや。右、千里の外の有明の空、心ざしふかければ可為勝歟

（石清水若宮歌合　正治二年　一九三・一九四）

大意

三十一番　左

前僧都全真

月を見て思っていた心の曇りも晴れてしまったので、どこに出ている月もあの月の名所姨捨山の美しい月と同じであるなあ。

右勝

侍従雅経

心ひかれて落ちつかない私の心深さを、はるかかなたの明け方の空に出ている月も見なさい。

左の歌は「いづくの月」ともあるのは理解しにくくないだろうか。右の歌は「千里の外の有明の空」は意向が深いので勝とすべきであろうか。

「いづくの月」と「千里の外のあり明の」月との比較から、はっきりと後者の方がしているの

で勝となっている。姨捨の歌については、慰め難い月のイメージではなく、有名な美しい月として姨捨を見ている。姨捨の月でなくても、心が晴れたのだから、どこの月でも良いのだという意である。

十八番　左勝　　範光朝臣

はれしぐれむら雲いづる月みればくまなきよりもめづらしきかな

右　　相模

清見がたくまなき月をながめてもをばすて山をおもひこそやれ

左時雨のひまの月まことにめづらしかるべきにや、右むげにふるめかしければ以左為勝

（石清水若宮歌合　正治二年　一六七・一六八）

大意　十八番　左勝　　大蔵卿範光朝臣

晴れたり曇ったり一群の雲の間から出る月を見るのは、かげりもなく照り渡っている月よりもすばらしいことだ。

右　　内裏相模

風光明媚な清見潟でかげりもなく照り渡っている月を眺めても、美しい月の名所としての姨捨山の月を思いやることだ。

左の歌のしぐれの間の月はまことに珍しいことではないか。右は全く古めかしいので左

をもって勝とした。

勝った左の歌は「花はさかりに、月はくまなきをのみ見るものかは。雨にむかひて月をこひ、たれこめて春の行衛知らぬも、なほ哀に情《なさけ》ふかし」（徒然草第一三七段）の心と全く同じであるこの頃の美意識がこうであったのだろう。『石清水若宮歌合　正治二年』は、五題各三十三番、計一六五番の歌合。作者は六十六名。後鳥羽院歌壇形成の前か形成過程の頃である。

七百二十六番　左　季能卿

はるばると月見るそらにあくがれて心にこゆるをばすての山

右勝　越前

そでのうへにくもらぬよはの雨すぎて月はくまなくすみよしのそら

みよし野やきりたつ秋もはるぞみるかげおぼろなる月はすみつつ

（千五百番歌合　一四五〇・一四五一）

大意

七百二十六番　左　正三位行太皇太后宮大夫藤原朝臣季能

はるばると美しい月を見ることのできる空にあこがれて、心の中だけで越えてゆく姨捨の山よ

右勝　越前

袖のあたりに曇らない程の夜半の雨が通りすぎていって、月は一点の陰もなく澄みとおっ

ている住吉の空であることよ。

み吉野の里に霧がかかっている秋も晴れ晴れとして見える。光のおぼろであった月も澄み続けていることだ。

姨捨に関する歌は左で、姨捨山のある空にあこがれてはいても実際に越えることはできないが、心に思うのみで越えてゆくという意であろう。この判者は後鳥羽院で「御判」とある。判者は普通は左右のそれぞれを説明して勝負を決めるのだがここでは判歌つまり和歌で判をしている。しかも、折句（おりく）といって、和歌の各句の初めまたは終わりに置いて五文字を詠み込むのである。「みきはかつ」と各句の上に置かれていて右勝と判じたのである。伊勢物語の「かきつはた」と同じである。

六百七十四番　左　　　具親

くもるといふおもひばかりぞさらしなやをばすて山も月はいりけり

右勝　　　雅経

かづらきやたかまのみねに雲はれてあくるわびしき有明の月

たれか又かかるみやまのまきの葉にかげもりかぬる月をみるらん

（千五百番歌合　一三四六・一三四七）

大意　六百七十四番　左　従五位下左兵衛佐臣源朝臣具親

心が晴々しないという思いだけが心から去らない。更科にある姥捨山のあの慰めがたいという月も入ってしまったことよ。

右勝　　　　　　　　　　　　従五位上守左近衛権少将臣藤原朝臣雅経

葛城にある高間山の峰にかかっていた雲もはれて、明け方のわびしい有明の月よ。

だれかまたこのような深い山のまきの葉かげに光がこぼれかねている月を見るであろうか。

この歌は秋三の歌で判者は後鳥羽院である。これも「御判」とある。最初の歌は「月が曇ってしまう」ともとれるのだが「をば捨山」の古歌を重ねて「心が晴れない」の方をとってみた。二首目の歌の「葛城山」は大阪府と奈良県との境にある山で、「高間山・高天山」も大阪府と奈良県にまたがる金剛山地の金剛山のことである。判歌を見ると、折句の五文字が浮かんでくる。それぞれの句の初めの五文字が「たかまかつ」となり「高間山」の方が勝ちだという。

七百八十番　左　　　　　　　　　　　　　　　　顕昭

なきまさるおのがこゑにやきりぎりすふけゆくよはのほどをしるらん

右　　　　　　　　　　　　　　　　　　　　　　釈阿

ふるさとにひとりも月を見つるかなをばすてやまをなにおもひけん

左　暗蛬之韻、以己音之漸増、知夜漏之方闌、推察之思頗似無詮。

右　玄兎之影、極旧里之閑、望徧名所之遠情心尤幽玄、足於賞翫者歟。

（千五百番歌合　一五五八・一五五九）

大意

七百八十番　左　　　　　　　　　　　　　僧顕昭

鳴き強まってゆく自分の声に蟋蟀は夜が更けてゆく様子を知るであろう。

右　　　　　　　　　　　　　沙弥釈阿

ふるさとで一人で月を見ていることだ。月の美しさは姥捨山となぜ今まで思ったのだろう。ここもこんなに美しいのに。

左は暗い中で鳴く蟋蟀は自分の声で夜の更けるのを知るのは推察の思いしきりで無益である。右は月の光は昔を思わせ、名所を遠く思う心が幽玄で望む所がせまい。めでて珍重するにたるか。判者は藤原定家である。両方とも判者の意に添わない。

『千五百番歌合』は、仙洞百首歌合ともいう歌合で、建仁元年（一二〇一）に新古今和歌集撰進に先立って後鳥羽上皇が三十名に各百首ずつ詠進させ、その年に判者十名決定し、番えたもの。歌合史上最大規模のものである。この歌合から新古今和歌集に八十七首採られている。題は春夏秋冬祝恋雑である。判者は、忠良・釈阿・良経・院・定家・季経・師光・顕昭・慈円・源通親は途中で死亡である。判詞がそれぞれ異なっている。良経は絶句で判し、後鳥羽院は折句歌にて勝

敗を詠み、定家は漢文の判詞もある。　前大納言

三番　左持　丹後

かすが山みねに在明の月かげもみる我からはをばすての空

右

みかさ山さしも梢は神さびていく世か残る在明の月

ともにことなる事なし。可為持

（春日社歌合　元久元年　三五・三六）

大意

三番　左持　前大納言藤原忠良

春日山の峰に出ている有明の月も見ている私のせいで姨捨山の空に出ている月と同じに見えることだ。

右　女房丹後

三笠山の有明の月にあんなに梢は神々しく見える。幾年あとまでこのように見えることだろうか。

ともに異なることはない。持とすべし。

『春日社歌合』は元久元年（一二〇四）に和歌所で催された歌合である。春日社に奉納した。落葉、暁月、松風の三題。各題十五番、作者は三十人。衆議判で執筆は定家。『新古今和歌集』に十四首採られている。名所姨捨山の月を美しい月として詠んでいる。

百十五番　左　　寂蓮

里わかずみるべき月の影なれどあかぬ心はをばすての山

右勝　　左大臣

しら露のたのめかおきし人はこできりのまがきにまつむしのこゑ

（老若五十首歌合　建仁元年二月　一二〇一・一二三〇）

大意　百十五番　左　　寂蓮

里を区別することなく見ることのできる月の光であるけれど見飽きないのは姨捨山の月であることだ。

右勝　　左大臣良経

白露が置き、あてにしていた人は待っていても来てくれない。霧が立ちこめている籬のあたりに松虫の声がすることだ。

『老若五十首歌合』は珍しいことに、作者が左方老、右方若と老若に分けている。題は春夏秋冬雑の五題、十名の各十首ずつの番いである。「右方勝也」とあって若手の方が勝った。判詞はない。作者は左老の方は忠良・慈円・定家・家隆・寂蓮。右若は女房（院）・良経・宮内卿・越前・雅経である。作者から見ても左の方が勝ってもよいと思うのだが。さて寂蓮の歌は姨捨山の月がどこの里よりも良いということで詠み古るされた感はある。左大臣の歌は人を待つことと松虫と「まつ」が掛詞となっていて技巧的にもおもしろい。『新古今和歌集』にこの中から三十三首入集。

百廿四番　左　家隆

さとはあれて鹿ぞなくなるすが原やふしみの野べの秋の夕暮

右勝　宮内卿

おもふさへくもらぬ夜半の詠かなをばすて山のいにしへの空

（老若五十首歌合　二四七・二四八）

大意　百廿四番　左　家隆

里は荒れはてて鹿が鳴くそうである菅の生えている原、その伏見の野辺の寂しい秋の夕暮よ。

右勝　宮内卿

思うだけでも曇らない夜半の眺めであることよ。月が美しいと伝えられている姨捨山の昔からの空よ。

伏見の里は平安時代から貴族の別荘地で華やかであったが荒れた。二首目「詠」は「ながめる」と読む。この歌も月の名所としての姨捨山の空を詠んでいる。

十五番　左勝　清重

きよみがたくまなき月をみてもなほおほひぞいづるをば捨の山

右

月かげにあくがれいづるあさぢかなたまものすみかくまもなしとて

左歌、これこそをばすて山のほいはは づれざることに侍りと、うけたまはる人人もさやうにぞはべめる。右歌、月かげにあくがれいづる、などきこゆるほどは、かの遊子がことにやとおもふたまふるほどに、あさぢにて侍りけり、玉ものすみかくまもなしとて、と侍るも、あさぢがこころをしらんことありがたし、くまもなしとて、と侍るも、あさぢがこころをしらむことありがたし、くまもなしとや、などはおもひもやりてむ、などぞ人人も同心にはべるめり、仍て左勝ちはべりぬ。

（歌合　文治二年　六三・六四）

大意

十五番　左勝　左衛門少志中原清重

清見潟で曇りも影もない美しい月を見てもやはり思い出すことだ。姨捨山の月を。

右　僧湛覚

月の光にあこがれて出てきた荒れたちがやの原であることだ。玉藻の有処までも見える程曇りもなかろうかと思って。

この歌合には右の作者が書いてないが清重と番う作者は他の例から見て僧湛覚であることがわかる。また判詞もダブリがあって誤記と思えるが、そのまま記した。さて左の歌が姨捨にかかわる歌である。判詞に「これこそをばすて山のほいははずれざる」とあるので、この歌こそ姨捨山の本来の月の美しさ、どこの美しい月を見ても、かなわないとしてこの歌の良さを強調している。『歌合　文治二年』は文治二年（一一八六）に大宰権帥であった藤原経房が催した歌合。『民部卿経房歌合』ともいう。歌題は祝・月・鹿・紅葉・恋の五題。作者は三十四人。衆議判で、藤原季経が判詞を書いた。新古今時代にますます多くの歌合が催され、判詞に、その作風なども知ることができる。

さらしなにかひなき月の色みても心ひとつををばすての山　関白

（言はで忍ぶ　一一六）

大意　更科の里姨捨山に出ている月は見ても心が晴れない、ふがいない月の色を見ても、昔も今も心はひとつであることだ。

『言はで忍ぶ』は鎌倉時代の作品。作者は未詳。物語である。物語の中に短歌が多く詠まれ、歌物語の形式がとられている。慰められない姨捨の月という形でこの歌も詠まれている。

名所月　百二十一番　左勝

なにたかきほどぞしらるるさらしなや月すむ秋のをば捨の山　為教朝臣

右

あきらけきちかひも月にあらはれて末住よしと人はいふなり　権中納言師継

すゑすみよしとてはききにくしとて、をばすてまさり侍りき
（影供歌合　建長三年九月　二四一・二四二）

大意　左近衛権中将藤原朝臣為教

名所月　百二十一番　左勝

月の名所として名高いことが、まさによくわかることだ。更科の秋の姨捨山に今や月が澄み渡っている。

右　権中納言藤原師継
明らかである誓いも名所の澄み渡っている月のようにはっきりして、行く末も住みよいと人はいうのである。

末住吉は聞きにくいので、をばすての方がまさっている。

『影供歌合』は建長三年九月十三夜に、後嵯峨院仙洞で行われた。当代きっての歌人四十二名が名をつらねている。二百十番まで番えられ、題は名所月・初秋露など秋にちなむもの十題である。「末住吉」はおもしろくないからと左の歌の方を勝としている。

宮内卿男疎遠の時詠歌の事　宮内卿

都にも有りけるものをさらしなやはるかにききしをばすての山
（古今著聞集　一二三五）

大意　宮内卿が男が疎遠になってしまった時詠んだ歌　宮内卿

このように都にいますのに、都より距離が遠い更科にある姨捨山ではないが、叔母である自分とは遠くかけはなれてしまったことだ。

『古今著聞集』（ここんちょもんじゅう）は鎌倉時代の説話集。二十巻。橘 成季《たちばななりすえ》編。建長六年（一二五四）に成立。約七百の説話が収録されている。その中の、三三八に「宮内卿は、甥《をひ》にてある人に名たちし人也。おと《ママ》こかれがれになりにけるとき、よみ侍《はべり》ける」とあってこの歌がある。姨捨は遠い所の月の名所と「姨」と「叔母」と掛詞として用いられている。宮内卿は右京権大夫師光の女で後鳥羽院宮内卿である。なおこの話は「好色第十一」の中にある。宮内卿が甥にあたる名ある人と言いかわしていたが、だんだん疎遠になってしまったことをなじった歌である。ただこの甥に当たる人は『日本古典文学大系』（岩波本）の『古今著聞集』の注によると「俊信男俊平・具親男輔通・輔時がある」とあるので特定できないが、この誰かと語り伝えられていたのであろう。歌としては掛詞もうまく用いられている。

九十二番　左　月歌あまたよみける中に

我が宿はをばすて山に住みかへて都の跡を月やもるらん

右　旧郷の心を

旧郷は浅茅が末になりはてて月に残れる人の面影

月に残れる面影、まことに忍びがたく侍れど、左の都のあとを月やもるらんと侍るこころ、すみかへてとおかれて侍る事、かぎりなく侍るにや、猶勝と申し侍るべきにや。

（後京極殿御自歌合　建久九年　一八三・一八四）

大意

九十二番　左　月の歌をたくさん詠んだ中に

私の都の宿は姨捨山に住みかえてしまったなら、都の跡は月が守っているであろうか。

右　ふるさとの心を

古里は浅茅が生えて荒れはててしまったが、月は昔とかわらず照っているので、その月を見るとそこに住んでいた人の面影がうかんでくることだ。

月に残っている面影というのは忍びがたいものがあるけれど、左の都のあとを月が守るであろうとあるこころ、すみかえてとおかれている事がこの上なくすぐれているので、やはり勝と申すべきであろうか。

『後京極殿御自歌合』は、藤原良経自歌合。判者は藤原俊成。建久九年に成立、いろいろな系統の諸本がある。百番歌合である。判者俊成は左の歌を勝としている。姨捨山とあれば「月」が自然の形で出されている。

おなじくににて月をみてよめる　　まつらのみやの参議氏忠

みるごとにをば捨山のかずそひてしらぬさかひの月ぞ悲しき

（風葉和歌集　六〇〇）

大意　同じくにで月をみて詠んだ歌。　松浦宮橘氏忠

月をみるたびに姨捨山の月のように美しい月の数が増していって、まだ知らない土地の月が悲しく思われることだ。

『風葉和歌集』は江戸時代刊。諸本が多い。第十八巻と異本歌合わせて一四一八首（新編国歌大観第五巻）ある。また『松浦宮物語』にもこの歌が載っている。この物語は藤原定家作かといわれている。鎌倉初期成立。

四番　左持　左大弁

くまもなきみそらに秋の月すめば庭には冬の氷をぞしく

右　右京大夫

名にたかきをばすて山の月影も秋はことにぞ照りまさりける

（中宮亮重家朝臣家歌合　永万二年　六三・六四）

大意　四番　月　左持　左大弁雅頼

隈もない空に秋の月が澄むと庭には冬の氷がはることだ。

右　右京大夫

有名である姨捨山の月は秋にはここぞとばかり照り増さる。

『中宮亮重家朝臣家歌合』は平安時代成立、判者は前左京大夫顕広朝臣（俊成）。俊成の判で現

存する最初のもの。歌論として注目すべきであるという。歌そのものは解りやすい。

二十番　左　隆祐

あかしがた名におふうらにすむ月もなほのこりけるかげを見るかな

右勝　光俊朝臣

さらしなやをばすて山の月もなほこよひぞあきのかげはそふらむ

明石更科之月誉雖同、右歌依下句宜、為勝

（名所月歌合　貞永元年　三九・四〇）

大意

二十番　左　隆祐

明石潟の有名な浦に澄んで出ている月もまだ残っている影を見ることだ

右勝　光俊朝臣

更科の里の姨捨山の月もやはり今宵は秋の気配が添っているであろうよ。

明石や更科の月をほめるのは同じであっても、右の歌は下句がよいことによって、勝とした。

『名所月歌合』は貞永元年八月十五夜。題は名所月三首である。作者は二十二名。判者は権中納言定家である。姨捨の山の歌は下の句が良いので勝となった。

出羽弁

慰まぬ心はあらじ桜花姨捨山の月を見るとも

（栄花物語巻第三十六　根あはせ　五一六）

出羽弁

大意

慰められない心はありますまいよ桜花よ。たとえ慰められないという姨捨山の月を見たからといって。

『栄花物語』は物語であるが中に歌が入っている。平安時代後期に成立。四十巻。作者は出羽弁（いでわのべん）・赤染衛門説があるが未詳。道長の栄華が中心となっている。『古今和歌集』の古歌によって、姨捨山の月は慰め難いものということを頭においている。

私撰集2

あまぐもやいまさらしなにはれぬらし月すみわたるをばすてのやま

法橋顕昭

（閑月和歌集巻第十　釈教歌　四九六）

法橋顕昭

大意

更科の里にかかっていた雨雲が今はれたようだ。月が澄み渡っている姨捨の山よ。（心にかかっていた煩悩が悟りによって心が晴れ渡ったことだ）。

『閑月和歌集』は平安末期の成立か。編者は未詳であるが仁和寺などの歌僧が編集したらしいと伝えられている。十巻。歌数は五四九首（新編国歌大観第六巻）。

月歌の中に　　　　　　　　　　　　　　　　　　　法親王静

なぐさまぬなみだに月のくもるよりうき身をあきのをばすてのやま

（閑月和歌集巻四　秋歌上　二一三）

大意　月歌の中に　　　　　　　　　　　　　　　　　法親王静

気がまぎれず涙のために月が曇ってしまうより、つらいことの多い身の上を秋の姨捨の山に捨ててしまいたい。

藤原景綱

をばすてや月みぬさきのこころだになぐさめかねつ秋のゆふ暮

（新和歌集巻第三　秋歌　一九六）

大意　　　　　　　　　　　　　　　　　　　　　　　藤原景綱

気が晴れないという姨捨山の月を見ない前から心が晴れないことだ、秋の夕暮れは。

『新和歌集』は正元元年（一二五九）頃から弘長元年（一二六一）までに成立。鎌倉時代。十巻。八七五首。撰者は笠間時朝か宇都宮景綱かという。閲覧は足利尊氏かということである。姨捨の月は心が晴れない月ということに根付いているようである。

山月　　　　　　　　　　　　　　　　　　　　　　　　後嵯峨院御製

ほかよりもすみこそまされさらしなやをばすて山のつきのやどかは

（和漢兼作集巻第七　秋部中　六八五）後嵯峨院御製

大意　山の月

　ほかのどこよりも澄み渡っている更科の里姨捨山の月であろうか。

『和漢兼作集』は鎌倉時代に成立。漢詩と和歌と両方があって十巻、一〇〇五首。三〇八名の作品を編集。撰者は和漢兼作の人であろうが未詳。月の名所姨捨はどこより美しい月というイメージがあった上での作である。

月の歌あまたの中に

月をたれいづくもかくとながむらん有りけるものを更科の山　長嘯

だいしらず

行きてみむおもふことのみたがふ身はなぐさみやする姨捨の月　契沖

更級や我その山に捨てられんさやけき月をみる身とならば　禅秀

老いぬとてをばすて山の月みればこを思ふやみのあとはかもなし　湯浅正善

（林葉累塵集第七秋　五〇三・五〇四・五〇五・五〇六）木下長嘯子

大意　月の歌がたくさんある中に

　月を誰もどこでもこのようにすばらしいと眺めるであろう。こんなに立派であるのに更科の里の姨捨山の月ばかりをすばらしいというのであろうか。

だいしらず　下川契沖

姨捨山の月を行って見よう。心に思っていることが思うようにゆかない身を慰められもしようぞ。

更級の姨捨山に捨てられるであろう。俗事のわずらわしさも心に入ってこないで清々しい月が見られるようになったら。　禅秀

年老いても姨捨山の月を見ると、子を思うと何もかもわからなくなってしまう心の闇も跡かたもないことだ。　湯浅正善

『林葉累塵集』は寛文十年（一六七〇）成立。下河辺長流編。二十巻。一三七〇首。革新的な歌論によって、官位の高い人の歌は省き、庶民、僧侶の作歌を採った。長嘯子を推賞した。

月前鹿　後水尾院

妻恋をなぐさめかねてをば捨の山ならぬ月に鹿や鳴くらん　（新明題和歌集　二〇九七）

大意　月前の鹿　後水尾院

妻恋の心を慰めかねて姨捨山ではない月に鹿は鳴くらしい。

姨捨山の月は慰めがたい譬えとして用いられるのだが、姨捨山ではない山の月に照らされて妻

恋の鹿が鳴いていると詠んだ歌である。『新明題和歌集』は江戸時代に成立。江戸の平野屋から出版された。編者は未詳。春夏秋冬恋雑の六巻、当代の歌人二七〇名の歌、四七〇四首を一九五八題に分類している。

権少僧都璋円

月をこそたびねのともと思ひしになぐさめがたきをばすての山

（楢葉和歌集　六四九）　権少僧都璋円

大意　月こそ旅の宿りの友と思っていたのに心の慰められない姨捨山に照る月であることよ。

『楢葉和歌集（ならのはわかしゅう）』は嘉禎三年（一二三七）に成立。十二巻、九四九首。素俊法師撰。この頃嘉禎元年に『小倉百人一首』が成立。この集も藤原定家の指導を仰いでいるようである。姨捨山の月は心が慰められないことをふまえている。

名所月といへる心をよめる　法印実勝

なぐさまぬあはれを月にかこちてや鹿も鳴くらんをば捨のやま

（続門葉和歌集　三〇七）　法印実勝

大意　名所の月という情趣を詠んだ歌

心が慰められないわびしさを月のせいにして鹿は鳴くのであろうか。姨捨山の月よ。

『続門葉和歌集（しょくもんようわかしゅう）』は私撰集。醍醐寺報恩院の吠若麿・嘉宝麿が撰者。嘉元三年（一三〇五）に成立。作者は座王、宮僧正から児まで醍醐寺関係の僧の歌。十巻、九九三首。鹿が鳴くのを月のせいにしていると詠むのはおもしろい。

聖護院竹夜叉丸

卅首歌中に

月見てもなぐさみやせぬ鳴く鹿のこゑすみわたるをばすての山

（新三井和歌集　一二三九）　聖護院竹夜叉丸

大意　三十首の歌の中に

月を見ても慰まないからか、鳴く鹿の声が澄み渡る姨捨山よ。

『新三井和歌集』は三井寺関係の歌を集めた私撰集。鎌倉時代成立。六巻、三六七首。

珍誉

をば捨や月すむよはの村雲をはらひなれたる秋の山風

（東撰和歌六帖抜粋本　二七三）　珍誉

大意　姨捨山の月の澄む夜、月にかかった村雲を払いなれている秋の山吹く風よ。

『東撰和歌六帖抜粋本』は鎌倉時代中期成立。私撰類題和歌集。撰者後藤基政。完全な形では現存しない。抜粋本は四巻、四九一首。

天暦八年おほきさいの宮七十の賀あるべしときこえ侍りけるときの御屛風の歌

みなもとのさねあきらの朝臣

あきのよのあかつきがたの月みればをばすて山ぞおもひやらるる

（秋風和歌集　三八七）

大意　天暦八年大后宮七十歳の賀があるだろうととりざたされた時御屛風の歌　源信明朝臣

秋の夜の明け方の月を見ると、姨捨山に出ていた月のことが思いやられることだ。

天暦八年（九五四）に醍醐天皇の后であられた穏子（おだいこ）皇太后の七十の賀があるということで源信明《さねあきら》が歌を詠んで、天暦七年に屏風歌を詠進している。『秋風和歌集』は右大弁光俊が撰者。建長三年（一二五一）に成立したらしい。万葉以降建長までの歌を四二二人、一三六五首収めている。二十巻。代表歌人としては、後鳥羽院三十三首、道家三十四首、定家三十一首、家隆二十五首、俊成二十一首など新古今時代の歌人の歌が多く収められている。

歌の意味としては、秋の明け方の月が美しく照っている屏風の絵を見て、月の名所姨捨山の月を連想したのであろう。

山の月といふことをよませたまひける　院のおほみうた

外よりもすみこそまされさらしなやをばすて山は月のやどかは　（秋風和歌集　三八九）

大意　山の月ということをお詠みなされた　院のおほみうた

別の所の山よりも月が澄み勝っているこの更科にある姨捨山は、月の宿なのであろうか。

「すみこそまされ」は「澄み勝っている」の意で「こそ」が強めを表す係助詞で「勝れ」が已然形で結びである。結句の「かは」は係助詞で疑問を表す。姨捨山に出る月はどこよりも美しいので、月の宿なのかと疑問の表現をとって強調している。

名所百首歌に　　　　権大納言公行

秋風に姨捨山の雲晴れて月澄み渡る佐良科の里　（菊葉和歌集　六五八）

名所百首歌に　　　　権大納言公行

大意　秋風によって姨捨山の雲が吹き払われて、今や月が澄み渡っている佐良科の里よ。

『菊葉《きくよう》和歌集』の明徳三年（一三九二）後亀山天皇が吉野から都に還幸されたが政権から離れて伏見殿にいられた頃の応永五、六年あたりに編集されている。全十三巻、一四九〇首。歌の意味はそのままでわかりやすい。

冬歌とて　　　　権大僧都公朝

さらしなやをばすてやまの夕時雨月見しよりも袖はぬれけり　（人家和歌集　一四五）

大意　冬の歌として　　　　権大僧都公朝

更科にある姨捨山の夕方の時雨はもの寂しくて、姨捨山のあの心慰まないという月を見たのよりも袖がぬれたことよ。

『人家《じんか》和歌集』は私撰集。六条行家撰。文永八年（一二七一）の頃成立。巻八から十巻のみ現存。五〇二首。作者は僧侶と女子のみを作家別に編んでいる。

私家集3

人人続歌よみ侍りしとき　　蓮愉宇都宮景綱

妻ごひはなぐさめがたき秋ぞとやをばすて山に鹿のなくらん

（沙弥蓮愉集　三〇三）

大意　人々が続いて歌をよみました時　　蓮愉宇都宮景綱

鹿の妻恋ひの季節はあの慰めがたいという秋であるとか。姨捨山に鹿が鳴いているであろう。

秋牝鹿を呼ぶ牡鹿の声は非常にもの寂しく聞こえ、昔から詩歌に多く詠まれている。姨捨山の秋の月は慰めがたいというが、姨捨山で鳴く鹿はなおさらもの寂しいのであろう。『沙弥蓮愉集』は、宇都宮景綱の家集。六九五首。作者景綱は宇都宮氏では著名な歌人。嘉禎元年（一二三五）から永仁六年（一二九八）。宇都宮城主としても一族を率いていた。歌風は二条風の平明な歌である。

月になくをばすてやまのさをしかはなぐさめかねてつまをこふらし

（親清四女集　九一二）

大意　月に鳴く姨捨山の牡鹿は慰めかねて牝鹿を恋いながら鳴くのであろう。

前歌と同じように姨捨山の月は他の月より寂しいので、秋の牡鹿の妻恋いの声が一層寂しく聞こえるのである。『親清四女集』は、平親清の四女の歌集。四〇三首。作者は生没年未詳。鎌倉時代の人。『続古今集』以下の勅撰集に入集している。

九月十三夜あめふりくもりたりしとし、ひとよふたよへだてて、月のくまなきよのあしたに、よべはいかがみしとありて　兵衛

いかばかりをばすてならずながめけむくもりしよはのなぐさめの月

（実家集　一四八）

大意　九月十三夜に雨が降り曇りであった年、一夜二夜たって月が隈なく澄み渡った夜の朝、昨夜の月をどうみたかとあって、上西門院兵衛より次の歌がとどいた。

どのように姨捨山の月ではない月を眺めたことであろうか。曇っていた夜半の慰めとなる月を。

『実家集』は藤原実家の歌集。総歌数四一九首中他人詠が七十四首ある。この歌は兵衛の歌。作者は藤原実家。久安元年（一一四五）から建久四年（一一九三）の人。千載集にも撰ばれている。

をばすて山に月をのぞむ客あり

ひさかたの月はひとつをばすての山からことに見ゆるなりけり

（家経集　一二五）

大意　姨捨山に月を眺めている客人がいた

どこの山に照っている月もひとつであるのに、姨捨山から見る月はことのほか美しく見えることよ。

「ひさかたの」は「雨・天・空・光」などにかかる枕詞。どこの山の月も同じなのに姨捨山の

月を客人が見ていたので詠んだ歌である。『家経集』は藤原家経の家集。長元五年（一〇三二）から永承五年（一〇五〇）の頃までの歌一〇八首。家経は正暦三年（九九二）から康平元年（一〇五八）の人。広業の子。歌合せにも出て歌人として一家をなした。『後拾遺集』以下勅撰集に十七首入集。

をばすてのなぐさめがたき月かげもいとかばかりはながめざりけむ

（二条太皇太后宮大弐集　一〇二）

大意　姨捨山のあの慰めがたいという月も、まったくこれほどまで物思いに沈んで眺めなかったであろう。

作者は何か物思いに沈むことがあって、慰めがたい月として有名な姨捨山の月さえ、こんなに辛い思いでは眺めなかったろうといっている。大弐は、生没年未詳である。平安末期の女流歌人で、二条太皇太后宮令子に仕えた女房である。勅撰集、夫木集などに歌が収録されている。『二条太皇太后宮大弐集』は二条太皇太后宮（白河院皇女・鳥羽院准母）に仕えた作者の自撰家集。一九七首収録。内自作は一六九首。平安時代末期に成立か。

秋

月にこそあくがれいでしをばすてのやまのはてらすあきのもみぢ葉

（如願法師集　一二九四）

大意　秋

月に心ひかれて出て来たのに、姨捨山の空に接するあたりをまあなんと美しく照らしているもみじ葉であることよ。

姨捨山は月で有名だが、もみじもこんなに美しいと詠んだ歌。如願（にょがん）は、寿永三年（一一八四）から仁治元年（一二四〇）の人。五十七歳没。在俗名は藤原秀能《ひでよし》。自然詠に優れている。十六歳で北面の武士となり、『新古今和歌集』の撰進の折には和歌所の寄人となった。承久の乱の時には大将軍となり敗れて僧となった。生涯、後鳥羽院と密接に関係して歌に励んだ。勅撰集に七十九首入集。『如願法師集』は如願の草稿を基に後人が一二四八年以降一二九九年までに成立させたらしい。九三八首。

月

いづくにもなぐさめがたきあきの月いかにすむらんをばすてのやま　（柳葉和歌集　一七八）

大意　月

どちらに出ていても慰めがたい秋の月であるが、あの慰めがたいという姨捨山の月はどのように澄みわたっているであろう。

秋の月はどこで見てももの寂しいものだが、慰めがたいとして有名である姨捨山の月はどうであろうと思いやった歌である。『柳葉和歌集』は宗尊親王の自撰家集。八五三首を収録。宗尊親王は仁治三年（一二四二）から文永十一年（一二七四）。三十三歳没。後嵯峨天皇第一皇子。征夷大将軍などになったが歌にも通じ多作であったようである。万葉の研究などもしている。

月　元仁元年　前大僧正十首

いかにせむ月はうき世の外とだになぐさめかぬるをば捨の山

（為家集　五八二）

大意　月　元仁元年　前大僧正十首

どうしよう。月は辛い世の中の別の所のものでさえあるのに慰めがたい姨捨山に出る月よ。

藤原為家は建久九年（一一九八）から建治元年（一二七五）の人。藤原定家の嫡男。この集には二一〇一首収録。

中院准后のもとよりよみたる歌どもみせ侍りし中に、いくさとの月に心をつくすらむ都の秋をみずなりしより、とありしそばにくはへ侍りし

さらしなの月みてだにも我はただ宮この秋の空ぞ恋しき

同じ歌、かくてなどすまざりけると山ざとの月みる秋のこころをぞとふ、とありしそばに

なぐさまぬ心なればやさらしなの月みるさともすみうかるらん

又、名にしおはば雲井の秋の夜半の月外よりもさぞてりまさるらん、と有りしに

名にしおふをばすて山にてる月も雲ゐの秋をみしごとはあらず

（李花和歌集　三三一・三三三・三三四）

大意　中院准三宮（じゅさんぐう）である北畠親房のところから詠んだ歌など見せてくれた中

に「いくつの里の月に心を尽くすであろうか。都での秋の月を見なくなってからは」という歌があったので、その傍に加えた歌。

月の名所として有名な更科の里にある月を見てさえも、私はただ都の空が恋しいことだ。北畠親房の歌「このようにしていて、どうして心が澄まないのかと山里の秋の月を見ている心を問いただすことだ」とあったその傍に加えた歌

更科の月を見る里も、月が澄まないように、住み慰まない心を持っているからであろうか。更科の月を見る里も、月が澄まないように、住むことが辛いのであろうか。

また「月の名所という名を持っているならば、雲のある遠くの空の秋の夜半の月は他よりもさぞ照りまさっているであろう」とあった歌に対して。

有名である姨捨山に照っている月も、都の秋の月を見たようではないであろう。

『李花和歌集』は宗良親王の家集。上下二巻。九一一首。親王の作は八九九首。他に中院准后（北畠親房）が自分の歌を親王に差し上げて、詠み加えてもらうことを依頼した歌などもある。ここに上げた歌三首はいずれも北畠親房の歌があって、それに付け加えた歌となっている。贈答歌の形である。宗良親王は正和元年（一三一二）から元中二年（一三八五）。七十四歳没。七十五歳の説もある。後醍醐天皇の第五皇子。尊良親王の同母弟。十五歳で天台座主となった。元弘のころ（徒然草のできたころ）北条氏討伐に失敗し讃岐に配流、後に都に戻ったが、あちこちの

国にて転戦した。家風は、母の甥にあたる二条為定に師事。平明温雅、本歌取りなどが多い。さて、三三三二の歌は、親房の「都の秋」の言葉をそのまま詠み込んで、親房の心をくんで詠んでいる。三三三三の歌は、姨捨山に出る月は心慰まないという『古今和歌集』の歌をふまえている。「月が澄む」と「住む」と掛詞を用い、言外に姨捨山の月を表現している。三三三四の歌は、ここではじめて「姨捨山」が出てくるのだが「名にし負ふ」と「雲井の秋」と親房の歌を詠み込み（本歌取りの形でもある）都の空に出ている月と、姨捨山の月との比較で、都の月の恋しさを詠んでいる。

佐良科里にすみ侍りしかば、月いとおもしろくて、秋ことに思ひやられしことなど思ひいでられければ

もろともにをばすてやまをこえぬとはみやこにかたれさらしなの月　（李花和歌集　七〇六）

大意　更科の里に住んでおりましたので、月がたいそう情趣が深くて、秋のことがとりわけ思われたことなど思い出されたので次の歌を詠んだ。

いっしょに姨捨山を越えたことがあったということを都に住んでいる人に語ってくれ更科の里に出ている月よ。

この歌は姨捨山を月の名所として詠み、有名な更科の里の姨捨山の月は美しい月として、ことに秋の月の美しさを詠んだ歌である。

山月

月もなほなぐさめがたきうきよとやかげすみはてぬをば捨のやま　（隣女和歌集　二〇八〇）

大意　山月

月を見ても慰められないように辛い世の中というのだなあ。月の光も澄み通らない姨捨山よ。

作者はとても辛いことがあって、有名な姨捨山の月を見ても慰まない心をもてあましているのであろう。

山月

ここにだになぐさめがたき月かげををば捨山にたれか見るらん　（隣女和歌集　一二一六）

大意　山月

ここにいて見てさえ慰められない月なのにあの慰めがたいといわれている姨捨山の月をいったい誰が今頃見ているであろうか。（どんなにか寂しく眺めているであろう。）

『隣女和歌集』は飛鳥井雅有の家集。四巻。編集は人に委せている。正元年間（一二五九〜六〇）から建治三年（一二七七）に詠み集め、作者十九歳から三十七歳までの作品。雅有は、仁治二年（一二四一）から正安三年（一三〇一）六十一歳没。雅経の孫。飛鳥井家は歌道の家である。

恋歌とて

わがこころなぐさめかねつわぎもこはをばすて山の月ならねども　（無名和歌集　一一五）

大意　恋歌として

私は妻恋しさのあまり心が晴れないことだ。妻があの心慰まないという姨捨山の月ではないのに。

妻が恋しくて（恋人かもしれないが）辛い思いをしている作者が姨捨山の月を思い出して対比している。『無名和歌集』は慈円の家集、一二〇首。六十二番と六十三番の歌の間に「無名和歌集巻第五」とあることから、慈円の『拾玉集』と関係があるのであろう。前半は冬の歌。巻五は恋の歌となっているので、たぶん一巻～四巻は四季の部立てがなされていたのかもしれない。

八月十五夜、人々あつまりて、よしのがはいはなみたかく、といふ歌をかみにおきて、ひとときのうちによみはべりしなかに

ゆきとまでまだきおぼめくいろなれやをばすて山のあきのよの月　（露色随詠集　三一三）

大意　八月十五日の夜、人々が集って「よしのがはいはなみたかく」という歌を発句の上に置いて、ほんの少しの間に詠んだ歌の中に

まっ白な雪かと早くも思われるくらいはっきりしなくなる色であるなあ。姨捨山の秋の月よ。

八月十五日（十五夜）に人々が集まって「吉野川いはなみたかくゆく水の早くぞ人を思ひそめてし」（古今和歌集四七一・紀貫之）という歌をそれぞれ一首の頭に置いて三十一文字、三十一首詠んだ歌の中の「ゆ」は十三番目の歌。しかも「ひとときのうちに」とあるので少しの間に一人で詠んだ歌である。作者は空体房鑁也（ばんや）。久安五年（一一四九）から寛喜二年（一二三〇）の人。八十二歳没。『露色随詠集』は鑁也の家集。総数六三四首。贈答歌もあり他人歌三五首ある。紀貫之の「吉野川」の歌をそれぞれ一首の頭において歌を詠むという。現在の作歌にあたっては思いもよらないことである。歌での遊びの要素も強くなってきていると思うが、それにしてもたちまち三十一首作り上げることは力量がなければできないことである。短歌について見ると「おぼめく」は「はっきりしなくなる、よくわからなくなる、おぼつかなく思う」などの意がある。

ながら月の月のさかりにある人きたりて、かへるとてよめる

おとにきくをばすてやまの月かげはきみがやどにぞすみわたりける　（露色随詠集　五〇五）

大意　九月十五夜にある人が訪ねてきて、帰ろうとして詠んだ歌

うわさに高い姨捨山の月の光は、あなたの宿に今や澄み渡っていることですよ。

「月の盛り」は満月のこと。「なが月の」があるので九月十五夜である。姨捨山に美しい月が出ていた。ここでは名所としての姨捨山が描かれていることになる。歌はごく普通の詠み方である。

月

つきをみてあかぬ心はなにたかきをばすてやまのかげぞゆかしき　（風情集　四二九）

大意　月

月を見ていつまでも見ていたい心は、噂に高い姨捨山の月の光で、心がひきつけられることだ。

この歌も単に月の光の美しい里として姨捨山の上にかかった月を上げている。『風情集（ふぜいしゅう）』は藤原公重（きんしげ）の家集。『藤原公重集』ともいう。総歌数六三三首。未整理の草稿本であるらしい。公重は生年未詳～治承二年（一一七八）の人。通称は梢少将といった。『詞花集』以下勅撰集に六首入集している。成立は治承二年以前であろうか。

をばすてやま

なにたかきをばすてやまの月故にこころぞとまるさらしなのさと　（風情集　七五）

大意　おばすて山

月の名所として噂に高い姨捨山の月であるから、ことさらに心が強くひかれる更科の里であることだ。

この歌も月の名所である姨捨山を詠んだものである。田毎の月としても現在有名なのである。更科の里に月の名所姨捨山があるので、更科の里までゆかしく思われるという歌である。

或人をとらへてものいふに、をばなる人の立ちききてせいすれば、かへりてあしたに、ははきぎの

ははきぎはちかおとりすといふなるををばすて山のみちにいはなん

（定頼集　三二五）

大意　ある人をつかまえて、ものを言った時に、おばである人が立ちぎきしてとどめたので、

帰ってその朝に帚木の歌を

帚木は近寄って見ると遠くで見るより劣って見えるというそうだが、姨捨山の道について

もそういってほしい。

帚木は信濃の薗原（そのはら）にあって遠くから見るとあるように見え、近く寄って見ると形が見えないという伝説の木である。姨捨山と姨とが掛けられているのであろう。『定頼集』は『権中納言定頼卿集』ともいわれている。四五九首収録。前半、後半に分かれ、前半は治安三年（一〇二三）頃成立か。後半は永承五年（一〇五〇）頃より後と推定されている。作者は藤原定頼。長徳元年（九九五）～寛徳二年（一〇四五）。五十一歳没。藤原公任（きんとう）の一男。順調に権中納言従三位さらに正二位兵部卿も兼ねた。和歌において父公任の風を継ぐ博雅の才人であった。小式部内侍や大弐三位、相模などとも親しかったらしい。当時の典型的な貴族歌人であって三十六歌仙の一人ですぐれた歌人であった。

月

月きよみいく秋風かはらふらんをばすて山のみねのうき雲

（出観集　三七六）

大意

月

月が清らかなのでたぶん行く秋風が払ったのであろうか。姨捨山の峰の浮雲を。

姨捨山は月の美しい所というイメージを詠んだ歌である。『出観集』は覚性法親王（かくしようほっしんのう）の家集である。八五〇首。伝本は多い。大治四年（一一二九）〜嘉応元年（一一六九）の人。鳥羽院第五皇子。成立は法親王逝去以後まもなくの頃といわれている。母は侍賢門院（中宮藤原璋子）。「月きよみ」の「み」は形容詞の語幹について「〜なので」の意。「か」は係助詞で疑問の意。結びが「らん」で推量の助動詞。三句切れの歌である。歌柄は平明で温雅な品位を持つ歌が多いという。「月」という題で三十九首連ねている。この集の多くは一首、二首の題詠となっているのだが「月」の一連は歌数が多く珍しい。

きみにつかへしむかしは、わかのうらなみおなじ身にたちまじり、かく世をのがれぬる今は、あさくら山の雲と成りぬる人、伊賀式部光家《ママ》、谷の小手巻のうづもれて、をばすて山のほとりにすむことあり、しづむらん心のうちもいとほしう、かかるをりこそこころのなさけはとおもひてまかるに、そのところにたづねいたりてみれば、あやしげなるかやの、むかしのありさまおもひ出づるに、かどの辺にあるをのこ、いかなる乞食やらんと思ひつるさまにて、かくとは思ひよりげなきに、みしりたるをのこいできて、いそぎいりて、かくといへりければ、あるじ出で、かたちおどろけるさまにて出であひたり、まづなみだのみさきだちておち、いづべきこともおぼえず、あるじ、かかるふるやのうちにて、みじかき春の夜もあかしがたう、秋の日もくらしがたくて、おもひすぐすこころのうち、ただおぼしやれ、身にそふ物とては、むかしの面影も今はましていかでかと思ひつるに、うきにたへたるいのちのつらさも、今こそうれしうなん、といふ、まことにさこそはと、あはれにおしはかる、をさなき子の、かかる事も思ひもしらず、まつは《ママ》あそぶに、涙ぐみつつ、おなじさまにて、たちも出でぬべき心地してうらやましけれど、このみにて、世のおそれもおほく、またかかるほだしさへふりすてがたくて、心のやみはさこそまた《ママ》ふらめと、あはれなり、いのちあらばとて後会をたのめていでて、月くまなく侍りしに、そのへんちかきところより申しつかはす

大方もなぐさめかぬる山里にひとりやみつるをばすての月

返し

物おもふこころのやみのはれぬにはみるかひもなしをばすての月　（信生法師集　二八・二九）

大意

君に仕えていた頃は和歌を共にしたが、世を遠ざかった今は晴れ晴れとしない心でいる伊賀式部光宗のいる姨捨山のほとりの茅葺きの家の古くなったところを尋ねた。逢って落涙して言葉もないが、今の境涯を嘆きながらも再会を喜んだ。辛いことに耐えても命があればまた逢うこともできる。

まったく気がまぎれない山里で一人で見ているのであろうか姨捨山に照っているこの月を。

返し

物を思う煩悩に迷う心が晴れないのであれば見ても甲斐のない姨捨山の月であることだ。

信生法師は俗名塩谷朝業《ともなり》。父は宇都宮成綱である。鎌倉幕府に仕え、源実朝に信任を受けた。後に出家。『信生法師集』は出家して上洛し、六年後元仁二年（一二二五）帰郷。その路次を記したもの。歌数二〇八首。四十六番までは京都から東海道を経て鎌倉に帰り、実朝の後世を弔った後、姨捨の伊賀式部光宗を尋ね、善光寺に参詣したまでを詞書で日記風に書いてあり、四十七番から後は短歌である。虫くいもあって歌が完成されていないのもある。

賀

月みればなぐさめがたしおなじくはをばすて山のみやこなりせば　（長秋草〈俊成〉六七）

大意　賀

月を見ると心が晴れないことだ。同じことなら心が晴れないという姨捨山が都にあったとしたならどうであろうか。

美しい月を都で見ていても心が晴れないのなら、姨捨山が都にあったらどうか。ということで『古今和歌集』の古歌をふまえている。

そのとしの秋、ふるさとにてひとり月をみてあかつきがたまでありしにおぼえける

かくしもはをばすて山もなかりけんひとり月みるふるさとの秋　（長秋草〈俊成〉二〇一）

大意　その年の秋、故郷でひとり月を見て明け方までいた時に心に思い浮かべられた歌

このようにまでは姨捨山の月も美しいことはないだろう。一人月を見ている故郷の秋よ。

――いまさらしなに　いとはれて　をばすて山の　月を見し　むかしの人の　心をも　おもひしらるる――略　（長秋草〈俊成〉一五八）

大意　いま更科にあって、よく晴れ渡った姨捨山の月を見て、昔の人の心もおもい知らされる

……

ここでは長歌全歌は略し、姨捨山のある部分のみをあげた。『長秋草』は藤原俊成の歌集である。二〇三首。中に長歌が三首ある。『長秋詠藻』は俊成家集で有名だが、それとは違う。『俊成家集』に属する。寿永元年（一一八二）から寿永二年（一一八三）頃までに成立した。短歌二首は、月を故郷で見ている。心が晴れない月と、美しい月と言えば姨捨山の月であると、昔から言われているが故郷の月は美しいという前提で詠まれている。

観経十六観の心をよみ侍る中に、耆闍流通〈これは、王宮の経を、耆山にて、かへりておなじくとく心なり〉

みやこにてみしにかはらずありあけの月はすみけりをばすての山　（前長門守時朝入京田舎打聞集　一八六）

大意　観経十六観の心を詠んだなかに「耆闍流通」ということを詠んだ歌（この意味は、王宮

の経を耆山にかえって同じように説いたという心である。）

都で見たのとかわらない美しさで、有明の月が澄み渡っている姨捨山の月であることよ。

『前長門守時朝入京田舎打聞集（ぜんながとのかみときともにゅうきょういなかうちぎきしゅう）』は、塩谷時朝の自撰歌集。正元元年（一二五九）から正元二年（一二六〇）にかけて成立か。歌数は二九二首、「所入撰歌」「未入集歌」を載せている。時朝は元久元年（一二〇四）から文永二年（一二六五）の人。六十二歳没。塩谷朝業の子。宇都宮歌壇の中心的存在である。藤原定家、為家に歌を学んでいる。また仏法にも厚く、多くの仏像を寄進したという。この歌についても「釈教」の部にある歌である。

私家集4

寄月顕恋

照る月にをばすてならばさもこそは心の色を人に見えぬる

（松下集　一九〇三）

大意　月によせて顕われた恋

月が美しく照って隈無く照らし出す姨捨山の月ならばさもあろう。あの人を深く思っている心が人に見えてしまった。

姨捨山の月は美しい月なので、心の中まで照らし出してしまうという。その姨捨山の月ではないのに、秘めた私の恋心が人に知られてしまったということである。「こそ」は係助詞なので「こそはあれ」と「あれ」が省かれた形である。

寄月恋

人心いかなる花の本にても我たちよらばをばすての月

（松下集　一七四九）

大意　月に寄せる恋

人の心にはどんな花に私が心を寄せたとしても姨捨山の月が隈無く照らし出すように、私の心の中がわかってしまう。

「寄月恋」という題詠である。ある人に恋心を寄せても姨捨山の月ではないが照らし出されてしまうという意であろう。花は女性と見立てて良いであろう。寓意の歌である。「姨捨の月」の意味のとり方で解釈も違ってくる。

旅

くるしくはわれいかさまに信濃路や月にはこえじをば捨の山

（松下集　九九〇）

大意　旅

私はどのようなことがあっても、信濃路の姨捨山に月が照っているときは越えますまい。一層辛くなるから。

姨捨山に照る月は美しいだけではなく慰めがたく辛い意があるので、この場合は月を見るとますます辛くなるから決して月の美しい姨捨山を越えることはすまいの意である。

卯花

さきぬともたれなぐさめむをばすてや月のかげしく夜はの卯花　（松下集　五七）

大意　卯の花

咲いたとしてもいったい誰を慰めようというのだろう。姨捨山の慰めがたい月の光に影をおとしている夜半の卯の花よ。

卯花

さきぬとも世を卯の花のかげならんをばすて山の月なうつしそ　（松下集　五八）

大意　卯の花

たとえ美しく咲いたとしてもこの俗世間をもの憂いと思わせるような卯の花の影であろうから、どうか姨捨山の月よ卯の花の影も写さないでほしい。

「卯の花」は「憂い」と「卯」と掛詞である。「な～そ」が相手に懇願して制し、禁止を表わしている。「卯の花」はうつぎの花。五月ごろ咲く白い花。万葉歌人に愛された。

月前鹿

照る月に人こそあらめをばすてやなにぞは鹿のこゑ恨むらん　（松下集　一四六一）

大意　月の前の鹿

姨捨山にもの悲しく照っている月の下に人がいるようだ。なにゆえに鳴く鹿の声を嘆くのだろう。照る月の光は鹿の声にもましてもの悲しいのに。

『風雅和歌集』の中に「憂かりける人こそ有らめ暁の雲さへ峰になどわかるらん」（一一〇六・権大納言公宗）という歌がある。この歌を本歌としているのかもしれない。形が同じようである。秋の山で妻恋に鳴く鹿の声は哀切きわまりない声音といわれている。それにもまして姨捨山の月の光も慰めがたいものであるという意であろう。

月前聞雁

月に文たれかきつらね恨むらんをばすて山にわたる雁がね

（松下集　九〇六）

大意　月の前に雁の声を聞く

月に文をだれが書きつらねて嘆くのであろう。姨捨山を渡る雁がねよ。

「つらね」と「雁」とは縁語。雁が連なって飛ぶことと、手紙を書き連ねることとも重ねている。姨捨山に出ている月は悲しみを書き連ねているように慰めがたいことから、月に悲しみが書き連ねてあると思われたのであろう。内容の濃い歌である。『松下集』は松下正広（まつしたしょうこう）の家集。延徳二年（一四九〇）から明応二年（一四九三）の歌が年代順に集められている。『新編国歌大観』には『松下集』として三二四二首載っている。作者正広は応永十九年（一四一二）から明応三年（一四九四）までの人。十三歳より正徹に学んだ。室町時代の歌僧である。正徹死後は正徹の遺草を集め『草根集』を編集した。

薬師寺家にて人伝郭公

をば捨の月にまたねどほとゝぎすなぐさめかねつよそのことのは

（閑塵集　八五）

大意　薬師寺家にて人伝てに聞いた郭公

姨捨山の月は慰めがたいものだと言われているが、その月を待つまでもなく、ほととぎすの声も慰めがたいものだと人伝てに聞いたことばであるよ。

姨捨山に出る月は慰めがたいものであるとは聞いているが、何も姨捨にかぎらずほととぎすの声も慰めがたいものだということである。これは薬師寺家で聞いたことだというのである。四句までは意味がとりやすいが結句がとってつけたようで詞書がないと意味がとりにくい。『閑塵集』は猪苗代兼載（兼栽とも）の家集。三七二首（他人の詠五首も含む）。兼載は享徳元年（一四五二）から永正七年（一五一〇）の人。会津の名族である猪苗代氏の出である。応仁の乱の頃に関東に来ていた心敬に師事した。また連歌の方面でも活躍した。『新撰菟玖波集』の編集にも尽力した。

秋夕

みやこにもなぐさめかねつをば捨のつきぬおもひや秋のゆふぐれ

（卑懐集　二二八）

大意　秋夕

姨捨山の月ではなくても、都にいても慰めかねる思いであるよ。果てることのない物思いのしきりにする秋の夕ぐれの景色は。

「つきぬ」の「つき」が姥捨の「月」と「尽きない」の「尽き」の掛詞になっている。姨捨山の月ばかりが慰めがたい月なのではない。都にいても秋の夕暮の景色は慰めがたく淋しいものだという意であろう。『卑懐集』は姉小路基綱の家集。伝本はいろいろあるようである。七三三首。基綱は嘉吉二年（一四四二）から永正元年（一五〇四）六十三歳没。歌人として名声が高かった。

月

をばすての山にすまねどうき秋のなぐさみがたき月の色かな　（沙玉集Ⅱ　六四八）

大意　月

姥捨の山に住んでいるわけではないけれど、心がはれやらない秋の月の色であることよ。

姨捨山の月は心が慰められないものときめての上の作である。どこに住んでいても月は心がはれない色をしているという意である。『沙玉集Ⅱ』はⅠⅢとともに後崇光院（伏見宮三代貞成親王）の家集。Ⅰ～Ⅲはそれぞれ単独で編集された。応永十年（一四〇三）から永享六年（一四三四）まで三十年間がまとめられている。但し重複する歌もあるようである。

山月明

をばすてのやまはいかなる秋なれば外にこえたる月はすむらん　（沙玉集Ⅱ　七八一）

大意　山月明

姨捨山はどんな秋であろうと、ほかより勝った月が澄み渡るのであろうか。姨捨山の月は他の月より美しく照っている。

姨捨山の秋の月はすばらしいことを言っている。ただ四句の解釈によって意味が違ってくるように思う。

独見春月

をばすての山はよそなる月みても物おもへとや猶かすむらむ　（為富集　一一八）

大意　独り春の月を見る

姨捨山にでている月は、他に出ている月を見てもやはり物思いをせよといっているように霞んでいるのであろうか。

姨捨山に出ている月は慰めがたい月で物思いをさせるのであるが、他の月に対しても同じように鑑賞せよとて霞んでいる月なのかというような意。『為富集』は下冷泉持為の家集。『為富集Ⅰ Ⅱ Ⅲ』と三冊あって四冊目が『為富集（持為）』である。最初に「正長二年詠草」と書いてある。最後に「以上三百九十七首」と書いてあるのだが三八八番が最後の歌で欠落があるようである。持為は応永八年（一四〇一）～享徳三年（一四五四）の人。

寄秋山恋

思ひあればなほなぐさまでをばすての山をへだてぬ月のよすがら　（為富集　二六五）

大意　秋の山に寄せる恋

あれこれと心に掛って心配ごとがあるのでなおさら気がまぎれない。姨捨山を隔てているわけではない月の終夜を。

「思ひ」は「心配、もの思い」の意。空に澄んでいる月を見ると心が晴々するのが普通だが、心配事でもあると、そうはゆかない。姨捨山の上の月でなくても同じ心であるの意であろう。『為富集』は三八八首。ただし最後に「以上三百九十七首」と書かれていて、実数と一致しない。「正長二年詠草」（一四二九）とあってこの年の正月から十二月まで一年間の詠草である。『為富集』は持為の集と考えられる。というのは『持為集ⅠⅡⅢ』があって四番がこの集で一年分の詠草が日次に従って編集され、形が同じである。為富は持為の甥にあたるが年齢的にあわない。

浜月

をば捨の山をもしらずわが心なぐさのはまにすめる夜の月　（雪玉集　七八三〇）

大意　浜月

あの慰めがたいという姨捨山を私は見たことがないが、私の心を慰めるという名を持つなぐさの浜に出ている澄みきった夜の月よ。

「なぐさの浜」は「名草の浜」という地名と「慰さむ」と掛けている。この浜は和歌山市紀三井寺町あたりの浜で和歌浦の東辺にある。名草の浜は見ただけでも慰められると伝えられている。月といえば姨捨の月が有名であるが、その反対の慰められる名草の月を今私は見ているの意である。

名にはあれいざさらしなと秋の月思ひし外のをば捨の山　（雪玉集　一三七一）

大意　名声はあるけれど、さあ、更科の秋の月はどうであろうかと思っていたが、予期しないほど姨捨山の月はすばらしいことだ。

山月

世の中よいづくにすまばこのごろはをばすて山の月をみざらむ　（雪玉集　一二一七・五八七三）

大意　山月

この世の中はどこもかしこも慰めがたいので、いったいどこに住んだら、このごろは慰めがたいという姨捨の月をみないですむのであろう。

この歌は同じ歌が二度載っている。「すまば」が月が「澄む」と「住む」と言外に微妙に掛けられているように思える。「をば捨の山の月」はもの憂くつらい月の代名詞のように用いられている。『雪玉集』は三条西実隆の歌集。三系統に分けられるというが『新編国歌大観』によると八二〇〇首。歌の数が大変に多い。そのためか同じ歌があったりするのであろう。三条西実隆は康正元年（一四五五）から天文六年（一五三七）の人。八十三歳没。歌を好み、源氏研究や古今伝授など当代文化の中心的指導者となった。また三条西家は有識歌学の家である。

春月

さらしなを春の秋にてながむれば霞もはてぬをばすての月

（草根集　八四六）

大意　春の月

更科の里を春に秋として眺めてみると霞もはてることのない姨捨の月であるよ。

春の月を詠んでいる。姨捨の月は特に美しいのが秋の月であると言われているので、その月に準《なぞら》えて春の月を見ると霞がかかっているという意であろう。霞は春のものとされている。

在明月

月はいまをばすて山の有明にしなののまゆみかけていでつつ

（草根集　三九五一）

大意　有明の月

月はいま姨捨山の明け方の空に、信濃の檀で作った弓のような三日月をかけて出ていることだ。

「まゆみ」が「弓」と「三日月」を掛けている。「信濃の」といっているのは姨捨山が信濃にあるからである。明け方の空に三日月がかかっている意である。

慰花

いかにせんをばすて山の月の秋かかる桜のさく世なりせば

（草根集　一二四〇）

大意　花に心が安らぐ

このように美しく桜の花の咲く世であったとしたならば、あの慰めがたいという姨捨山の秋の月はいったいどうしたらよいのであろう。

美しく咲く桜の花には心が慰められるものだが、姨捨山の秋の月は心が慰められないものなので、二つの対比である。『草根集』は釈正徹の歌集。一〇六四三首。正徹晩年約三十年の作品を年次によって編集。当時の時の流れを知る上でも大切な資料である。正徹は弘和元年（一三八一）から長禄三年（一四五九）の人。七十九歳で没。室町時代の歌僧。『正徹物語』という歌論書もある。

をばすてやまはいづくなるらんと、堂前の峰の上よりはるかにみやりて

よしさらば見ずとも遠くすむ月をおもかげにせん姨捨のやま

（下葉集　五五一）

大意　姨捨山はどこであろうかと、堂の前の峰の上からはるかに遠くを望み見て

えいままよ、それならば見なくても遠くに澄んでいる月によって心の中に浮かべよう。姨捨の山よ。

姨捨山を見ようと峰の上まで行ったのに見ることができなかった。残念ではあるが、遠くに澄

んで出ている月を見て、姨捨山を心に思い浮かべようという意である。「よしさらば」は「よし」が下に逆接の仮定条件を伴って「たとい、万一、ままよ。」などの意となる。『下葉集』は尭恵の歌集。六九一首。尭恵（ぎょうえ）は永享二年（一四三〇）から明応七年（一四九八）以後没。

佐良科里

をばすてや月吹きはらふ山風にをざさがうへのさらしなの里

（春夢草　五四五）

大意　佐良科の里

月をも払いのけるほど姨捨山を吹きおろしてくる風は小笹の上にも吹きすさぶ更科の里よ。

「をざさ」は「小笹」の意で「小笹のうへ」というと露が取り合わされていることがある。ここでは更科の里に小笹が茂っているのであろう。なかなか意味のとりにくい歌である。

山月

よしや又宮この夢もさらしなやをば捨山の月のかりふし

（春夢草　一二一五）

大意　山月

たとえまた都で見ていた夢も去ってしまおうともよい。更科の里の姨捨山の月の光の中のうたたねよ。

「よしや」は「たとい、かりに、ままよ」の意。「や」は間投助詞。「かりふし」は「かりね、うたたね」の意。姨捨山の上の美しい月の光の中にうたたねできる喜びであろうか。『春夢草』

は牡丹花肖柏（しょうはく）の私家集。成立は永正十三年（一五一六）の頃。肖柏は嘉吉三年（一四四三）から大永七年（一五二七）の人。八十五歳没。中院通淳の子。和歌に連歌に活躍した。

道かはるをば捨山のあきのそらみやこの月に何のこるらん　（惺窩集　一三三）

大意　生きる道がかわって、今姨捨山の秋の空の月を見ているが、都の空の月にどんな思いが残っているだろう。

『惺窩集』は藤原惺窩（せいか）の家集。惺窩は永禄四年（一五六一）から元和五年（一六一九）の人。五十九歳没。下冷泉家。弟子も多く林羅山、石川丈山など有名である。意味のとりにくい一首である。仏教をはじめに志したが後に儒者となって活躍したようだ。そこが「道かはる」という意になるのであろうか。

秋の夜さらしなに旅ねし侍りしに、みし世の月はひかりなきここちし侍りて

いづくにて月をあはれとおもひけむをばすて山の有明の空　（宗祇集　二六二）

大意　秋の夜更科の里で旅寝した時に、見たうき世の月は光がないように思えていったいどこで月をしみじみと趣深いと思ったのだろう。姨捨山に出ている有明の月のもの寂しいことよ。

詞書の中の「ひかりなき」が底本本文では「日になき」となっているが、校訂本文の方がわか

りやすい。宗祇は室町時代を代表する連歌師である。応永二八年（一四二一）から文亀二年（一五〇二）の人。八十二歳没。『新撰菟玖波集』は有名である。宗祇は諸国をめぐり歩いているので、歌枕として有名な姨捨山のある更科にも実際に行っているのではないだろうか。一般に姨捨山の月は慰めがたいという。他で見る月は趣深いと思う。その違いに実際に気付いたのかもしれない。

山月

はるかなる伯母捨山の月影をふもとの里にみすましぞする　（基佐集　一三六）

大意　山月

　遠く隔たっている伯母を捨てたという姨捨山の月をふもとの里でよく見きわめたことだ。

桜井基佐（もとすけ）の家集。歌数は三〇〇首たらず。基佐は生没年未詳。文明九年（一四七二）の頃、宗祇らと連歌を行っている。連歌師として著名である。姨捨山の月は慰めがたいと知っていて、ふもとから、その月を見極めているのであろう。

対月待客

とひくやと人まつよはは宮こにもをばすて山の月を見るかな　（雅康集　一八三）

大意　月に向かって客を待つ

　尋ねて来てくれるかと人を待っている夜は、都にいても姨捨山に出る月のように慰めがたい月を見ることだ。

姨捨山の月は心が慰まないのだが、人を待っていて来てくれないかもしれないと思っていると、都で見る月も姨捨山で見る月と同じである。飛鳥井雅康の家集。三七一首。永享八年（一四三六）から永正六年（一五〇九）の人。七十四歳没。文明〜明応期の歌壇で活躍した。連歌作者で『新撰菟玖波集』に十一句入集。

山月

秋の月いづくはあれどなにしおふをば捨山の夜半の俤　（邦高親王御集　三四）

大意　山の月

秋の月はどこにでもあるけれど名前として持っている有名な姨捨山の夜の月のおもかげよ。

伏見宮五世邦高親王の家集。異本が多いようだが、国歌大観では一九三首。康正二年（一四五六）から天文元年（一五三二）。飛鳥井雅親・三条西実隆に和歌を学んだ。歌意はわかりやすい。

月

ひかりそふ月とは見えじさらしなの姨捨山も都ならねば　（雅世集　一四四）

大意　月

輝きを添える月とは見えますまい。更科の里の姨捨山の月は都の月ではないので。

月

よそに聞くをばすて山も何ならし宮古の空にてる月をみて　（雅世集　七六三）

大意　月

遠い場所で聞くと姨捨山も何なのだろう。都の空に照るのもこんなに美しいのに。

飛鳥井雅世の家集。九一九首。昭徳元年（一三九〇）〜享徳元年（一四五二）の人。最後の勅撰和歌集『新続古今集』の撰者。室町時代の宮廷歌人で歌壇の重鎮。歌は平易である。

をばすて補遺

勧持品

うしとみし月に心をなぐさめてをばすてならぬ秋やしるらん　（霊元法皇御集　七八九）

名所月を題にてよめる中に

旅のうさなぐさめかねてをば捨のよ寒の月を又見つるかな　（六帖詠草拾遺　一七〇）

東山にて、おなじこころを

都にも秋の半はあるものをたれながむらんをばすての月　（挙白集　九三四）

花のうたの中に

咲きにほふ都の春の花見てもをばすて山にふくあらしかな　（挙白集　三二一〇）

春曙

なぐさまぬ秋をないひそ月かすむをば捨山の春の明ぼの　（漫吟集　三五三）

月の歌の中に

ますかがみ影には雪をみせながら月は老せぬをばすての山　（漫吟集　一四四八）

寄月恋

枕ゆふかたこそなけれすがはらやふしみにきてもをばすての月　（柿園詠草　五三四）

月

なぐさまぬ習ひながらも澄む月をあかずやみましをば捨の山　（芳雲集　二〇九七）

月前旅

故郷を思へばいく重こえ過ぎて見る夜の月もをばすての山　（鈴屋集　一四三五）

八月十五日夜、関白殿大仏殿のうしろの山の亭にて月を翫び、それより聚楽にかへらせ給ひて和歌会侍りしに

月こよひ音羽の山の音に聞く姨捨山のかげも及ばじ　（衆妙集　三六八）

寛永一七、一二　廿一　仙洞当座

おもへ人まつ程ささぬ槙の戸にをばすて山の月ふくる夜を　（後十輪院内府集　一二〇三）

寛永十二年武家勘事の後、関東にくだりてひさしく逗留ありける比、院より

みる人の心のあきにむさしのもをばすて山の月やすむらん　（後十輪院内府集　一六五〇）

八月十五夜　百五十首

都おもふ心を今夜なぐさめとをば捨山の月やすむらん

（逍遊集　一四三九）

御言河　六帖

をばすての月をもめでじみこと河ながれてきみが聞きわたるべく

（歌枕名寄　六七二三）

山春月

春ぞ猶なぐさめかぬる山の端に霞みてかかるをばすての月

（耕雲千首　七八）

秋日同詠三首和歌

僧実俊

見ても猶あかぬなごりかすむ月にしたひ忘れぬ姨捨の山

（朝棟亭歌会　九七）

山

いづくにも月のすむてふくまはあれどその名ぞたかきをばすての山

（朗詠題詩歌　一六九）

山月明

准三后

なぐさまば老の涙やわすれまじをばすて山の月ならずとも

（隠岐高田明神百首　四六）

中納言

かばかりはなぐさめかねじさらしなやをばすて山の月にはありとも

（八重葎　一二三）

月

身のうさはわすれざりけり思ひいでにをばすて山の月はつつれど

（佚名歌集　二一九）

前の麗景殿

おと羽

人はいさをばすて山の月を見てなぐさめにけるわが心かな

（松陰中納言物語　九〇）

名所月

さらしなやをばすて山のむかしより月すむあきのなをぞのこせる

（五十首和歌　二〇）

さらしな

つらゆき

しなののくににくだりける人のもとに、つかはしける

月影はあかず見るともさらしなの山のふもとにながゐすな君

（拾遺集　三一九）

紀　貫之

大意

信濃の国に下った人のところにあげた歌

月はいやになるほど見たとしても、更科の山のふもとに長居してはいけないよ、君よ。

『新後拾遺集』に貫之の歌として「しなのへくだりける人に、大納言師氏の餞し侍りけるによめる」と詞書があって「君がゆく所ときけば月みつつをばすて山ぞ恋しかるべき」がある。詞書が同じようなので同じ頃の作かと思う。なおこの歌には「姨捨」の言葉は出ていない。しかし明らかに姨捨山と古歌を意識しての上の作である。あまり長居をすると慰めがたい所なので心も滅入るから早く引き上げた方がよいと言っているのである。『拾遺和歌集』は平安時代成立。勅撰和歌集の第三番目。二十巻。一三六〇首。撰者は不明。ただ花山院が藤原公任《きんとう》に命じて撰ばせた

らしい。『拾遺抄』十巻、異本歌などもある。

名所御歌なかに　後鳥羽院御歌

あぢきなくなぐさめかねつさらしなやかからぬやまもつきはすむらむ（続古今和歌集　四一二）

大意　名所の御歌の中に　後鳥羽院御歌

どうにもならずやるせなく気がまぎれない更科山の月であるが、このようでない山にも月は澄んでいるであろう。

この歌にも直接「姨捨」の言葉はない。更科にある山といえば姨捨山である。詞書が「名所」とあって、姨捨山は月の名所として知られている。姨捨が用いられなくても、明らかに姨捨とわかる歌である。「更科山」とも言われていたようである。古今和歌集の古歌を本にしていることも明らかである。『続古今和歌集』も勅撰集である。後鳥羽天皇は第八十二代天皇。歌人として大変秀でており、政変のため隠岐に流されても『新古今和歌集』の編集に大半をついやされた。

月歌あまたよみけるに

くまもなき月のひかりをながむればまづをばすてのやまぞこひしき（山家集　三七五）

大意　月の歌をたくさん詠んだときに

一点の影もない月の光を眺めていると、まず月の名所である姨捨山の月が恋しく思われることだ。

月の名所姨捨山の月はどんなに美しいことだろう。ここでもこんなに美しいのだからと、遠く姨捨の月を恋しく思っている。『山家集』は西行法師の歌集である。「月歌あまた」とあるが一連四十三首月の歌のみである。

旅

なぐさまずいづれの山もすみなれし宿をばすての月の旅ねは

（拾遺愚草　一四七九）

大意　旅

どこの山も旅では住みなれた宿ではあるが特に姨捨山の月の出ている時の旅のやどりは心が慰まないことだ。

この歌は「関白左大臣家百首、貞永元年四月、詠百首和歌、権中納言定家」とあって、「霞」「桜」「暮春」など各五首ずつ二十題の中の「旅」の歌である。「をば」が「宿をば」と「をばすて」と掛詞となっている。「をば」は対象を強く指し示す語で、ここでは特に姨捨山での旅寝が強められている。四句が句割れになっている上に掛詞も使用され、新古今の代表作家、藤原定家の技巧のこんだ一首である。『拾遺愚草』は定家の家集。二九八五首載っている。『拾遺愚員外』というのもある。

「姨捨山」とはっきり出てくるのは『古今和歌集』よみ人しらずの歌「わが心なぐさめかねつさらしなやをばすて山にてる月を見て」である。『古今和歌集』の成立は延喜十三～十四年（九一三～九一四）の頃。平安時代である。伝説としては『万葉集』に中国の『孝子伝』の中の話がとり込まれている。次にあげるのはその詞書である。

昔老翁《おきな》ありき。號《な》を竹取の翁と曰《い》ひき。此の翁、季春《きしゆん》の月にして、丘に登り遠く望むときに、忽に羹《あつもの》を煮る九箇《ここのはしら》の女子《をとめ》に値《あ》ひき。百嬌儔《たぐひ》無く、花容止無《やむことな》し。時に、娘子等《をとめら》老翁を呼び嗤《わら》ひて曰はく、叔父《をぢ》来りて此の燭《そく》の火を吹けといふ。ここに翁唯唯《をを》と曰《い》ひて、漸《やや》く趍《おもむ》き除《やや》く行きて座の上に着接《まじは》る。良久《ややひさ》にして娘子等皆共に咲《ゑみ》を含み相推譲《おしゆづ》りて曰はく、阿誰《たれ》か此の翁を呼べるといふ。爾乃《すなはち》竹取の翁謝《こた》へて曰はく、慮《おも》はざるに偶《たまたまひじり》神仙に逢へり、迷惑《まと》へる心敢へて禁《さ》ふる所なし。近づき狎《な》れし罪は、希《ねが》はくは贖《あが》ふに歌をもちてせむといふ。すなはち作る歌一首　短歌を并せたり

大意

昔老人がいた。名前を竹取の翁といった。この翁が、晩春の三月に、丘に登って遠くながめやると、にわかに、菜を入れて煮ている九人の娘子にあった。その美しさは例がなく、花のような容貌は比べるものもない。その時に、娘子たちが翁を呼んで嘲笑して「おじさん来て、この焚木の火を吹いてくれ」といった。ここで翁は「おお」といって、しばらくして、おもむろに行って、座の上に腰をおろした。しばらくすると、娘子たち皆笑い合って、互に責任をなすりあっていった。「だれがこのじいさんを呼んだのか」すぐに竹取の翁は答えていった。「思いもかけず、たまたま仙女たちに逢った。乱れた心をあえておさえることもなく、近づいてなれなれしくした罪は、どうぞつぐないとして歌を作らせてほしい」と。そこで作った歌一首と短歌があわせてある。

長い詞書である。「竹取の翁」というのは、竹を切って籠に作ったり、竹の子を取って食べたりする翁のことである。その翁がたまたま仙女たちに出合った。火を吹いてほしいと言われて狎々しく近寄ったために仙女たちに嘲笑されることになったので、歌でむくいたことになる。次に一一四句からなる長歌が詠まれた。

緑子《みどりご》の　若子《わくご》が身には　たらちし　母に懐《うだ》かえ　褨襡《ひむつき》の　平生《はふこ》が身には　木綿肩衣《ゆふかたぎぬ》　純裏《ひつら》に
縫《ぬ》ひ着《き》　頸着《くびつき》の　童兒《わらは》が身には　夾纈《ゆひはた》の　袖着衣《そでつけごろも》　着しわれを　にほひよる　子《こ》らが
同年輩《よち》には　蜷《みな》の腸《わた》　か黒《ぐろ》し髪を　ま櫛《くし》もち　ここにかき垂《た》り　取り束《つか》ね

大意　嬰児であった時分には、母にだかれてかわいがられ、褨襡を着ていた這い這いする子の頃には木綿の肩衣（丈が短く袖とおくみのない着物）を総裏つきに縫って着せられ、髪が首までつく児になった時には、しぼりぞめの袖のついた着物を着ていた私だ。美しくにおい立って集っているあなた方と同じ年頃には、黒い髪を櫛でここまでかきたらしたり、つかねてたりした。

擧《あ》げても纏《ま》きみ　解《と》き亂り　童兒《わらは》に成《な》しみ　さ丹《に》つかふ　色懐《なつか》しき　紫の　大綾《おほあや》の衣《きぬ》　住吉《すみのえ》
の　遠里小野《をほさとをの》の　ま榛《はり》もち　にほしし衣《きぬ》に　高麗錦《こまにしき》　紐に縫《ぬ》ひ着《つ》け　指《さ》さふ重《かさ》なふ　並《な》み
重ね着《き》　打麻《うつそ》やし　麻績《をみ》の兒《こ》ら　あり衣《きぬ》の　寶の子らが　打栲《うちたへ》は　經《へ》て織る布　日曝《ひさらし》の

麻紵《あさてづくり》を　信巾裳《ひれも》なす　愛しきに取りしき　屋《いへ》に經《ふ》る　稲置丁女《いなきをみな》が　妻問《ど》ふと　われに遣《おこ》せ
し　をちかたの　二綾下沓《ふたあやしたくつ》　飛《と》ぶ鳥の　飛鳥壯士《あすかをとこ》が　長雨禁《なかめい》み　縫ひし黒沓《くろくつ》　さし穿《は》きて
庭に彷徨《たたず》め　退《まか》り勿《な》立ちと

大意　髪を上げてまいてみたり、解きはなして童児の髪にしてみたり。赤味がかった色も心ひかれる紫の綾織にした大柄の着物は、住吉の遠里小野の榛で染めた着物に高麗ふうの錦を紐に縫いつけなお重ね着をして、麻績の子らや財部の子が打ってつやを出した栲は機《はた》の縦糸を整えて織った布、日にさらした麻の手織りの巾を礼服の上に着る裳をかわいらしく着こなし、家で生活している稲置の娘子が求婚のために私に贈ってきた遠来の二色の綾の靴下に飛鳥地方の男子が長雨を嫌って雨でも大丈夫のように縫った黒い靴をはいて庭に佇むと、母親が退《さが》ってここに立っているなという。

今では年をとってしまった竹取の翁だが、若い頃には立派に着かざって、若々しくしていたことを述べている。

障《さ》ふる少女《をとめ》が　髣髴《ほのき》聞きて　われに遣《おこ》せし　水縹《みはなだ》の　絹の帶を　引帶《ひきおび》なす　韓帶《からおび》に取《と》らし
海神《わたつみ》の　殿の蓋《いらか》に　飛び翔《かけ》る　蜾蠃《すがる》の如き　腰細に　取り飾《かざ》らひ　眞澄鏡《まそかがみ》　取り並め懸
けて　己《おの》が顔　還《かへ》らひ見つつ　春さりて　野辺を廻《めぐ》れば　おもしろみ　われを思へか　さ野《の》

つ鳥　来鳴《な》き翔《かけ》らふ　秋さりて　山辺を行けば　懐《なつか》しと　われを思へか　天雲も　行き棚引ける

大意　どんな男も戸内に入れない娘も噂に聞いて、私に贈物をよこした水色の絹の帯を引き帯のように結び、海神の御殿の屋根を飛び廻るすがる蜂のように細い腰に飾り、鏡を並べてかけて自分の顔を何度も見ながら、春になって野辺をめぐると、私を面白く思ってか野の鳥も鳴きながら飛ぶ。秋になって山辺を歩くと、なつかしいと思うからか空の雲も棚引いている。

還《かへ》り立ち　路《みち》を来れば　うち日さす　宮女《みやをみな》　さす竹の　舎人壮士《とねりをとこ》も　忍《しの》ぶらひ　かへらへ見つつ　誰が子そとや　思はえてある　かくの如　せられし故に　古《いにしへ》　さざきしわれや　愛《は》しきやし　今日やも子等に　不知《いさ》にとや　思はえてある　かくの如　せられし故に　古の　賢《さか》しき人も　後の世の　鑑《かがみ》にせむと　老人を　送りし車　持ち還《かへ》り来《こ》し　持ち還り来し

（万葉集　三七九一）

大意　野山から帰って都大路をくると宮仕えの女も舎人もひそかに顧みて、あれはどこの人だろうと私は思われていた。このようにされていたので昔は幸せだった私が、今日は皆さんにためらわれている。このようなことになるので昔賢かった人も後の世の鑑にしようと老人を捨てに行った車を持ち帰ったのだ。

老人を捨てに車に乗せて行った。その車を持ち帰ったという話は中国の原谷の故事によるものである。

反歌二首

死なばこそ相見ずあらめ生きてあらば白髪《しろかみ》子らに生《お》ひざらめやも（万葉集　三七九二）

大意　若いまま死んでしまったのならばこのような目にあわないですんだであろうに。このように生きているなら白髪があなた方に生えないであろうか、いや必ず白髪にあなた方もなるであろう。

白髪《しろかみ》し子らも生《お》ひなばかくの如《ごと》若けむ子らに罵《の》らえかねめや（万葉集　三七九三）

大意　白髪があなた方にも生えるようになったら、今私がされているように若い人たちにさげすまれないであろうか。

長い竹取の翁の話を引用した。この稿で述べたいことは、長歌の最後の方に「古の　賢《さか》しき人も　後の世の　鑑にせむと　老人を　送りし車　持ち還り来し　持ち還り来《こ》し」である。この中国の故事「震旦の厚谷、謀父　止不孝語」によるものである。すでに書いている。万葉集にこの話が載っているということは、すでに故事として奈良時代に入ってきていることになる。老人を山に捨てに父と孫とで行った。孫は老人を乗せて行った車を持ち帰った。なぜかと父が孫に問うと、父が老人になったらこの車に乗せて捨てに行くのだという。それを聞いて父は、すぐに老人を山から連れ戻し、孝養をつくしたということである。老人を大切にしなければならない戒めのくだりであった。そして特に結句に「持ち還り来し」が繰り返されている。強調した表現である。万葉では原谷（厚谷）が車を持ち帰ったことまで記してその後の孝養を尽したことは書いてない。しかし当時の有名な話であれば「持ち還り来し」だけ書けばあとは誰もが周知なのである。この竹取の翁の段では老人には孝養を尽すものであるという。

さて竹取の翁が春、丘に登って遠く眺めていると仙女達が九人煮物をしていた。仙女達が翁を呼んで火を吹けという。仙女の一人がだれがこの翁を呼んだのかといって老醜を笑った。笑われた翁は長短歌をもって答えたという形である。その長歌をかいつまめば、嬰児の時、童児の時、青年の時、いずれも立派に育てられ立派な着物を着せられ、女性から求婚され、野の鳥さえ、天の雲さえ心を寄せてくれた。それが老人になって今のように笑われることになってしまった。中国の故事にも老人に孝養をつくす話があるというのに。ということである。

反歌は、若くして死んでしまえば笑われるようなこともなかっただろう。あなた方も必ず白髪になると一首目でいい。二首目はあなた方も若いうちはいいが白髪になれば私のように若い子らにののしられるだろう。というのである。ここでおもしろいのは、仙女は不老不死という考え方を一般にはするのだが、この翁は、仙女であっても必ず老いることを前提として詠んでいる点である。次に仙女たちの歌が九首続くのだが。いずれも翁の歌に感心して翁に従おうという歌である。改心した仙女の歌である。

姨捨山は冠《かむり》着《き》山、更級山ともいう。前にも数首更級山をとりあげたが、ここで新たに「更科山」を歌枕として見てゆきたい。

右のおほいまうちぎみ

皇太后宮大夫俊成十首歌よみ侍りける時、よみてつかはしけるうち、月の歌

月みればはるかにおもふさらしなの山も心のうちにぞありける　（千載和歌集　一二八〇）

大意　皇太后宮大夫俊成が十首歌を詠みなさった時、詠んでおやりになったうち、月の歌として。

月を見るとはるかに思うことだ。更科山に捨てられた姨が悲しみのために慰めがたいという心が内に秘められていることを。

都で見ている月であっても、はるかに遠い更科の姨捨山に照る月が慰めがたいという言い伝えが思われて、悲しい月であるということになる。「右のおほいまうちぎみ」は「右大臣」のこと。千載集に載る右大臣はこの時藤原実定にあたる。実定は保延五年（一一三九）から建久二年（一一九一）の人。五十三歳没。俊成の甥。才気もあり、名声をほしいままにした人。後徳大寺殿と言われ寝殿に鳶をとまらせまいと縄を張って西行に批難された人でもあって（徒然草）有名であ

る。

さらしなの山よりほかにてる月もなぐさめかねつこの比のそら　（新古今和歌集　一二五九）

凡河内躬恒

大意　更科の山以外に照っている月を見ても慰めがたく思われるこのごろの空であることだ。心に心配事をいだいていると、姨捨山に出る月でなくても、どこで見ていても心慰まない月である。

本歌取りの歌で、勿論本歌は『古今和歌集』の「わが心慰めかねつ」である。この歌は『躬恒集』に「障子歌」とある。凡河内躬恒（おおしこうちのみつね）は生没年未詳。平安前期の歌人。三十六歌仙の一人。『古今和歌集』を撰進した人。

いづくにも月はわかじをいかなればさやけかるらむさらしなのやま　（千載和歌集　二七七）

隆源法師

大意　どこに照っている月でも区別はないはずなのに、どうして更科山に照っている月は清やかなのであろう。

月の名所としての更科山の月を詠んでいる。ここには慰めがたいという姨捨の歌の心は入っていない。隆源（りゅうげん）は叡山阿闍梨また若狭阿闍梨隆源などとも言われた。生没年未詳。藤原氏。堀河・鳥羽天皇の頃の人。『金葉集』『詞花集』『千載集』に歌を載せている。歌学書に『隆源口伝』がある。『千載集』は藤原俊成が撰した。後白河上皇の院宣による。文治三年（一一八七）または文治四年（一一八八）に撰進したといわれている。二十巻。収載歌数は流布本で一二八六首。『新編国歌大観』には異本を含めて一二九〇首ある。

擣衣の心を　　順徳院御製

さらしなの山のあらしもこゑすみてきそのあさ衣月にうつなり

（続拾遺和歌集　三三二）

砧で衣を打つ心を　　順徳院御製

大意

さらしなの山に吹いている強い風の音も響きとおっている。冬の準備のために昨年の麻の衣を月の光のもとで打つことだ。

「擣」は打つ意味。冬の準備のために秋には砧を打って衣をやわらかくして仕立てる。さらしなの山に嵐の風が響く夜、月の光の下で庶民は冬の仕度にとりかかるのである。さらしなの山といえば姨捨山のことである。順徳院は父後鳥羽院。政争にまきこまれ、父は隠岐の島へ、順徳院は佐渡に配流され、二十年間配地で悲痛な生涯を終えられた。

土御門院小宰相

風の音もなぐさめがたき山のはに月まちいづるさらしなの郷

（新後撰和歌集　三四二）

土御門院小宰相

大意　風の音さえ慰めがたい山の端に月が出てくるのを待っている更級の里であることよ。

更級の月は慰めがたいのであるが、さらに風の音さえ慰めがたいというのに、その慰めがたい月の出を待っているのである。土御門院小宰相《こさいしょう》は生没年未詳。鎌倉時代の女流歌人。藤原家隆のむすめ。当時の代表的な歌合に参加している。

名所歌よみ侍りけるに

津守国助

信濃なるきそのあさ衣引きはへて夜るさへ月にさらしなの里

（続後拾遺和歌集　一〇三三）

津守国助

大意　名所歌をよんだ時に

信濃にある木曾ではないが去年の麻の衣も張りわたして夜までも月にさらす、更級の里であることよ。

掛詞が用いられている。「信濃なる」と初句にあるので「信濃にある」と解釈すると「きそ」が「木曾」と「去年」が掛かるのであろう。また「月にさらしな」とあるから「月に晒す」と「更級」と掛るであろう。津守国助は住吉社神主右大弁津守吉祥の子孫で摂津の住吉神社世襲の社家である。歌人が多く出ている。和歌だけではなく管弦の道にも名手を配出していた。国助は『続拾遺集』以下七十七首をはじめ笛の名手でもあったという。

久安百首歌に　　皇太后宮大夫俊成

秋の月又もあひ見むわが心つくしなはてそさらしなの山

（新千載和歌集　四一八）

久安百首歌に　　皇太后宮大夫俊成

大意　秋の月にもう一度あおう。どうか、私の心のある限りをかたむけつくしてしまうな。更級の山の月よ。

「あひ見む」は「対面しよう」の意「む」は意志の助動詞。今見ている月があまりにも美しいが、また見たいので、この月を堪能しすぎるな。という意であろう。更級山、即ち姨捨山に出ている月は月の名所として美しい月である。一度見て深く見すぎてしまうと、もう一度見られないからの意で余情が込められている。

名所百首歌人人にめしけるに、さらしなのさとの秋

さらしなやよわたる月のさと人もなぐさめかねてころもうつなり

（続古今和歌集　四七三）

大意　名所百首の歌を人人に詠ませなさった時、更級の里の秋

更級の里の夜、渡る月の光の中で里人も慰めがたい心で冬仕度のため巾や衣服を砧で打っていることだ。

直接に姨捨山とは表現されていなくても、「なぐさめかねて」と「さらしな」があれば、姨捨山であることは確実である。ほとんどの歌に作者が書いてあるのだが、この歌には作者が記され

ていない。

題不知　　恵慶法師

さらしなのやまの月かげ見るときはむかしのひとぞさらにこひしき（万代和歌抄　二九一二）

恵慶法師

大意　題はわからない

更級の山に照っている月の光を見る時は、昔の世の人のことがいっそう恋しく思われることだ。

解りやすい歌ではあるが作者の心の中にある「むかしのひと」は誰なのか推測しがたい。一般的に言っているのかもしれない。恵慶法師は生没年未詳ではあるが、平安中期の人。歌は『拾遺和歌集』以下に五十四首ある。家集もある。

家集、或所屏風、村上御時歌合　　兼盛

さらしなのさむきやまべのうのはなはきえぬゆきかとあやまたれつれ（夫木和歌抄　二三九五）

大意　家集、或所屏風、村上御時歌合　　兼盛

さらしなの里の寒い山辺に咲いた白い卯の花は消え残っている雪かと見まちがえられることだ。

さらしなの里と卯の花との組み合せは他にもあったので、ここでも姨捨山のうの花であろう。この歌と類似の歌に「みよし野の山べにさけるさくら花雪かとのみぞあやまたれける」（古今和

歌集六〇・寛平御時きさいの宮の哥合のうた　とものり）がある。「みよし野の山べ」が「さらしなのやまべ」に、「桜花」が「卯の花」になって心は全く同じである。『夫木和歌抄』は歌の数が大変に多い、一七二八七首『新編国歌大観』巻二にある。本も多くその異本も多い。作者は平兼盛、生没年未詳。三十六歌仙の一人。

長承三年九月十三日、顕輔卿家歌合、月　　藤原忠兼

さらしなの山ぢにさけるしら菊の花もまばゆき秋の夜の月

（夫木和歌抄　五九〇九）

大意　長承三年九月十三日、中宮亮顕輔家歌合　　藤原忠兼

更級の山の辺に咲いている白菊の花もまばゆいばかりだ。秋の夜の月の光のために。

「此歌判者基俊云、さらしなの山ぢにさける白菊はとよめり未聞本証歌、としごろはさらしなにはただなぐさめがたき月てる所、とのみこそ知りて侍れ、さらに菊さける所とはうけ給はらず、若山ぢのきくの露のまにとよめるふることなどにおぼしわたりて被詠たるにや侍らん、かれは仙家の菊なり、更非俗境之菊云云」と歌のあとに歌合せの時の判詞が書かれている。そしてこの歌は八番左で右の「空晴れてきれる空だになきよはに月の桂の影のみぞする」（前肥前守為真）に負けている。要するに、更級にはただ慰めがたい月が照る所と知れ渡っていて、菊が咲く所とはうけたまわっていない。というのである。この判詞から、更級の山辺は慰めがたい月の照る所の意がはっきりしてくる。

さらしなのたかね　信濃
正治二年百首　後京極摂政

さらしなの山のたかねに月さえてふもとの雪はちさとにぞしく

（夫木和歌抄　九〇八三）

大意

さらしな山のたかね　信濃
正治二年百首　後京極摂政藤原良経

更級の山の高い嶺には月が冴えているのに麓の多くの村村には雪が一面に散り敷いている。雪と月との対比である。更級の山はやはり月の名所であって、山と月と切りはなせない。

建保三年　名所百首　従三位範宗卿

うづらなく夕のそらのあはれまで月にふけゆくさらしなのさと

（夫木和歌抄　五六七二）

大意

建保三年　名所百首　従三位範宗卿

うずらの鳴く夕方の空がしみじみと心が動かされるまで月に更けてゆく更級の里であることだ。

うずらは鳥の名である。「夕されば野辺の秋風身にしみてうづら鳴くなり深草の里」（千載和歌集二五八・藤原俊成）の有名な歌がある。夕方になく鶉の声はさびしくしみじみと感じられるようである。作者は藤原範宗。新勅撰・続後撰などに歌がある。

さらしなのさと、更級、信乃
建保三年　名所百首　前中納言定家卿

はるかなる月のみやこに契ありて秋のよあかすさらしなのさと（夫木和歌抄　一四七七九）

さらしなのさと、建保三年名所百首　前中納言藤原定家卿

大意　はるか遠い月宮殿に、ある約束事があって、秋の夜を眠らずに明かす更級の里であることだ。

「月のみやこ」は月の中にある都の宮殿。月宮殿。

古郷はわれまつ風をあるじにて月にいでこしさらしなの山（夫木和歌抄　八八一三）

さらしなやま　更級　更科　信乃

千五百番歌合　後京極摂政

さらしなやま

千五百番歌合　後京極摂政藤原良経

大意　古里は私を待っていてくれて、松吹く風のさわやかさでもてなしてくれる。美しい月の光に誘われて出て来た更科の山よ。

この歌は『千五百番歌合』秋二・六四七、左の歌である。後鳥羽院の判歌に「おのづからしばのとたたく風のおともまつにぞかよふくるる夜ごとに」とあって左勝としている。「まつ」が「待つ」と「松」の掛詞。「あるじ」は「主人として人をもてなす」意があるので、ここでは「主人として」ではなく、「もてなしてくれる」をとった。

月さえてゆふしもこほるささの葉にあられふるなりさらしなのやま（夫木和歌抄　一三三八四）

家集・冬歌　従二位家隆卿

大意　家集・冬歌　従二位藤原家隆卿

月が冴え返って夕方置いた霜にささの葉が凍っている。そこに霰がばらばらと降った更科の山よ。

ささの葉を打つ霰の歌は例があって寒い夜をあらわしている。引きしまるような寒さが強調されている歌である。

洞院摂政家百首　従二位藤原家隆卿

秋は来ぬ露もあらしも月やまつそよさらしなの山のたまざさ（夫木和歌抄一三二八五　壬二集一四六六）

大意　洞院摂政家百首　従二位藤原家隆卿

秋がやってきた。秋のものである露もあらしも月は待っていたのだろうか。それそれ、更科の山の美しいささの葉も凍って月の光にかがやく季であるよ。

「そよ」は感動詞。「そうそう、それそれ、そのことよ」などの意がある。凍った笹の葉が月の光にきらきら輝く様は美しい。「たまざさ」の「たま」は美称。美しい笹の意。

きそのあさぎぬ
久安百首　前参議親隆卿

さらしなやきそのあさぎぬ袖せばみきたるかひなしむねしあはねば（夫木和歌抄　一五五七四）

大意　去年の麻衣

久安百首　　前参議親隆卿

月が澄み渡り慰めがたいという、秋も深まった姨捨山のある更科の里よ。去年の麻の粗末な衣服も袖が狭くなったので胸が合わなくなってしまった。着ても甲斐がなくなったことよ。

『久安百首』の中に「恋二十首」として出てくるが、結句が「むねのあはぬは」となっている。恋の歌となった時は歌の意味は全く違ってくる。袖を敷いて共寝をするのに「胸が合わないので」来た甲斐がないとなる。『夫木』は雑の部で「衣」に入っている。

最勝四天王院名所障子　　後久我太政大臣

さらしなや峰吹きおろす秋風に霧にしほれて出づる月かげ

（夫木和歌抄　五一一八）

大意　最勝四天王院名所障子　　後久我太政大臣

更科の峰を吹きおろす秋の風に霧も吹きおろされて、濡れたようにぼんやりと出ている月よ。

「最勝四天王院名所障子和歌」は、後鳥羽院が関東調伏のために白河に新築した院の障子に名所絵や和歌を書いた。この時の和歌には優れたものが多く、『新古今和歌集』に十三首入れられているという。後久我太政大臣は源通光のこと。

家集　恵慶法師

さらしなや雪のうちなる松よりもはげしきものはわがたのむつま　（夫木和歌抄　一三八〇六）

家集　恵慶法師

大意　更科の里の多い雪の中にきびしく立っている松よりもするどくあらあらしいのは私が頼みにしている妻であることだ。

法師の歌なので、何か寓意があるのだろうが読みとれない。「松」と「つま」と逆にしているからここに「松」を見ての発想か。恵慶法師は生没年未詳であるが、平安中期の人。『拾遺和歌集』以下五十四首勅撰集に載っている。他に家集もある。『恵慶法師集』の中にある歌は「さらしなやゆきのうちなるまつよりもはるけきものはわがたのむつま」（二七四）である。「はげしきもの」と「はるけきもの」との違いがある。訳としては「更科の里の雪の中の松ではないがはるか遠く離れてしまっているので、私が頼みにしているのは妻であるとなろう。意味がとりやすくなる。書写の時、どちらかが間違えたのではなかろうか。家集の歌の方が正しいように思うがどうであろうか。

さらしなに我はかへらじなきみつつよべどきかずととはばこたへよ　（遍昭集　一二）

大意　慰めがたいという更科の里には私は帰りますまい。泣くような悲しい目にあいながら、どんなに呼んでも聞き入れないと、誰か訪ねたら答えてほしい。

「なきみつつ」は「泣きを見る」という言葉があり「自分の行為の結果泣くような目にあう。悲しい目にあう」の意ととった。『遍昭集』は『遍照集』とも書く。六歌仙の一人僧正遍昭である。『新編国歌大観』は西本願寺本系統により全歌数三十四首である。

更科里

さらしなのさとの草葉はうら枯れてかれずぞ人は月にとひける

（壬二集　七四六）

大意　更科の里

更科の里の草葉は葉先が枯れて寂しくなってしまったが。この更科を人目が離れないで月の美しい夜に月を尋ねることだ。

係助詞「ぞ」結び「ける」で文意が強まっている。「かれ」は人目が離れると、草木が枯れると、同時に用いている。「人目も草もかれぬと思へば」（古今集）にあるのと同じである。

霰

影さゆる月より外のうき雲に霰こぼるる更科のさと

（壬二集　一〇八四）

大意　霰

月の光が冴えている一方では空に浮かんで風に従って動いている雲によって霰がこぼれるように降っている更科の里よ。

この歌は冬の部に入っている。秋の月より冬の霰を詠んだ歌である。月と霰の取合せは疑問もあるが、あり得ることであろう。「うき」を「憂き」と「浮き」と掛詞ともとれそうであるが、無理にこじつけなくともそのままで良いと思う。

秋二十首

月すまん夕の空の気色にて鶉なくなり更科の里

（壬二集　九四六）

大意　秋二十首

月の澄みきっている夕べの空のありさまの中でさびしく鶉が鳴いている更科の里よ。

「鶉」はキジ科の鳥、全体赤褐色をしている。草原に住んでいる。古くは鳴き声を観賞したもの寂しい鳴き声である。「夕されば野辺の秋風身にしみてうづら鳴くなり深草の里」（千載和歌集二五八）という藤原俊成の歌で有名である。この歌を頭においたかもしれない。夕方、野辺の秋風、鶉が鳴く、など形が同じである。

恋　寄名所

ものおもふ袖にも月のくもらずはゆきてもすまん更科のさと

（壬二集　六五九）

大意　恋　名所に寄せる

あの人のことを思い悩み、涙にぬれる袖にも月の光が曇らないならば行って住んでみよう。更科の里よ。

名所、更科によせての恋の歌と詞書にあることで、この歌は恋の歌となる。「ものおもふ」は

「思い悩む」意なので何事を思い悩むのかというと、恋を思い悩むのであろう。姨捨山のある更科の里は、慰めがたい里ではあるが、月の有名な場所でもある。更科の里の月なら涙に濡れた袖にも澄み透ると思われている。

更科里

秋風のふく大空の月の色もただ里からの更科のやど

（壬二集　一八七七）

大意　更科の里

秋風の吹く大空の月の光もただ里から眺めやるだけの更科の宿であることだ。

『壬二集』は藤原家隆の家集。『新編国歌大観』には三二〇一首載っている。この歌は「最勝四天王院御障子和歌」四十六首の中の一首である。最勝四天王院は後鳥羽院が白河に新築したもので、障子に書くために名所詩歌を詠進させた。慈円、定家、家隆、雅経、俊成などである。更科の里は月の有名な所であるから、吉野山、竜田山、水無瀬川、明石浦、宇津山などと並んで「更科山」と題されて詠まれた歌である。

旅宿月

雨にこそ庵はたたねさらしなの月にさはりていく夜とまりぬ

（頼政集　二一三）

大意　旅の宿の月

雨の日には月を見るまで庵を出発することはできない。更科の月が見られず幾夜も泊まってしまったことだ。

月の名所更科に来たのだから、月はどうしても見たい。なのに雨が続いて月を見ることができず、思わず長逗留をしてしまったのである。「こそ」が係助詞で「たたね」の「ね」が結び。「ね」は打消の助動詞の已然形である。「たた」は「たつ」出発する意。「さはりて」は「妨げられる、さしつかえる」の意。『頼政集』は『源三位頼政集』。源頼政は長治元年（一一〇四）～治承四年（一一八〇）七十七歳。戦死。『新編国歌大観』には六八七首載る。

月五十首

さらしなの月やはわれをさそひこしたがすることぞやどのあはれは　（秋篠月清集　六九）

大意　月五十首

更科の月が私を誘ったのだろうか。いやそうではない。ではだれがしたことなのであろうか。この宿はしみじみと心を動かされることよ。

「花月百首」の中の「月五十首」にある。前歌が「わがやどはをばすてやまにすみかへつみやこのあとを月やもるらむ」である。姨捨山の月のすばらしさと宿のすばらしさをも心においていた歌である。「やは」は反語である。藤原良経の家集。

秋廿首

さらしなのやまのたかねに月さえてふもとのゆきはちさとにぞしく　（秋篠月清集　七四六）

大意　秋二十首

更科の山の高い嶺に月が冴え渡っていて、山麓の雪景色は、多くの村里一面に広がって見えることだ。

月の光によって、雪景色がいよいよ美しく照らし出された様子の歌である。

雪

ゆきのよのひかりもおなじみねの月くもるぞかはるさらしなのさと　（秋篠月清集　四四三）

大意　雪（治承題百首　毎題五首）

雪の夜の光も同じ峰の月であるのに曇るとすっかり様子がかわってしまう更科の里よ。

治承（一一七七～一一八一）の題詠百首の歌の中で題ごとに五首ずつ詠んだ。雪五首の中の一つである。「ゆきのよの月」が理解に苦しむのだが『拾玉集』にもあり、また『秋篠月清集』の五七八番にもある。月の出るはずの夜は雪でも明るいから曇りの夜との比較なのであろうか。藤原良経は建久期、九条家歌壇を主宰し、『六百番歌合』を催し、新風和歌を推進して、歌壇で活躍した人。『千載和歌集』以下勅撰集に三二〇首入集している。

山月

やまふかみみやこをくものよそに見てたれながむらむさらしなの月　（秋篠月清集　一一九七）

大意　山月

山が奥深いので、都のことははるか遠い場所と見て、だれが眺めているだろう。この更科の里を照らす月の光を。

山里深く都から遠く離れて更科の里にやってきて、都のことは忘れ、美しい姨捨の山に出ている月を鑑賞しているのであろう。「み」は形容詞の語幹につく接尾語で「～なので」の意。

秋廿首

ふるさとはわれまつかぜをあるじにて月にやどかるさらしなのやま　（秋篠月清集　八四三）

大意　秋二十首

古いなじみのある土地は私を待っていて、松風でもてなしてくれる。月の光の美しさに更科の山に宿を借りたことだ。

「まつ風」は掛詞。「待つ」「松風」の二つの意がある。「さらしなのやま」は姨捨山のこと。

月五十首

さらしなを心のうちにたづぬればみやこの月もあはれそひける　（秋篠月清集　八四）

大意　月の歌五十首

更科の里を心の中で尋ねると都で見る月も一層しみじみとした趣を添えることだ。

更科の里の月は美しいことと、慰めがたいことの二つの意があるが、ここでは後者のように思う。都の空の月をただ眺めるだけではなく、姨が捨てられて月の下で泣いている姿を思う時、都の月もあわれ深くなるのであろう。

しなのへ行く人におくる

月影はあかずみるともさらしなの山の麓にながゐすな君

（貫之集　七六三）

大意　しなのへ行く人におくる

月をいやになることなくいつまでも見たとしても、更科の山の麓に長く居てはいけないよ。君よ。

さらしなの山は姨捨山のこと。姨捨山に出る月は古歌にあるように山に捨てられた姨が月の光の中で一人泣くという慰めがたい山なので、長く居ると心も慰まないので、長居してはいけないよと言っている。紀貫之の家集。貫之は『古今和歌集』の撰者『土佐日記』の作者。歌の聖と言われている。勅撰集に四五〇首程入集。

俊成卿十首題人人よみはべりしに、月を

月みればはるかにおもふさらしなの山もこころのうちにぞありける

（林下集　一一一）

大意　俊成卿の十首題を人々が詠まれた時、月を詠んだ

月を見るとはるかに思うことだ。更科山の本質は心の中にあるのである。

『林下集』は後徳大寺左大臣実定の家集である。

障子、だいにしたがふ

さらしなのやまよりほかにてるときもなぐさめかねつこのごろの月　（躬恒集　一七九）

大意　障子、だいにしたがう

更科の山ではなく他の所に照っている時も慰めがたいと思うこのごろの月であることだ。

襖障子の絵という題があって、それに従って詠んだ歌。姨捨山は慰めがたい山である。このごろはどこで月を見ても心が慰められないという意である。『躬恒集』は伝本が多い。天仁二年（一一〇九）～天永元年（一一一〇）の頃の書写。凡河内躬恒は生没年未詳。三十六歌仙の一人。『古今和歌集』の撰者の一人。勅撰集に一七五首入集。紀貫之と並び称せられた。

佐良之奈里

はるかなる月の宮こに契ありて秋の夜あかすさらしなの里　（拾遺愚草　一二四六）

大意　さらしなの里

はるか遠く離れた都に前世からの因縁があって、それを思いながら、まんじりともせず夜を明かしたことだ。更科の里で。

『源氏物語』の須磨の巻に「みる程ぞしばしなぐさむめぐりあはむ月の宮こははるかなれども」と源氏が詠んでいる。本歌取りしているのかもしれない。「月の宮こ」は更科が月の名所であるので「月」に関係して「都」といったのだろう。更科からは遠い都である。『拾遺愚草』は藤原定家の家集。定家は『新古今和歌集』の撰者の一人。『新勅撰和歌集』の撰者。

陀羅尼品

無諸衰患

うれしきは花に風なきよしの山月はくもらぬさらしなの里

（拾玉集　二五三五）

大意　陀羅尼品

無諸衰患

うれしいことは桜の花を散らす風のない吉野山であり、月も曇らない更科の里であることだ。

詠百首和歌で「法門妙経八巻之中取百句」とある。経の中にあることを詠んだ歌である。

広沢池眺望　持・兼宗

さらしなもあかしもここにさそひきて月の光はひろさはの池

（拾玉集　一六七〇）

大意　広沢池眺望　歌合百首　秋中・持・兼宗

更科の月も明石の月もここに誘ってきて、この上ない月の光が広沢の池に照っていることだ。

歌合百首の中の秋の中で「広沢池眺望」という題で詠んだ。藤原兼宗と番えて「持（互いに優劣のないこと）」となった歌。名所の月をすべてここに集めたほど美しい月の意である。

秋二十首

月はよな明石のうらもさらしなもただ見る人の心にぞすむ

（拾玉集　三一〇八）

大意　秋二十首

月というものはね。明石の浦の月も更科の里の月もただ見る人の心に澄み渡るものだ。月の美しさは、それを見る人の心によって違うのだという意。「よな」は「だね、だなあ」など感嘆の意。また念を入れて確かめる意でもある。作者は慈円。久寿二年（一一五五）から嘉禄元年（一二二五）。七十一歳没。藤原氏。十四歳にて出家。和歌に執心し、後鳥羽院に接近した。新古今時代の歌人。『拾玉集』は慈円の家集。四〇〇〇首を収録。

秋歌二十首

秋の月又もあひ見んわが心つくしなはてそ更科の山

（長秋詠藻　四四）

大意　秋歌二十首

この美しい秋の月にまたあとで巡り合おう。どんなに美しくても、ここで今心をつくしてしまわないようにしよう。更科の山の月よ。

更科山に出ている月があまりにも美しい。ここで深く感動してしまうと次にまた見た時、感動が薄くなるかもしれないから、次のために取っておこう。という意。更科の月が美しいことに感動した歌。『長秋詠藻』は藤原俊成の家集。自撰して仁和寺宮守覚法親王に献進したもの。

遍照寺歌合に　月

さらしなもみ空やはれん池水にやどれる月の影さへは見し

（林葉和歌集　五〇六）

大意　遍照寺歌合に　月

更科の里の空も晴れていることだろう。池の水面に月の影さえ写って見えていることだ。どこかで池の水面に写っている月の光を見て、月の名所である更科の里を思いやった歌である。『林葉和歌集』は『俊恵法師集』ともいう。治承二年（一一七八）成立。自撰家集。俊恵は永久元年（一一一三）生まれ、没年未詳。俊頼の子。

讃岐守孝朝歌よみ侍りし時　里月

月みてもなぐさむ人やさらしなの里にもたへて秋をへぬらん

（草庵集　五七六）

大意　讃岐守孝朝が歌を詠まれた時、里の月ということを

月を見ても気がまぎれる人なのだろうか。更科の里のあの慰めがたいという月にも耐えて、秋を過ごしているのだろう。

姨捨山のある更科の里には慰めがたい月が出るということで有名である。たぶんそこに住んでいる人は、その月にも耐えられる人なのだろう、自分には耐えられないが、と比較しているのであろう。『草庵集』は頓阿（とんあ）の家集。歌の数は二〇〇〇余首。現存伝本は三十種ほどあるという。頓阿は正応二年（一二八九）から応安五年（一三七二）の人。南北朝時代に活躍した。

『井蛙抄』『愚問賢註』など歌論集がある。

『建保名所百首』は建保三年十月二十四日、順徳院の命によって、百名所百首を順徳院をはじめ十二名が詠進し、総数一二〇〇首の集である。名所百首としては最も古いもので、後の参考にされた。『内裏名所百首』『建保内裏名所百首和歌』とも言う。ここで、その十二首「佐良科里信濃国」を見てゆくことにする。

女房

さらしなや夜渡る月の里人もなぐさめかねて衣うつなり

（建保名所百首　五四一）

女房　順徳院

大意

更科の里の夜、秋も更けて、もの寂しく月の渡ってゆく夜、里人達も慰められぬまま冬の準備のために、しきりに砧を打っていることだ。

順徳院は後鳥羽院の皇子。承久の乱（一二二一）に敗れて佐渡に配流となった。第八十四代の天皇。早くから和歌に親しみ歌学書、『禁秘抄』『八雲御抄』があり、歌集に『順徳院御集』などがある。砧を打つことは女性の夜の仕事であったらしい。更科の里に照る月は伝説にあるように、慰めがたい月なのである。月光の寂しさに耐えながら砧を打つ女性に思いを馳せた歌である。

僧正行意

わが心さてしもいとどなぐさまず今更しなの月はみれども

（建保名所百首　五四二）

僧正行意

大意

私の心はなんとまあ、たいそう慰められないことだ。もうどうしようもない今となって、更科の里に出ている月を見ても。

「さて」は副詞「それにしても」。「しも」は副助詞で強めの意もあるが、ここでは感動詞「それにしても。なんとまあ」の意ととりたい。「今更しなの」は掛詞で「今更」と「今、更科」を掛けている。更科の姨捨山に出る月は慰めがたい月なのであるが、月の名所としても有名な里でもある。

定家卿

はるかなる月の都に契ありて秋の夜あかす佐良科のさと

藤原定家

（建保名所百首　五四三）

大意

はるか遠くにある月の都に約束事があって、秋の夜の月を見ながら明かす更科の里であることだ。

「月の都」は月の中にあると想像される宮殿、月宮殿のこと。また、都の美しさのたとえともされている。佐良科の里からはるか遠い所にある都の意ともとれる。

家衡卿

雲やなきをば捨山の秋の空月ぞすみけるさらしなの里

（建保名所百首　五四四）

『建保名所百首』の十二首をここにまとめたので一応この歌もここに載せるが、すでに『夫木和歌集』の一四七八〇番の歌として載っているので説明済みであるからここでは省く。ともかく、姨捨山の文字が用いられなくても、更科の里なら姨捨と同義である。

俊成卿女

わすれなむなぐさめかねし山のはの空を秋とはさらしなのさと

俊成卿女

（建保名所百首　五四五）

大意

慰めがたい姨捨山の山際の空をほんとうの秋だという更科の里であることを忘れてしまおう。

「わすれなむ」の「なむ」は「な」が完了の助動詞、「む」が意志の助動詞で「忘れてしまおう」となる。姨捨山は月の名所で秋の月が特に良いとされているので、慰めがたいことは忘れて、美しい月を観賞しようということであろう。

兵衛内侍

さらしなの里をばかれぬ月のよもとふべきものと人はまたれず

兵衛内侍

（建保名所百首　五四六）

大意

更科の里を離れず慰めがたく照っている月の夜も、尋ねるものとして人は月が出ないのを待たず尋ねることだ。

　更科の里、姨捨山を照らす月はとても寂しく、心が慰められないものだということは知っているのに、人々は名所の月を見るべきものだと、里に月が出ていないのを待ちきれず更科の里に尋ねてゆくことだということであろう。

藤原家隆朝臣

さらしなの里の草葉はうらがれてかれずぞ月にひとはとひける

（建保名所百首　五四七）
藤原家隆朝臣

大意
　更科の里の草木の枝先や葉先は枯れてしまったというのに、人目は離れることもなく月を尋ねることだ。

「山里は冬ぞさびしさまさりける人めも草もかれぬと思へば」（古今和歌集三一五・源宗于）という歌がある。「かれ」が「人目が離れる（訪れてくる人がなくなる）」と「草木が枯れる」との掛詞になっているのだが、表現がよく似ている。「うらがれて」「かれずぞ」と「か」の音を重ねてリズムを強くし、意味も変えていて表現としておもしろい。野山が枯れても月を見る人は無くならない。それほど更科の月は美しいのだということである。

藤原忠定朝臣

われとしもさそはぬ月にしをれきぬ誰をうらみん佐良科の里

（建保名所百首　五四八）
藤原忠定朝臣

大意

私としたことがまあ、勧められて月を見に出かけたわけではないのに、月を見て心もうち萎れて帰ってきたことだ。誰を恨むことであろうか。更科の里の月よ。

「しも」は強めの助詞「し」に感動の助詞「も」が付いて強意を表わす。姨捨山の月は心が慰められないものだということを作者は知っていた。誰かに勧められて見に行ったわけではないが、とても寂しい思いをして帰ってきた。誰も恨むことはできない。それほどまでも姨捨山に照る月は寂しい月なのである。

都にてみしにやにたる秋の月いづこはあれど佐良科の里

藤原知家朝臣

（建保名所百首　五四九）

藤原知家朝臣

大意

都で見ていた月に似ているのだろうか。この秋の月は。たとえどこであったとしても更科の里の月の美しいことよ。

「にや」は断定の助動詞「なり」の連用形に疑問の意を表す係助詞「や」が付いたもの。「あらむ」「あるらむ」が付くがこの場合省略されている。都で見ていた月を更科の里で見た月との比較であろう。ともかく更科の里の月はすばらしいという。

うづらなく夕の空のあはれまで月に深行くさらしなのさと

藤原範宗朝臣

（建保名所百首　五五〇）

藤原範宗朝臣

大意

さびしく鶉の鳴いている夕方の空の、しみじみとしたものさびしさまでも、月と共に更けてゆく更科の里であることよ。

「鶉」はキジ科の鳥。「夕されば野辺の秋風身にしみてうづら鳴くなり深草の里」（千載和歌集二五八・藤原俊成）の歌がある。鶉の鳴き声は「さびしく鶉が鳴いているのが聞えることよ」となって、秋の夕方の空に月の出ている更科の里の寂しさに、さらに加えて鶉の鳴き声の寂しさを取り合せている。

藤原行能

をばすての山より月のいづるにもそもそもさらしなの秋の空かな

（建保名所百首　五五一）

藤原行能

大意

姨捨山から月が出ることにおいても、そもそも最も美しいのは更科の秋の空であることよ。

姨捨山には春夏秋冬いつも月は出るが、やはり秋の空の月が最も良いという意であろう。「にも」は格助詞「に」に係助詞「も」の付いたもので「～に対しても・～においても」の意。「そも」は接続詞「そもそも・それにしても」の意である。

藤原康光

あづまぢやいづくはあれどさらしなの里とひ出づる夜はの秋かぜ

（建保名所百首　五五二）

大意　　藤原康光

あずま路では他の風景もそうだが、さらに、更科の里を訪れ出た夜半の秋風のありさまは、心にしみてもの悲しいことだ。

東路では秋風の吹く様子は寂しいものだけれど、それにも増して更科の里を吹く秋風はもっと寂しい。ということであろう。なぜ更科の里の秋風は寂しいのか。それは、秋の姨捨山に出る月が慰めがたく寂しいものだから、他のどこよりも秋が寂しいということであろう。「さらしなの」は「更に」「更科の」と掛詞であろう。「更に、更科の里は」となる。

ここで『建保名所百首』の「佐良科里信濃国」一連十二首は終る。

秋夕　　按察使実継

くれかかる秋の日影のさびしさもなぐさめかねつさらしなの里

（延文百首　一九四二）

秋夕　　陸奥出羽按察使藤原実継

大意

日が暮れ始める日の光の寂しさも気がまぎれることもない更科の里であることよ。

昔から慰めがたい更科の里である。日の暮れかかった、しかも秋の日はなおさら慰めがたいのである。特に更科の里であってはなおさらのことなのである。『延文百首』は『新千載和歌集』の撰集資料として延文元年（一三五六）に後光厳天皇によって詠進の命があり、人数は三十三名で三三〇〇首を収めている。『新千載和歌集』に四首載っている。

曝巾　　飛鳥井雅経

月をまつくものはたてのおりかけてよるまでぬのをさらしなのさと（明日香井和歌集　七一〇）

大意　曝巾　　飛鳥井雅経

月の出を待って雪のはてにある更科の里では織った巾を折って懸けて夜まで曝しているということだ。

「はたて」の「はた」は機織に通じる。「更科」が「曝す」の地名の「更科」と掛詞。「はたての」の「の」は「さらしな」に掛かると意味がとりやすくなる。『明日香井和歌集』は藤原雅経、飛鳥井と号し蹴鞠の名手でもあったようである。歌数は一六七二首。ほぼ全歌集に近いという。

月　　隆源

いづくとも月はわかじをいかなればさやけかるらむさらしなの山（堀河百首　七九七）

大意　月　　阿闍梨伝灯大法師隆源

どこに照っていても月の光は分け隔てないであろうのに、どういう訳で、さやかなのであろう更科の山の月は。

更科の姨捨山に出る月は名所として知られている。同じ月なのに美しいのはなぜか疑問を投げかけながら美しさを強調している。『堀河百首』は『堀河院御時百首和歌』などともいう。源俊頼らが中心になって詠まれ長治元年（一一〇四）頃堀河院に詠進されたものらしい。作者は十四人本、十五人本などいろいろあるようだ。この集から勅撰集に数多くとられているという。

山月　　　　　　　　　　　　　　　　　　　　　有教

みても猶なほたぐひなきひかりかな月すみのぼるさらしなの山

山月　　　　　　　　　　　　　正三位兵部卿源有教（宝治百首　一五七五）

大意　いくら見てもやはりなお並ぶものがない光であるなあ。澄み透った月の光が昇っているさらしなの山よ。

姨捨山の伝説のあわれさはこの歌にはない。月の名所としての更科山が表現されている。『宝治百首』は宝治二年（一二四八）に『続後撰和歌集』撰定のため後嵯峨院が当時の有名歌人四十名に詠進させたものである。

擣衣

更科の里の秋かぜふくるよのたがなぐさめにころもうつらん

擣衣　　　　　　　　　　　　　　　　（慶運法印集　一三九）

大意　更科の里の秋風の吹く、深けてゆく夜に、いったい誰が慰めのために衣を打っているのであろう。もの寂しく砧を打つ音が聞こえてくることだ。

「擣衣」という題詠である。砧を打つのは女の秋、冬の夜なべ仕事で、布を柔らかくしたり、つやを出したりするために打つのである。「ふくるよの」が「吹く」と「深ける」と掛詞となっている。慶運は生没年未詳であるが、応安二年（一三六九）頃まで生きていて、七十歳頃没という。歌僧である。鎌倉時代後期の歌壇を代表する藤原為世の門下で浄弁・頓阿・兼好と共に四天王と称された人。『慶運法師集』ともある。

月

散位正四位下臣藤原朝臣為相

月にのみなぐさむ秋はさらしなのさとの心やしらですぎなん

（嘉元百首　一八四三）

藤原朝臣為相

大意　月

月によってだけ慰められる秋は、更科の里の心を知らないで過ぎてしまったのであろうか。更科の里の秋の月は古くから慰めがたいものと言われているがその心がわからない人は、更科の秋の月によって慰められていたのだ。ということであろう。『嘉元百首』は、後宇多院が正安四年（一三〇二）に命を下され、翌年の嘉元元年（一三〇三）に二十七名の当代きっての歌人に詠進させ『新後撰和歌集』の資料とされたものである。

冬十五首

月ならぬ雪もありあけの冬の空くもらばくもれさらしなのさと

（後鳥羽院御集　二六七）

大意　冬十五首

月明かりではない雪でもこんなに明るく見える明け方の空である。曇るなら曇れよ。更科の里よ。

月明かりでなくても雪明かりでも明るいから、曇るなら曇ってもかまわないよ。という意であろう。『後鳥羽院御集』は後鳥羽天皇の家集。編者も成立年代も不詳。後鳥羽天皇は治承四年（一一八〇）から延応元年（一二三九）第八十二代天皇。承久の乱にて、皇軍が敗北し隠岐の島に流された。『新古今和歌集』に生涯の大半を傾けられた。

遠村卯花　散位藤原為盛

卯の花のかきねつづきのよそめにはただぬのがほにさらしなのさと（為忠家初度百首　一七六）

大意　遠村卯花　散位藤原為盛

卯の花の垣根が白々と続いている。よそながら見ると、ただの布のように見えている更科の里よ。

月五首　寂西

さらしなは心の中の里なれば月見るごとに身をやどすかな（弘長百首　三一五）

大意　月五首　寂西（沙弥寂西）藤原信実朝臣

更科の里は心の中の里であるので、月を見るたびにこの身を更科にやどらせることよ。

更科の里は月の名所である。月を見るたびに心の中の里である更科に行ったつもりになってながめるのである。そうすると、どこの月も更科にいるつもりで見れば美しいのである。『弘長百首』は、弘長元年（一二六一）ころ後嵯峨院に詠進したもの。七人各百首で七〇〇首。この中から勅撰和歌集に一八五首のっているという。寂西は藤原信実。左京大夫藤原隆信の男、治承元年（一一七七）～文永二年（一二六五）八十九歳没。藤原定家に師事した。勅撰集に多く撰ばれている。

（最勝四天王院和歌　三七〇）

左衛門尉藤原秀能

さらしなの月吹くあらし夢にだにまだみぬ山の鹿ぞ鳴くなる

佐良之那里　信濃　　秀能

佐良之那里　信濃

大意　更科の里に出ている月を激しく吹く風であるよ。夢の中でもまだ見たことのない姨捨山だが、この寒い夜にも妻恋いの鹿がしきりに鳴いているそうだ。

「佐良之那里　信濃」の題で慈円・藤原有家・家隆・雅経・定家など十名が各一首ずつ、十首詠んでいる。建永二年（一二〇七）。「最勝四天王院障子絵色紙形和歌」が正しい名称のようである。建永二年は承元元年でもある。姨捨山の月は慰めがたい月である。しかも強く激しく風の吹く夜、妻恋いの鹿は悲しげな声で鳴くそうだ。悲しい上にさらに寂しさを加えた歌である。「鹿ぞ鳴くなる」の用例は勅撰和歌集に三十九首もある。妻恋いの鹿の鳴く声はとても寂しく悲しい調べだそうである。「なる」は伝聞推定の助動詞。この集は後鳥羽院が関東調伏のために白河に建立した院でその障子絵の歌である。計四六〇首。

佐良之那里　信濃　　具親

詠めわびぬこれもこころのおもひかなかくてふりぬる更科の月　（最勝四天王院和歌　三六九）

佐良之那里　信濃　　左近小将源具親

大意

ながめていると寂しい景色に堪えられなくなるのもこころの中のおもいであることよ。こうして、忘れられてゆくのか、慰めがたいという更科の月よ。

前歌の「佐良之那里　信濃」一連十首の中の歌である。源具親（ともちか）は生没年未詳ではあるが、この集の作者、定家・家隆などと並ぶ力量がある。『千五百番歌合』の作者にもなっている。『新古今和歌集』に七首載っている。更科の里の月は慰めがたく悲しい月であるというが、これは見る人の心の持ち方の問題になってくる。慰めがたい月に時と共にその意味も変化して、故事としての姨捨もだんだん忘れられてゆくのか。

佐良之那里　信濃　　俊成卿女

里の名を秋に忘れぬ月影に人やはつらきさらしなの山　（最勝四天王院和歌　三六四）

佐良之那里　信濃　　皇太后宮大夫俊成女

大意

更科という里の名を秋になると深く思い出され、月の光に人々はつらい思いをするのだろうか。更科の里よ。

秋になると更科という名が一そう思い出される。いずれにしても「更科」は秋と関りが深く、辛い場所ということになる。「やは」は係助詞「や」に係助詞「は」の付いたもので、反語、疑問をあらわす。俊成卿女は藤原俊成の女である。

佐良之那里　信濃　家隆朝臣

秋風の吹く大空の月のいろもただ里からのさらしなのやま

（最勝四天王院和歌　三六七）　宮内卿藤原家隆朝臣

大意　佐良之那里　信濃

秋風の吹く大空に出ている美しい月の色も、ただ里から眺めるだけである、更科の山よ。風に雲が吹き払われて、よく晴れた大空には美しくも月が輝いている。近く更科山に登って見たらもっとすばらしいかもしれないが、ただ里から眺めているだけであるの意であろう。家隆は保元三（一一五八）～嘉禎三（一二三七）の人。俊成門下として、新古今時代の中心歌人であった。

佐良之那里　信濃　大納言

更科や嶺ふきくだす秋風の霧にしをれていづる月影

（最勝四天王院和歌　三六二）　権大納言源通光

大意　佐良之那里　信濃

更科山の嶺を吹き下ろす秋風に吹かれて霧が流れ、霧がかかってしょんぼりと出ている月であることだ。

霧の中にぼんやりと見える月というのはあまり歌に出てこなかったので珍しい歌である。

定家朝臣

佐良之那里　信濃

あらし吹く山の月影秋ながらよも更科の里のしらゆき

（最勝四天王院和歌　三六六）

大意　佐良之那里　信濃　左近中将藤原定家朝臣

山風の吹く山の月の光は秋のままなのに、あちらこちらに白雪が降った更科の里であることだ。

「あらし」は現在の嵐のように強く雨風が吹くわけではなく、山吹く風、山おろしをさすことが多かった。「よも」は下に打消を伴えば「まさか、決して～ない」となるのだが、それが一般的であると思うのだが、この歌には下に打消がないので、「まわり全部・あちこち」の意にとった。秋だと思っていたのに、早くも雪が降った意であろう。

九番　左　持　季経卿

月みればあかしのうらもさらしなのひとつながめのうちにぞありける

右　沙弥生蓮

いかが見るこよひの影のさやけさを月になれたるさらしなの里

左さらしなとばかり候ふやおぼつかなくみゆらん、右初五文字さらへたる心地すれば持と申すべし

（石清水若宮歌合　正治二年　一四九・一五〇）

大意　九番　左　持　正三位季経卿

月を見ると明石の浦の月も月の名所として知られている更科の月もひとつの眺めの内の月であることよ。

右　沙弥生蓮右京権大夫

どうごらんになりますか。今宵の月のさやけさを。月に馴染みになっている更科の里よ。

左の歌については「さらしな」とだけあるのははっきりしない。右の初句はくみあげられたようなので優劣がつけられずあいこにした。と判者である内大臣兼右近衛大将源朝臣通親公はいう。作者は六十六人。五題、三十三番の歌合。作者は石清水に仕える神職をはじめとして、御子左家の俊成・定家・寂蓮などの名が見える。左右の歌に「さらしな」が入れられている。題は月である。

八番　左　太皇太后宮大進忠兼

更科の山路にさける白菊の花のまばゆき秋のよの月

右　前肥前守為真

空晴れてきれる雲だになきよはに月の桂の影のみぞする

左歌、更科の山路にさける白ぎくはとよめる。未聞本文証歌、としころは、更科にはただなぐさめがたき月照る所とのみぞ知りて侍る、更に菊咲ける所とは承らず、若山路の菊の露のまにとよめるふることなとにおぼしわたりて被詠たるにや侍らん、彼は仙家の菊なり、更非俗境之菊、又花もまばゆきと被詠者、はなのまばゆからんずるか、人のまばゆからんずるか、此事度両端、未知正説歟、右歌、語似近人耳、又叶物情、依月詠柱影者、是詩歌の常の事也、仍似右為勝

（中宮亮顕輔家歌合　一五・一六）

大意

八番　左　　　　太皇太后宮大進忠兼

更科山の山路に咲いている白菊がまばゆいまでに見える秋の夜の月であることだ。

右　　　　前肥前守為真

空が晴れ渡っていてさえぎる雲さえない夜半に、月の中に生えているという丈の高い桂の木の影だけが見えていることだ。

長承三年（一一三四）九月十三日に顕輔家で催された歌合。判者は藤原基俊。歌題は月と紅葉と恋の三題。各十二番で三十六首。歌人は二十四人。左の歌は、更科の山路に白菊とはきいたことがない。山路の菊の歌はあるが、更科はなぐさめがたい月の出る所である。右は、月の桂は詩歌にもあるので右を勝とした。

廿九番　旅雁叫月　左勝　　　　教頭

なにごとのつらさしれとてはつかりのつきにはいたくねのみなくらむ

右　　　　則雅

さらしなのやまとびこゆるかりがねもなぐさめかねて月に鳴くらし

さらしなのなぐさめがたき、例の事と見えてめづらしからずや、はてには雁さへなぐさめがたく月になき侍るこそ、いきとしいけるものの心は、みなひとつなるゆゑにやと、あはれにこそはづれ、左はなにとなくいうなるさまにいひくだされて、まさり侍るべし

（摂政家月十首歌合　五七・五八）

大意

二十九番　旅雁叫月　左勝　藤原教顕

どんなことの辛さを知れといって初雁は月にむかってひどく声をたてて鳴くのであろう。

右　則雅

更科山を飛びこえてゆく雁もなぐさめかねて月に向かって鳴いているらしい。

判者は藤原光俊。建仁元年（一二七五）九月十三日夜、一条家経の邸で催された。後日判である。欠脱部分もあるという。七十番、一四〇首。生きとし生けるものすべて更科の月はなぐさめがたいと思う。雁もそうである。左はさりげなくいっているので左を勝としたという。判者の歌に対する考え方が知られる。左の歌には「さらしな」は入っていないが「つらさ」などから更科の月であることが想像できよう。

百二十三番　左・勝　経平朝臣

さらしなの山のすそゆくみなの川さこそはすまめ秋の月影

右　師

かけざりし浪にや影のやどるらんたかしの浜の秋の夜の月

つくばねの嶺よりおつる河の、さらしなの山のすそながれ侍りける、めづらしき事におのおの申し侍りき、かけざりしといひいだしたるなみのよせ所いかがとて、まけ侍りにけり、いづれもおぼつかなく侍るめり
（影供歌合　建長三年九月　二四五・二四六）

大意

百二十三番　左・勝

右近衛権中将藤原朝臣経平

更科の山の裾を流れてゆく男女川はさぞかし澄んでいるであろう。秋の月影が映って。

右

鷹司院帥

波に袖がぬれるように袖が涙でぬれなかったのだろうか。それなのに月の影は宿るであろう。高師の浜の秋の月の光よ。

後嵯峨院仙洞で行われた歌合、後嵯峨院以下当時の主要歌人四十二名。九題。四二〇首。判は五名の衆議判。二首ともに「百人一首」の歌を本歌としている。一首目は「音に聞く高師の浜のあだ浪はかけじや袖の濡れもこそすれ」の紀伊の歌である。

廿三番　左

皇太后宮大夫入道

今もなほなぐさめかねつ秋の月あり明がたの更科のさと

右

少納言法印

清見がた有明の月をみぬ人の心をとめよなみのせきもり

両方月歌、さらしなの里、清見が関、ともにぞ名高き所なる上に、左、愚老の比丘が歌なるべし、例によりて不加判
（民部卿家歌合　建久六年　一三七・一三八）

大意　廿三番　左　皇太后宮大夫入道釈阿（藤原俊成）

今でもやはり気がまぎれることがない秋の月であることだ。明け方近い更科の里よ。

右　少納言法印

清見潟の有明けの月をまだ見たことのない人の心を留めてくれよ、波の関守よ。

二首は民部卿家歌合の時の歌で判詞に両方とも名所の月で判ができないという。二首目の歌について「見し人の面影とめよ清見潟袖に関もる波の通ひ路」（新古今和歌集一三三三・雅経）がある。判者は左の作者でもある藤原俊成である。自らを「愚老の比丘」といっている。

月すまん夕の空のけしきにてうづら鳴くなり更科の里　（兼載雑談　七二）

大意　月が澄み渡るであろう夕の空の景色の中でうずらが鳴いている更科の里よ。

この歌は七十一番の歌だが、その前歌に「夕されば野辺の秋風身にしみてうづら鳴くなり深草の里」とある。この歌は有名な藤原俊成の歌である。『兼載雑談』（けんさいぞうだん）は歌論書・連歌論書である。猪苗代兼載著。享徳元（一四五二）から永正七年（一五一〇）。独自の見解があるという。更科の里とうずらの取合せは珍しいが、更科の里のもの寂しさは表現されている。

四十一番　左　内大臣家百首

長月の十日余のみかのはら川なみ清くすめる月かげ

右　私百首

秋深くる月のひかりに夜やさむき衣うつなりさらしなのさと　（家隆卿百番自歌合　八一・八二）

大意

四十一番　左　内大臣家百首

九月十日余りの瓶原を流れる川波に清く澄み渡った月の影が映っていることよ。

右　私百首

秋も更けるころ月の光に夜も寒くなった。夜に打つ砧の音が聞えてくる更級の里よ。

歌合といっても藤原家隆が自分の歌を二〇〇首、一〇〇番に歌合としたもの。自歌歌合である。『定家卿百番自歌合』があってそれにならったものといわれている。家隆が二〇〇首選ぶにあっては、自分の秀歌を選ぶと思われるので、参考になる。「秋深くる」の歌は月と秋の末と砧をうつ音との取合せである。この頃の歌として名歌といえるのかどうか疑問である。

百八十一番　左

いかにいはむことのはもなし雪のうへに月すむ夜半のさらしなの里

権大納言

右勝

あさづまや遠の外山にいづる日の氷をみがくしがのからさき（老若五十首歌合　三六一・三六二）

左大臣

大意

百八十一番　左（老）

権大納言忠良

どういったらよいか言葉もないことだ。雪の上に澄みわたっている月の光の美しいさらしなの里よ。

右勝（若）　左大臣良経

朝妻の港から望む遠い人里近い山に出た太陽は氷をますます輝かせている滋賀の唐崎であることだ。

『老若五十首歌合』は左に老いの歌、右に若者の歌をおいて番えたもので、老いの左には忠良・慈円・定家・家隆・寂蓮など有名歌人が並んでいるのだが、必ずしも勝っていない。この歌も若い方の藤原良経が勝っている。前歌は月の光と雪と更科の取合せで雪に冴え返る月を読んでいる。

一番　夏月　左　観蓮

みじかよのあかぬ名残をかさねてやさし出づる月のくまなかるらん

右　少将丸

月影に庭のしば草霜さえてよる夏なきさらしなの里

あかぬ名残をかさぬらん、月の心やうすく侍らむ、何とも聞えぬことのさまかな。右は、月照平沙といふからのことをおもひて、庭白妙の霜とみえつつと、中比人よまれたる、これらをとりなして、いまの歌も侍るにやと、心有りて聞ゆれば、可為勝　（三井寺山家歌合　一七・一八）

一番　夏月　左　高野入道観蓮

大意

短い夜のなごりつきない別れを重ねているのだなあ。出てくる月に曇りや影がないのであろう。

右　　　　　　　　　　　　　　　　少将丸　三井寺本覚院公顕僧正弟宰相僧正

月の光に庭の芝草においた霜も冴え返っていることだ。夜も夏もない更科の里であることだ。

「あかぬ名残をかさぬらん」は月の心が薄い。何とも得心できない様である。右は月照平沙という唐のことを思って庭の白妙の霜と見ながら中比人詠まれた。これをうまくあつかっていて、この歌がある。心有りと思えるので、勝とした。

『三井寺山家歌合』の判者は高野入道観蓮。題は春月・夏月・秋月・冬月・初恋の五題。歌人は左右八人ずつ。八十首。承安三年（一一七三）の三井寺新羅社歌合と五人の作者が同じで、ほぼその頃の成立と思われる。右の歌「さらしなの里」の歌が勝っている。それは中国の詩に庭に置かれた霜の美しさを庭の白沙の美しさとたたえたので、白砂が霜と見たてられているおもしろさが「夜も夏もない」と詠まれた訳である。

六百四十二番　左勝　　　　　　　　　　　　　　　　　保季朝臣

ながめわびぬこころを秋にとどめじとておもひすつれどさらしなの里

右　　　　　　　　　　　　　　　　　　　　　　　　　越前

秋かぜの身にしむ夜はのねざめこそもののあはれのかぎりなりけり

御判　見わたせば木下のこの葉もはれぬらし松はのこりてくるる秋かぜ

（千五百番歌合　一二八二・一二八三）

散位従四位上臣藤原朝臣保季

大意　物を思いながらわびしく思う心を秋にとどめておくまいと心の中で思いすてるけれど、更科の里はあまりに慰めがたいことである。

六百四十二番　左勝

越前

右

秋風の身にしみる夜半のめざめこそ季節の移り行きに感じられるしみじみとした気分はこの上ないことだ。

左の歌を見ると更科の秋はどうしても慰めがたいことから解放されないのである。どう思ってみてもやはり更科の月は慰めがたいものとなるのである。「御判」は後鳥羽院の判である。短歌で判詞を述べている。この時の判者は当代きっての歌人十名が選ばれ最大級の歌合であった。

九百八十八番　左

良平

ゆきのうちにこしのしらやまみわたせばくもにくもらぬさらしなの月

右

忠良卿

さえゆけばたにのした水おとたえてひとりこほらぬみねのまつかぜ

左歌、心なきには侍らねども、右歌、たにのした水は、こほりておとせぬに、ひとりこほらぬみねの松風、おもしろくこそうけ給はれば為勝

（千五百番歌合　一九七四・一九七五）

大意

九百八十八番　左　正五位下行左近衛権少将臣藤原朝臣良平

雪の中に越の国の白山を見渡すと雲が出ていても曇っていない、更科の冴えた月であることだ。

右　正二位行大納言臣藤原朝臣忠良

冷え冷えとして凍りつき谷の下水は音もたてないのに、ひとり凍らず峰の松風だけは音をたてている。

判者は季経入道蓮経である。左の歌は心ないわけではないが、右の歌の方がおもしろいので勝とした。

六百四十七番　左勝　左大臣

ふるさとはわれまつかぜをあるじにて月にいでこしさらしなの山

右　家長

あきにそむこころもたへずみか月のほのめくかげにさをしかのこゑ

御判　おのづからしばのとたたく風のおともまつにぞかよふくるる夜ごとに

（千五百番歌合　一二九二・一二九三）

大意

六百四十七番　左勝　左大臣藤原良経

ふるさとは私を待つではないが、松風をごちそうとして月の美しさに出かけて来たことだ

更科の山に

右　　　　従五位下右馬助臣源朝臣家長

秋に深く寄せる心に耐えられず、三日月のほのかに見える光の中で雄鹿が鳴いていることだ。

後鳥羽院は短歌で判をしている。「われまつかぜ」の「まつ」が掛詞（待つ・松）となっている。松風にさそわれて更科山の月を見に出かけたのであろう。

千六番　左　　　　後鳥羽院

まきもくのきしのこまつにゆきふればひばらがすゑに雲ぞかかれる

右　　　　丹後

秋よりはさびしきかげやまさるらんゆきに月みるさらしなの山

左歌、難はべらず、詞づかひなどよろしく侍り

右歌、雪に月見る、無下にただ詞に侍れば、左のかちとぞ見えはべる（判者　季経入道蓮経）

（千五百番歌合　二〇一〇・二〇一一）

大意

千六番　左　　　　後鳥羽院

まきもくの岸の小松に雪が降ると檜の原の木末に雲がかかっていることだ

右　　丹後

秋より寂しい光はまさるであろう。雪に月を見る更級の山よ。

判詞に左の歌は難がなく、言葉遣いもよい。右は雪に月を見るというのは通りいっぺんだから左の方がよい。といっている。丹後の歌より後鳥羽院の歌の方がよいという。『千五百番歌合』は『仙洞百首歌合』ともいう。後鳥羽院の催したもの。作者は三十名。建仁元年（一二〇一）の頃、詠進した。

十番　左持　　女房上総

よひのまに出づる影だにさやかなり月みつ空を思ひこそやれ

右　　基俊

なぐさむる程こそなけれよひのまにわけて入りぬるさらしなの月

（内大臣家歌合　元永二年　四一・四二）

大意　十番　左持　　堀河院中宮上総

まだ宵の間だというのに出た月でさえくっきりと冴えている。この月が中天に輝く様子はどんなにすばらしいか思いを馳せることだ。

右　　藤原基俊

自ずから慰めになる程もなく宵の間に雲間を分けて入ってしまった更科の月であることだ。

判者は修理大夫顕季（藤原顕季）。左の歌は「心えず～月みつそら、みたぬ空ならびてあるにや」といい、右は「さらしなの月とよめる、山なくてよまん事にや」といい、「それぞれおぼつかなき」といって持にしている。内大官は藤原忠通。「慰められない」ことが前提となっている。『袋草紙』五〇九番にある。

花のせもみるべきものをやすらはでとくも入りぬるさらしなの月

ふぢはら興風字院藤太
（紀師匠曲水宴和歌　一二）
藤原興風

大意

花の時季のちょうどよい時も見るべきものであるが、とどまっていないで早々と入ってしまった更級の月は心に残ることだ。

『紀師匠曲水宴和歌』は歌数二十四首。紀貫之、紀友則、大江千里、壬生忠岑など八名。古今和歌集撰進前夜に、四人の撰者と主要歌人による催しの記録という。延喜三年（九〇三）または二年と推定される。『三月三日紀師匠曲水宴和歌《やよいみかきのししようごくすいえんのわか》』ともいう。

九番　左
讃岐
草枕鹿のねそはぬ月にだになぐさめかねしさらしなの山

右勝
釈阿
船とむるあかしの月の有明に浦より遠のさをしかのこゑ

（和歌所影供歌合　建仁元年八月　八九・九〇）

九番　左　女房讃岐

旅にあってもの寂しい妻問う鹿の鳴き声がしていなくても、月だけで慰めがたい更級山に出ている月であるよ。

右勝　沙弥釈阿

船を停泊させている明石の浦の有明の月に、浦より遠くの方で牡鹿の妻問うもの寂しい声がしていることだ。

大意

判者は沙弥釈阿（藤原俊成）、但於判者歌者衆議とある。建仁元年（一二〇一）八月三日、和歌所において催された歌合。六題三十六名、二一五首。鹿の鳴き声は寂しいけれど、その鳴き声がなくても更級の月はもの寂しいということであろう。

廿八番　左持　兼宗

ながめやるこころのすゑもとまれとや月にやどかすひろさはの池

右　信定

さらしなもあかしもここにさそひきて月の光はひろさはのいけ

左右無難之由申す。判云、左歌、心のすゑもとまれとや、よろしくこそ見え侍れ、右歌、あかしもここにさそひきてといへる、すがた詞は左歌におとるなど申しがたし、仍為持

（六百番歌合　四一五・四一六）

大意

廿八番　左持　正四位下行左近衛権中将藤原朝臣兼宗

眺めやる心の端も止まれというのか、月に宿をかしている広沢の池よ。

右　従五位下源朝臣信定前大僧正慈円

更級の月も明石の月もここに誘ってきて、月の光の美しく映えている広沢の池よ。

判者は藤原俊成。『左大将家百首歌合』ともいう。藤原良経が左大将であった時そこで催された。建久三年（一一九二）に計画され、翌年頃成立か。前歌「月にやどかる」ともある。後者の歌、更級の月も明石の月も美しいのであろう。この二箇所の月を共に広沢の池に映えたら、この上ない美しい月になるであろう。

百二十番　左勝　為継朝臣

きおきしほどともいはじさらしなやさらにぞ秋の月はさやけき

右　沙弥禅信

久方の月に夜舟も出でやらで浪吹きよするすまの浦風

夜舟月にいでやらぬにや、風に吹きよせらるるにや、おぼつかなしとて、さらにさやけきさらしな勝ち侍りき

（影供歌合　建長三年九月　一二三九・一二四〇）

大意

百二十番　左勝　中務大輔藤原朝臣為継

聞いて覚えていた程度であるとはいいますまい更科の里よ。さらにさらに増して秋の月は清らかであることだ。

右　　　　　　　　　　　　　　　　　　　沙弥禅信

月に旅の舟も出ることができないほど浪が吹きよせている須磨の強い浦風であるよ。

建長三年（一二五一）九月十三夜「影供歌合」は後嵯峨院仙洞で行われた。当時の主要歌人四十二名。『続後撰和歌集』の完成を祝して行われたという。衆議判であったが、後に為家が判詞を記した。その判によると、右歌は「夜、舟が月になぜ出られないのか、なぜ風に吹きよせられるのか、はっきりしない」ので、左の歌を勝にしたとある。「ききおきし」は「聞いておく、聞いて覚えている」の意。「さやけし」は「さやかである。はっきりしている。清らかである」の意。噂で聞いていた更級の月より、実際に見た月の方がさらに清らかであるの意。実際を見た驚きの歌。

院

これもさぞなぐさめかねし此春はいまさらしなの月やすみけん　　（源家長日記　二一六）
後鳥羽院

大意

これもさぞかし気をまぎらわしかねたこの春であったことであろう。どうしようもない今となったが更級の里には月が澄んでいたことであろうか。

作者源家長は生年未詳。後鳥羽上皇の蔵人で、『新古今和歌集』の編集事務をした。最後まで後鳥羽上皇を案じられた。『家長日記』には『新古今和歌集』完成のこと、俊成九十賀など和歌史の上で大切なことが記されている日記である。この歌も姨捨山に出る月は慰めがたいものであることをふまえている。

題、奈曾奈曾物語

三番　なぞなぞ、あけてかひなきもの

左

わが事はえもいはしろのむすび松ちとせをふともたれかとくべき

右　女房

とにかくにいまさらしなにいはしみづはやさだめてよ右はまさると

（謎歌合　七八）

大意　とにかくいまさら言はないで心に思っているという石清水ではないが、はやく右の歌の方が勝っていると定めてほしい。

この歌は「さらしな」の古歌をふまえていない。

九百十六番　左　内大臣

みやまふくよもの木がらしさえそめてまきの葉しろくはつ雪ぞふる

右

をざさはらあられふる夜ぞおもひいづるいまさらしなにひとりのみねて

左歌、みやまふくよものこがらしさえそめてまきのはしろくなど侍る、たけたかくこそうけたまはりはべれ
右歌、和泉式部が竹の葉にあられふるなりさらさらにひとりはぬべきなどよめるを思ひて、あられふる夜ぞおもひいづるいまさらさらになど侍る、又をかしきさまにとりなされて侍れば、いづれとわきがたく侍り（判者季経入道蓮経）

（千五百番歌合　一八三〇・一八三一）

大意

九百十六番　左　（冬二）　後鳥羽院

み山を吹く四方の木枯しが冴え始めて槙の葉に白く初雪が降っていることだ

右　内大臣源通親

おざさの原に霰が降る夜のことが思い出された。いま、あの慰めがたいという更級の里にひとり寝ていて。

判者、季経入道はいう。左の歌は「品格風格が高い」右の歌は和泉式部の歌にあるのを思って「をかしきさまに」あつかわれていて、どちらが良いか分けがたいと。さて和泉式部の歌が出てくるので見てみると、

たのめたるをとこをいまやいまやとまちけるにまへなる竹の葉にあられのふりかかりけるをききてよめる　和泉式部

たけの葉にあられふるなりさらさらにひとりはぬべき心ちこそせね　（詞花和歌集　二五四）

源通親は和泉式部の歌を本歌取りしたことになる。寂しく慰められない更科の里に和泉式部のように一人で寝る寂しさを詠んだものである。『千五百番歌合』については省く。

阿闍梨宗尋

更科の里をばかれぬ月かげにまた音たえず打つ衣かな

（続門葉和歌集　三五九）阿闍梨宗尋

大意

更科の里を離れない月の光の中で同じように衣を打つ砧の音が絶えることなく続いていることだ。

「衣打つ」は秋の季語で「布・衣服をやわらかくし、また、つやを出すために砧で打つ。その音は秋の景物」である。秋の夜の月の光の中でもの寂しく砧をどの家でも打つ音が村里に聞えているのであろう。更科の里は月の名所である。月の美しい夜に姨は捨てられるというので、一そう寂しさも増すのである。『続門葉和歌集』は私撰集。嘉元年（一三〇五）に成立。醍醐寺報恩院の吠若麿、嘉宝麿が撰をしたらしい。醍醐寺の僧侶たちの歌一〇〇〇首を四季・恋・雑などに分けて十巻としている。当時、各寺などでも、歌が盛んで、このように撰集など作られたらしいが、現存していないものが多く、この集など意義があると見てよい。

大中臣隆重

めぐりくる月と秋とはむかしにてすむ人かはるさらしなのさと

（御裳濯和歌集　四一〇）

大中臣隆重

大意

巡ってくる月も秋も昔のままであって、そこに住む人は移っている更科の里であることだ。

巡ってくる月も秋も昔のままであって、住む人は変化している。人の世の無常であることを詠んだものであろう。「国破れて山河あり」という杜甫の詩の心と同じである。『御裳濯《みもすそ》和歌集』は撰集。天福元年（一二三三）寂延法師の撰による。序には一〇〇〇首余とあるが現存歌数は四九七首。伊勢大神宮に関係する和歌と関りある作者の歌が撰ばれている。

名所月　　綴千坂

更科やいなばの露を吹く風に田毎の月のかげぞみだるる

（大江戸倭歌集）八九五

名所月　　綴千坂

大意

更科の里の稲の葉先に置く露を吹く風によって田毎に映る月の影が乱れているのだ。

長楽寺のあるあたりは田毎の月として有名で斜面に棚田が並んでいる。その田毎に映っているどの月も風によって波立つのでゆがんで見える。名所の月として詠んでいる。『大江戸倭歌集』は六巻三冊。文久三年（一八六三）と安政七年（一八六〇）と二つある。蜂屋光世編。二〇七五首。序文を源光世が書いている。

里擣衣　　　　平景（恭堺）

さらしなやさらでも秋はさびしきに木曾の麻衣月にうつなり

（大江戸倭歌集　九四二）

大意　里擣衣　　　　平景（恭堺）

更科の里はそうでなくても秋はとても寂しいのに、木曾では麻衣を月の光の中で打っている。その音がいっそう寂しいことであるよ。

更科の里は姨捨山のある所。これは古歌をふまえている。砧を打つ音はもの寂しい音である。同じ信濃の木曾で打つ砧の音も身にしみて寂しく、更科の里の砧の音ばかりではなく、木曾の砧の音も寂しいものだの意であろう。

名所百首歌に　　　　従三位政子

さら科や里とふ人の心までなぐさめかぬる月の色かな

（菊葉和歌集　六五九）

大意　名所百首歌に　　　　従三位政子

更科の里を訪ねる人の心まで慰められないような寂しい月の光であることだ。

この歌の前に「秋風に姨捨山の雲晴れて月澄み渡る佐良科の里」がある（前出）。この歌は『古今和歌集』の古歌をふまえていて、更科の月というと、姨捨山の月。捨てられた姨が月に向かって泣く何ともたえられない悲痛な思いのこめられている場所なのである。歌集については前に記したのでここでは略す。

春、しなののくににまかる人ありしを、いと餞にはあらざりしかども東山の花のころなごりをしみて

さらしなの秋の月をばながむともみやこのはるのはなはわするな

（粟田口別当入道集二三）

大意　春、信濃の国に赴く人がいたのに、まったく旅立ちに贈る詩歌というほどのことではないが東山の花の頃なので名残をおしんで

月の名所の更科の里に行って美しい月と眺めることができたとしても、どうか、ここ都の春の花も忘れないでほしい。

素直な歌で、別れの挨拶として儀礼的な歌である。月の名所に行って美しい月を見るだろうが、都の花も忘れないでほしいということで、月の名所としての更科が詠まれている。『粟田口別当入道集』は藤原惟方の歌集。惟方は天治二年（一一二五）～没年未詳。西行・俊成などと交渉もあった。歌数は二四九首。但し、惟方について寛徳元年（一〇四四）～没年未詳と『和歌文学大辞典』（明治書院）にはあって、調べがつかない。

仙洞百首内秋二十首　建保四年

さらしなの里のあるじを秋とへばおなじむかしの月ぞすみける

（範宗集　三八六）

大意　仙洞百首内秋二十首　建保四年

更科の里の主を秋に訪ねてみると、昔と同じ慰めがたい月が澄み渡っていたことだ。「むかしの月」というのが、古歌にあるように捨てられた姨が月に向かって泣いているという慰めがたい月なのであろう。『範宗集』は伝本が二つあるという。『新編国歌大観』第七巻には七二六首である。藤原範宗は承安元年（一一七一）～天福元年（一二三三）の人。六十三歳没。順徳院歌壇を中心に活動した。

同年十八日　仙洞秋十首内

さらしなのやまとびこえて行く雁はあきよりさきに月やみるらん　（範宗集　三〇四）

大意　建保二年八月十八日、仙洞秋十首内

更科山を飛び越えて行く雁は秋がやってくるのよりも先に美しい月に出会えるだろう。

上句は「さらしなのやまとびこゆるかりがねもなぐさめかねて月に鳴くらし」（摂政家月十首歌会・則雅）の歌がある。全く同じである。この歌も月の名所更科山を詠んでいる。

見月

いたづらにいくよのゆめかたえぬらむ月のさかりにさらしなのいほ　（光経集　六四）

大意　見月

無為に幾晩も美しい月を見ようと夢みていたことも絶えてしまったことだ。今や月の真盛りの更科の里の仮小屋よ。

夢にまで見ていた、更科の里の月を今や見られた喜びの歌であろう。藤原光経（生没年未詳）の家集。六二三首。順徳院の乳母従三位経子の弟。順徳院歌壇で活躍した人。

月に君思ひいでけり秋ふかく我をばすての山となげくに　（李花和歌集　三三一）

大意　月を見ていてあなたのことを思い出した。秋も深まって私もいよいよ姨捨山に行く身となった（年をとった）と嘆いている時に。

以前にこの歌の続き三首は書いたのでここでは省略する。「をばすての山となりにし我なればいまさらしなに関守もなし」（能因法師集・四四）にもあるように「姨捨の山となる」ということは年をとって、その昔なら姨捨山に捨てられるようになったことを意味する。「秋ふかく」の「ふかく」は①秋も深まる意と②ふかく嘆くの意とが掛かっているだろう。「秋深く」が「秋深し」と底本にはある。『李花和歌集』は宗良親王の家集。後醍醐天皇の皇子である。

信濃へくだる人に

さらしなの月みむたびにおもひ出でよなぐさめがたく君をこふとは　（隣女和歌集　一五八二）

大意　信濃へ下る人に

更科の里を照らす月を見るたびに思い出して下さいよ。私が慰まない心であなたを恋しく思っているということを。

さらしなの山

身のうさぞなぐさめがたきさらしなの山よりいづる月は見ねども　（隣女和歌集　二四四五）

大意　さらしなの山

身の不満が晴れないこの気持は慰めようがないことだ。更科の山から出る月は見ていないけれど。

更科山を姨捨伝説の悲しい山と見た上での作。

さらしなの里

秋はなほなぐさめがたきうき世とは月にもしるやさらしなの里　（隣女和歌集　一五五六）

大意　さらしなの里

秋はやはり慰めがたいように、浮世も慰めがたいものであることは、更科の里を照らす月によっても知られるであろうか。

姨捨伝説によって慰めがたい月であるが、この世の中も無常の世であるから慰めがたい。さらしなの里の月とこの世を重ね合わせた歌である。

里人

山のはをまつもをしむも月ゆゑになぐさめがたきさらしなのさと　（隣女和歌集　二一〇二）

大意　里人

山の稜線近くを見ながら月の出を待つのも月の入るのを惜しむのも月故のことで、いずれにしても慰めがたい更科の里である。

山の稜線近くの山を見ながら月の出入りを見てもいずれ慰めがたいのが更科の月なのである。『隣女和歌集』は飛鳥井雅有の家集。四巻。二六一八首。他人の歌も八首含む。正元年中（一二五九）から建治三年（一二七七）の歌を収めている。

里春月　同年(文永五年)三月十三日　続五十首

月みてもおぼろけにやはなぐさまむかすみのうちの更科のさと

（為家集　一二一〇）

大意　里春月

月を見てぼんやりしていても慰められるであろうか、いや慰められない。霞の中の更科の里よ。

霞がかかってぼんやりとしている月でも慰められるかということで、更科の里の月は慰めがたいという伝説によっている。『為家集』は藤原為家の家集。二一〇一首。為家は藤原定家の嫡男。

里霞

はるの夜のおぼろ月よやいかならんかすめるころのさらしなのさと

（澄覚法親王集　五）

大意　里霞

春の夜のほのかにかすんでいる月はどんなものであろうか。霞んでいる頃の更科の里は。

更科の里は月の名所であり、古歌にあるように、慰めがたい月の里なのである。それが春ならどんなものであろうかということである。秋の更科の月を意識においての上で、春の更科の里を想像しているのである。澄覚法親王は承久元年（一二一九）から正応二年（一二八九）の人。後鳥羽天皇の皇子六条宮雅成親王の長子である。天台座主など歴任した。勅撰集に二十五首入集。『澄覚法親王集』は春・夏・秋・冬・恋・雑と部立てされ二九九首収められている。

前大納言実教卿家に詩歌合し侍りけるに　七夕里

まどほなるきそのあさぎぬ七夕にけふやたむけてさらしなの里

（光吉集　八七）

大意　前大納言実教卿家に詩歌合をした時　七夕里

織目のあらい木曾の麻の布で仕立てた粗末な衣服ではあるが七夕に今日は供えよう。さらしなの里で。

七夕伝説がある。それを詠み込んだ歌である。天の川でさらした麻の布を想像させる。『光吉集』は『惟宗光吉集』とある。春・夏・秋・冬・恋・雑の部立で合計三〇六首収める。光吉は文永十一年（一二七四）から文和元年（一三五二）の人。勅撰集に九首入集。吉田兼好とも交友があったようだ。

東路五月雨を

五月雨のはれせぬころもやどりけりつきゆゑにこそさらしなの里

（親宗集　三五）

大意　東路の五月雨を

五月雨が降っていて晴れることのない頃でも泊ってしまったことだ。月が出ているからこそのさらしなの里であるよ。

更科の里は月が照っているから良いのであるが、五月雨が降っている頃に宿ってしまった。という意であろう。『親宗集』は平親宗の歌集。賀茂社奉献のための自撰家集。寿永元年（一一八二）の頃成立か。平家文化圏を支えた一人である。

八月十五夜、人々あつまりて、よしのがはいはなみたかくといふ歌をかみにおきて、ひとときのうちによみはべりしなかに

しらつゆのそでにやどかるあきのよは月ぞかたしくさらしなのさと　（露色随詠集　三〇二）

大意　十五夜の夜、人々が集って「よしのかはいはなみたかくゆくみつのはやくそひとをおもひそめてし」という歌を上において、ひとときのうちに詠んだなかに。

白露が袖にやどる秋の夜は月の光を、衣の片袖のかわりに敷いてひとり寂しく寝る、更科の里であることだ。

八月の十五夜の夜人々が集って「よしのがは」の歌を一首の頭に置いて三十一文字、三十一首の歌を詠んだ。これも歌の風雅な遊びである。そして「よしの」の「し」がこの歌となっている。

『露色随詠集』は空体房鑁也の家集。六三四首。贈答など他人の歌も三十五首ある。

佐良志那

月かげにかりとびこゆるおとすなり秋のながめはさらしなのやま　（露色随詠集　二三七）

大意　佐良志那

月の光の中を雁が飛び越えてゆく音が聞こえるようだ。何といっても秋の景色は更科の山である。

名所歌として四十六首の中の「佐良志那」の歌。実際に雁が更科の山を飛び越えてゆくのを見ているのではなく、推定しているのである。それは「おとすなり」の「なり」が上に「す」という終止形であるため、伝聞、推定の助動詞だからである。音が聞こえているのであろう。やはり秋は更科の里にかぎると名所歌らしい土地褒め、讃美の歌である。

月百首

さらしなやあかしのうらもまだしらずみやこの月のかげぞのどけき　（露色随詠集　五九）

大意　月百首

月の名所更科も明石の浦の月もまだ見たことがない。都の月の光が何とうららかなことよ。月に関る歌が百首あり、その中の一首。月の名所といえば、更科であり明石でもある。まだ見たことがないが、都の月がすばらしいと言っている。「ぞ」係助詞強め、「のどけき」結び。

佐良科里

在明の月をたのめてまつよひに虫のねふくるさらしなの里　（寂身法師集　一一四）

大意　佐良科里

有明の月をたのみとして待っている宵に虫の音も深まり、夜も更けてきた更科の里であることよ。

寂身は生没年未詳であるが、作品により建久二年（一一九二）頃出生し建長三年（一二五一）頃まで生存していたらしい。約三十年間作歌にいそしんだ。秋の月の名所更科としてあつかわれている。意味はわかりやすい。

月

月ゆゑにむかしの人もながめけんこころはづかしさらしなの山　（出観集　三七一）

大意　月

月が美しいゆえに昔の人も眺めたのであろう。あまりにも月がすばらしいのでこちらが気おくれするような更科の山の月よ。

『出観集』は覚性法親王（大治四年〈一一二九〉から嘉応元年〈一一六九〉）の家集。鳥羽院第五皇子。八五〇首。「こころはづかし」は（相手が立派なのでこちらが）気恥ずかしく感じる気がするの意である。月に対して気恥ずかしい程、すばらしい月を見て詠んでいる歌である。

佐良科山

けふもなほなぐさめかねつさらしなやおなじむかしの山のはの月　（雅有集　七八二）

大意　佐良科山

今日でもやはり慰められないことだ。更科山に出ている月は、昔の慰めがたい月と同じものであることだ。

姨捨山に捨てられた姨が一人月を見ながら泣いているという。それを思うと月を見ても喜べない上に悲しみを極めることになる。月は昔も今も同じ月であるから慰められないということである。『雅有集』は『別本隣女和歌集』とも呼ばれる。飛鳥井雅有は仁治二年（一二四一）～正安三年（一三〇一）の人。六十一歳没。藤原為家に和歌、物語などを学んだ。『続古今和歌集』以下の勅撰集に入集。八四三首。『隣女和歌集』に続く集とも言われる。

秋

さらしなややまのはいづる月みればなぐさめがたきあきはきにけり　（雅有集　三二七）

大意　秋

更科の山の空に接するあたりに出た月をみると、慰めがたい心になるが、秋がやってきたことだ。

前歌と同じ飛鳥井雅有の歌で姨捨山に対する慰めがたい気持も同じである。古歌をふまえての上の歌である。

名所秋　更科里

さらしなやこの里びともたよりあらばほかなるあきの月やみるらん　（時広集　一一一）

大意　名所秋　更科里

更科のここの里の人も慰めがたいといわれる月を見馴れているが、もしついでがあったならば他の土地の秋の月も見ることであろうか。

更科の名所の月をいつも見ている土地の人も、何かのついでがあれば、他の土地の月も見るであろう。そんな時、何を感じるのかと想像しているのかもしれない。「たよりあらば」は仮定の形で「もしもついでがあったならば」の意である。『時広集』は北条時広の家集。貞応元年（一二二二）～建治元年（一二七五）の人。五十四歳没。一八三首。すべて題詠で、各部立の終にそれぞれ名所歌を配し、また歌枕を詠んだ歌が多い。

いにしへをおもひいづればさらしなや月になぐさむわが心かな　（実材母集　三八一）

大意　昔のことを思い出すともの悲しくてたまらない心も、更科の月を見ると慰められる私の心であることよ。

昔のつらい事を思い出すと、あの慰めがたいと言われている更科の月を見てさえ、心が慰められるということで、よほどのつらい思い出のある作者であると思う。実材母は、権中納言藤原（西園寺）実材の母である。生没年未詳であるが永仁（一二九七）ころの人であるといわれている。はじめ平親清の妻となり後に藤原公経の妾となった。八八七首おさめてある。

里蛍

さらしなや月まつさとの夕やみにこころありてもとぶほたるかな　（澄覚法親王集　九二）

大意　里蛍

更級の里で月の出を待っている夕闇のころに、思いやりがあってか、夕闇を趣深いものとして蛍が飛んでいることだ。

澄覚法親王は承久元年（一二一九）から正応二年（一二八九）、後鳥羽天皇の皇子六条宮雅成親王の長子。天台座主。勅撰集に二十五首入集。本集からは『続千載集』以下六首入集。歌については、「月のない夕闇で風情がないのに蛍が飛んで風情を添えている」という歌で、姨捨山と蛍の取合せは珍しい。

名所月

此里のならひときけばさらしなやなぐさまれぬも月にうらみず　（自葉和歌集　一八七）

大意　名所月

この里、更科の月は、見ても慰められないという古くからのいわれと聞けば、慰められなくても月に不満をもったりはしないことだ。

更級の里の月は『古今和歌集』以来、慰めかねる月と言われてきた。ここで月を見て慰められない気持であった作者は、それはこの里の習慣なのだからいたしかたないと諦めている。『自葉和歌集』は中臣祐臣《すけおみ》の家集。『中臣祐臣詠』ともいう。正応末（一二九三）から嘉元末（一三〇四）の十年間くらいの歌。祐臣は生年未詳から康永元年（一三四二）の人。『玉葉集』以下の六集に九首入集。

月出山

みがきいでぬこよひはさらに更しなの山も思はぬ雲の上の月　（雅康集　一六八）

大意　月出山

研ぎ上げたような美しい月が出ていることだ。今宵はいっそう更級の山さえも思いもしないような、雲の高い所に冴えている月であることよ。

飛鳥井雅康の家集。三七一首おさめる。雅康は永享八年（一四三六）～永正六年（一五〇九）の人。七十四歳没。後出家した。文明から明応期の歌壇で活躍した。連歌作者として『新撰菟玖波集』に入集している。

月

月みてもなぐさめかぬる秋をいはばやどこそ常にさらしなの山　（雅康集　一七二）

大意　月

月を見ても慰められない秋というのは、その宿こそ通例として更級の山のことである。

秋の夜、月を見ても心が晴れないというと、それは姨捨山の月ということになっている。「月」と題する歌四首の中の三首目の歌。慰められないという更科の月をそのまま用いている。

佐良之奈里

永正二十御月次

うき秋よ身をばさらじな更科のほかになぐさむ月はありとも　(雪玉集　一五一三)

大意　佐良之奈里

永正二十御月次

つれない秋よ。このつらさは私の身にとりついて去らないことだ。更科の月のほかに慰められる月はあったとしても。

「うき秋」は「つらい、苦しい、つれない、無常だ」の意が込められた秋で、作者にとって心の晴れない秋なのであろう。「さらじな」は「更科」を意識した上での「去らない」の意。どの月を見てもつらさが去らないの意となろう。

詠二十首和歌

かたりしぞ今も身にしむさらしなの月をさながらみるここちして　(雷玉集　五八九二)

大意　詠二十首和歌

ありのままを相手に話して聞かせたことだ。今でも身にしみている更級の月を、そのまま見ているここちがして。

更級の月は慰めがたい月であるから、見ていると心は晴れないが、何かつらい事があって心が晴れない気持ちを相手に語って聞かせたことだということであろう。「さ」音を繰り返してリズムを調えているように思う。

里雪

文亀二二御月次

秋の月なぐさめかねしはてはまた雪もさらなるさらしなの里

（雪玉集　一七二〇）

大意

里雪

文亀二二御月次

秋の月は心が晴れないのに、その上、さらに結末としてまだ雪もつもっている更級の里であることだ。

秋の更級の月は心が晴れないというのに。秋が終って冬になって、更に雪まで積って、いっそう心も晴れないということであろう。『雪玉集』は三条西実隆の全家集。『新編国歌大観』には八二〇〇首収めている。寛文一〇年（一六七〇）頃成立。藤原雅親・宗祇の高弟であったが没後宮廷文壇の最高指導者となった。歌数が多い。大きく三系統に分けられるようである。異本もある。三条西実隆は康正元年（一四五五）から天文六年（一五三七）の人。正二位内大臣。永正十三年

（一五一六）出家。

佐良之那里

思ふにもいまさらしなの秋のみかたへて世わたる月のさと人

（雪玉集　五一四二）

大意　佐良之那里

思うにつけても、今さら、更科の慰めがたいという秋だけではなく、辛いことに耐えてこの世を渡ってゆく更科の里の人よ。

「いまさらしな」が掛詞となって、「今さら、さらしな」となる。慰めがたいのは更科の月ではあるが、更科だけでなく、どこに住んでも慰めがたいという意であろう。

佐良之那里

ころもうつ音は河波やまかぜもひとつものなるさらしなの里

（雪玉集　五一四三）

大意　佐良之那里

衣を打つ音も河波の立つ音も山風も同じものである更科の里なのだ。

他の里と同じ更科の里であるにどうして、衣を打つ音や川波や、風までが慰めがたいと思われる更科の里なのだろうか。という意味が込められているであろう。

佐良科里

秋風にうつや衣も白妙の月の光にさらしなのさと

（通勝集　五五一一）

大意　佐良科里

秋風の中で打つ衣もまっ白い月の光にさらす更科の里よ。

「衣うつ」は冬の準備のために砧で布を打ちやわらかくする。そして衣を縫うのである。「さらす」が月の光にさらすと更科と掛詞である。意味は通しやすい歌である。『通勝集』は源通勝（永禄元年〈一五五八〉～慶長十五年〈一六一〇〉）の家集。通勝は勅勘の身となり丹後の国に行き、歌道、古今和歌集を細川幽斎に学んだ。赦されて京都に帰り、三条西実枝に師事。源氏物語の注釈書『岷江入楚』五五巻も完成させた。集には一三六四首ある。

月

見るからぞ秋やは人をなぐさめて光をそへんさらしなの月

（草根集　三八六四）

大意　月

見るとすぐに秋は人を慰めるであろうか。そしてさらに光をそえるであろうかいやそうではない更科の月よ。

「から」は動作、作用の起こる原因、理由を表すので「～によって」の意。「やは」は反語又は疑問。「やは」の呼応する語は「そへん」であろう。秋の更科の月は慰めがたいものであって、慰められたり、光を添えられたりするものではない。『草根集』は正徹の家集。永徳元年（一三八一）～長禄三年（一四五九）の人。

難忘恋

まぎらはす時こそなけれ春の花めでてもやがて佐良科の月　（松下集　六〇九）

大意　難忘恋

心を他に向けて気持をまぎらす時はないことだ。春咲く美しい花（乙女）を愛でても、やがては更級の月のように慰めがたいものとなってしまった。

題詠である。「難忘恋」で忘れがたい恋という題で詠んだ歌である。「春の花」は美しい娘のことで、忘れることのできない娘となっている。春は花、秋は月の対比をしながら、月といえば姨捨山の慰めがたい月なのである。いずれは辛い姨捨の月のようになってしまったが、忘れられない恋なのであろう。『松下集』は、松下正広の家集。正広は室町時代、応永十九年（一四一二）から明応三年（一四九四）の人。歌僧であった。六冊の構成で三二四二首が『新編国歌大観』巻十八に載っている。

夏冬

三番右　歳暮月

なぐさまぬ身のならはしに年くれぬかくてやつひにさらしなの月　（松下集　二七四〇）

大意　三番右　歳暮月

我が身は慰められない習慣のままこの年も暮れてしまった。このようにしてついに更級の姨捨山に出る月のように慰められないことになってしまうことだ。

自歌合せの歌で、右の歌は「みそぎ川老の三輪を又そへてあさぢすがぬく袖の夕なみ」で六月祓の歌と番になっている。心がいつも晴れぬまま一年が過ぎついには更級に出る月のようになってしまった嘆きの歌である。

羇中憶都

さらしなやいづくの里もなぐさまず都を月のうちに見れども　（松下集　一〇一二）

大意　羇中憶都

旅の途中にあって、更級の里の月のようにどこの里にいても心が晴れない。都のことを月のうちの一部として思い浮かべてみても。

自歌合　三百六十番　次第不同

六十九番左　月前蛍

さらしなやなぐさめかねし思ひかも月影みれば行くほたるかな　（松下集　二八七二）

大意　六十九番左　月前蛍

更科の里の月のように心が晴れない思いであることよ。月影を見ているとふっと蛍が飛んでゆくことだ。

自歌合せの歌で右は「寺ふりぬ誰もむすばで月ひとり水なき池に氷をぞしく」である。「古寺冬月」と題している。前歌は月と蛍の取合せで、月の光の中を蛍がかすかな光を出して飛んでゆく、もの静かな情景の歌である。

勧持品　何故憂色　而視如来

山かぜにしぐるる色をさらしなややがてはるけん月のかげかな　（松下集　三三一七）

大意　勧持品　何故憂色　而視如来

山風が吹いて涙を催すような色に見えている更科の月もやがては晴れるであろう月の光よ。「しぐる」は「しぐれになる、涙を催す、泣いて涙がこぼれる」などの意がある。「はるく」は「はれるようにする。払いのける、はれる」の意がある。「ん」は推量の助動詞である。仏教上の題で、憂いがあっても、やがては希望に満ちるであろう意と思う。

七日、京をたち、坂本に郡家と云ふ者のところにとどまるに一続中に
月多秋友

秋をへておほくの友をさらしなや我なぐさむる月は残りて　（松下集　八三七）

大意　月多秋友

秋も経過して多くの友を遠ざけてしまったが、更科の里の月のように自分を慰めてくれる月は残っていることだ。

『松下集』は室町時代の歌僧である松下正広の家集。三三四二首『新編国歌大観』に載ってい

る。月の永遠なることと、自然の悠久なることを言っているのであろう。

山月

白妙の月の宮人あやかけて織るてふ布やさらしなのやま　（慕景集異本　六〇）

大意　山月

白妙の月の光は宮人が斜めに糸をかけて模様を織り出すという布をかけたように見える更科の山をてらしている月よ。

更科の山が月の光で白く見える。それは綾織の白い布をかけているようだ。ということだと思うのだが、今まで多くの月の光を見てきたが、布を山にかけたという発想に出会えたのは初めてである。おもしろいと思う。持統天皇の「春過ぎて夏きたるらし白栲の衣ほしたり天の香具山」（万葉集二八）と通じる。『慕景集異本』は太田道灌（永享四年〈一四三二〉～文明十八年〈一四八六〉）の家集と見られている。歌数は九十首。

霧隔山寺

照る月をみし世へだててさらしなや峰なる寺も秋霧の空　（柏玉集〈後柏原院〉七九五・一九四八）

大意　霧隔山寺

照り渡る月を見た時節をさえぎって、更科の峰にある寺も秋の霧の空につつまれてしまっていることだ。

題が「霧隔山寺」とあるから、姨捨山にある寺（長楽寺か）を霧が濃く隔ててしまっているのであろう。「照る月を見し世」はかって作者後柏原院（寛正五年〈一四六四〉～大永六年〈一五二六〉）が活躍していた世の意もこめられていよう。後土御門院の第一皇子、一〇四代天皇。歌会、定数歌など戦国初期の和歌の隆盛をもたらした。

秋二十首

さらしなや夜ぶかき月に初雁の声吹きおくる嶺の松かぜ

（春夢草　四四二）

大意　秋二十首

更科の里のまだ夜も深い月の夜に、早くも初雁の鳴く声を吹き送ってくる嶺の松風よ。初雁の声を聞いた喜びの歌であろう。月ということで「さらしな」がふさわしかったのだと思う。『春夢草《しゅんむそう》』は牡丹花肖柏の家集である。成立は永正十三年（一五一六）または近い頃の自撰とされている。二一八六首。同名で句集もある。肖柏は一四四三年～一五二七年の人で中院通郭の子。和歌、連歌をよくして宗祇に師事した。宮廷連歌で重んじられた。

河

ながれてはさらしな川と思はずはよのうきせをばいかでわたらん

（六帖詠草　一四一一）

大意　河

流れるときはいつもいうまでもなく慰めがたいという伝説のある更科の里を流れる川と思

わなかったなら、つらい境遇をどうやって渡って行ったらよいのだろう。
更科川は姨捨山のある里の更科を流れる川である。川も慰めがたい意味を持っている。世の中でつらい事があってどう渡っていったらよいかということであろう。「川」にちなんで「渡る」と受けている。「更科」は掛詞となっている。『六帖詠草』は小沢蘆庵の家集。享保八年（一七二三）から享和元年（一八〇一）の人。下冷泉家の為村に和歌を学んだ。一九七四首。

八月十五日

さらしなに都の月しまさらずはみすてて雁もこよひわたらじ

（逍遊集　一二七九）

大意　八月十五日

更科の里の月に都の月が優っていなかったならば、都の月は見捨てて雁は今宵渡ってこないだろう。

更科の里に出る月と都の月とを比較している。雁は美しい方を選ぶであろうから、都の月の方が美しいと思わなければ渡って来ないだろうと、まだ来ない雁を想像しているのであろう。作者は都の美しい月を見ているのであろう。

山月

秋のよの月すみぬれば更級のめぐりにおほき越の白山

（逍遊集　一二〇五）

大意　山月

秋の夜の月が澄み渡っていると更科のあたりから大きく見えている越の国の白山であるよ。白山は石川・岐阜両県にまたがる山。更科あたりからも良く見えるのであろう。またそれほど月が明るく照り渡っているのである。「めぐり」は「あたり・周囲」の意。『逍遊集』は松永貞徳の家集。元亀二年（一五七一）〜承応二年（一六五三）の人。

八月十五夜

さらしなはさらにや月の名所をこよひ思はぬ人はあらじな（逍遊集　一三〇〇）

大意　八月十五夜

更科の里は、改めて月の名所であることを今宵のすばらしい月を見て、思わない人はありますまいよ。

八月十五夜の題詠である。澄み渡った月があまりにも美しいので、改めて認識しなおした月の名所であった。「名所」は「などころ」と読むのであろう。「あらじ」の「じ」は推量の打消しの助動詞で「ないだろう」となる。月の名所としての姨捨である。

早秋朝山

さらしなや秋しもきその朝ぼらけ心にいづる山のはの月（逍遊集　一〇一一）

大意　早秋朝山

さらしなの秋もまっただ中の木曽の夜明け方。心の中で想像している山の空に接するあたりに出ている月であるよ。

早い秋の早朝の山にまだ出ている名月を心の中で思っている歌である。実際に目にしている月ではない。「しも」は強め。「朝ぼらけ」は「朝、ほのぼのと明るくなったころ、夜明け」である。

名所擣衣

さらしなやさながら月も雪のよを秋にかへしてうつころもかな

大意　名所擣衣

更科のそのままの月のように、雪の降る夜も、秋の月の夜にもどして打つ衣の音であるよ。

秋、冬の仕事として布、衣などを砧で打ってやわらかくして作りなおしたりする女性の仕事である。雪の夜はそっくりそのまま秋の仕事として戻して砧を打つのであろう。「さながら」は「そのまま、それなりに、あたかも、残らず」などの意がある。

八月十五夜雨のふりければ

更級やさらに都の月に又なぐさめかねつよはのむら雨

大意　八月十五夜雨が降ったので

更科の月にさらに重ねて都の月も慰めがたいのに、夜半の村雨が降って月をかくしてしまったことだ。

題詠である。題は八月十五夜に雨が降ってしまったことについての歌である。更科の姨捨山に出る月は、慰めがたいものであると言い伝えられているが、雨のため見ることができなくなってしまった寂しさの歌であろう。

『新編国歌大観』の第九集、和歌集編を見ているのだが『逍遊集』は松永貞徳〈元亀二年〈一五七一〉～承応二年〈一六五三〉〉の家集。三一〇四首収めている。この中に更科にかかわる歌だけでも五首もある。この集は延宝五年（一六七七）に松永貞徳の二十五回忌にあたり門人によって編まれたものである。貞徳は連歌師松永永種の次男として生まれ、多くの師について広く学んだ。「師の数五十余人」と『戴恩記』に自ら記している。和歌、連歌、俳諧、狂歌、歌学などを学んでいる。

嶺　上月

更級の秋のこよひはしたはじよ都の嶺の月も名高し

（後水尾院御集　四三九）

大意　嶺　上月

更級の山に出ている秋の美しい月といわれている月を今宵は恋しく思いますまい、都の嶺に出ている月も有名であるから。

更級に出ている秋の月はことのほか美しいといわれている。名所の月なのである。しかし都から見える嶺の月もこんなに美しいのだから、更級の月のみを恋しく思いますまいという。更級の月と都の月との対比である。

秋里

名も高くすみのぼりてや更級の月は里わく光そふらん

（後水尾院御集　五八三）

大意　秋里

有名である、澄み通って昇った更級の月は人里をはっきりと区別できるような光が備わっているのであろう。

「里わく」は「里を区別する・分け隔てる」の意。「添ふ」は「つけ加える・さらに備わる」の意である。里が月の光によってはっきりと見分けられる程の輝いている月である。

後水尾院は慶長元年（一五九六）～延宝八年（一六八〇）。後陽成院の第三皇子。一〇八代天皇。月次和歌会など催し、近世前期の宮廷歌壇の中心的存在であった。『後水尾院御集』は伝本がたくさんあるという。一四二六首収めている。

月

さらしなの山もおもはずわが心なぐさのはまにでる月をみて

（晩花集　二二八）

大意　月

更級の山に出る月は慰められないというが、その更級の月のことは思わない。私の心はただ見るだけで心が慰められるという名草の浜に出ている月を見ているから。

手のこんだ歌である。更級の月は慰められない。名草の浜の月は慰められる。この二つの対比がおもしろい。名草の浜は和歌山市紀三井寺町毛見浦あたりか。和歌浦の東辺である。また「名草の浜」の「名草」と「慰さ」とを掛けている。名草の浜に出ている月を見ているから更級の山に出ている月のことは思いもしないということである。

月

雲はらふ風のはふりやさやけさもたがなす月のさらしなの山（晩花集　二一七）

大意　月

雲を払いのける風の吹き方よ。その清しさも誰がそうするのであろう、月の出ている更級の山よ。

『晩花集』は下河辺長流が五十五歳の時に自撰した集である。四九九首収める。長流は貞享三年（一六八六）没であるが正しい生年は推測する他はない。和歌の道にたけていた。

里擣衣

さらしなの里の月影夜寒にやなぐさめかねて衣打つ声（芳雲集　二四一三）

大意　里擣衣

更級の里の秋が深くなって夜の寒さが感じられる頃となったからか、月明かりの中で悲しい心を晴らしかねて、夜衣を打つ音が聞こえてくる。

『芳雲集』の作者は武者小路実陰。寛文元年（一六六一）から元文三年（一七三八）の人。孫の実岳が編集した集である。五二四二首収める。次の二四一四番の歌が「吹きまよふ秋風さむし打つ里は忍ぶの衣声も乱れて」とある。題詠であろうが、連作で、意味も通ずるものがある。「衣打つ」は砧（衣板の約）で布地のつやを出したり、やわらかくするために打った。木または石の上で打つので音が聞こえてくる。

里時雨

けふも又しぐれの雨にぬらしけり木曾の麻ぎぬさらしなの里

（桂園一枝　三七八）

大意　里時雨

今日もまた更級の里に降った時雨の雨にぬらしてしまったことだ。木曾の麻の布で仕立てた粗末な衣よ。

「麻ぎぬ」は麻布で作った着物。粗末な衣のこと。「ぎぬ」と「さらす」が縁語。「時雨」は秋の末から冬のはじめにかけて、降ったりやんだり定めなく降る雨のこと。「けふも又」とあるので、昨日も今日も降った時雨によって衣がぬれてしまった。という広がりのある歌。

題しらず

月をまつたび寝の床のささの葉に嵐ふくなりさらしなの里

（桂園一枝　七四一）

大意　題しらず

月の出を待っている旅先の宿りのささの葉を敷いた床に嵐がしきりに吹いていることだ。

さらしなの里で。

ささの葉を敷いてささの葉の中で旅寝をしていると、嵐がしきりにささの葉をさやがせている。ということであろう。嵐は現在考えられる台風のことではなく、山吹く風くらいの意ととれる。また、ささの葉のさやぎの音は「ささの葉はみ山もさやに乱るとも我は妹思ふ別れ来ぬれば」『万葉集』柿本人麻呂の歌で有名である。ささの葉のさやぎの音の寂しさと、更科の里の慰めがたい場所とを重ねているのかもしれない。『桂園一枝』は香川景樹（明和五年〈一七六八〉から天保十四年〈一八四三〉）の家集。九八七首。『桂園一枝拾遺』七一五首もある。『桂園一枝』は門人達の勧めによって厳撰した自撰歌集。景樹の歌は比較的読みやすい。自然な感情を調べとして平易な言葉で詠んでいる。また〈歌は調ぶるものなり、理るものにあらず〉といって、調べの重要性を強く主張し、実物実景に臨んで端的に感を得ることが最上と述べている。学ぶべきであろう。

山月

吹きはらふ嵐は雲を光にて月ぞ名高きさらしなの里　（黄葉和歌集　五七）

大意　山月

嵐によって雲が吹き払われて輝くばかりの月が出ている。これが月の名所の更級の里の景であることだ。

雲が嵐によって吹き払われたあとの美しい月を見ている。しかも、月の名所で見る月である。『黄葉和歌集』は烏丸光広の家集。作者は、天正七年（一五七九）から寛永十五年（一六三八）の人。細川幽斎により古今伝授を受け、後水尾院の歌壇にて大切な人であったという。家集には一六六九首収めている。

八月十五夜

さらしなやよしのの花もおしこめて秋の半の月にみるかな

（挙白集　九二〇）

大意　花の名所の吉野の桜の花をも内にこもらせていて、秋の半ばの月の中に重ねて見ることができる更級の里の月であるよ。

更級の里で秋の半ばの月を見上げていると、春の花の名所の吉野の里のことがふっと思いうかび、同時に重ねられたのであろう。春の花の名所を秋の月の名所の中に思い浮かべた歌である。

月のうたのなかに

月をたれいづくもかくとながむらんありけるものをさらしなの山

（挙白集　九一五）

大意　月のうたのなかに

この月の美しさはだれも、どこからでもこのように美しいものと眺めているであろう。そうであるなあ、更級の山よ。

更級の山の月ばかりではなく、どこの山に出る月も、こんなに美しく見るのであろうと、更級の山に念をおしている感じのする歌である。「ありけるものを」は「あったのになあ」の意となろうか。「ものを」は接続助詞と終助詞がある。ここでは後者ととりたい。そして詠嘆的哀惜の情がこめられているようである。

十五夜くもり侍りしに

さらしなや風のはふりもかきくもる月にはこよひすきまそゆらん

（挙白集　九三八）

大意　十五夜くもり侍りしに

更級の里よ。鳥が羽ばたくように風が立っていてもかき曇っている。月のためには今宵はてぬかりがあって、引き締められず寛大なのであろうか。

意味がとりにくい歌である。特に下の句が。「すきま」は「乗ずべき機会、ゆだん、てぬかり」などの意がある。「ゆる」は、「引き締められずゆとりがある。寛大である。」などの意がある。『挙白集』は木下長嘯子（勝俊）の歌文集である。歌は二一一九首収めてある。一巻から五巻までが歌集で六巻から十巻までは文集である。最終的には山本春正の手によって編集された。作者は永禄十二年（一五六九）から慶安二年（一六四九）の人。和歌は細川幽斎に学んでいる。

山月映花

花にそふおぼろ月夜やなぐさまんさらしな山の春のさと人

（漫吟集　五六八）

大意　山月映花

桜の花をさそって咲かせる春のおぼろ月がでていることよ。この月を見て慰められるであろうか、いや慰められないであろう、春の更級山に出ている月を見てもここの里人たちは。更級の月は慰められないという言い伝えは、和歌の上で深く浸透している。秋の月が慰められないのだが、春のおぼろ月も慰められないだろうと想像している。『漫吟集』は契沖の家集。二〇〇八首おさめる。契沖は寛永十七年（一六四〇）から元禄十四年（一七〇一）の人。国学者であり僧でもある。特に『万葉集』の研究で知られ『万葉代匠記』が有名である。

河　読人不知

今さらにさらしな河のながれてもうきかげ見せん物ならなくに

（歌枕名寄　六六二四）

河　読人不知

大意

今になってまた、更科川が流れるように、生きながらえていても、なさけない姿を見せるものではないのに。

この歌は『新勅撰和歌集』巻第十九の一三〇九番、ほかに『古今六帖』（一五三六）、『夫木抄』（一一二二二）にもある。「ながれる」は生きながらえるの意がある。「うき」はいやだ、思うにまかせない、みじめである、なさけない、などの意がある。また「今さらに」と「さらしな河」の「さら」が同音で、更科川が引き出された。『歌枕名寄』は歌枕を国別に分類し、例歌が多く挙げられ、出典・作者などが記されている。歌数が非常に多い。

登蓮法師恋歌

さらじなど契りしものをかひもなく我をばすての山のはぞうき

（登蓮恋百首　六三）

大意　登蓮法師恋歌

あなたのもとを離れますまいと契ったのに、その甲斐もなく姨捨山ではないが私を捨てて行ってしまった。姨捨の名を持つ山の稜線のあたりを見るのはいとわしいものだ。

「さらじ」が「去らじ」と「更科」との掛詞。更科から「姨捨山」を連想し、「姨捨山」と「捨てられる」とこれも掛けて、技巧の混んだ歌である。『登蓮恋百首』は作者が平安末期の歌人で生没年未詳である。

五月雨のころ　権僧正永縁

さらしなの人にとはばや月澄までいくよになりぬさみだれのそら

（言葉和歌集　二六六）

大意　五月雨のころ　権僧正永縁

更科の里の人に訊ねてみたい。月が出ないで幾夜になったか。五月雨の空が今日も続いていることだ。

平易な歌である。『言葉和歌集』は平安時代末期に惟宗広言が編集した私撰集。現存するのは巻十一から巻十六までの四〇二首。惟宗広言は長承三年（一一三四）から承元二年（一二〇八）の人。

月のみやなぐさめがたきゆきのよのくもるもいかにさらしなのさと　（寂蓮無題百首　五七）

大意　月だけが慰めがたいのだろうか、雪の夜や曇っている時の月はいかがなものであろう。慰めがたいものであるよ、更科の里よ。

月だけが慰めがたいものではない。雪の夜も曇っている夜も見えない月であっても更科の里の月は慰めがたいものだ、ということであろう。『寂蓮無題百首』は寂蓮の百首歌、成立については、文治初年（一一八五）かまたは文治五年（一一八九）頃とする説があるようだ。寂蓮は新古今時代の有名な歌人である。

里月

詠めてもなぐさみぬべき身のうさに思ふもつらきさらしなの月　（師兼千首　四三一）

里月

大意　月を眺めても慰められないこの身のつらさに、思ってみるだけでもつらい更科の月よ。

『詠千首和歌』正二位行権大納言兼春宮太夫大学頭　藤原朝臣師兼とある。何事か身の上に辛いことがあって、月を見ても慰められない。まして更科の里に出る月は思うだけでも慰められない。ということで、更科の月がいかに辛い月であるかがわかる。作者師兼は生没年未詳。室町時代の人。天授二年（一三七九）に長慶天皇の命で詠進した千首。

詠千首和歌
里月

中務卿宗良親王

（宗良親王千首　四四一）

此さとに旅ねしつべくさら科や月の都のおなじ空とて

大意　里月

この里に旅宿りをすべきである更科の里よ、美しい都の空と同じ空として。更科の里の月は美しい、都の月も美しい。都の美しい月と同じなので、ここ更科の里に旅の宿りをすべきである。

という意であろう。宗良親王は後醍醐天皇の皇子。正和元年（一三一二）から元中二年（一三八五）。七十四歳没。長慶天皇・春宮（後亀山）の催した千首の詠進したもの。

『新編国歌大観』全十巻にて「をばすて」「さらしな」を調べてみた。ただし五音・七音のものは初句から結句まで索引にて調べられるが、「をばすて」の上に文字が入って七音になる場合、たとえば「またをばすての」などの場合は「をばすて」と入っていても調べられない。たまたま見つけた時は大変嬉しかったが、ごく僅かである。であるから見落しもあろうし、調べ尽したとは言えない。おおむね、「をばすて」「さらしな」というと二つの大きな意味に分かれよう。

①ある年齢になると姨捨山に捨てられて月を見て泣いている姨の姿を連想して、ここに出る月

はともかく慰めがたいということで歌枕となっている。
②月の名所で、田毎の月が美しいということである。

引用短歌一覧

あかしがた名におふうらにすむ月もなほのこりけるかげを見るかな／隆祐（名所月歌合　貞永元年　三九）……176
秋風にうつや衣も白妙の月の光にさらしなのさと／源通勝（通勝集　五五一）……302
秋風に雲の残らぬ有明けの月ぞかかれるをばすての山／藤原家隆（壬二集　二四四〇）……104
秋風に姨捨山の雲晴れて月澄み渡る佐良科の里／権大納言公行（菊葉和歌集　六五八）……184
あきかぜのくるればはらふ空になほひかりはあまる夜半の月かな／定家（歌合　文治二年　四九）……67
秋かぜの身にしむ夜はのねざめこそもののあはれのかぎりなりけり／越前（千五百番歌合　一二八三）……273
秋風の吹く大空の月のいろもただ里からのさらしなのやま／家隆朝臣（最勝四天王院和歌　三六七）……264
秋風のふく大空の月の色もたださとからの更科のやど／藤原家隆（壬二集　一八七七）……242
秋ごとになぐさめがたき月ぞとはなれてもしるやをばすての山／参議為氏（続後撰和歌集　三六〇）……79
あきにそむこころもたへずみか月のほのめくかげにさをしかのこゑ／家長（千五百番歌合　一二九三）……275
秋の月いづくはあれどなにしおふをば捨山の夜半の俤／伏見宮五世邦高親王（邦高親王御集　三四）……215
秋の月なぐさめかねしはてはまた雪もさらなるさらしなの里／三条西実隆（雪玉集　一七二〇）……301
秋の月又もあひ見むわが心つくしなはてそさらしなの山／皇太后宮大夫俊成（新千載和歌集　四一八）……232
秋の月又もあひ見んわが心つくしなはてそ更科の山／藤原俊成（長秋詠藻　四四）……249
あきのよのあかつきがたの月みればをばすて山ぞおもひやらるる／みなもとのさねあきらの朝臣（秋風和歌集　三八七）……182
秋のよの月すみぬれば更級のめぐりにおほき越の白山／松永貞徳（逍遊集　一二〇五）……309

秋の夜の暁がたの月みればをばすて山ぞ思ひやらるる／源信明朝臣（新千載和歌集　四五〇）……86
あきのよはよもさらしなと思ひしにをばすて山に雲のかかれる／慈円（拾玉集　一三六二）……112
秋は来ぬ露もあらしも月やまつそよさらしなの山のたまざさ／従二位藤原家隆卿（夫木和歌抄一三二八五　壬二集一四六六）……237
秋はなほなぐさめがたきうき世とは月にもしるやさらしなの里／飛鳥井雅有（隣女和歌集　一五五六）……290
秋深くる月のひかりに夜やさむき衣うつなりさらしなのさと／藤原家隆（家隆卿百番自歌合　八二一）……271
秋もやがて有明がたに成りにけりをばすて山の長月の月／藤原家隆（壬二集　一五〇）……104
秋よりはさびしきかげやまさるらんゆきに月みるさらしなの山／丹後（千五百番歌合　二〇一一）……276
あきらけきちかひも月にあらはれて末住よしと人はいふなり／権中納言師継（影供歌合　建長三年九月　二四一）……171
秋をへておほくの友をさらしなや我なぐさむる月は残りて／松下正広（松下集　八三七）……306
あくがるるこころの程は月もみよ千里の外のあり明のそら／雅経朝臣（石清水若宮歌合　正治二年　一九四）……161
明け易き空にぞいとどなぐさまぬ姨捨山のみじか夜の月／大江貞重（続千載和歌集　二九六）……82
あさづまや遠の外山にいづる日の氷をみがくしがのからさき／左大臣（老若五十首歌合　三六二）……271
あぢきなくなぐさめかねつさらしなやかからぬやまもつきはすむらむ／後鳥羽院御歌（続古今和歌集　四一二）……220
あづまぢやいづくはあれどさらしなの里とひ出づる夜はの秋かぜ／藤原康光（建保名所百首　五五二）……256
あなしやまひばらがしたにもる月をはだれ雪ともおもひけるかな／源俊頼（関白内大臣歌合　保安二年　基俊）……125
あはれとはみえやはしけんをばすてのおもひはなれしつきのひかりは／伊尹（一条摂政御集　一八二）……105
あまぐものはるるみそらの月影にうらみなぐさむをばすての山／西行法師（山家集　八八六）……117
あまぐもやいまさらしなにはれぬらし月すみわたるをばすてのやま／法橋顕昭（閑月和歌集巻第十　釈教歌　四九六）……177
あまぐもやいまさらしなにはれぬらむ月すみにけりをばすての山／法橋顕昭（万代和歌集　一六八六）……101

雨にこそ庵はたたねさらしなの月にさはりていく夜とまりぬ／源頼政（頼政集　二二三）……242
あやしくも慰めがたき心かなをばすて山の月も見なくに／小野小町（続古今和歌集　一八五〇）……80
あらし吹く山の月影秋ながらよも更科の里のしらゆき／定家朝臣（最勝四天王院和歌　三六六）……265
あらはさぬわが心をぞうらむべき月やはうときをばすての山／西行法師（新勅撰和歌集　一〇八四）……78
あらはさぬわが心をぞうらむべき月やはうときをばすての山／野径亭主（西行法師）（御裳濯河歌合　六六）……78
在明の月をたのめてまつよひに虫のねふくるさらしなの里／寂身法師（寂身法師集　一一四）……294
いかが見るこよひの影のさやけさを月になれたるさらしなの里／沙弥生蓮（石清水若宮歌合　正治二年　一五〇）……265
いかでかはなぐさめかねんさらしなやをばすて山の有明の空／慈円（拾玉集　九二三）……113
いかにいはむことのはもなし雪のうへに月すむ夜半のさらしなの里／権大納言（老若五十首歌合　三六一）……271
いかにしてふたつの山にいへゐせん春はみよしの秋はをばすて／慈円（拾玉集　一二三八七）……115
いかにしてをばすて山の月よりもいづものうらにてりまさるらん／よみ人しらず（夫木和歌集　一一四一一）……99
いかにせむ月はうき世の外とだになぐさめかぬるをば捨の山／藤原為家（為家集　五八二）……189
いかにせんをばすて山の月の秋かかる桜のさく世なりせば／釈正徹（草根集　一二四〇）……211
いかにせんをばすて山のみねの雲よ花なりけりな春の曙／慈円（拾玉集　四一七五）……113
いかばかりをばすてならずながめけむくもりしよはのなぐさめの月／兵衛（実家集　一四八）……186
いたづらにいくよのゆめかたえぬらむ月のさかりにさらしなのいほ／藤原光経（光経集　六四）……288
いづくとも月はわかじをいかなればさやけかるらむさらしなの山／隆源（堀河百首　七九七）……258
いづくにて月をあはれとおもひけむをばすて山の有明の空／宗祇（宗祇集　二六二）……213
いづくにも月のすむてふくまはあれどその名ぞたかきをばすての山／（朗詠題詩歌　一六九）……218

いづくにも月は一をいかにしてをばすて山はてりまさるらん／後嵯峨院御製（宝治百首　一五六〇）……155
いづくにも月はわかじをいかなればさやけかるらむさらしなのやま／隆源法師（千載和歌集　二七七）…229
いづくにもなぐさめがたきあきの月いかにすむらんをばすてのやま／宗尊親王（柳葉和歌集　一七八）…188
いでなばとなほなぐさめてをばすての山のはつらき月を待つかな／座主宮尊道（延文百首　八四四）……134
出でぬより月みよとこそさえにけれをばすて山のゆふぐれの空／藤原隆信朝臣（千載和歌集　二七八）…71
いにしへをおもひいづればさらしなや月になぐさむわが心かな／実材母（実材母集　三八一）……297
いひしらずせめても月のさゆる夜はうす霧わたるをばすての山／寂蓮（玄玉和歌集　一四一）……93
今さらにさらしな河のながれてもうきかげ見せん物ならなくに／読人不知（歌枕名寄　六六二四）……319
今もなほなぐさめかねつ秋の月あり明がたの更科のさと／皇太后宮大夫入道（民部卿家歌合　建久六年　一三七）…269
うき秋よ身をばさらじな更科のほかになぐさむ月はありとも／三条西実隆（雪玉集　一五一三）……300
うき雲は月やはらふさらしなやをば捨山のみねの秋風／家隆（老若五十首歌合　二六七）……84
うき身をばなぐさめつるに桜花いかにせよとかかくは散るらん／能因法師（能因法師集　六六）……75
うしとみし月に心をなぐさめてをばすてならぬ秋やしるらん／（霊元法皇御集　七八九）……216
うづらなく夕のそらのあはれまで月にふけゆくさらしなのさと／従二位範宗卿（夫木和歌抄　五六七二）…235
うづらなく夕の空のあはれまで月に深行くさらしなのさと／藤原範宗朝臣（建保名所百首　五五〇）…255
卯の花のかきねつづきのよそめにはただぬのがほにさらしなのさと／散位藤原為盛（為忠家初度百首　一七六）…261
うらみけるけしきやそらにみえつらんをばすて山をてらす月かげ／藤原敦仲（千載和歌集　一一四四）…70
恨みわび袖ばかりにやくもりけんをばすて山の秋のよの月／藤原家隆（壬二集　二四九九）……103
うれしきは花に風なきよしの山月はくもらぬさらしなの里／慈円（拾玉集　二五三五）……248

老いぬとてをばすて山の月みればこを思ふやみのあとはかもなし／湯浅正善（林葉累塵集第七秋　五〇六）…179
大方もなぐさめかぬる山里にひとりやみつるをばすての月／信生法師（信生法師集　二八）……………198
おとにきくをばすてやまの月かげはきみがやどにぞすみわたりける／空体房鑁也（露色随詠集　五〇五）…194
おも影もみしにはいかにかはるらんをば捨てならぬ山のはの月／関白左大臣（新葉和歌集　三三一）……90
思ひあればなほなぐさまでをばすての山をへだてぬ月のよすがら／下冷泉持為（為富集　二六五）………208
おもひいれてながむる夜半の月影は都の空もをばすての山／慈円（拾玉集　一三七九）…………………112
おもひつる心のくまも晴れぬればいづくの月もをばすての空／前僧都全真（石清水若宮歌合　正治二年　一九三）…161
思ひ出もなくてや我身やみなまし姨捨山の月見ざりせば／律師済慶（詞花和歌集　二八七）…………65
おもひやるをばすて山も月の比いつも心はみよしののおく／藤原家隆（壬二集　一八六）……………104
思ふことなぐさめけるは桜花をばすて山の月にますかも／能因法師（能因法師集　六七）……………75
おもふさへくもらぬ夜半の詠かなをばすて山のいにしへの空／宮内卿（老若五十首歌合　二四八）………169
思ふにもいまさらしなの秋のみかたへて世わたる月のさと人／三条西実隆（雪玉集　五一四二）………302
おもへ人まつ程ささぬ槙の戸にをばすて山の月ふくる夜を／（後十輪院内府集　一二〇三）…………217
かくしもはをばすて山もなかりけんひとり月みるふるさとの秋／藤原俊成（長秋草〈俊成〉　二〇一）…199
かくばかり心はれける月影を姨捨山となに思ひけむ／藤原俊成（長秋詠藻　四六四）…………………122
影さゆる月より外のうき雲に霰こぼるる更科のさと／藤原家隆（壬二集　一〇八四）…………………240
かけざりし浪にや影のやどるらんたかしの浜の秋の夜の月／師（影供歌合　建長三年九月　二四六）……268
かすが山みねに在明の月かげもみる我からはをばすての空／前大納言（春日社歌合　元久元年　三五）…167
風の音もなぐさめがたき山のはに月まちいづるさらしなの郷／土御門院小宰相（新後撰和歌集　三四二）…230

かたりしぞ今も身にしむさらしなの月をさながらみるここちして／三条西実隆（雪玉集　五八九二）……300
郭公なれもこころやなぐさまぬ姨捨山のつきに鳴く夜は／宜秋門院丹後（新後撰和歌集　一九一）……81
かづらきやたかまのみねに雲はれてあくるわびしき有明の月／雅経（千五百番歌合　一三四七）……164
かばかりはなぐさめかねじさらしなやをばすて山の月にはありとも／中納言（八重葎　二一三）……218
かへりけんそらもしられずをばすての山よりいでし月を見しまに／源　重光朝臣（後撰和歌集　六七五）……61
ききおきしほどともいはじさらしなやさらにぞ秋の月はさやけき／為継朝臣（影供歌合　建長三年九月　二三九）……280
君が行く所ときけば月みつつをばすて山ぞ恋しかるべき／貫之（続後拾遺和歌集　五四七）……84
君もこず人もとはずはしもつけやふたあら山と我やなりなむ／能因法師（能因法師集　四三）……74
清見がた有明の月をみぬ人の心をとめよなみのせきもり／少納言法印（民部卿家歌合　建久六年　一三八）……269
清見がたくまなき月をながめてもをばすて山をおもひこそやれ／相模（石清水若宮歌合　正治二年　一六八）……162
きよみがたくまなき月をみてもなほおほひぞいづるをば捨の山／清重（歌合　文治二年　六三）……170
草枕鹿のねそはぬ月にだになぐさめかねしさらしなの山／讃岐（和歌所影供歌合　建仁元年八月　八九）……278
くまもなき月のひかりをながむればまづをばすてのやまぞこひしき／西行法師（山家集　三七五）……220
くまもなきみそらに秋の月すめば庭には冬の氷をぞしく／左大弁（中宮亮重家朝臣家歌合　永万二年　六三）……175
雲とほき山ぢの月を人とはばいまさらしなのをば捨の空／大江匡房（明日香井和歌集　一〇〇五）……131
雲とほき山路の月を人とはば今更科のをばすてのそら／雅経朝臣（最勝四天王院名所御障子和歌　三六八）……157
雲はらふ風のはふりやさやけさもたがなす月のさらしなの山／下河辺長流（晩花集　二一七）……314
雲やなきをばすて山の秋のそら月ぞすみけるさらしなのさと／正三位家衡卿（夫木和歌集　一四七八〇）……98
雲やなきをば捨山の秋の空月ぞすみけるさらしなの里／家衡卿（建保名所百首　五四四）……252

くもるといふおもひばかりぞさらしなやをばすて山も月はいりけり／具親（千五百番歌合　一三四六）…164
くるしくはわれいかさまに信濃路や月にはこえじをば捨の山／松下正広（松下集　九九〇）……202
くれかかる秋の日影のさびしさもなぐさめかねつさらしなの里／按察使実継（延文百首　一九四二）……257
けふもなほなぐさめかねつさらしなやおなじむかしの山のはの月／飛鳥井雅有（雅有集　七八二）……295
けふも又しぐれの雨にぬらしけり木曾の麻ぎぬさらしなの里／香川景樹（桂園一枝　三七八）……315
ここにだになぐさめがたき月かげををば捨山にたれか見るらん／飛鳥井雅有（隣女和歌集　一二一六）…192
心のみをば捨山と住みなれし月にやどかるさらしなの里／三位侍従母（洞院摂政家百首　一五七一）……148
此さとに旅ねしつべくさら科や月の都のおなじ空とて／中務卿宗良親王（宗良親王千首　四四一）……322
此里のならひときけばさらしなやなぐさまれぬも月にうらみず／中臣祐臣（自葉和歌集・一八七）……298
木の葉こそうつろひにけれ人はいさ心もしらぬ姨捨のやま／住吉神主従四位上行摂津守臣津守宿称国冬上（文保百首　二六四九）…130
こむといひし月日を過すをばすての山のはつらき物にぞ有りける／よみ人しらず（後撰和歌集　五四二）…61
今宵われをばすて山の麓にて月待ちわぶと誰かしるべき／前大僧正覚忠（続古今和歌集　八七六）……81
こよひしもをばすて山の月を見て心のかぎりつくしつるかな／源俊頼（散木奇歌集　五三一・関白内大臣歌合　保安二年）…125
こよひしもをば捨山をながむればたぐひなきまですめる月かな／頓阿（草庵集　一二七九）……155
これにます都のつとはなきものをいざといはばやをば捨の月／中務卿宗良親王（新葉和歌集　三三〇）…92
これもさぞなぐさめかねし此春はいまさらしなの月やすみけん／後鳥羽院（源家長日記　二一六）……281
これもまたなぐさめかねつうの花の月かと見ゆるをばすての山／正三位季経卿（夫木和歌集　二三九四）…97
これも又なぐさめかぬるうの花の月かと見ゆるをばすての山／正三位臣藤原朝臣季経上（正治初度百首　九二五）…139
是やこの月見るたびに思ひやる姨捨山のふもとなりける／橘為仲朝臣（後拾遺和歌集　五三三）……64

ころもうつ音は河波やまかぜもひとつものなるさらしなの里／三条西実隆（雪玉集　五一四三）…………302
さえゆけばたにのした水おとたえてひとりこほらぬみねのまつかぜ／忠良卿（千五百番歌合　一九七五）…274
さえわたる月のくまなくみゆるかなをば捨山の有明の雪／入道左大臣実房（静空）（正治初度百首　一八六三）…87
咲きにほふ都の春の花見てもをばすて山にふくあらしかな／（挙白集　三二一〇）…………………216
さきぬともたれなぐさめむをばすてや月のかげしく夜はの卯花／松下正広（松下集　五七）…………203
さきぬとも世を卯の花のかげならんをばすて山の月なうつしそ／松下正広（松下集　五八）…………203
桜花ちるを惜しみし言の葉になみだの露の今朝は置くかな／能因法師（能因法師集　七〇）…………77
里の名を秋に忘れぬ月影に人やはつらきさらしなの山／俊成卿女（最勝四天王院和歌　三六四）………263
さとはあれて鹿ぞなくなるすが原やふしみの野べの秋の夕暮／左大臣（老若五十首歌合　二四七）………169
里わかず秋は心もあり明になほ月かげはをばすての山／従五位下行能登守臣源朝臣具親上（正治後度百首　三三四）…144
里わかずみるべき月の影なれどあかぬ心はをばすての山／寂蓮（老若五十首歌合　建仁元年二月　二一九）…168
五月雨のはれせぬころもやどりけりつきゆゑにこそさらしなの里／平親宗（親宗集　三五）…………292
さらじなど契りしものをかひもなく我をばすての山のはぞうき／登蓮法師（登蓮恋百首　六三）…………320
さらしなにかひなき月の色みても心ひとつををばすての山／関白（言はで忍ぶ　一一六）……………171
さらしなに都の月しまさらずはみすてて雁もこよひわたらじ／松永貞徳（逍遊集　一二七九）…………309
さらしなにやどりはとらじをばすての山までてらせあきのよの月／壬生忠見（忠見集　三三）…………109
さらしなに我はかへらじなきみつつよべどきかずとはばこたへよ／正遍昭（遍昭集　一二）……………239
更級の秋のこよひはしたはじよ都の嶺の月も名高し／後水尾院（後水尾院御集　四三九）……………312
さらしなの秋の月をばながむともみやこのはるのはなはわするな／藤原惟方（粟田口別当入道集一三二）…287

更科の里の秋かぜふくるよのたがなぐさめにころもうつらん／慶運法印（慶運法印集　一二三九）……259
さらしなの里のあるじを秋とへばおなじむかしの月ぞすみける／藤原範宗（範宗集　三八六）……287
さらしなのさとの草葉はうら枯れてかれずぞ人は月にとひける／藤原家隆（壬二集　七四六）……240
さらしなの里の草葉はうらがれてかれずぞ月にひとはとひける／藤原家隆朝臣（建保名所百首　五四七）…254
さらしなの里の月影夜寒にやなぐさめかねて衣打つ声／武者小路実陰（芳雲集　二四一三）……314
さらしなの里をばかれぬ月のよもとふべきものと人はまたれず／兵衛内侍（建保名所百首　五四六）……253
更科の里をばかれぬ月かげにまた音たえず打つ衣かな／阿闍梨宗尋（続門葉和歌集　三五九）……284
さらしなのさむきやまべのうのはなはきえぬゆきかとあやまたれつれ／兼盛（夫木和歌抄　二三九五）…232
さらしなの月吹くあらし夢にだにまだみぬ山の鹿ぞ鳴くなる／秀能（最勝四天王院和歌　三七〇）……262
さらしなの月みてだにも我はただ宮この秋の空ぞ恋しき／宗良親王（李花和歌集　三三二）……189
さらしなの月みむたびにおもひ出でよなぐさめがたく君をこふとは／飛鳥井雅有（隣女和歌集　一五八二）…289
さらしなの月やはわれをさそひこしたがすることぞやどのあはれは／藤原良経（秋篠月清集　六九）……243
さらしなの人にとはばや月澄までいくよになりぬさみだれのそら／権僧正永縁（言葉和歌集　二六六）…320
さらしなの山ぢにさけるしら菊の花もまばゆき秋の夜の月／藤原忠兼（夫木和歌抄　五九〇九）……234
更科の山路にさける白菊の花のまばゆき秋のよの月／太皇太后宮大進忠兼（中宮亮顕輔家歌合　一五）…266
さらしなのやまとびこえて行く雁はあきよりさきに月やみるらん／藤原範宗（範宗集　三〇四）……288
さらしなのやまとびこゆるかりがねもなぐさめかねて月に鳴くらし／則雅（摂政家月十首歌合　五八）…267
さらしなの山のあらしもこゑすみてきそのあさ衣月にうつなり／順徳院御製（続拾遺和歌集　三三二）…230
さらしなの山のすそゆくみなの川さこそはすまめ秋の月影／経平朝臣（影供歌合　建長三年九月　二四五）…268

さらしなのやまのたかねに月さえてふもとのゆきはちさとにぞしく／藤原良経（秋篠月清集　七四六）……243
さらしなの山のたかねに月さえてふもとの雪はちさとにぞしく／後京極摂政（夫木和歌抄　九〇八三）……235
さらしなのやまの月かげ見るときはむかしのひとぞさらにこひしき／恵慶法師（万代和歌抄　一九一二）……232
さらしなの山もおもはずわが心なぐさのはまにでる月をみて／下河辺長流（晩花集　二二八）……313
さらしなのやまよりほかにてるときもなぐさめかねつこのごろの月／凡河内躬恒（躬恒集　一七九）……247
さらしなの山よりほかにてる月もなぐさめかねつこの比のそら／躬恒（新古今和歌集　一二五九）……229
さらしなは心の中の里なれば月見るごとに身をやどすかな／寂西（弘長百首　三一五）……261
さらしなはさらにや月の名所をこよひ思はぬ人はあらじな／松永貞徳（逍遊集　一三〇〇）……310
さらしなは昔の月のひかりかはただ秋空ぞをばすての山／左少将定家朝臣（玄玉和歌集　一八二）……93
さらしなは昔の月の光かはただ秋風ぞをばすての山／藤原定家（拾遺愚草　六八七）……119
さらしなはをば捨山のふもとにていかでみやこに名をとどむらん／源俊頼（散木奇歌集　一三八〇）……127
さらしなもあかしもここにさそひきて月の光はひろさはのいけ／信定（六百番歌合　四一六）……279
さらしなもあかしもここにさそひきて月の光はひろさはの池／慈円（拾玉集　一六七〇）……248
さらしなもみ空やはれん池水にやどれる月の影さへは見し／俊恵法師（林葉和歌集　五〇六）……250
さらしなやあかしのうらもまだしらずみやこの月のかげぞのどけき／空体房鑁也（露色随詠集　五九）……294
さらしなや秋しもきその朝ぼらけ心にいづる山のはの月／松永貞徳（逍遊集　一〇一一）……310
さらしなやいづくの里もなぐさまず都を月のうちに見れども／松下正広（松下集　一〇一二）……305
更科やいなばの露を吹く風に田毎のつきのかげぞくだくる／鐡千坂（大江戸倭歌集　八九五）……285
さらしなや風のはふりもかきくもる月にはこよひすきまそゆらん／木下長嘯子（挙白集　九三八）……318

さらしなやこの里びともたよりあらばほかなるあきの月やみるらん／北条時広（時広集　一二二一）……297
さら科や里とふ人の心までなぐさめかぬる月の色かな／従三位政子（菊葉和歌集　六五九）……286
さらしなやさながら月も雪のよを秋にかへしてうつころもかな／松永貞徳（逍遊集　一三二一）……311
さらしなやさらでも秋はさびしきに木曾の麻衣月にうつなり／平景（恭堺）（大江戸倭歌集　九四二）……286
更級やさらに都の月に又なぐさめかねつよはのむら雨／松永貞徳（逍遊集　一六五八）……311
さらしなやきそのあさぎぬ袖せばみきたるかひなしむねしあはねば／前参議親隆卿（夫木和歌抄　一五五七四）……237
さらしなや月まつさとの夕やみにこころありてもとぶほたるかな／澄覚法親王（澄覚法親王集　九二）……298
さらしなやなぐさめかねし思ひかも月影みれば行くほたるかな／松下正広（松下集　二八七一）……305
さらしなや峰吹きおろす秋風に霧にしほれて出づる月かげ／後久我太政大臣（夫木和歌抄　五一一八）……238
更科や嶺ふきくだす秋風の霧にしをれていづる月影／大納言（最勝四天王院和歌　三六三）……264
さらしなややまのはいづる月みればなぐさめがたきあきはきにけり／飛鳥井雅有（雅有集　三一七）……296
さらしなや雪のうちなる松よりもはげしきものはわがたのむつま／恵慶法師（夫木和歌抄　一三八〇六）……239
さらしなやよしのの花もおしこめて秋の半の月にみるかな／木下長嘯子（挙白集　九二〇）……317
さらしなや夜ぶかき月に初雁の声吹きおくる嶺の松かぜ／牡丹花肖柏（春夢草　四四二）……308
さらしなやよわたる月のさと人もなぐさめかねてころもうつなり／（続古今和歌集　四七三）……232
さらしなや夜渡る月の里人もなぐさめかねて衣うつなり／女房（建保名所百首　五四一）……251
更級や我その山に捨てられんさやけき月をみる身とならば／禅秀（林葉累塵集第七秋　五〇五）……179
さらしなやをばすて山に月みると都にたれかわれを知るらん／藤原季通朝臣（千載和歌集　五一二）……69
さらしなやをばすて山にたびねしてこよひの月をむかし見しかな／能因法師（新勅撰和歌集　二八二）……73

さらしなやをばすて山にふる雪をなぐさめかねし月かとぞみる／正三位臣藤原朝臣経家上（正治初度百首　一〇六八）……140

更級や姨捨山の月は見じおもひやるだになみだ落ちけり／三条入道左大臣（新拾遺和歌集　四〇六）……87

佐良科やをばすて山の柴の戸にしばしも秋の月はくもらず／信実朝臣（夫木和歌集　八二六一）……100

さらしなやをばすてやまのうすがすみかすめる月に秋ぞこもれる／藤原良経（秋篠月清集　八〇九）……108

さらしなやをばすて山の月もなほこよひぞあきのかげはそふらむ／光俊朝臣（名所月歌合　貞永元年　四〇）……176

さらしなや姨捨山の有明のつきずも物をおもふころかな／伊勢（新古今和歌集　一二五七）……72

さらしなやをばすてやまのむかしより秋の心は月ぞ知るらむ／祝部成茂（続後拾遺和歌集　三五六）……85

さらしなやをばすて山のたかねよりあらしをわけていづる月かげ／正三位家隆（新勅撰和歌集　二五四）……77

さらしなや姨捨山の峯までもおもひやらるる夜半の月影／源有宗朝臣（新続古今和歌集　四六六）……89

さらしなやをばすてやまの夕時雨月見しよりも袖はぬれけり／権大僧都公朝（人家和歌集　一四五）……184

さらしなやをばすて山のむかしより月すむあきのなをぞのこせる／（五十首和歌　二〇）……219

さらしなやをばすて山の夜半よりもよしののおくの春の曙／慈円（拾玉集　五〇八）……114

さらしなやをば捨山のうす霞かすめる月に秋ぞこもれる／後京極摂政（夫木和歌集一五七六・千五百番歌合二七三）……99

さらしなやをばすて山もまだみぬに思ひしらする夜半の月かな／隆信朝臣（玄玉和歌集　一三九）……94

更科や姨捨山もさもあらばあれ唯我がやどの雲の上の月／後二条院御製（新後拾遺和歌集　三六三）……88

さらしなを心のうちにたづぬればみやこの月もあはれそひける／藤原良経（秋篠月清集　八四）……245

さらしなを春の秋にてながむれば霞もはてぬをばすての月／釈正徹（草根集　八四六）……210

信濃路や雲井に聞きし更科の里のしるべはをばすての山／有家朝臣（最勝四天王院名所御障子和歌　三六五）……158

しなのぢや月まつころの旅の空はただをばすての山のはの色／慈円（拾玉集　一四九〇）……115

信濃なるきそのあさ衣引きはへて夜るさへ月にさらしなの里／津守国助（続後拾遺和歌集　一〇三三）…231
信濃なるよもさらしなと思ひしを我をばすての山のはぞうき／藤原家経朝臣（続詞花和歌集　六三四）…128
死なばこそ相見ずあらめ生きてあらば白髪子らに生ひざらめやも／（万葉集　三七九二）……226
しらつゆのそでにやどかるあきのよは月ぞかたしくさらしなのさと／空体房鑁也（露色随詠集　三〇二）…293
しら露のたのめかおきし人はこできりのまがきにまつむしのこゑ／家隆（老若五十首歌合　建仁元年二月　二三〇）…168
白髪し子らも生ひなばかくの如若けむ子らに罵らえかねめや／（万葉集　三七九三）……226
白妙の月の宮人あやかけて織るてふ布やさらしなのやま／太田道灌（慕景集異本　六〇）……307
すみわたる月の光も浦さびて松風さゆるあまのはしだて／允成（石清水若宮歌合　正治二年　一八三）…159
そでのうへにくもらぬよはの雨すぎて月はくまなくすみよしのそら／越前（千五百番歌合　一四五一）…163
外よりもすみこそまされさらしなやをばすて山は月のやどかは／院のおほみうた（秋風和歌集　三八九）…183
空晴れてきれる雲だになきよはに月の桂の影のみぞする／前肥前守為真（中宮亮顕輔家歌合　一六）…266
たけの葉にあられふるなりさらさらにひとりはぬべき心ちこそせね／和泉式部（詞花和歌集　二五四）…283
旅のうさなぐさめかねてをば捨のよ寒の月を又見つるかな／（六帖詠草拾遺　一七〇）……216
旅の空をばすて山の月影にすみなれてだになぐさみやせし／藤原定家（拾遺愚草　九五）……120
たれもしれをばすてならぬ月を見てなぐさむやどの秋の心を／後光厳天皇（延文百首　四七）……133
契りおきしことをばすての山なれどよもさらしなとなをたのむかな／源俊頼（散木奇歌集　一三七九）…127
月出でばよも更科の夜半の空をば捨ならぬ秋の山かな／僧正慈円（最勝四天王院名所御障子和歌　三六二）…156
月かげにあくがれいづるあさぢかなたまものすみかくまもなしとて／（歌合　文治二年　六四）……170
月かげにかりとびこゆるおとすなり秋のながめはさらしなのやま／空体房鑁也（露色随詠集　二三七）…294

月影に庭のしば草霜さえてよる夏なきさらしなの里／少将丸（三井寺山家歌合　一八）……272
月影はあかずみるともさらしなの山の麓にながゐすな君／紀貫之（貫之集　七六三）……246
月影はあかず見るともさらしなの山のふもとにながゐすな君／つらゆき（拾遺集　三一九）……219
月きよみいく秋風かはらふらんをばすて山のみねのうき雲／覚性法親王（出観集　三七六）……197
月きよみ心すむよはいづくにも有りけるものをゝばすての山／藤原隆信（隆信朝臣集　二〇五）……137
月こよひ音羽の山の音に聞く姨捨山のかげも及ばじ／（衆妙集　三六八）……217
月さえてゆふしもこほるささの葉にあられふるなりさらしなのやま／従二位家隆卿（夫木和歌抄　一三一八四）……236
月すまん夕の空のけしきにてうづら鳴くなり更科の里／藤原俊成（兼載雑談　七一）……270
月すまん夕の空の気色にて鶉なくなり更科の里／藤原家隆（壬二集　九四六）……241
月といへば伯母すて山の秋の空ながむる宿はさらしなの里／寂蓮法師（寂蓮法師集　三一〇）……132
月はなほ哀れと物を思ふなりつれなき人は見ぬにやあるらん／能因法師（能因法師集　六九）……76
月ならぬ雪もありあけの冬の空くもらばくもれさらしなのさと／後鳥羽天皇（後鳥羽院御集　二六七）……260
月に君思ひいでけり秋ふかく我をばすての山となげくに／宗良親王（李花和歌集　三三一）……289
月にこそあくがれいでしをばすてのやまのはてらすあきのもみぢ葉／如願（如願法師集　二九四）……187
月になくをばすてやまのさをしかはなぐさめかねてつまをこふらし／親清四女（親清四女集　九二）……185
月にのみなぐさむ秋はさらしなのさとの心やしらですぎなん／散位正四位下臣藤原朝臣為相（嘉元百首　一八四三）……260
月に文たれかきつらね恨むらんをばすて山にわたる雁がね／松下正広（松下集　九〇六）……204
月のすむをばすてやまのしたつゆやむかしのひとのなみだなるらん／散位源頼政（為忠家後度百首　三七五）……152
月のみやなぐさめがたきゆきのよのくもるもいかにさらしなのさと／寂蓮（寂蓮無題百首　五七）……321

月はいまをばすて山の有明にしなののまゆみかけていでつつ／釈正徹（草根集　三九五一）………210
月はよな明石のうらもさらしなもただ見る人の心にぞすむ／慈円（拾玉集　三一〇八）………249
月日をもかぞへけるかな君こふるかずをもしらぬわが身なりけり／よみ人しらず（後撰和歌集　五四三）…61
月みては誰も心ぞ慰まぬをばすて山のふもとならねど／藤原範永朝臣（後拾遺和歌集　八四八）………64
月みてもおぼろけにやはなぐさまむかすみのうちの更科のさと／藤原為家（為家集　一二一〇）………291
月見てもなぐさみやせぬ鳴く鹿のこゑすみわたるをばすての山／聖護院竹夜叉丸（新三井和歌集　二三九）…182
月みてもなぐさむ人やさらしなの里にもたへて秋をへぬらん／頓阿（草庵集　五七六）………250
月みてもなぐさめかぬる秋をいはばやどこそ常にさらしなの山／飛鳥井雅康（雅康集　一七二）………299
月見てもなぐさめかねてなくしかのこゑすみのぼるをばすての山／後嵯峨院御製（夫木和歌集　四八二四）…98
月みればあかしのうらもさらしなのひとつながめのうちにぞありける／季経卿（石清水若宮歌合　正治二年　一四九）…265
月見ればころも手さむし更級やをばすて山の峯のあき風／鎌倉右大臣（実朝）（続千載和歌集　四五九）…82
月みればなぐさめがたしおなじくはをばすて山のみやこなりせば／藤原俊成（長秋草〈俊成〉　六七）…199
月みればなぐさめがたしおなじくはをばすて山の都なりせば／皇太后宮大夫俊成（玄玉和歌集　一九二）…94
月みればはるかにおもふさらしなの山もこころのうちにぞありける／後徳大寺左大臣実定（林下集　一一一）…246
月みればはるかにおもふさらしなの山も心のうちにぞありける／右のおほいまうちぎみ（千載和歌集　二八〇）…228
月もなほなぐさめがたきうきよとやかげすみはてぬをば捨のやま／飛鳥井雅有（隣女和歌集　二〇八〇）…192
月ゆゑにむかしの人もながめけんこころはづかしさらしなの山／覚性法親王（出観集　三七一）………295
月よりもなぐさめがたきながめかなをばすて山の夕ぎりの空／前中納言隆房（正治初度百首　八四八）…88
月よりもなぐさめかねつほととぎすをばすて山のあけぼののこゑ／清輔朝臣（夫木和歌集　二八二三）…98

月をこそたびねのともと思ひしになぐさめがたきをばすての山／権少僧都璋円（楢葉和歌集　六四九）…181
月をたれいづくもかくとながむらんありけるものをさらしなの山／木下長嘯子（挙白集　九一五）…………317
月をたれいづくもかくとながむらん有りけるものを更科の山／長嘯（林葉累塵集第七秋　五〇三）………179
月をのみ思ひ出にするうき身かなことしもこぞもをばすての山／慈円（拾玉集　五三六二）……………111
月をまつくものはたてのおりかけてよるまでぬのをさらしなのさと／飛鳥井雅経（明日香井和歌集　七一〇）…258
つきをみてあかぬ心はなにたかきをばすてやまのかげぞゆかしき／藤原公重（風情集　四二九）…………195
月をまつたび寝の床のささの葉に嵐ふくなりさらしなの里／香川景樹（桂園一枝　七四一）………………315
月を見ばをばすてやまのあきのそらなぐさめかぬるこころありとも／大江匡房（明日香井和歌集　八四〇）…131
妻恋をなぐさめかねてをば捨の山ならぬ月に鹿や鳴くらん／後水尾院（新明題和歌集　二〇九七）………180
妻ごひはなぐさめがたき秋ぞとやをばすて山に鹿のなくらん／蓮愉宇都宮景綱（沙弥蓮愉集　三〇三）…185
照る月に人こそあらめをばすてやなにぞは鹿のこゑ恨むらん／松下正広（松下集　一四六一）……………203
照る月にをばすてならばさもこそは心の色を人に見えぬる／松下正広（松下集　一九〇三）………………201
てる月は姨捨山もことふりぬこのやどにてぞみるべかりける／但馬（歌合　文治二年　五〇）……………67
照る月をみし世へだててさらしなや峰なる寺も秋霧の空／後柏原院（柏玉集〈後柏原院〉七九五・一九四八）…307
遠山田いなばの風はほのかにていほもるひたのさ夜ふかきこゑ／雅経（老若五十首歌合　二六八）………84
としもへぬわれ思ひしれ秋の月猶行するもをばすての山／慈円（拾玉集　五三六七）……………………111
とにかくにいまさらしなにいはしみづはやさだめてよ右はまさると／小野宮右衛門督君達（謎歌合　八）…282
とにかくに月に心ぞなぐさまぬをばすて山の五月雨の比／散位従五位下鴨県主長明上（正治後度百首　六二五）…142
とひくやと人まつよはは宮ここにもをばすて山の月を見るかな／飛鳥井雅康（雅康集　一八三）…………214

長月の十日余のみかのはら川なみ清くすめる月かげ／藤原家隆（家隆卿百番自歌合　八一）……………270
ながむればみやこもかなしさらしなやをばすて山に出づる月かも／散位隆実（正治後度百首　四三三）…141
ながむれば昔にかへる心かな月やなになるをばすての秋／兼経（石清水若宮歌合　正治二年　一八四）…160
詠めてもなぐさみぬべき身のうさに思ふもつらきさらしなの月／藤原朝臣師兼（師兼千首　四三一）……321
ながめやるこころのすゑもとまれとや月にやどかすひろさはの池／兼宗（六百番歌合　四一五）……………279
ながめわびぬこころを秋にとどめじとておもひすつれどさらしなの里／保季朝臣（千五百番歌合　一二八二）…273
ながれてはさらしな川と思はずはよのうきせをばいかでわたらん／小沢蘆庵（六帖詠草　一四一一）…………308
なきまさるおのがこゑにやきりぎりすふけゆくよはのほどをしるらん／顕昭（千五百番歌合　一五五八）…165
なぐさまずいづれの山もすみなれし宿をばすての月の旅ねは／藤原定家（拾遺愚草　一四七九）…………221
なぐさまぬ秋をないひそ月かすむをば捨山の春の明ぼの／（漫吟集　三五三）………………………………217
なぐさまぬあはれを月にかこちてや鹿も鳴くらんをば捨のやま／法印実勝（続門葉和歌集　三〇七）……181
なぐさまぬ心なればやさらしなの月みるさともすみうかるらん／宗良親王（李花和歌集　三三三）………189
なぐさまぬ心に月のめぐりきて昔にかへるをばすての空／嘉陽門院越前（夫木和歌集　五一七四）…………97
慰まぬ心はあらじ桜花姨捨山の月を見るとも／出羽弁（栄花物語巻第三十六　根あはせ　五一六）…………176
なぐさまぬ月はいかなる色ならん千さとの外のをばすての山／座主宮尊道（延文百首　三二四六）…………134
なぐさまぬなみだに月のくもるよりうき身をあきのをばすてのやま／法親王静（閑月和歌集巻四　秋歌上　二一三）…178
なぐさまぬ習ひながらも澄む月をあかずやみましをば捨の山／（芳雲集　二〇九七）……………………………217
なぐさまぬ身のならはしに年くれぬかくてやつひにさらしなの月／松下正広（松下集　二七四〇）…………304
なぐさまば老の涙やわすれまじをばすて山の月ならずとも／准三后（隠岐高田明神百首　四六）……………218

なぐさむる程こそなけれよひのまにわけて入りぬるさらしなの月／基俊（内大臣家歌合　元永二年　四二）……277
なげきけん昔の人のけしきまでおもひしらるるをばすての山／女房越前（正治後度百首　九三三）………143
夏のよのよのまをだにもなぐさめよをばすて山の山のはの月／慈円（拾玉集　二一一四）…………114
なにごとのつらさしれとてはつかりのつきにはいたくねのみなくらむ／教顗（摂政家月十首歌合　五七）…267
名にしおふをばすて山にてる月も雲ゐの秋をみしごとはあらず／宗良親王（李花和歌集　三三四）………189
なにたかきほどぞしらるるさらしなや月すむ秋のをば捨の山／為教朝臣（影供歌合　建長三年九月　二四一）…171
なにたかきをばすてやまの月故にこころぞとまるさらしなのさと／藤原公重（風情集　七五）…………195
名にたかきをばすてやまのかひなれや月のひかりのことにみゆらむ／建礼門院右京大夫（建礼門院右京大夫集　四九）…151
名にたかきをばすて山の月影も秋はことにぞ照りまさりける／右京大夫（中宮亮重家朝臣家歌合　永万二年　六四）…176
名に高き姨捨山も見しかども今夜ばかりの月はなかりき／藤原為実（詞花和歌集　二八八）…………66
名にはあれいざさらしなと秋の月思ひし外のをば捨の山／三条西実隆（雪玉集　一三七一）…………209
名も高くすみのぼりてや更級の月は里わく光そふらん／後水尾院（後水尾院御集　五八三）…………313
名をえたるをばすてやまの月なればいまさらしなになにかいふべき／藤原重家（重家集　九二）…………124
花にそふおぼろ月夜やなぐさまんさらしな山の春のさと人／契沖（漫吟集　五六八）…………318
花のせもみるべきものをやすらはでとくも入りぬるさらしなの月／ふぢはら興風字院藤太（紀師匠曲水宴和歌　一二）…278
ははきぎはちかおとりすといふなるをばすて山のみちにいはなん／藤原定頼（定頼集　三二五）………196
はるかなる伯母捨山の月影をふもとの里にみすましぞする／桜井基佐（基佐集　一三六）…………214
はるかなる月のみやこに契ありて秋のよあかすさらしなのさと／前中納言定家卿（夫木和歌抄　一四七七九）…236
はるかなる月の宮こに契ありて秋の夜あかすさらしなの里／藤原定家（拾遺愚草　一二四六）…………247

はるかなる月の都に契ありて秋の夜あかす佐良科のさと／定家卿（建保名所百首　五四三）……………252
春ぞ猶なぐさめかぬる山の端に霞みてかかるをばすての月／（耕雲千首　七八）……………………218
はるとてもはなをやは待つさらしなやおぼろ月よのをば捨の山／藤原隆信（隆信朝臣集　五〇）……………137
はるの夜のおぼろ月よやいかならんかすめるころのさらしなのさと／澄覚法親王（澄覚法親王集　五）…291
はるばると月見るそらにあくがれて心にこゆるをばすての山／季能卿（千五百番歌合　一四五〇）………163
はれしぐれむら雲いづる月みればくまなきよりもめづらしきかな／範光朝臣（石清水若宮歌合　正治二年　一六七）…162
ひかりそふ月とは見えじさらしなの姨捨山も都ならねば／飛鳥井雅世（雅世集　一四四）……………215
久かたの雲井の月の影やすむなぐさみかねぬ姨撤月の山／性脩（永享百首　四四七）……………146
久方の月に夜舟も出でやらで浪吹きよするすまの浦風／沙弥禅信（影供歌合　建長三年九月　二四〇）…280
ひさかたの月はひとつをばすての山からことに見ゆるなりけり／藤原家経（家経集　二五）……………186
久方の月はひとつをばすての山からことにみゆるなりけり／藤原家経朝臣（続詞花和歌集　一八二）…96
人心いかなる花の本にても我たちよらばをばすての月／松下正広（松下集　一七四九）……………202
人ごとによもさらしなとおもひしをきくにはまさるをばすての月／藤原清輔（清輔朝臣集　一三九）……116
人はいさをばすて山の月を見てなぐさめにけるわが心かな／前の麗景殿（松陰中納言物語　九〇）……219
ひらくべきさとりやちかく成りぬらんさらにむかしのゆめぞかなしき／藤原隆信（隆信朝臣集　九三七）…135
吹きはらふ嵐は雲を光にて月ぞ名高きさらしなの里／烏丸光広（黄葉和歌集　五七）……………316
船とむるあかしの月の有明に浦より遠のさをしかのこゑ／釈阿（和歌所影供歌合　建仁元年八月　九〇）…278
ふるさとにひとりも月を見つるかなをばすてやまをなにおもひけん／釈阿（千五百番歌合　一五五九）…165
旧郷は浅茅が末になりはてて月に残れる人の面影／藤原良経（後京極殿御自歌合　建久九年　一八四）…173

ふるさとはわれまつかぜをあるじにて月にやどかるさらしなのやま／藤原良経（秋篠月清集　八四三）…245
ふるさとはわれまつかぜをあるじにて月にいでこしさらしなの山／左大臣（千五百番歌合　一二九二）…275
古郷はわれまつ風をあるじにて月にいでこしさらしなの山／後京極摂政（夫木和歌抄　八八一三）……236
故郷を思へばいく重こえ過ぎて見る夜の月もをばすての山／（鈴屋集　一四三五）……………217
ほかよりもすみこそまされさらしなやをばすて山のつきのやどかは／後嵯峨院御製（和漢兼作集巻第七　秋部中　六八五）…178
まきもくのきしのこまつにゆきふればひばらがすゑに雲ぞかかれる／後鳥羽院（千五百番歌合　一一〇一〇）…276
まぎらはす時こそなけれ春の花めでてもやがて佐良科の月／松下正広（松下集　六〇九）………304
枕ゆふかたこそなけれすがはらやふしみにきてもをばすての月／（柿園詠草　五三四）…………217
まことにやをばすて山の月はみなよにさらしなのあたりと思ふに／赤染衛門（赤染衛門集　五七一）……63
誠にや姨捨山の月は見るよもさらじなどおもふわたりを／赤染衛門（後拾遺和歌集　一〇九一）………62
まさご行くちくまの川にうつりきてをばすて山をいづる月影／忠定（宝治百首　一五七二）………156
ますかがみ影には雪をみせながら月は老せぬをばすての山／（漫吟集　一四四八）……………217
まだしらぬをば捨山も月といへば心にならすさらしなの里／女房宮内卿（正治後度百首　八三〇）……142
まだ知らぬをば捨山を尋ぬれば月こそ秋のしるべなりけれ／但馬（洞院摂政家百首　六九五）……148
松かぜにうきたる雲をはらはせて暮行く空はをばすての山／慈円（拾玉集　四七七五）…………111
まつほどはいとど心ぞなぐさまぬをばすて山のあり明の月／八条院六条（千載和歌集　一〇〇六）………69
まどほなるきそのあさぎぬ七夕にけふやたむけてさらしなの里／惟宗光吉（光吉集　八七）…………292
みがきいでぬこよひはさらに更しなの山も思はぬ雲の上の月／飛鳥井雅康（雅康集　一六八）…………299
みかさ山さしも梢は神さびていく世か残る在明の月／丹後（春日社歌合　元久元年　三六）……………167

みし秋の月よりのちも慰まず雪のあしたのをばすての山／藤原家隆（壬二集　一六七五）……102
見し秋の月より後もなぐさまず雪のあしたのをばすての山／上総介藤原家隆（御室五十首　五八六）……145
みじかよのあかぬ名残をかさねてやさし出づる月のくまなかるらん／観蓮（三井寺山家歌合　一七）……272
道かはるをば捨山のあきのそらみやこの月に何のこるらん／藤原惺窩（惺窩集　一三三）……213
みつつわれなぐさめかねつさらしなのをばすてやまにてりしつきかも／凡河内躬恒（躬恒集　八四）……123
みても猶なほたぐひなきひかりかな月すみのぼるさらしなの山／有教（宝治百首　一五七五）……259
見ても猶あかぬなごりかすむ月にしたひ忘れぬ姨捨の山／僧実俊（朝棟亭歌会　九七）……218
峰たかきをばすて山の木末よりさしいづる月の光をぞみる／源俊頼（散木奇歌集　九四七）……124
身のうさぞなぐさめがたきさらしなの山よりいづる月は見ねども／飛鳥井雅有（隣女和歌集　二四四五）……290
身のうさはわすれざりけり思ひいでにをばすて山の月はつつれど／（佚名歌集　二九）……218
身のゆくへなぐさめかねし心にはをばすて山の月もうかりき／中務卿宗良親王（新葉和歌集　三三二）……90
都おもふ心を今夜なぐさめとをば捨山の月やすむらん／（逍遊集　一四三九）……218
宮こだになぐさめかぬる月影はいかがすむらんをば捨の山／俊恵法師（林葉和歌集　五〇二）……117
みやこにてみしにかはらずありあけの月はすみけりをばすての山／塩谷時朝（前長門守時朝入京田舎打聞集　二八六）……200
都にてみしにやにたる秋の月いづこはあれど佐良科の里／藤原知家朝臣（建保名所百首　五四九）……255
都にも秋の半はあるものをたれながむらんをばすての月／（挙白集　九三四）……216
都にも有りけるものをさらしなやはるかにききしをばすての山／宮内卿（古今著聞集　二三五）……172
都にもおなじ鏡をかけ出づる遠山鳥のをばすての山／正徹（正徹千首　三六六）……145
みやこにもなぐさめかねつをば捨のつきぬおもひや秋のゆふぐれ／姉小路基綱（卑懐集　二二八）……205

都よりいく夜の草をむすびても月を思はばをば捨のやま／沙弥寂蓮（正治初度百首　一六四六）……139
みやまふくよもの木がらしさえそめてまきの葉しろくはつ雪ぞふる／女房（千五百番歌合　一八三〇）…282
みよし野やをばすて山の春秋もひとつにかすむ雪のあけぼの／後京極摂政（夫木和歌集　七三〇七）……100
三吉のやをばすて山の春秋もひとつにかすむ雪の曙／藤原定家（拾遺愚草　二四七二）……120
みよし野やをばすて山よいかにして月と花とに契りそめけん／藤原家隆（壬二集　八六）……105
見るからぞ秋やは人をなぐさめて光をそへんさらしなの月／正徹（草根集　三八六四）……302
みるごとにをば捨山のかずそひてしらぬさかひの月ぞ悲しき／まつらのみやの参議氏忠（風葉和歌集　六〇〇）…174
みる人の心のあきにむさしのもをばすて山の月やすむらん／（後十輪院内府集　一六五〇）……217
むかしおもふ人だにあらじさらしなやをばすて山に月はすむとも／藤原隆祐（隆祐集　一三九）……149
めぐりあはむそのよはいづくさらしなやをばすてやまの月をわするな／大江匡房（江帥集　二四五）……128
めぐりくる月と秋とはむかしにてすむ人かはるさらしなのさと／大中臣隆重（御裳濯和歌集　四一〇）…284
ものおもふ袖にも月のくもらずはゆきてもすまん更科のさと／藤原家隆（壬二集　六五九）……241
物おもふこころのやみのはれぬにはみるかひもなしをばすての月／信生法師（信生法師集　二九）……198
もろともにをばすてやまをこえぬとはみやこにかたれさらしなの月／宗良親王（李花和歌集　七〇六）…191
山かぜにしぐるる色をさらしなややがてはるけん月のかげかな／松下正広（松下集　三三二七）……306
やまさむみ衣手うすしさらしなやをばすての月に秋ふけしかば／鎌倉右大臣（実朝）（金槐和歌集　二八五）…83
山のはの月をわすれてあはれ我がそらごと人に成りやしぬらん／康資王母（康資王母集　一四一）……107
山のはをまつもをしむも月ゆゑになぐさめがたきさらしなのさと／飛鳥井雅有（隣女和歌集　二二〇二）…290
やまふかみみやこをくものよそに見てたれながむらむさらしなの月／藤原良経（秋篠月清集　一一九七）…244

行きてみむおもふことのみたがふ身はなぐさみやする姨捨の月／契沖（林葉累塵集第七秋　五〇四）……179
ゆきてみんほかには月もさらしなやをばすて山の在明の空／中総権大輔藤原有家（御室五十首　四七六）146
ゆきとまでまだきおぼめくいろなれやをばすて山のあきのよの月／空体房鑁也（露色随詠集　三一三）…193
ゆきのうちにこしのしらやまみわたせばくもにくもらぬさらしなの月／良平（千五百番歌合　一九七四）…274
ゆきのよのひかりもおなじみねの月くもるぞかはるさらしなのさと／藤原良経（秋篠月清集　四四三）…244
よしさらばなぐさめかぬる身のうさををばすて山の月にかこたん／頓阿（草庵集　五三〇）…………153
よしさらば見ずとも遠くすむ月をおもかげにせん姨捨のやま／尭恵（下葉集　五五一）…………211
よしさらばをば捨の月はみじさしてもうさのなぐさまぬ身は／正二位行権大納言臣藤原朝臣経継上（文保百首　一三四七）…129
よしや又宮この夢もさらしなやをば捨山の月のかりふし／牡丹花肖柏（春夢草　一二一五）…………212
よそに聞くをばすて山も何ならし宮古の空にてる月をみて／飛鳥井雅世（雅世集　七六三）…………216
世にふともをばすて山のつき見ずばあはれもしらぬ身とぞならまし／藤原範永朝臣（万代和歌集　九七五）…101
世の中よいづくにすまばこのごろはをばすて山の月をみざらむ／三条西実隆（雪玉集　一二一七・五八七三）…209
よひのまに出づる影だにさやかなり月みつ空を思ひこそやれ／女房上総（内大臣家歌合　元永二年　四一）…277
詠めわびぬこれもこころのおもひかなかくてふりぬる更科の月／具親（最勝四天王院和歌　三六九）……263
夜もすがらをばすて山の月をみてむかしにかよふわが心かな／藤原清輔（清輔朝臣集　一一九）…………116
わが庵はをばすて山の麓かはなぐさめがたき秋の月かな／藤原俊成（長秋詠藻　五三三）…………122
わが心さてしもいとどなぐさまず今更しなの月はみれども／僧正行意（建保名所百首　五四二）…………251
わがこころなぐさめかねつわぎもこはをばすて山の月ならねども／慈円（無名和歌集　一一五）…………193
わが心なぐさめかねつさらしなやをばすて山にてる月を見て／よみ人しらず（古今和歌集　八七八）……60

わが心なぐさめかねつわぎもこはをばすて山の月ならねども／慈円（拾玉集　三八六）……113
わが心なぐさめかねていく世へぬをばすて山の月はみねども／後鳥羽天皇（後鳥羽院御集　一〇四二）…153
わが心なぐさめかねてみしかどもをばすてならぬ山のはの月／寂蓮法師（寂蓮法師集　九九）……132
わが事はえもいはしろのむすび松ちとせをふともたれかとくべき／小野宮右衛門督君達（謎歌合　七）……282
わがやどはをばすてやまにすみかへつみやこのあとを月やもるらむ／藤原良経（秋篠月清集　六八）……108
我が宿はをばすて山に住みかへて都の跡を月やもるらん／藤原良経（後京極殿御自歌合　建久九年　一八三）…173
わしの山思ひやるこそとほけれど心にすむぞ有明の月／山家客人（西行法師）（御裳濯河歌合　六五）……78
わするなよをばすて山の月みても都をいづるあり明のそら／右衛門督頼実（千載和歌集　四九六）……70
わすれなむなぐさめかねし山のはの空を秋とはさらしなのさと／俊成卿女（建保名所百首　五四五）……253
われとしもさそはぬ月にしをれきぬ誰をうらみん佐良科の里／藤原忠定朝臣（建保名所百首　五四八）…254
をざさはらあられふる夜ぞおもひいづるいまさらしなにひとりのみねて／内大臣（千五百番歌合　一八三一）…283
をば捨の月にまたねどほととぎすなぐさめかねつよそのことのは／猪苗代兼載（閑塵集　八五）……205
をばすての月をしめでじみと川そこをのみこそしのびわたらめ／つらゆき（古今和歌六帖　一五六三）…95
をばすての月をもめでじみこと河ながれてきみが聞きわたるべく／（歌枕名寄　六七二三）……218
をばすてのなぐさめがたき月かげもいとかばかりはながめざりけむ／二条太皇太后宮大弐（二条太皇太后宮大弐集　一〇二）…187
をばすての山となりにし我なればいまさらしなに関守もなし／能因法師（能因法師集　四四）……74
をばすての山にすまねどうき秋のなぐさみがたき月の色かな／後崇光院（沙玉集Ⅱ　六四八）……206
をばすての山の秋風早夜ふけて木曾の麻衣月にうつなり／太政大臣（兼載雑談　四三）……159
をばすての山の嵐に雲きえて月すみわたるさらしなのさと／民部卿光資（新葉和歌集　三一九）……91

をばすての山のけしきのしるければいまさらしなに照らす月かげ／清輔（今撰和歌集　二一三）……96
姨捨の山の月影みし夜よりまたなぐさまぬここちこそすれ／伊尹（一条摂政御集　一八一）……105
をばすての山のはいづる月影のかたぶくまでにすめる空かな／藤原家隆（壬二集　四四四）……103
をばすての山のはいづる月影のかたぶくまでにすめる空かな／上総介藤原家隆上（正治初度百首　一四四七）…138
をば捨の山のはの月忘られず思ひ出でけりみるぞ嬉しき／康資王母（康資王母集　一四二）……106
をばすてのやまはいかなる秋なれば外にこえたる月はすむらん／後崇光院（沙玉集Ⅱ　七八二）……206
をばすてのやまは心のうちなれやたのめぬよはの月をながめて／藤原良経（秋篠月清集　一五九）……107
をばすての山はよそなる月みても物おもへとや猶かすむらむ／下冷泉持為（為富集　二八）……207
をばすての山もたづねじ卯花のかきねよりこそ月は出でけれ／慈円（拾玉集　三九二六）……110
をばすての山よりいづる月を見て今さらしなに袖のぬれぬる／慈円（拾玉集　三七〇三）……110
をばすての山より月のいづるにもそもさらしなの秋の空かな／藤原行能（建保名所百首　五五一）……256
をばすての山をば知らず月見るはなほ哀れます心地こそすれ／能因法師（能因法師集　六八）……76
をば捨の山をもしらずわが心なぐさのはまにすめる夜の月／三条西実隆（雪玉集　七八三〇）……208
をばすてはしなのならねどいづくにも月すむみねの名にこそ有りけれ／西行法師（山家集　一一〇七）…118
をばすてや空もひとつにながむれば月のふもとのさらしなの里／覚勝（洞院摂政家百首　解題　一三二一）…147
をば捨や月すむよはの村雲をはらひなれたる秋の山風／珍誉（東撰和歌六帖抜粋本　二七三）……182
をばすてや月吹きはらふ山風にをざさがうへのさらしなの里／牡丹花肖柏（春夢草　五四五）……212
をばすてや月みぬさきのこころだになぐさめかねつ秋のゆふ暮／藤原景綱（新和歌集巻第三　秋歌　一九六）…178
をばすてをいつか越えけん逢坂をこよひぞいづるもち月のこま／頓阿（草庵集　五一〇）……154

第三章　俳文俳句に見る姨捨

『更科紀行』

和歌について長らく筆を進めてきた。だいたい調べ尽したので少しだけ俳句を見てみたい。

松尾芭蕉の『更科紀行』を見てみよう。松尾芭蕉は、江戸前期の俳人。伊賀上野の人。閑寂の美という蕉風俳諧をうちたてた人。句集に「芭蕉七部集」俳文紀行に『奥の細道』『野ざらし紀行』『笈の小文』『更科紀行』などがある。門人も多く、名句を残した。

さらしなの里、をばすて山の月見ん事、しきりにすゝむる秋風の心に吹きさはぎて、ともに風雲の情をくるはすもの、又ひとり越人と言ふ。

大意　更科の里の姨捨山の名月を見ようと、しきりに勧める秋の風が私の心に吹き騒いでいる。そんな時、私と共に風や雲のようにさまよう漂泊の旅への思いに心をくるわせた者、また一人いて、その名は越人といった。

「更科の里」は長野県更埴市。越人は越智十蔵。芭蕉の門人。姨捨山は前にも述べたが「わが心なぐさめかねつさらしなやをばすて山に照る月を見て」の歌を中心にした歌物語や、多くの歌人に詠まれているので、『笈の小文』の帰途立ち寄ってみたくてたまらなくなった。越人も同じ心であったので行くことになった。木曾街道の山深い険しい道を大変に難儀しながら、やっとの思いで更科に着いた。木曾路の大変さは省略し、この時できた多くの俳句の中から、姨捨山に関わるものだけぬいてみる。

俤《おもかげ》や姨《をば》ひとりなく月の友　　芭蕉

大意　姨捨山にはまことに美しい月の光が差している。昔の伝説の姨を思ふと、あわれも一入である。あの山に捨てられ、ひとりで月を見ながら泣いていた姨の俤を心にしながら、しばらく観月の友として幽寂の境にひたろう。

いざよひもまださらしなの郡《こほり》哉《かな》　　芭蕉

大意　姨捨山にかかった美しい十五夜を見ることができて満足したのだが、まだこの地を去りかねて、十六夜の月も見ながら、更科の郡にとどまっていることよ。

さらしなや三よさの月見雲もなし　　越人

大意　月の名所の更科に来て、十五夜を堪能し、さらに十六夜も見られ、また、今宵三晩も月見をしたが、三夜ともよく晴れて雲一つなく、美しい月を見ることができたことだ。

『更科紀行』の俳句は全部で十三句。内越人の句が二句ある。姨捨山に関わる句はこの中で芭蕉二句、越人一句となっている。尚この旅は元禄元年（一六八八）八月であった。

長楽寺境内の観月堂へ登る石段の左に芭蕉の句碑がある。台座二十一センチ、本体の高さ二メートル十五センチ、幅は台座が一メートル十センチ、本体五十四センチ、奥行三十九センチの角柱である。石質はあまり良くないので欠けたりしているが、文字はどっしりしていてはっきり読める。正面に「芭蕉翁面影塚」とあり、右横には「おもかげや姨ひとりなく月の友」とある。左横には「東都松露庵烏酔門人　信一州連合資樹立」とある。裏に「明和六秋八月望」となっている。長楽寺境内にはその他多くの句碑、歌碑が庭も狭しと並んでいるのだが、何といってもこの芭蕉の句碑が中心である。仲秋の明月をここで見られた芭蕉の心中はいかばかりかと思われる。

『芭蕉文集』

『芭蕉文集』に「二〇　更科姨捨月之辨」として、『更科紀行』の文が出ているのだが『更科紀行』とはだいぶ異同があって、姨捨山などの描写がこまかい。

あるひはしら﹅・吹上《ふきあげ》ときくにうちさそはれて、ことし姨捨の月みむことしきりなりければ、八月十一日みのの国をたち、道とほく日数すくなければ、夜に出《いで》て暮《くれ》に草枕す。思ふにたがはず、その夜さらしなの里にいたる。山は八幡といふさとより一里ばかり南に、西南によこをりふして、冷《すさま》じう高くもあらず、かど〳〵しき岩なども見えず、只哀《あはれ》ふかき山のすがたなり。なぐさめかねしと言《いひ》けむも理《ことわ》りしられて、そゞろにかなしきに、何ゆへ(ゑ)にか老《おい》たる

人をすてたらむとおもふに、いとど涙落《おち》そひければ、

俤《おもかげ》は姨《をば》ひとりなく月の友　　はせを

いざよひもまださらしなの郡《こほり》哉　　同

大意　あるいは、白良、吹上と月の名所の平曲の一節を聞くにつけても心が促されて、ことしは姨捨山の月を見たいという気持ちがしきりにしたので、八月十一日、美濃の国を出発した。道が遠く、八月十五日の仲秋の月までの日数が少ないので、夜のうちに出発して、日が暮れてから宿をとった。予定通り、名月の夜、更科の里に着いた。姨捨山は八幡という里から一里程南にあって、西南に横たわっていて、すごく高くもなく、ごつごつした岩なども見えず、ただ、しみじみと胸にせまってくる山の姿であった。「なぐさめかねつ」といったのももっともなことだとうなずけて、むしょうに悲しくて、どうして老いた人を山に捨てたのかと思うにつけても、ひどく涙が落ちたことだ。

俳句の解釈は省くが、「俤は」となっている。二句目の「まださらしなの」は「まだ去らない」「更科の」と掛詞となっている。ここの「しら、・吹上」とは「或は白浦・吹上・和歌の浦・住吉・難波・高砂・尾上の月の曙を」という平家物語の一節があって、その平曲を聞くにつけても、これらがいずれも月の名所なので、同じく月の名所の姨捨山に行ってみたいと思った。思いたっ

たのが十一日、十五夜までには日数がないので慌ただしい旅であったようだ。姨捨というイメージから、高くごつごつした山で、頂に捨てられたらとても帰れない山と想像していたのだろう。しかし、実際に見ると、ただ、しみじみと哀れを感じさせる山であったのだ。この姨捨山の名月を三日も見続けたことが芭蕉にとって、深い感動となったのだろう、他の文にも出てくる。『芭蕉文集』「三二　芭蕉庵十三夜の記」に「中秋の月は更科姨捨《をばすて》にうかれありきて、猶その哀《あはれ》さのめにもはなれずながら、又十三夜になりぬ。」（陰暦八月十五夜の月は更科の姨捨山で興にのって過ごして、なお、あわれ深い趣が目前を離れないうちに、九月の十三夜になってしまった。）などがある。またこの「芭蕉翁面影塚」は日本三塚の一つにも数えられているという。一応ここにあげてみると、一つは陸前松崎の碑「松島やああ松島や松島や」二つ目は常陸鹿島根本寺の碑「月はやし梢は雨を持ちながら」であるという。いくつか句碑をあげておく。

姨捨や月をむかしのかがみなる　白雄
待宵や明日の夜の月は貯はれず　守武
信濃では月と仏とおらがそば　一茶

『一茶全集』

次に一茶の姨捨に関わる俳句のみ見てゆくことにする。

『一茶全集』　一巻　発句　信濃教育会編　信濃毎日新聞社刊より

姨捨《をばすて》しあたりをとへばきぬた哉　　西国紀行書込

姨捨《をば》た奴《やつ》もあれ見よ草の露　　七番日記

姨捨た奴はどこらの草の露　　八番日記

捨てられたをばが日じややら露しぐれ　　栗本雑記

姨捨のをばが日じややら露しぐれ　　雁の使

捨てられし姨の日じややら村時雨　　七番日記

九月十九日

姨捨に今捨られしかゞし哉　　七番日記

八月九日晴

姨捨はあれに候とかゞし哉　　七番日記

八月九日晴

姨《をば》捨ぬ前はどこから秋の月　七番日記
さらしなや姨《をば》の打たる小田の月　七番日記
さらしなをうしろになせば月夜かな　享和句帖
　さらしなをうしろに見れば月夜かな　享和帖中
さらしなを放れし其《その》夜月夜哉　享和句帖
さらしなはきのふとなりて月夜哉　享和句帖
さらしなは迹の祭の月よ哉　化五六句記
（注・後の祭＝時期おくれで役に立たないこと）
卅日　雨　洪水
夕月やいかさま庵は姥《うば》が雨　化五六句記
十一日雨
事は《（わ）》りや更しな山の月の邪魔　略化五六句記
さらしなにあひ奉る月よ哉　（文化五・六年句日記）
さらしなや月のおもはくはづかしき　化五六句記
文化三―八年句日記写
（注・前句が「けふといふ今日名月の御側哉」）

八月七日流山に入

さらしなの月を〆《しめ》出す庵《いほり》哉　七番日記

さらしなの月を〆だす小家哉　七番日記

婆ゝ《ばば》どのが酒呑《のみ》に行く月よ哉　七番日記

姥捨《うばすて》た奴《やつ》も一つの月夜哉　七番日記

翌《あす》はなき月の名所を夜の雨　文政句帖

十月二日　晴

姥《うば》捨の山のうらみる今宵哉　亨和句帖

（注　うらみる＝「恨み」を「裏見」の掛詞）

姥捨《うばすて》た罪も亡《ほろび》んけふの月　八番日記

姥捨や二度目の月も捨てかねる　文政句帖

姨捨《をばすて》やお《(を)》ばとも云《いは》ず十三夜　八番日記

さらしなもそろそろ秋の雨よ哉　化五六句記

思　遠国旅人　（高井郡四人衆あて　文化七、八年）

えいやつと来て姨捨の雨見哉　書簡

百里来て姨捨山の雨見哉　文化句帖

十五夜に姨捨山の雨見哉　文化句帖

（注、四人衆　雲里〈医師中島通庵〉・楚江〈坂口喜左衛門〉・小林邑雪・柳沢貞淳）

十八日晴

姥《うば》捨し国に入けり秋の風　文化句帖

姨捨のくらき中より清水かな　十家類題集

姨捨の雪かき分けて田打哉　八番日記

十七日　晴　大南風吹

　随斎会

姥捨《うばすて》し片山桜咲にけり　文化句帖

姥捨《うばすて》や子をすつる藪も梅の花　七番日記

八月十二日　雨

うばすては姥《うば》捨てるなとかゞし哉　文化句帖

更科山

姥《うば》に似た石の寝やうや秋の月　版本題叢

姥の寝たやうな石也秋の暮　七番日記

姥捨などと草臥《くたびれ》るも詮なければ

有合《ありあひ》の山ですますやけふの月　八番日記

（注　姥捨山へ出かけてくたびれてもはじまらないから、今日の名月は有り合わせの故郷の山ですませた）

姥捨月

一夜さは我さらしなよさらしなよ　発句鈔追加

秋風や翌《あす》捨らるる姥《うば》が顔　七番日記

さらしなや山田に秋の古かゞし　七番日記

捨らるる迄とや姨《をば》のおち葉かく　七番日記

姥捨山

夕暮の

植残せせめては月に田一枚　一茶遺稿

以上のほかに長楽寺にある句碑「信濃では月と仏とおらが蕎麦」があるが、全集にはないので、蕎麦店の宣伝のために一茶とされたのであろう。小林一茶は宝暦十三年（一七六三）に柏原（信濃町）に生れ、三歳の時母を亡くし、八歳の時継母を迎えたがうまくゆかず、十五歳で江戸に奉公に出された。生活苦もあったが俳諧の勉強をし、五十歳で故郷に帰った。文政十年（一八二七）の柏原の大火で焼け出され、その年の十一月に六十五歳で逝去した。姨捨山にも何回も行って、俳句も多く作っていた。

『蕪村全句集』

『蕪村全句集』　藤田真一・清登典子編　おうふう

老を山へすてし世も有《ある》に紙子哉（二七四七）

大意　老を山に捨てたという世もあるのに、自分は山に捨てられることもなく、紙子を着て過ごせる泰平の世の老人であるよ。

「老を山へすてし世」は姨捨山伝説をふまえている。「紙子」は紙製の粗末な防寒着。老人や風流人に愛好された。

宮城野《みやぎの》の萩更科《さらしな》のそばにいづれ（一六〇一）

大意　宮城野の萩と更科の蕎麦とどちらがよいのか。

「宮城野の萩」と「蕎麦」では歌枕と特産品との比較で比較できない。萩と蕎麦の花は色が違う。花と食物でもあって比較はできないということであろう。

落水《おとしみづ》田ごとのやみと成《なり》にけり（一九四三）

大意　水を落としてしまった田は、今まで田毎に月が映っていたのに闇となってしまったことだ。

「田ごとやみ」は信州姨捨山の月の名所の田毎の月が水を落としたために闇になってしまった

こと。「田毎の月」も「田毎の闇」となったという洒落であろう。

さみだれや田毎《たごと》の闇となりにけり（一〇五一）

大意　五月雨のために、田毎の月ならぬ田毎の闇となってしまったことだ。

前句と初句違い。雨のために月が出ていない。「田毎の闇」は「田毎の月」のもじりである。

『信州姨捨山縁起』

「信州姨捨山縁起」併境内碑文集よりここに載せさせていただく。

長楽寺境内碑文集

月見るや滞りなく七むかし　静一

名月や花には明日といふ日あり　寛考

我心月にみがくや山の上　白逸

暮るから月は鏡となる夜かな　錦玉

月一夜其の俤をふくむ山　仙光

姨捨やここらが杖の置處　一風

あはれさを姿に月の晴曇　春映
姨捨や月に見らるる人ごころ　梅朗
待宵や明日の夜の月は貯はれず　守武
青空を田毎のいろや夕日影　景山三千春
名月やいく夜もたかし岩の音　羊耕
名月の光にくらきふもとかな　竹圃
姨捨や月をむかしのかがみなる　白雄
月の都まことに月の都かな　十湖
とり直す姨が心や今の月　月人
月は世のまことを照らす鏡かな　桑月
曇るとは人の上なり今日の月　虎杖庵梨翁
名月やあしたは人のひる眠る　剛哉
あひにあひぬ姨捨山に秋の月　宗祇法師連歌発句
面影や姨ひとり泣く月の友　芭蕉翁面影塚
花はよし野姨捨山の秋の月　糯鶴
空に一つあまりて月の田毎かな　松堂

はじめから良夜続て秋の月　鳳朗

何處までも冴え行く月の鏡かな　迎祥

名月や雪の様なるそばの花　一翁

誰が眼にもさて姨捨や秋の月　旦海

名月や思ふまじきは過去未来　可都三

長蛇逸すがごとく月の千曲川　聴秋

名月に瀬音ひそめて千曲川　里軒

曳杖や月の力の七十里　曹渓

花とふる光を浴びて月恋し　霞遊

見えぬ我眼にも明るし山の月　盲天来

姨石の高きわすれて月や月や　碩布

更科や姨捨山の月ぞこれ　虚子

（久客都門憶信州　賦詩聊遣望郷愁
梯田涵影層層水　王鏡台前明月秋）……天上

（鏡台山頂昇明月　千曲清流銀河長
山麓里村秋稔豊　姨捨山堂一瞬眺）……半好

第四章　現代文学に見る姨捨

深沢七郎著『楢山節考』

民話としての姨捨は、老人は知恵があるから大切にしようということで、めでたしめでたしで終る話が多いが、捨てられたままの話もある。少しだけ日本の現代小説を紹介しよう。

深沢七郎の『楢山節考』（「日本の文学」中央公論社）を見る。場所は信州の山々の間にある寒村。五十年も前におりんは嫁に来た。村一番の器量良しであった。一人息子の辰平の嫁が事故で死んだ。後妻を探すのが一苦労で気を病んでいた。この村では七十歳になると「楢山まいり」があって、山に捨てられるのである。嫁が見付からないとおりんは山に行くことができない。そうこうしているうちに、隣村から嫁が来ることに決まった。来年には山に行く予定も立った。山に行く夜は白米をたき、どぶろくを用意して御馳走をするのである。おりんはいろいろ御馳走の用意に心がけていた。行く時の振舞酒も準備し、山に持ってゆく筵も三年もかけて用意した。それから、もう一つしなければならないことがあった。おりんは歯が丈夫で全部揃っている。老人らしく見えない。そこで火打石で歯を強くたたいた。なかなか欠けない。歯の欠けたきれいな老人になって山に行きたかった。

隣の銭屋の又やんも、山に行く年齢である。村一番のけちで白米も振舞酒も用意しない。行くことさえいやがっている。

嫁も来たし、来年は山に行けるとおりんは楽しみにしている。そのためには歯を欠かねばならない。石臼の角に思いきりぶっつけた、二本欠けた。うまくいったのだが鬼ばばあと言われるようになった。辰平は母親を大切にしているが「おばあやん、来年は行くかなあ」と気にかけていた。それがおりんはうれしかった。冬になった。いよいよ山に行くのだ。「おれが山に行くときゃあきっと雪が降るでよ」といっていた。雪が降ると運がよいと言われている。あと四日で正月になるという日に、おりんは「山に行った人たちを今夜呼ぶから、みんなにそう言ってくりょ！」という。明日楢山まいりをするので、今夜皆に振舞酒を出すというのだ。辰平はめんくらって、来年になってからでも良いのにと言ったがきかなかった。山に行くには作法がある。「一つ、お山へ行ったら物を言わぬこと。一つ、家を出るときには誰にも見られないこと。一つ、山から帰る時には必ずうしろをふり向かぬこと」であった。隣の又やんは山に行くのをいやがって倅が手にまいた荒縄を食い切って逃げたという。おりんはしぶりがちの辰平を励まして楢山まいりの途についた。寒い晩であった。おりんを背負って山を登ってゆく、頂上近くに岩に寄りかかって身を丸くしている死人がいた。また岩に白骨があった。辰平はぎょっとしながら進んでゆくと木の根元に死骸があった。まだ新しい。烏が啄んでいた。おりんを降ろし筵を敷いた。おりんは不動の姿勢をとった。辰平は引き返した。雪が降ってきた。思わずおりんの所に戻り「雪が降って運がいいなあ」「寒いだろうなあ」と話しかけてしまった。帰りがけに又やんが岩の上から谷に落とされたのを見た。あらましを記したが、この小説は母親を思いながらも山に捨てた。雪が降ってきたことを運がいいと思いながら。

柳田國男著『親棄山』

柳田國男著『親棄山』定本柳田國男集、第二十一巻。筑摩書房刊。昭和六十年九月十五日、第二十四刷発行。巻末の内容細目によると『親棄山』は昭和二十年二月、三月、「少女の友」第三十八巻二号三号が初出という。内容は九章に分かれている。

一、有名な昔話

いつの時代かどこの国かも知れない話で、六十になったら親を山に捨てなければならない。親孝行の子がそれができず、家に隠しておいて、知恵をかり、国の難を救う。孝行を勧める話である。

二、四通りの話し方

親棄山は同じでも事柄が違う。親を畚に乗せて孫と山に捨てに行く。孫が父の時にまた使うため畚を持ち帰ろうという。そこで自分も捨てられることに気付き、親をつれて帰る。また、孫が捨てることはできないと泣いてつれて帰った話などである。

三、老人の知恵

ある国の王が年寄りはいらないから捨てろと命令を出した。孝行者が捨てられず床下に隠した。敵国から難題を出され、親に聞いて難をのがれた。老人を大事にするようになった。

四、七曲の玉の緒その他

珍しい難題の一つに七曲の玉に緒を通すこと。蟻通し明神の話がある。また法螺貝に緒を通す、栄螺《さざえ》の殻の底に穴を開け蟻を這わせる。他に木の本と末。親子二匹の馬のどちらが親かなど。

五、外国で作った昔話

二匹の蛇の雌雄を区別するという印度の話。大きな象の重さを計るシナの話。その他に灰縄千束献上せよ。また、打たぬ太鼓の鳴る話など外国から入ってきて日本的に伝わった。たとえば象は日本にいないので牡牛になったりしている。

六、接穂と台木

日本にも台木となるシナや印度の話があって、それに接穂していろいろの話となった。その他にも日本にも台木となるべき話が前々からあった。信州の姨捨山の和歌。『大和物語』の話などそれであろう。

七、日本でできた昔話

親が六十になったら捨てねばならないという法律。もう一つは男は孝養をつくしたいのに良くない女房が捨てさせる。悪い女房は罰せられる。話はいろいろの方面に展開されてゆく。心掛のよい老母は、山の神様の恵みを受ける話などである。

八、昔話と和歌

和歌が先にあって、それを説明するために話をつけたものがある。話をする人が作ったものと見てよい。実際にそういうことがあったというわけではない。

九、母の愛情

〈道すがら枝折《しをり》々と折り柴はわが身見棄てて帰る子のため〉がある。また〈奥山にしをる栞は誰のため身をかき分けて生める子のため〉の和歌もあり、母親の愛が伝わる。

以上内容を見てきたが姨捨伝説の総まとめのような内容である。

太宰治著『姥捨』

現代文学になると姥捨も思わぬ方向に筋が展開してゆく。決してめでたしめでたしでは終らない場合が多い。ここで太宰治の短篇小説に『姥捨《うばすて》』があるので見ることにする。昭和十三年九月に「新潮」に発表したものである。『日本の文学』第六十五巻、中央公論社刊、太宰治集による。

発表の前年昭和十二年、二十八歳の時の三月に小山初代と水上温泉に行き、薬による自殺未遂があった。帰京して初代とは離別している。この事実を『姥捨』に書いて発表した。題名『姥捨』とあるが姥を捨てたということではない。小説の主人公は嘉七と妻かず枝。かず枝が他の人と過ちをおかした。妻をそこまで追い込んだ嘉七も自分が悪いと思う。これは死を以て償うしかない。二人で死を決意した。質屋で十五円も貸してくれたと喜ぶ妻を見て、死なせてはいけない人だ、死ぬひとではない、自分だけ死のうと考えた。催眠剤をあちこちの薬局で買った。かず枝は白足袋を買った。浅草へ行って映画を見た。嘉七は「死ぬのよさないか?」という。「あたし、ひとりで死ぬつもりなんですから」との会話がある。すし屋に行き、漫才館にも行った。「水上に行こう、ね」という。「その前のとしのひと夏を、水上駅から徒歩で一時間ほど登って行き着ける谷川温泉という、山の中の温泉で過ごした」と書かれている。二人は水上に行って宿に行き外出した。死ぬ場所を探し杉林に入って行った。薬をかず枝には少し渡し、自分はその十倍もある錠剤を泉の水でのみ込んだ。寒さに目が醒めた。生き残った、かず枝はかすかに脈搏が感じられた。「月光に照らされたかず枝を見ると、もはや人の姿ではなかった。髪は、ほどけて、しかもその髪には、杉の朽葉が一ぱいついて、獅子《しし》の精《せい》の髪のように、山姥《やまうば》の髪のように、荒く大きく乱れていた」と書かれている。この「山姥」が姥捨につながるのであろう。「山姥」とは「深山に住み、怪力を発揮すると考えられる伝説的な女」である。捨てられた老女が山姥になる話はある。

月に照らされることも姨捨につながってくる。この小説も帰京して二人は離別する。

小池真理子著『姥捨ての街』

小池真理子著『姥捨ての街』は短篇小説で『危険な食卓』の短篇八篇の中の一つである。初出は「オール讀物」一九九二年九月号である。集英社刊、一九九四年第一刷による。主人公根岸恒夫は関谷の経営するクリーニング店に勤めていたがやめた。関谷にはお金も貸している。出逢って家に招いて口論となり殺してしまった。自首しようか迷いながら決心がつかない。デパートの休憩コーナーで休んでいると、中年の男女と老婆がやって来た。老婆は女の母親であるが、娘のこともわからない。これから伜の所へ行くのだと言い聞かせている。トイレに連れて行って女だけ戻り立ち去った。身分の解るものは何も持たせてないと会話している。恒夫が券売機の所に行くと後ろに老婆がいた。切符をどこまで買うのか解らない老婆に、自分と同じ切符を買って渡した。帰ってきて振り向くと老婆も付いて来ていた。そんな訳で一緒に暮らすことになってしまう。現代の姥捨の発想が思いもかけないことであったので驚いてこの本を読んだ。

村田喜代子著『蕨野行』

村田喜代子著『蕨野行』（文芸春秋社）は、作者が遠野の伝説に触発されて小説に書いたものである。まず作者のことばとして「行く手に死の壁しかないこの姥捨の物語の導入部を思いめぐらせている時、ふと一人の若い女の顔がぼうっと浮かんできた。つづいて一人の老婆の顔が現われた。そうだ、この二人の問い、語りの中からなら連綿とおこなわれてきた昔の共同体の悲話も、また一つ違った趣きで現われるかもしれないと思った。『行』の字には古く楽曲、叙事詩の意があるという。嫁と姑との相聞、葬送歌のタイトルにふさわしく感じ、その一字を加えペンを起した」。

作者が「姑と嫁との問い語り」といっているように、主人公は「お姑《ババ》」と嫁の「ヌイ」である。遠野の姨捨伝説の中には「でんでら野」の話がある。老いて山に捨てられた老人達が共同生活をしながら死を待つ話である。それをヒントにしたこの小説は、老いて「でんでら野」この小説では蕨野に行かねばならなくなった「お姑」と嫁ヌイとの問いと答えとのやりとりの形式で進められてゆく。土地の方言で語られるのでやわらかさが全体にかもし出されている。「お姑《ババ》よい」で始まり、語りが方言であって、「ヌイよい」でまた語りがある。全篇がこの形で貫かれている。

姑がいよいよ蕨野に行かねばならない日が近づき、蕨野のある鋸伏山（のこぶせやま）の方を朝夕眺めている姿をヌイが不審に思って尋ねるのである。

深代川の源流をたどると蕨野の丘がある。その丘に年寄りの小屋が設けてあって、そこで暮すようになる。そこは、庄屋も小作人も同じ扱いで身分の上下はなく、寝食を共にする。これは村の約定で他言してはいけないことになっている。蕨野に行く六十歳が姑にはきたのだという。

蕨野には食い物がない。里へ下って村の仕事を手伝い、その日の飯にありつける。一日休めばその一日は飢えねばならない。体がきかなくなれば里下りができなくなるので死を待つしかない。一人の老人が足が立たなくなったので、他の人より早く山道を這いながら下ってゆく。里と蕨野の境に川が流れていて、木の橋が渡してある。そこを渡れば里なのである。皆に追い付かれ追い越されても何とか頑張るのだが力つきる。ついに下れなくなってそのまま息を引き取る。又、雨の日は農作業がないので、手伝いに下りても、仕事がない。そうすると食にありつけない。山の木の実や草を食べて食をつなぐ。ある時は川の魚を獲り、またある時は山の兎をとったりして皆で分け合って食べる。凶作の年もある。そうすると蕨野の老人達は飢えてしまう。

里の様子をヌイが伝え、姑は蕨野の老人達の様子をつぶさに伝える問い語りである。凄惨をきわめるまでに生きてゆく食糧を得ることのみ考えている老人達である。そして力尽きた老人が死んでゆくという物語なのである。これも捨てられた老人の余命のつなぎ方が書かれた小説である。

劇団民芸公演では北林谷栄脚色、米倉斉加年演出。北林谷栄・中地美佐子・千葉茂則・宮廻夏穂ほかが演じている。この小説も捨てられたままである。

里見弴著『姥捨』

里見弴著『姥捨』東京出版。昭和二十三年四月刊。短篇五篇の中の一篇である。書名の下に「昭和二十一年一月」とあるのでこの時発表したのであろう。この小説は姥捨といえばいえないこともない発想である。内容は戦時下。夜中に空襲がひどくなって信州上田に疎開することになった。主人公晉策と浅からぬ縁のお孝とばあやのお春を連れて上田まで行くことになった。大きな荷物を持って駅まで行くのも大変である。「いくら欲ばつたつて、自分の体力以上のものは持てないぞつて、あんなに、……なんべん言つて聞かせたか知れないぢやアないか。それをお前たちは、なに、だいぢやうぶです、いいえ、持てますつて。……うちンなかでちよいともちやげてゐるのと、それを持つて二丁なり三丁なり歩くのと、おんなじわけにやアいかないんだから、……途中でへたばるにきまつてるからつて、あれほど言ふのに肯《き》かないで、……どうだ、今ンなつて思ひ知つたらう！莫迦なやつらだ！」と晉策に言われやっとのことで駅に着いた。長岡行に並ぶ。車内は混雑というより争闘のようだ。腰がおろせた。「上田といやア姥捨《をば》の近所だ。その姥捨に、二人の姥を捨てに行く、なかなかの大事業だ。少なくとも、俺にとつちやア容易ならざる大事業で、やつとその半分まで漕ぎつけたばかりだ……」と晉策。ここで二人を疎開させることを姥捨といっている。そして筑摩川を越して目的地に着いた。「晉策は、二人の因縁浅からぬ『姥《をば》』を捨てに来たのだ。捨てに?、さうだ、少しでも生きる可能性の多いところに捨て置くためだ」とある。晉策も数日滞在すると帰る前の夜、あまり美しい月なので神社まで行って見た。「お願い申し上げます。どうぞ二人の者をお守りください」と祈る。そして謡曲「姥捨」を朗々と謡い出した。〈わが心慰めかねつ更科や姨捨山に照る月を見て〉と。謡いながら晉策の心は慰められていたという。

山本昌代著『デンデラ野』

山本昌代著『デンデラ野』河出書房新社。初出一九八六年「文藝」は短篇三篇の中の一篇である。現代小説は昔の姨捨と形が変化している。内容は、帷子団地五棟の五階、三DKの狭い所に、吉田のおばあちゃん八十三歳と夫婦と二十六歳の娘と十九歳の予備校生が住んでいる。おばあちゃんは元気で毎日公園に散歩に出かける。人と話をするわけではない。ある日突然に主婦の文江が「おばあちゃん、デンデラ野って御存知」という。「デンデラ野。姥捨山よ」「昔は六十になると、みんなそこへ行ったんですって。おばあちゃんはもう八十三ね」という。遠野の語部が中野サンプラザで昔話をすると新聞に書いてあって、それを話題にしたのである。さらに文江は「今は寿命がのびるばかりで、老人問題なんてやかましいけど、昔の人は偉いものね。身の引き際というものを、みんな知っていたのね」と。おばあちゃんはこの「デンデラ野」という音の響きを思い出しながら公園を散歩するのであった。

この小説の中でデンデラ野という言葉はこのくだりにあるだけである。会話の中で暗に文江がおばあちゃんの存在を疎んじていることはわかる。姥を捨てに行くのではなく、いろいろと話の運び方が変化していておもしろい。

井上靖著『姨捨・蘆』

井上靖著『姨捨・蘆』（「井上靖小説全集11」）新潮社刊。昭和三十年一月号「文芸春秋」に掲載。短篇集三十三篇の中の一つ。初めに姨捨山の棄老伝説にふれ、子供の頃読んだ「おばすて山」の紹介が書かれ、『姨捨山新考』を読んで、俳句、和歌に多く詠まれている事を知る。中でも『大和物語』の中の「我がこころなぐさめかねつさらしなや姨捨山にてる月を見て」の歌について、「巧拙は別として、単なる観月の歌ではなく、その背後に一つの劇が仕組まれてある」と感想を述べ「切なく心に沁みた」とある。ある時母が「姨捨山って月の名所だというから、老人はそこへ棄てられても、案外悦んでいるかも知れませんよ。今でも老人が捨てられるというお触れがあるなら、私は悦んで出掛けて行きますよ」という。ある時、姨捨駅を作者が通過した時、空想が広がってゆく。母を背負って捨て場所を探している。疲れてきたがどこが良いか母はなかなか妥協しない。家にも戻らない。途方にくれていると小屋があった。そこに母を置いてきた。母親の厭世観は家族にも通じる。弟は一流新聞社を辞めて地方銀行に、叔父も社長を辞めて雑貨屋になる。最後に姨捨山に登った。そこには姨石などもあった。この小説は姨捨から連想して厭世観が家族に共通しているのである。

堀辰雄著『姨捨』

堀辰雄著『姨捨』を「日本の文学42」中央公論社刊で見ることにする。『姨捨』と書名があって、その下に上の句と下の句の二行書きで「わが心なぐさめかねつさらしなやをばすて山にてる月を見て」とあり、三行目に「よみ人しらず」とある。内容は菅原孝標女の書いた『更級日記』をもとにしている。上総守であった父が任を終えて京に戻ってきた。十三歳の少女も同行している。少女は京にあこがれる。京には物語がたくさんあって、あれもこれも読みたいと思っている。

たまたまおばが源氏物語五十余巻を箱入りのまま他の物語も添えて贈ってくれた。少女は昼も夜も読み続けた。大人になったら夕顔や浮舟のようになれるだろうかと夢を抱いていた。この少女を主人公に物語は展開してゆく。ある時仔猫が迷い込んできた。侍従大納言殿の姫君の生まれ変りだと夢の中でいったり、火災があったり、ある夜隣家に男の人が来て応答のないまま笛を吹きつつ戻ったりした。そうこうしているうちに少女も二十歳になった。勧められて宮仕えに出たが、物語の世界に書いてあるようなものではなかった。宮が亡くなり宮仕えから退いて、父母のもとでつつましい生活にもどった。またお召があって宮仕えに出た。ある冬の暗い夜一人の女房に誘われ戸口に行って読経を聞いていると殿上人らしい男が一人近づき、二人の傍にすわって世の中のあわれな事など話し込んだ。時雨が木の葉にかかる音のしている夜であった。その男は右大弁の殿であった。その夜の語らいをお互に忘れられず、折々に思い出していた。翌年また女が一人の時右大弁の殿から言葉をかけられた。その後女は二十も年上の男の妻となり、信濃守となって赴任する男に従った。女は何かに堪え忍んでいる様子である。かすかな思慕を堪えて、すべてあきらめ姨捨山のある信濃に姨捨同様に行ったのである。

水上勉著『じじばばの記』

水上勉著『じじばばの記』中央公論社。昭和五十二年三月十日五版。短篇五篇のうちの四番目の作品である。表題は『三条木屋町通り』である。『じじばばの記』は「爺取ろ婆取ろ」「釈加浜」「桑子」「まいまいこんこ」の四章に分かれている。あとがきに「小説ではないけれども、力を入れて書いたものだ。『宝石』誌に「若狭姥捨考」として連載されたものを推敲してこの表題としたものである」と書いてある。エッセー集である。作者水上勉は、福井県大飯郡本郷村岡田（現、大飯郡おおい町岡田）に生まれた。冒頭に「私が少年時代に育った若狭の岡田部落というところは、山のうしろ側が若狭湾の海になっていて、部落は三方山に、まるで屏風を立てたようにかこまれた谷底にあった。ずいぶん暗かった。陽当りのわるいところは、一年じゅうキノコが生えている。太陽があっというまに沈んでしまうからである。—略—私の部落の谷奥の田は、まるで奥へゆくほどに、階段を下りるように低まり、沼の底へ落ちてゆくように暗かった。母はその汁田《しるた》とよばれる泥田に乳房までつかって苗を植えたのである」とあって、母を待つ間に谷奥の山へ入って行った。谷底に白いものが散乱していた。怖くなって戻って母に聞くと、山の神に入ってはいけないという。その頃「じじ取ろ、ばば取ろ」という言葉を聞いた。それは貧しい山村に、年老いた爺や婆が長生きするのは困るので、山の神が、七十を過ぎた人を取りにきたのではないかという。家の造りが老人達の住む所は家の北側で暗い場所である。陽を見ずに晩年を送るのである。作者はいう「年をとれば人間は死ぬものであるから死出の旅を急がせる仕組みに出来ているとしか思えない」と。

「釈迦浜」は「釈迦浜はありがたいところじゃ。あの浜のな、下の海は、深い深い。海底までとどくに一日も二日もかかって歩かないと届かない。…その入口が釈迦浜で穴があって善光寺まで続いている」と。子供心におそろしいと思った。この釈迦浜の断崖の裾に、白骨が落ちている。この浜に爺や婆を捨てにいったという。この浜には、仏さまが待っていて善光寺にも行けるし釈迦様と極楽にも行けると老人にとってはありがたい所であった。

「桑子」の話は「子を取ろ」の部に属する話で、「まびき」の話である。桑の畑の中に大きな穴があって、そこに赤子を捨てたという。貧しい家は子だくさんでは生きられないのである。

「まいまいこんこ」の冒頭に「私の母方の祖母である文左のお婆は、八十九歳まで生きて死んだのであるが、この祖母の死について考えてみても、私は現代の姥捨の様相を垣間見る思いがして慄然とする」とある。祖母は「村あるき」といって、死人が出ると、穴掘りの家を訪ねて頼む。その阿弥陀堂の前で三べん廻って棺は穴へと運ばれる。廻るのを「まいまいこんこ」とよんだ。その祖母が戦争がきびしくなって長男夫婦が子供をつれて疎開にきた。祖母は家を出た。小屋を作って住んだ。ある時大暴風があって祖母を土蔵に移したのだが、水びたしになっても誰も助けに行かなかった。そして死んだ。

佐藤友哉著『デンデラ』

佐藤友哉著『デンデラ』新潮社刊。二〇〇九年六月三〇日発行。初出「新潮」二〇〇九年一月号による。目次は第一部に一章から六章まで「往生際」「袋小路」「終止符」「土壇場」「断末魔」「修羅場」。第二部は七章から九章まで「瀬戸際」「不退転」に最後が「大往生」となっている。登場人物は五十人。年齢は六十二歳から一〇〇歳の老婆。「お山参り」で捨てられた老婆達である。主人公斎藤ユカは「村の決まりに従って雪の降る『お山』に捨てられた」「実に満足した気分で一人、雪の積もった『お山』の中に立っている」とある。また「長年にわたる貧しい食生活により痩せ細り、さらに酷使によりくたびれた躰はすぐさま限界に到達しまして、手を合わせるのも難儀となりました。指先に力が入らず、雪に埋もれた足は感覚を失い、鼻毛は凍りつき、息は吐き出すそばから細かな結晶となり、このまま消えれば極楽浄土に赴くことができる」とある。夜鴉がくる。意識が朦朧とした中に複数の足音が聞こえてとり囲まれた。気がつくと、十八年も前に「お山参り」をした桂川マクがいた。捨てられた老婆が助けられて共同生活をしている「デンデラ」であった。掘建小屋がいくつもあった。ユカが来て五十人となった。「村」にいた頃大変な思いをして捨てられたので「村」への襲撃をすることを目的としていた。襲撃派三十八人。穏健派十二人。保留もいた。しかし、そこには羆が出没する。「決死隊を組み、羆を斃《たお》す」こととなった。総勢三十五人。羆は食糧の倉庫をあらしほとんどやられた。一人は喰い殺された。戦は残酷なものであった。また、自由に動けない老人を集めた小屋がおそわれた。数名の老婆がやられた。羆狩りに行ったが惨敗であった。その上血を吐く疫病（実は食傷）もはやり人数は減る一方であった。尾瀬ホトリは「捨てるだなんて、捨てるだなんて……おかしいだろうが！気味悪い。『村』の連中は、誰もかれも気味悪い。頭がどうかしている人だよ！」さらに「あんたらは、『村』の連中の頭がおかしい理由を知っているか？貧しいからさ―略―恥ずかしいほど貧しい『村』めが！そのせいで気が触れた『村』めが」。作者は尾瀬ホトリという人物にこう言わせている。人を捨てるのはあまりにも村が貧しいからだと。人を捨てるという行為はあまりにも悪い行為なので襲撃しなければならない。羆に殺され、疫病で死に、ついに十二人になって「デンデラ」を解散することにした。羆を襲撃する派と理想郷を再建設する派と二つに分かれた。斎藤ユカは一つの考えを持ち、羆をおびき出しに走りながら体力の続くかぎり羆を『村』へ誘導した。見なれていた景色が開けてきた。ふと気がつくと足に何か踏んでいた。体の限界を越えていながら羆と並走しながら淡黄色の福寿草の花芽であった。『村』はもう近い。体力は限界を越えた。

『村』へ羆を誘導したのだ。この物語は姨捨伝説から派生した物語である。熊との戦い、喰いちぎられた人間、容赦ない戦いを力強く書き綴っている。山に捨てられた女性だけを助けて理想郷「デンデラ」に住まわせることが目的だが、食糧を確保するだけで大変であった。凄惨な緊張感のある作品である。

佐伯泰英著『姥捨ノ郷』

佐伯泰英著『姥捨《うばすて》ノ郷《さと》』（居眠り磐音《いわね》・江戸双紙35）双葉社刊二〇一一年一月一六日発行。書き下ろし長編時代小説。時代は安永八年（一七七九）。神田橋の田沼意次父子が権勢をふるっていた時代である。速水左近はお家取り潰しはまぬがれたが、田沼の目のとどかない甲府勤番を仰せ付かった。これは甲府に山流しされたということである。しかし、速水左近には山流しされるような失態はなかった。速水の道場、佐々木道場の後継者磐音と速水の養女おこんは、田沼一派の刺客を逃れて、江戸を離れ、尾張に逗留していた。この二人がこの小説の主人公である。坂崎磐音とおこんは弥助と霧子を伴って、尾張藩ご流儀影ノ流藩道場に世話になっていた。そして門弟衆に稽古も付けていた。門弟は磐音が江戸神保小路の直心影《じきしんかげ》流尚武館佐々木道場の後継であることを知っていた。名前は清水平四郎として客分扱いを受けた。そんな時、柳生の庄から尾張柳生に修行に出ていた木澤利公が磐音と稽古がしたいと申し出てきた。実は田沼意次の刺客であった。木澤利公は眼光が鋭く、めらめらと殺意が宿り睨み据えた。しかし、木澤は磐音に敗れた。一方、甲府に赴く速水左近の方も刺客におそわれるが難を逃れる。磐音は、身分がはっきりしてしまったので、尾張にいるわけに行かないと決意した。おこんは身重であったが、この場を立ち去る以外にない。田沼意次にとって磐音は無視できない存在であるので、刺客や密偵の潜入は跡を絶たない。ここで再び逃避行が始まるのである。材木商の船で広島に行くことになったが、船を注視する田沼派の監視の眼があった。途中で船を乗りかえた。木曾川と揖斐川河口付近で川船に乗り移って、監視の眼をごまかした。川船が止まった。この先は鞍掛峠を越え二日程で彦根に出られる。その先はまだ決っていない。同行の霧子が一つ提案した。「山深い隠れ里で一年余り過ごしたことがございます。なんとも長閑でゆったりとした暮らしにございました」という。その里は紀伊領内にあった。その里にたどりつくまでの道中は、身重のおこんにとって大変なもので、一日せいぜい二里くらい進めるだけであった。必死の尾根歩きが何日か続きおこんの具合が悪くなり山寺で休ませてもらった。さらに厳しい道だ。磐音は背負い子におこんをつけて進んだ。裏高野の隠れ里を目指した。最後の岩峰、下は千尺余の谷底。そこを越すと隠れ里「姥捨の郷」が見えてきた。ここで初めて供の霧子が「姥捨の郷」と郷名を口にした。昔、移動についてゆけなくなった年寄りや子供をこの里に捨てておいたという。霧子は赤ん坊の時ここで育った。棚田の様子からするとこの郷には二、三百人くらい住んでいるだろう。しかし人影がない。霧子は広場のまん中に立って舞い始めると、笙鉦・笛の音がして、家々から人が出てきた。七割方女性で男は年寄りか子供であった。おこんはすぐお産をするお蚕屋敷にはこばれた。子供が生まれて、姥捨の郷での生活がおだやかに始まった。

時代小説であったが、姥捨の郷は、捨てられた女性が多く住み一つの村をなし自給自足の生活をしていた。岩山や谷や大変な難所を越えた穏やかな里であった。

新藤兼人著『現代姥捨考』

新藤兼人著『現代姥捨考』岩波書店。〈同時代ライブラリー二九一〉一九九七年一月一四日第一刷発行による。目次に「老人になった私」「老人とは何か」「黒ネコの死」「現代姥捨考」とある。表紙の折り返し部分に「人はみな老親を背負って、楢山への道を辿っている。高齢化日本の現在に老人政策はなく、確固たる老人論もみあたらない。孤独な老人は何を頼りに生きるべきか、社会は今後も老人を捨て続けねばならないのか。八十四歳、最長老の現役映画監督の軽妙かつ心にずっしり重い書き下しエッセイ」とある。「K氏は八十八の米寿を迎えた。わたしとは四十六年間のつきあいだ」で書き起こし、K氏について説明がある。K氏が年をとって夫人に介護されながら日々を送っている。K氏とのつきあいを思い浮かべている。その一つが深沢七郎の『楢山節考』のことである。「かれは、姨捨は人間が生存してきた最大のチエだ、といい、『おれも、役に立たなくなったら、お山へ捨ててもらいたい、辛いだろうけどね』といった」とある。ここから現代の姨捨の考え方が展開されてゆく。木下恵介、今村昌平らが『楢山節考』を映画にした。姨捨のテーマは、人間の永遠の課題なのかもしれないという。現代は老人を山には捨てないが施設に捨てているのではないか。とも書いている。『古今和歌集』の歌をあげ、芭蕉にふれ、『大和物語』に『今昔物語』にもふれ、民話を例にとり、姨捨伝説の流れを書いている。そして『楢山節考』の一部と、作者の身辺の例とを対比させながら話を進めている。

『楢山節考』のおりんが山に行く日を楽しみにして、老人らしく見せるため歯を二本目から欠いたこと、隣りの又やんはどうしても行くのを嫌がっている。このくだりの次に、K氏の人生はムダな道程にさしかかっているのに、夫人は死なせないように守っている。また別の話もからんでくる。E子は四十一歳、未婚、七十五歳の父とふたり暮し。父は酒を外で飲んでいたがある時失禁それ以来、外出しなくなった。家にいても時々失禁するようになった。父を老人ホームへ行かせようと思う。「わしを姨捨山へ送りたいんだな」「姨捨山は親を捨てる所でしょう、老人ホームは姨捨山じゃないわ、お父さんが楽に老後を送れるんですよ、妹も弟もそういっているわ」「弟や妹はおまえにわしを押しつけて出て行ってしまった。あれらは親を捨てたんだ」というくだりがある。現代の社会に当然のようにあることである。また『楢山節考』が入る。おりんを背負った辰平が山を登ってゆくくだりが書いてあって、E子は父をどうしても老人ホームへ入れようとしてやっと父もその気になった。『午後の遺言状』の老いをいかに生きるか。愛が確認できるうちに命を絶つという重い問題も出てくる。E子の話に戻ると、父が入院した。老人ホームに行くという。父の言葉に熱いものがこみあげて「お父さん、一緒に家に帰ろう」という。そしてまた『楢山節考』の話が入る。頂に母をつれて行くと白骨が散らばり、烏《からす》がいた。次にまた現代の話が出ている。対比しながら、現代も姥捨に近いと思われることが行われている。人間の尊厳の重い重い問題がさり気なく書かれている。

第五章　現代短歌に見る姨捨

姨捨を素材とした現代短歌について見てゆきたいのだが、なかなか探すことができなかった。

更級にて

月の名の更級はまだ桑の芽の浅々しくて霞まぬころや

（太田水穂歌集『冬菜』昭和二年四月刊）

累々と岩積むことに果てしとぞ聞くだに寒し姨捨の山
姨捨の山より遠く望む町銀行ならし朱のハート見ゆ
姨捨の頂近く人住むかミッキーマウスのバスタオル揺る
姨捨山罷らんとして石のきださ迷ふ霊か颪なまぬるし
何か居ん気配にふたたび振り向けどただに小暗き姨捨の山
暮れそめて信濃姨捨まかり来ぬまた独りなる生活《たつき》始まる

（稲本美智子「花實」平成十年二月号）

句碑並ぶ寺の狭庭に見下ろせば霞の底に千曲は流る
芭蕉句碑を捜さんとして姨捨の段なす畑の細道をゆく
姨一人泣きいたる山か雪見せてやや春めける姨捨の山
白雲とまごうばかりの煙はき浅間は窓に迫りて白し

（利根川発歌集『土の音』昭和四十六年五月刊）

月の名所恋ひ登り来て遥かなる棚田見下ろす姨捨山に

（山崎和子歌集『木斛の花』平成十八年七月刊）

移りゆく時世《ときよ》の末か浦々の老人病院姨捨の山

（原田清歌集『海上の虹』平成十八年十月刊）

姥捨の開くパノラマ願はくば月の光を浴びて立ちたし

（茂木斌歌集『竹光童子』平成二十一年十月刊）

春浅き丘べは萌えず姥捨の郷の哀話をしのぶ車窓に

（定司和佐子「花實」平成二十二年七月号）

姨岩に登りて偲ぶこの上《へ》より月に清むる身を捨てし姥
風の来て大樹の黄葉《もみぢ》降り頻り姨捨山の看板かくす
各々の向きに散り敷くもみぢ葉が寺への石段錦に飾る
落葉踏み歌碑と句碑とを巡り行く晩秋の陽のやはき境内

（小井川敏子「花實」平成二十三年二月号）

すでにわれ捨てらるる年か更科におどろおどろしき伝説を聞く
走り根のもとまで隠し散り積もる紅葉を踏みて姨石仰ぐ
更科の棚田を守る人々か万能振り上げ刈田を耕《おこ》す

（利根川きよ 〃 ）

姨捨の山の路みち子の帰路を案じ枝折りぬ負はれし母は

短歌誌に師が十余年連載の姨捨山に吟行なせり

（小井川辰夫 〃 ）

姨捨の棚田の景観今に残り田毎の月を愛でしを思ふ

当時なら捨てられゐしか姨捨に思へば寂し身につまさるる

長楽寺にひつそりと建つ句碑の上に赤も黄色も落葉舞ひ散る

（小川芳子 〃 ）

更科の竪穴住居に立ち入るや縄文びとの鼓動を感ず

縄文の人の鼓動が伝ひくる更科の里に昔を偲ぶ

長楽寺に並びゐる句碑に添ひて咲くほととぎすの花秋風に揺る

（河野佐紀子 〃 ）

姨捨に心を寄する歌人《うたびと》の澄みたる詩歌《しいか》石碑に光る

花尾花咲きて静もる姨捨にむごき伝説聞くも哀しき

姨捨の伝説聞きて捨てられぬ程の良き知恵我にもほしき

更科に一茶も食ししおらがそば食めばつるりと喉を潤す

（辻裕代　〃　）
姨捨の月を詠まむと訪ぬるは古今かはらぬ歌の旅びと
更級の月の名所の長楽寺秋に浸りて詠むをも忘る
姨捨の月のまほらの長楽寺いにしへの歌いしぶみに読む
姨捨の丘に佇み見下ろせば小さき田圃段なし広がる
田毎なる月の見ごろを尋ぬれば媼は田植ゑのころと答ふる

（辻豊「花實」平成二十三年二月号）
ありなしの風に舞ひ散る枯葉なり姨捨の空に鴉輪をかき
姨捨の伝説聞きゐる資料館アニメに観つついにしへ偲ぶ

（藪根博之　〃　）
並び建つ姨捨山の碑《いしぶみ》の名句にふれて心ひらかる
突風にさらさらと散る紅葉は光り輝く姨捨の里
長楽寺の朱印押し呉るる女の背にまんまる眼《まなこ》の赤子は微笑む

（下皓子　〃　）
伝説と古代遺跡の豊富なる歴史に包まる千曲の旅路
長楽寺の紅葉と光さらさらと赤黄色舞ひ句碑に調和す

縄文の衣食住の空気の中太鼓の音にも太古の余韻
今の世の世相仏拭に学ばさる知恵の宝庫か姨捨山は
（高尾南江　〃　）

資料館さらしなの里に目を凝らす古代の暮しのさまざまな知恵
是が否でも訪ひたき望みの姨捨に案ずる足の痛みも消ゆる
（田口保子　〃　）

かすかなる風にさらさら散る紅葉姨捨の里の数多の句碑に
姨捨の棚田のすべてに水を張りこの目に見たし田毎の月を
（松本宣子　〃　）

振り向けば短き秋の陽傾きて姨捨山の翳《かげ》り色濃し
うす曇る姨捨隠し遠き日より今に残れる伝説哀し
（辻裕代「花實」平成二十三年三月号）

姨捨の秋の棚田に水も無くわびしく渡る刈田の風か
長楽寺の周辺さびし萩はゆれ紅葉の映ゆる石段のぼる
（辻豊　〃　）

捨てし姨を夜の明けそむや探し行き背負ひ帰りて床下《ゆか》に隠すと

難題を三問解きしを殿誉めて姨捨もなき平安な世にす
（長嶋勝江　合同歌集「花實の友」第二〇号）

更科の姨捨の地に草生ふるかの段々の田をあふぎ佇つ
捨てたる姨連れ帰らせけむ名月よいまぞ若者の心根に照れ
（堀口幸夫）

「捨」の一字見つけ心のはやれるに凝視したれど「姨捨」ならず
（利根川発「花實」平成二十三年五月号）

軽く思ひ書き始めたる姨捨の次々幅の広ごりてゆく
調べ得で日余かかりて解《わか》りたりこの喜びの全身に湧く
姨捨を書きゐて知り得しこと多し折句のことも判歌のことも
月の精になりたる姨にて書き終へむ姨捨の稿の結末として
（利根川発歌集『春茱萸』平成二十三年刊）

姨捨の稿進めきて十余年文学散歩と軽く始めき
歌枕姨捨の里たづねたり重き伝説考へもせで
姨捨駅に降り立ち見るは初のこと今降りし電車戻り始める
（利根川発「花實」平成二十三年九月号）

姨石の伝え聞きつつ上りみて眼下につづく棚田見渡す

（洞澤摩佐子「朝霧」平成二十四年二月号）

車窓よりいつも眺めし景色なる姨捨駅に今日は降りたり

姨捨の芭蕉の句碑や「更科紀行」と言ひて我らの紅葉狩なる

「写真はもういらない」といふ友だちも画面に入れて姨捨の景

（田中瑛子「朝霧」平成二十四年二月号）

いつその事うば捨て等はどうであらう　楢山節考よそごとならず

（姉歯節子「白南風」平成二十四年二月号）

流れ行く紅葉見つつ信濃路を講義聴きつつ姨捨山へ

くだり坂芒や蔦に迎えられ線路を渡り長楽寺へと

碑の数の多さと姨捨の大きに目を張る長楽寺の庭

寺の壁ずらりと並ぶ謡曲の姨捨舞いし奉納写真

（藤縄巳「花實」平成二十四年二月号）

姨捨の山より見渡す千曲川辿りて探す川中島合戦場

冬枯れの雪まばらなる信濃路を芭蕉も行脚の旅をなししや

（岩田不佐子「あさかげ」平成二十四年三月号）

姨捨の夜景はまさに赤に青にひかる真砂を撒きたる如し

望月のやや欠け初むる冬の月姨捨山に耿々と照る

（原田京子「あさかげ」平成二十四年四月号）

姨捨の山と伝えて冠《かむり》着《き》山《やま》葉月の雲の湧きて見えざり

（小池圭子歌集『エーデルワイス』平成二十三年二月刊）

戸惑ひも納得もして体験す姨捨駅のスイッチバック

（金子興子「花實」平成二十四年四月号）

姥捨《うばすて》山の故事を寓話というなかれ孤立死つづく苦界はうつつ

（砂岡守「氷原」平成二十四年五月号）

昔なら置き去りの地姨捨を息子と老い二人何なく後にす

姨捨のサービスエリアに休憩し息子は老いを乗せまた発進す

（吉沢みつえ「あさかげ」平成二十四年六月号）

第六章　謡曲に見る姨捨

謡曲の「姨捨」は三番目物。観世・金春・金剛・宝生・喜多の各流にある。登場人物は、前シテ（里の女）後ジテ（老女の霊）ワキ（都の男）ワキ連（同行者二人）アイ（所の男）である。

ここで全文を見てゆく。

【次第】でワキとワキ連が登場　ワキは笠を着ることもある

〔次第〕 ワキ ワキ連 真中で向き合い 〽月の名近き秋なれや　月《ツキ》の名《ナ》近き秋なれや　姨捨山《オバステヤマ》に急がん

〔名ノリ〕 正面へ向き ワキ 「かやうに候ふ者は　都方《ミヤコガタ》の者にて候　われいまだ姨捨山《オバステヤマ》を見ず候ふほどにこの秋思ひ立ち姨捨山の月をながめばやと思ひ候

大意　ワキ・ワキ連「満月に近い秋となったことよ。満月に近い秋となったことよ。姨捨山に急いでゆこう」

ワキ「このように申す者は、都方の者です。私はまだ姨捨山を見たことがありませんので、この秋思い立ち姨捨山の月を眺めたいと思います」

「月の名」は「満月」のこと「名月」のこと。「ながめばや」の「ばや」は未然形につく接続助詞「ば」に係助詞「や」のついた形で「ばや」が一語化したもの。自己の願望を表す。「～したい」ワキとワキ連二人の三人が月の名所として有名な姨捨山を見たいとやって来たのである。

〔上ゲ歌〕向き合って　ワキ　ワキ連ヘこのほどの　しばし旅居《タビイ》の仮《カ》り枕《マクラ》　しばし旅居の仮り枕　また立ち出《イ》づる中《ナカ》宿《ヤド》の　明かし暮らして行くほどに　以下歩行の体　ここぞ名《ナ》に負《オ》ふ更科《オサラシナ》や　姨捨山《オバステヤマ》に着きにけり　姨捨山に着きにけり

〔着キゼリフ〕のあと　ワキ連は地謡前に着座

〔□〕真中に立ち　ワキ「われこのところに来て見れば　嶺平《ミネタイ》らかにして万里《バンリ》の空も曇りなく　千里《センリ》に隈《クマ》なき月の夜《ヨ》　さこそと思ひやられて候　いかさまこのところに休《ヤス》らひ　今宵《コヨイ》の月をながめばやと思ひ候　脇座へ行きかかる

大意　ワキ・ワキ連「このごろは　しばらく旅先の住まいでの仮の枕、しばらく旅先の住まいでの仮の枕　また出発して旅の途中の宿で、日数が立ってゆくうちに、ここここそ名月で知られる更科の地である姨捨山に着いた。姨捨山に着いたことだ」

ワキ「私はこの姨捨山に来て見ると、嶺の頂は平らで万里も続く空は雲一つなく、千里先までも隈なく照らす月の夜。さぞかし美しい月であろうと思いやられる。なんとかしてここに宿をとって、今夜の月をながめたいと思います」

「このほど」は「一般的に程度・ころあい・限度・ようす・ありさま」などを表す。この旅の途中の意。「旅居」は「旅先のすまい。自宅を離れ他の場所にいること」。「中宿」は「途中で休息したり、宿泊したりすること、また、その宿や場所」。「明かし暮らす」は「日数が立ってゆく、夜を明かし日を暮らす。生活する、日々をすごす」。「名に負ふ」は「名前として持つ」。「万里」と「千里」とが対句となっている。心にかかっていた姨捨山に着いた。隈なき月を見ようと心がはやる思いであろう。「さてこそ」は下に「どんなにすばらしいことであろう」が省略されている形。「こそ」が係助詞。「いかさま」は「どのように、どういうぐあいに、いかにも、ぜひとも、なんとかして」などの意がある。

〔問答〕 シテ 幕の中から呼掛けつつ登場 〽のうのうあれなる旅人《タビビト》はなにごとを仰《オオ》せ候ふぞ　ワキ 脇座に立ち 〽不思議やな山路《ヤマジ》も見え
ぬ方《カタ》より　女性一人《ニヨシヨオイチニン》現はれて　われに言葉をかけ給ふは　いかなる人にてましますぞ　シテ 三ノ松に立ち
〽わらはこの更科《サラシナ》の者なるが　今日《キヨオ》は名《ナ》に負ふ《オオ》秋の半《ナカ》ば　暮るるを急ぐ月の名の　ことに照《テ》
り添《ソ》ふ天《アマ》の原《ハラ》　見廻して 隈なき四方《ヨモ》の気色《ケシキ》かな　いかに今宵《コヨイ》の月の面白《オモシロ》からんずらん　ワキ シテは歩み出す 「さては
更科《サラシナ》の人にてましますかや　承り及びたる姨捨《オバステ》の　在所《ザイシヨ》はいづくのほどにて候ふぞ

大意　シテ「ねえねえ、あそこにいる旅人は何事をおっしゃっているのですか」　ワキ「不思議なことよ、山路があるとも思われぬ方角から、女性が一人現われて、我に言葉を掛けなさるのは、いかなる人でいらっしゃいますか」　シテ「私はこの更科の里の者ですが、今日は有名である八月十五日。日が暮れるのと先を争うかのように出る名月に、ことに照り添っている夕日影の天の原、かげりもない四方の気色であるよ。どんなにか今夜の月はすばらしいことだろう」　ワキ「それでは更科の里の方でいらっしゃいますか、聞いておりました姨捨のある所はどこのあたりでございますか」

「のうのう」は感動詞、人に呼び掛ける時に用いる。「山路も見えぬ方」は山路があるとも思われない方からいきなり女性が現われたこと」。「秋の半ば」十五夜のこと。「ことに照り添ふ」は夕日影が出た月に照り添っている。山路もないような所から一人の女性が現われた。言葉をかけると、更科の里のものだという。それでは姨捨山の月を見ようとやってきたので、姨捨山はどのあたりかと女性にたずねたのである。

「姨捨山《オバステヤマ》の亡《ナ》き跡《アト》と　問《ト》はせ給ふは心得《ココロエ》ぬ　へわが心なぐさめかねつ更科《サラシナ》や　姨捨山に照《テ》る月を見て」と　詠《ナガ》めし人の跡《アト》ならば　二ノ松に立ち　これに小高《コダカ》き桂《カツラ》の木の　正面に桂のある心で見つめ　蔭こそ昔の姨捨の　その亡《ナ》き跡《アト》にて候へとよ

大意　シテ「姨捨山のその跡と　問いなさるのは自明のこと故に心得がたい。〈私の心は鬱々として慰められない。あの更科にある　姨捨山に照る月を見ていると〉と　詠んだ人の跡ならばこれにある月に生えているという桂の木の　蔭こそ、昔の姨捨のその亡き跡でございますよ」「亡き跡」は宝生流、その他には「その跡」となっている。『古今和歌集』雑上、読人しらずの歌「わが心なぐさめかねつ更科や姨捨山に照る月を見て」がある。『古今和歌集』の歌を詠んだ人の跡ならばこの桂の木の蔭だという。「桂の木」は中国の伝説で、月の世界にあるという樹。『古今和歌集』秋上「久方の月の桂も秋はなほもみぢすればや照りまさるらん」また、『伊勢物語』七三「目には見て手にはとられぬ月のうちのかつらのごとき君にぞありける」などと詠まれている。『古今和歌集』の「わが心」の歌は、捨てられた老婆が、月の光を見ながら一人山の奥で泣いている。捨てるのは十五夜の夜。雪の夜、冬であるという。その伝説があるので、特に姨捨山の月は「慰めがたい月」と名所になっているのである。

同じく目をやって
ワキ〽さてはこの木《き》の蔭《かげ》にして　捨て置かれにし人の跡の　歩みながら　シテ〽そのまま土中《どちう》に埋《うづも》れ草《ぐさ》（刈・仮）か

ワキ〽昔語《むかしがた》りになりし人の　一ノ松に立ち　シテ〽なほ執心《しうしん》は残りけん　ワキ〽亡《な》りなる世とて今ははや

シテ〽物凄《ものすさ》ましきこの原の　ワキ〽風も身に沁《し》む　シテ〽秋の心き跡《あと》までもなにとやらん

大意　ワキ「それではこの木の蔭に、捨てて置かれた人の跡」　シテ「そのまま　土中に埋れてしまった草のようにはかない仮の世の中とはいえ今はもう」　ワキ「遠い昔話となってしまったあの捨てられた姥の」　シテ「執心はなお今も残っているのだろうか」　ワキ「亡き跡までも何といおうか」　シテ「ものすごいこの原の」　ワキ　「風も身にしむほどの」　シテ「秋の心であることよ」

昔、木の下に捨てられた姨の跡が今も残っている。「昔語り」は「わが心なぐさめかねつ」の歌をふまえている。「物凄まじき」は「秋の心・身にしむ風」などをさす。「秋の心」とは、「愁ひ」「慰めがたし」「憂し」などをいう。「ことごとに悲しかりけりむべしこそ秋の心を愁ひといひけれ」（千載集・藤原季通）などの歌がある。

〔上ゲ歌〕　地〽今とても　なぐさめかねつ更科《サラシナ》や　再び歩み出し　なぐさめかねつ更科や　姨捨山《オバステヤマ》の夕暮《イウグ》れに
（待・松）まつも桂《カツラ》も交《マ》じる木《キ》の　緑《ミドリ》も　常座に立ち正面遠く山を見つめ　残りて秋の葉の　はや色づくか一重《ヒトエ》山《ヤマ》　薄霧《ウスギリ》も立ちわたり　あたりを見廻す
風凄《スサ》ましく雲尽《ツ》きて　淋《サミ》しき山の気色《ケシキ》かな　淋《サミ》しき山の気色かな

大意　昔「わがこころなぐさめかねつ」と詠んだが　今も同様でなぐさめられない更科にある
なぐさめられない更科にある　姨捨山の夕暮れ時に　松の木も桂の木も交じり　緑も残ってい

て、秋の葉は　はやくも色づくか　幾重にも重なっていない一重の山に　薄霧も立ち渡って風凄まじく、雲も吹き払われて淋しい山の景色であるよ。淋しい山の景色であるよ。今も昔と同じようになぐさめがたい姨捨山の夕暮れの景色である。「緑」「まつ」は縁語。「一重山」は「幾重にも重なっていない山」。「風凄ましく雲尽きて」は「浮雲はつきやは払ふ更科や姨捨山の峰の秋風」（壬二集・藤原家隆）がある。

〔問答〕　ワキと向き合って シテ〽さてさて旅人《タビビト》はいづくよりいづかたへおん通り候ふぞ　ワキ〽さん候《ゾオロオ》これは都の者にて候ふが　はじめてこのところに来たりて候　シテ〽さては都の人にてましますかや

さあらばわらはも月とともに　現はれ出《イ》でて旅人《タビビト》の　夜遊《ヤイウ》を慰《ナグサ》め申すべし

大意　シテ「いやどうも、旅のお方は　どこからどちらへお通りですか」ワキ「はい、そうですね、私は都の者ですが、はじめてこの所に来ました」シテ「それでは都の方でいらっしゃいますか。それならば私も月の出とともに現われて旅のお方の夜遊びをお慰めいたしましょう」

ここではじめて、捨てられた姨が月の精となって旅人を慰める場面となる。「さて、さて」は「驚きあきれる時に発する語。なんとまあ。いやどうも」。シテの役は捨てられた姨が月の精となって出てくるという想定である。

ワキ〽そもや夜遊《ヤイウ》をなぐさめんとは　おん身はいかなる人やらん　シテ〽まことはわれは更科《サラシナ》の者　ワキ〽さて今はまたいづかたに　シテ〽すみか（住・住処）と言はんはこの山の　ワキ〽名にし負ひたる　シテ〽姨捨《ヲバステ》の

大意　ワキ「いったいぜんたい、夜の遊びを慰さめようとは、あなたは、どのような方でありましょう」　シテ「ほんとうは　私は更科の里の者」　ワキ「それでは、今はどちらにおいでですか」　シテ「住むかとお尋ねですか、住み処《か》というのはこの山で」　ワキ「この山の有名な名前の通りの」　シテ「姨捨の」

ここで夜遊をなぐさめようとやってきた姨が住まいを問われ、有名な姨捨山に住む者と名乗るのである。「そもや」は接続詞「そも」に助詞「や」をつけ意味を強調したもの「いったいぜんたい」の意。「夜遊」は「夜、遊び楽しむこと。夜、遊び歩くこと」の意。「やらん」は「にやあらむ」の詰ったもの。「に」が断定の助動詞、「や」疑問の助詞。「あらん」は助詞「あり」に推量の助動詞「らん」が付いたもの。「であろうか」の意となる。

〔上ゲ歌〕（常座で　正面を向き）地ヘそれと言はんも恥づかしや（面を伏せる）　それと言はんも恥づかしや（ワキはこの間に脇座に着座）　そのいにしへも捨てられて　ただひとりこの山に（正面の山をしかと見やり）　すむ（住・澄）月の名《ナ》の秋ごとに　執心《シウシン》の闇《ヤミ》を晴らさんと　今宵《コヨイ》現はれ出（ワキへ向い）でたりと　いふ《ウ》かげ（言・夕影）の木《コ》の本《モト》に　かき消すやうに失せにけり（常座で正面を向き消え失せた体で中入り）　かき消すやうに失せにけり

大意　地「その本人というのもお恥かしいことです。その本人というのもお恥しいことです。その昔にも捨てられて、ただ一人この山に　澄み渡る月の名の秋のように住んで、この世に心がひかれて離れられない闇を晴らそうと、今宵現われ出たのだ」といいながら夕影のさす木の本に　かき消すように姨は消えていった。かき消すように姨は消えていった。

ここで、姨はかつて捨てられた姨であること。この世に未練があって、秋の名月の夜にはこの世に現われでるのだという。「すむ月の」の「すむ」は「住」と「澄む」と掛詞、「月が澄むとこの山に住む」と二通り解釈する。「執心」は「ある事柄に心がひかれて、それから離れられないこと」「執心」を「闇」に譬えている。「闇」と「月」は縁語。「いふかげの」の「いふ」は「言ふ」と「夕影」と掛詞。「いう、夕影の」となる。

〔問答・語リ〕　アイが登場　姨捨の伝説を語る

〔上ゲ歌〕ワキ　ワキ連〽（着座のまま）夕蔭過ぐる月影《ツキカゲ》の　夕蔭過《イウカゲス》ぐる月影の　はや出《イ》で初《ソ》めて面白や　万里《バンリ》の空も隈《クマ》なくて　いづくの秋も隔《ヘダ》てなき　心も澄みて夜《ヨ》もすがら

大意　〔問答・語リ〕〔上ゲ歌〕ワキ・ワキ連「夕暮時も過ぎ、月が、夕暮時も過ぎ、月がはやくも出て情趣深いことよ。万里も続く空に隈もなく、どこにおいても秋は同じように澄んだ月が面白いが、打ち解けた私の心も澄んで、一晩中月を眺め昔の人を想おう」

夕暮も過ぎいよいよ月が出た。「秋も隔てなき」と「隔てなき心」を合わせている。

〔詠〕ワキ　ワキ連〽三五夜中《サンゴヤチウ》の新月《シンゲツ》の色《イロ》　二千里《ジセンリ》の外《ホカ》の故人《コジン》の心《ココロ》

【一声】で後ジテが登場　常座に立つ

〔□〕シテ〽（正面へ向き）あら面白《オモシロ》の折《オリ》からやな　あら面白の折《オリ》からや

大意　ワキ・ワキ連「八月十五日の夜の新しく出た月の清らかな色を見ると、二千里も遠く離れている友人の心が思いやられる」　シテ「あら、何と興趣のある折も折であることよ。あら何と興趣のある折であるよ」

「三五夜中新月色　二千里外故人心」白楽天『白氏文集』「八月十五夜　禁中対月」が出典。「このみやこ長安の八月十五夜の地平に姿をあらわしたばかりの月の色よ。ああ二千里のかなたのわがなつかしい友はこよい何を思うや」。「面白」は興趣深いなどの意。白楽天の漢詩を巧みに折り込んでいる。

〔サシ〕　シテ へ明《ア》けばまた秋の半《ナカ》ばも過ぎぬべし　今宵《コヨイ》の月の惜しきのみかは　さなきだに秋

待ちかねて類《タグ》ひなき　名をもちづきの見しだにも　(持・望月)　覚《オボ》えぬほどに隈《クマ》もなき　姨捨山《オバステヤマ》の秋の月

あまりに堪《タ》へぬ心とや　昔とだにも思はぬぞや　ワキへ向く

大意　シテ「夜が明けると秋はまだ半ばを過ぎてしまう。惜しいのは今宵の名月だけであろうか、いやそうではないのだ。そうでなくてさえ秋を待ちかねていたが、今このようなくらべるものがない望月の名を持つ八月十五夜の月の、いまだかつて見たこともないような隈なく澄みわたる姨捨山の秋の月である。あまりにも感動的で興奮を押えきれないことであるよ。その昔のことだとばかりは思えないことだ」

「あけば又」のくだりについては

後京極摂政・左大将に侍りける時月の五十首の歌よみ侍りけるによめる　権中納言定家

あけば又秋の半も過ぎぬべし傾ぶく月の惜しきのみかは

（新勅撰和歌集　二六一）

（夜が）明ければまた秋の半ばも過ぎてしまうであろう。傾く月が惜しいということだけであろうか、それだけではない。移りゆく月日も惜しまれることよ。

となる。定家の歌の四句「傾ぶく月の」を「今宵の月の」とかえている。この謡曲の筋にそうように少しだけ変えているのである。「類ひなき」については、関白前左大臣良基の連歌に

八月十五夜に

たぐひなき名をもち月のこよひかな

（菟玖波集　巻二十　発句　岩波古典文学大系一六六）

較べるものもなく名高い仲秋の名月という名をもつ、望月、十五夜の満月が明るく輝いている今夜である。

となり「もち月」が名を「持つ」と「望月」と掛詞である。「こよひかな」が「見しだにも」とかえてある。

「覚えぬほど」は「心に思い浮かべられない」の意であろう。

「あまりに堪へぬ」は「余りにもすばらしくて堪えられない」の意となろう。「昔とだにも思は

ぬぞや」は「その昔がまるで今のように思われることである。」の意である。

〔掛ケ合〕　ワキ（シテへ向き）へ不思議やな影《カゲ》も照《テ》り添《ソ》ふ月の夜《ヨ》に　白衣《ハクエ》の女人現《ニヨニンアラ》はれ給ふは　夢か現《ウツツ》かおぼつかな

シテ（ワキへ向き）へ夢とはなどやいふ《ウ》ぐれに（言・夕影）　現はれ出でし老《オ》いの姿　恥づかしながら来たりたり

ワキへ何をかつつみ給ふらん　もとより所も姨捨《オバステ》の　シテへ山は老女《ロオジョ》が住み所《ドコロ》の

「昔に返る秋の夜《ヨ》の　シテへ月の友人円居《トモビトマトイ》して　ワキへ草を敷き　シテへ花におき臥《フ》す袖の（置・起）

露の　シテ ワキへさもいろいろの（向合って）夜遊《ヤイウ》の人《ヒト》に　いつ馴《ナ》れ初《ソ》めて現《ウツツ》なや

大意　ワキ「不思議なことよ光も照り加わっている月の夜に　白衣の女の人が現われなさったことは、夢か現実か定かではない」　シテ「夢とはどうして言えようか、夕暮に現われ出た老いの姿。気おくれしながらやって来た」　ワキ「何をつつみ隠すことがあろうか、もともと所も姨捨の　山の老女が住んでいる所」　ワキ「今ここに昔が返ってきて秋の夜の」　シテ「月を友として遊興の座にあって」　ワキ「草を敷き」　シテ「花に起き臥し、袖に置く露のように」　ワキ「種々の夜遊を共にする人に、いつの間にか馴れ初めて夢ごこちであるよ」　月の美しい夜に現れ出た老女。夢か現か。老女の住む所も姨捨山である。月見の客がいると現れ出て共に遊ぶのである。この少しの所に「草」「花」また「草」「置く」「袖」「露」などの縁語が用いられている。文章のテクニックがすばらしい。

〔上ゲ歌〕（正面へ向き）地 盛《サカ》り更《フ》けたる女郎花《ジョロオカ》の　盛り更けたる女郎花《ジョロオカ》の　草衣《クサゴロモ》しほたれて（正面先へ出）　昔だに　捨てられしほどの身を知らで（遠くを見やり）　また姨捨の山に出でて　面《オモテ》をさらしなの（曝・更科）　月に見ゆるも恥づかし（月にさらされた面を伏せ）や　よしや　なにごとも夢の世の（中・）　なかなか言はじ思はじや（常座へ回り）　思ひ草花《グサハナ》に愛《メ》で　月に染《ソ》みて明（月を見上げる）かさん

大意　地「盛りの過ぎた女郎花のような老女　盛りの過ぎた女郎花のような老女、世を捨てた人の衣である草衣も雨や露にぬれてしずくがたれ、昔でさえ捨てられてしまったくらいの、自分の身の上の程もわきまえずに、また姨捨の山に出てきて、顔を曝す更科の月に見られるのが恥かしいことよ。ええままよ。何事につけてもこの世は夢のようにはかないものだから、かえってそんなことは言うまい思うまいよ。思い草を愛でて、月の光を浴びて明かそう」

「盛り更けたる」は盛りすぎた意。「女郎花」は秋の七草の一つである。歌では多くの女性にたとえている。「草衣」は世を捨てた人の着る衣の意。「面をさらしなの」は「曝す」「更科」と掛詞。「よしや」は「ままよ。どうなろうとも、まあまあ」などの意。「思ひ草」は物思いをするように見える草。ナンバンギセルの古名。リンドウ・ツユクサ・オミナエシなどにも用いる。

〔クリ〕 地〽（真中へ進み）げにや興《キョオ》に引かれて来たり　興尽《キョオツ》きて帰りしも　今の折かと知られたる　今宵《コヨイ》の空の気色《ケシキ》かな

大意　地「実際に興に引かれてやってきた。見終えて興もつきたので帰る。これがちょうど今の折と思われる。今宵の空の気色であるよ」

王子猷が月夜に戴安道を尋ねた時の故事をふまえるという。

〔サシ〕 地〽（真中に立ったまま）しかるに月の名所《ナドコロ》　いづくはあれど更科《サラシナ》や　姨捨山《オバステヤマ》の曇りなき　一輪満《イチリンミ》てる清光《セイコオ》の影《カゲ》　団々《ダンダン》として海嶠《カイキヨオ》を離《ハナ》る　しかれば諸仏《ショブツ》のおん誓《チカ》ひ　いづれ勝劣《ショオレツ》なけれども　超世《チヨオセ》の悲願《ヒガン》　あまねき影《カゲミ》弥陀《ダ》光明《コオミヨオ》に如《シ》くはなし

大意　「そうであるので月の名所は多いなかでも、特別に更科の里の姨捨山の曇りのない満月の清らかに冴えた光が丸く岬を離れてゆく。であるから諸仏の衆生済度の誓願と優劣はないが、超世の悲願を立てた阿弥陀如来の光明以上のものはない」

「しかるに」は「そうであるのに、それなのに、そういうことであるなら」などの意。「月の名所いづくはあれど」は「みちのくはいづくはあれどしほがまの浦こぐ舟のつなでかなしも（古今和歌集　一〇八八）」の一部を引用している。「一輪」は「明月の称」。「清光」は「清らかな光、特に月の冴えた光のこと」である。「団々」は「まるいさま」。また謡曲「三井寺」に「団々として海嶠を離れ」の例があり、そこから引用している。「海嶠」は「岬」のこと。「諸仏のおん誓ひ」は「諸仏の衆生（しゅじょう）を救おうとする誓願」、「済度の誓願」ともいう。「済度」とは「法を説いて人々を迷いから解放し悟りを開かせる」ことである。「超世の悲願」は「（他の諸仏菩薩の悲願にくらべて超絶しているからいう）阿弥陀の四十八願」などここに仏教的な事柄が語られて、月のありがたさを言っていると思える。（いずれにしても難しい。）

〔クセ〕　真中に立ったまま
地へさるほどに　三光西《サンコオニシ》に行くことは　衆生《シユジヨオ》をして西方《サイホオ》に　勧《スス》め入れんがためとかや
以下謡に合せて舞う
月はかの如来《ニヨライ》の　右《ミギ》の脇侍《キヨオジ》として　有縁《ウエンノ》をここに導《ミチビ》き　重き罪《ツミ》を軽《カロ》んずる　無上《ムジヨオ》の力《チカラ》を得《ウ》る
ゆゑに　大勢至《ダイセイシ》とは号《ゴオ》すとか　天冠《テンガン》の間《アイダ》に　花の光かがやき　右手の扇を上げて頭を指し　玉《タマ》の台《ウテナ》の数《カズ》かずに　他方《タホオ》の浄　舞台を大きく回り
土を現はす

大意　地「そうしているうちに　日月星の三光が東から西に行くのは、生きとし生ける者をして西方極楽浄土に勧誘するためであるとかいうことだ。月はあの本来の姿は大勢至菩薩で、阿弥陀如来の右の脇侍仏（仏の左右に侍して衆生教化を助けるもの）として大勢至菩薩をここに導いて、重い罪を軽くする。この上ない力を得るゆえに、大勢至と号するとか。仏像のかぶった宝冠の間には花が光かがやき宝石の台の数々には十方諸仏の浄妙国土の浄土を現わしている」「三光」は「日月星の称」。日も月も星も東から西の方角にゆくということは、西の方角に「西方極楽浄土」があって、生きているものすべてをそちらに導くということである。中でも月は阿弥陀如来の右の侍仏である。左は観世音菩薩という。また『観無量寿経』の中に「大勢至菩薩……有縁衆生、皆悉得見、以二智慧光一、普照二一切一」とある。「天冠」は「仏像や天人のかぶった宝冠」のこと。『観無量寿経』に「此菩薩天冠有二五百宝蓮花一」とある。このくだりは経典の中の内容を自在に駆使して月のありがたさをより強調しているように思える。

玉珠楼《ギヨクシユロオ》の風《カゼ》の音《オト》　糸竹《シチク》の調《シラメ》とりどりに　心ひかるる方《カタ》もあり　蓮色々《ハチイロイロ》に咲きまじる　宝の池の　扇で池辺を指し向し
ほとりに　立つや　なみきの花散りて（波・並木）　芬芳《フンポオ》しきりに乱れたり　真中へ出て　広げた扇を高く上げつつ　シテ へ迦陵頻伽《カリヨオビンガ》の類《タグ》ひなき
地 へ声をたぐへてもろともに　孔雀鸚鵡《クジヤクオオム》の同じく　囀《サエズ》る鳥《トリ》のおのづから（尾・自ら）　光《ヒカリ》も影《カゲ》もおし並《ナ》め

て　（舞台を回って）到らぬ隈もなければ　無辺光《ムヘンコオ》とは名づけたり　しかれども雲月《ウンゲツ》の　（扇をかざし）ある時は影《カゲ》満ち　（扇で面を隠し）また
ある時は影欠《カ》くる　有為《ウイ》　転変《テンペン》の世の中の　（舞台を回って）定めのなきを示すなり（真中に立つ）

〔一セイ〕　シテヘ昔恋しき夜遊《ヤイウ》の袖《ソデ》

【序ノ舞】

〔ワカ〕　（常座で扇を高く上げつつ）シテヘわが心　なぐさめかねつ更科《サラシナ》や　地ヘ姨捨山《ヲバステヤマ》に　照る月を見て　照る月を見て

大意　玉珠楼に吹く風の音は箏・琵琶などの弦楽器と笙・笛などの管楽器の音律の調子がとりどりで、心が引きつけられるところがある。蓮の花がいろいろの色彩で咲きまじり、宝の池のほとりに立つやいなや波が打ち寄せるように並木の花が散って、よい香りがしきりに立ち乱れている。極楽に住むという鳥の類を見ない美しい声をそえてもろともに、孔雀や鸚鵡も同様に、囀る鳥もおのずから、光も影も押し並べて、行き届かないすみもないので十方世界をくまなく照らす阿弥陀様の光明を無辺光と名付けたのである。そうはいっても雲間の月がある時は満ちまたある時は月が欠けるようにうつろいやすくはかない世の中の無常であることを示しているのである。

「玉珠楼」は『浄業和讃』には「玉珠楼ニノボリテハ、ハルカニ他方界ヲミル」とある。また「宝楼閣」と同意かともある。いずれにしても「楼」の名前。「糸竹の調」は「糸」は「箏・琵琶などの弦楽器」で「竹」は「笙・笛などの管楽器」のことである。音楽・管弦などをいう。さまざまな天の音楽が演奏されることである。「心ひかるる」の「ひかる」は楽の弾奏と、心が魅かれることを言いかけている。「蓮」とは「ハチ」と仮名が付けられているが「ハチス」とも言うので納得できる。スイレン科の多年草。仏教との関わりが深く、寺院の池などに栽培されている。夏に白色・紅色・桃色などいろいろの花を咲かせる。「宝の池」は「極楽浄土にある八功徳池」という。「八功徳水」と同じであろう。「はっくどくすい」は「八つの功徳を具えた水」ということなので「水」が「池」にかわっている。「立つやなみ木の」は「波・並木」といいかけている。「芬芳」は「よい香り」。「迦陵頻伽」は仏教で「雪山または極楽にいるという想像上の鳥」のこと。すばらしい鳴き声を持つといわれていることから仏の音色の形容ともなる。孔雀・鸚鵡も同様という。「鳥のおのづから」は「鳥の尾と自ら」といいかけている。「無辺光」とは「十二光の一。十方世界をくまなく照らす阿弥陀の光明をいう」。また、「即見二十方無量諸仏浄妙光明一」、是故号二此菩薩一名二無辺光一」と『観無量寿経』にある。ここまでが浄土世界のえも言われぬ美しさを表現しているところである。「雲月」は「雲間の月」のこと。「有為転変」は仏教用語、「この世の中は因縁によって仮にできているから、移り変ることはあっても、少しも一定の状態にはなっていないこと」、また「世事の移り変りやすいこと」である。ここは浄土の様子を美しく表現している。

〔ワカ受け〕　（逍遥しつつ）シテ〽月に馴れ　花に戯《タワム》るる秋草《アキクサ》の

〔ノリ地〕　シテ〽露の間《マ》に　地〽露の間に　なかなかなにしに　現はれて　胡蝶《コチヨオ》の遊《アソ》び　シテ〽戯《タワム》るる舞の袖（左袖を頭上に返し）　地〽返せや返せ　シテ〽昔の秋を　地〽思ひ出でたる　妄執《モオシウ》の心　やる方《カタ》もなき　今宵《コヨイ》の秋風《アキカゼ》　身にしみじみと（深く面を伏せ（沁・）しみじみと秋に耐える心）　恋しきは昔　偲《シノ》ばしきは閻浮《エンブ》の　秋よ友よと　思ひ居《オ》れば

大意　シテ「月となじみになり、花と遊び興ずる秋草のように少しの間になまじっかなぜ現われて、胡蝶となって舞い戯れ袖をひるがえし、昔の秋をとり戻し、思い出した心の迷いを晴らす術もない今夜の秋風が身にしみじみと恋しいのは昔のこと、偲ばれてならないのは人間世界の秋よ、友よと思っていると」

「花」と「秋草」は縁語、「露」にかかる序。「なかなか」は「なまじっか、それぐらいならばいっそのこと」などの意。「胡蝶の遊び」は胡蝶が舞う様子を荘周という人が夢の中で胡蝶となって百年の間我を忘れて花に戯れ遊んだという故事（『荘子』）をふまえている。「返せや返せ」は「袖」と「昔」を「返せ」となり「夜もすがら月こそ袖に宿りけれ昔の秋を思ひ出づれば」（『新古今和歌集』雑歌上　一五三三）この歌の大意は「月を眺めて昔の秋のことを色々思い出していると懐旧の涙が袖に落ち、その涙に終夜月のかげが映っている」（岩波『日本古典文学大系』）と歌の意味をほとんどそのまま引用している。「やる方もなき」は「心を晴らす方法もない」の意。「今宵の秋風、身にしみじみ」は「秋風が身にしみる」と「しみじみと秋に耐えている」の掛詞となっている。「閻浮」は「閻浮提《えんぶだい》」で「仏教の世界説で、須弥山の南方にあるとされる島。人間の住む世界。」

〔歌〕　空を見上げ
地へ夜もすでに白々《シラシラ》と　はやあさまにもなりぬれば（朝・浅ま）　われも見えず　旅人も帰る跡に
ワキとワキ連は立って退場　シテは見送る
真中で安座し　涙を押え
シテへひとり捨てられて老女《ロオジョ》が　地へ昔こそあらめ今もまた　姨捨山《オバステヤマ》とぞなりにける　姨捨山となりにける
立って常座へ行き　留める

大意　早くも朝になってしまったので、あたりの様子がはっきりとしてきたので、私の姿も見えなくなり、旅人も帰ってしまった跡に、一人捨てられた老女が、昔こそいかにも捨てられた身ではあったが、今もまた、捨てられた身となってしまって、すべてが消えたあとには、姨捨山だけとなってしまった。姨捨山だけとなってしまった。
「あさま」は「朝・浅ま」で意味は「奥深くないこと、あらわなこと」から「朝になったこと」、ワキとワキ連れが退場するのをシテが見送る場面である。一人とり残されたシテ（捨てられた姨）も、あたりが明るくなって見えなくなってしまった。そこにあるのは姨捨山だけとなってしまった。

美しい月の光にさそわれて、都の男が同行者と共に姨捨山に来た。そこで満月を見ていると里の女（前シテ）が現われ、姨捨山の旧跡を話す。夜遊を慰めようと言って昔捨てられた老女の亡霊（後シテ）があらわれる。明るくなってすべて消えて姨捨山だけが残った。老女は月の精となって現われたのである。

―完―

参考文献

『新勅撰和歌集全釈』神作光一・長谷川哲夫著　風間書房
私家集注釈叢書『能因集注釈』川村晃生著　日本古典文学会
『新編国歌大観』一〜十巻　角川書店
西沢茂二郎『姥捨山―故実と文学』　信濃路
工藤茂『姨捨の系譜』　おうふう
日本古典文学大系　岩波書店
〃　『今昔物語集』
〃　『大和物語』
〃　『更級日記』
〃　『枕草子』
〃　『新古今和歌集』
〃　『古今和歌集』
『日本お伽集(1)』平凡社
『日本の民話10信濃・越中篇』　未来社

『日本昔ばなし』斎藤チヨ　すずき出版
『昔話十二ヶ月』松谷みよ子編　講談社文庫
『遠野の昔話』佐々木徳夫編　ぎょうせい
『日本の民話』瀬川拓男・松谷みよ子編　角川書店
『世界の民話』日本民話の会編　講談社
『和歌文学大辞典』明治書院
『蕪村全句集』藤田真一・清登典子編　おうふう
『一茶全集』一巻　発句　信濃教育会編・信濃毎日新聞社
深沢七郎著『楢山節考』日本の文学　中央公論社
柳田國男著『親棄山』　定本柳田國男集第二十一巻　筑摩書房
太宰治著『姥捨』日本の文学　中央公論社
小池真理子著『姥捨ての街』　集英社
村田喜代子著『蕨野行』　文芸春秋社
里見弴著『姥捨』　東京出版
山本昌代著『デンデラ野』　河出書房新社
井上靖著『姨捨・蘆』井上靖小説全集11　新潮社

堀辰雄著『姨捨』日本の文学42　中央公論社
水上勉著『じじばばの記』『三条木屋町通り』より　中央公論社
佐藤友哉著『デンデラ』　新潮社
佐伯泰英著『姥捨ノ郷』　双葉社
新藤兼人著『現代姥捨考』　岩波書店　同時代ライブラリー
『謡曲全集　姥捨』
「信州姨捨山縁起」長楽寺

あとがき

この本は第十四歌集『草苧麻』、エッセイ集『秋山草』につぐ歌書です。平成十年一月号より平成二十三年十月号まで一六六回にわたり「花實」に連載させていただいたものを、ここで纏めました。そもそも歌枕「姨捨」を書くことになったのは図書館の講座で文学散歩の引率をした時、資料を作らねばならず「姨捨」に関する歌を調べたのが切っ掛けでした。また、たまたま一つの連載が終わって探していたところでもありました。少し調べてあったので書いてみることにしました。子供の頃のお伽噺の世界から、小説、短歌、俳句の世界まで、広く取り上げられている素材です。主に短歌の世界を中心に書いてゆきました。『新編国歌大観』によりました。「姨捨」の話は外国にもある由、平野耿氏（平野宣紀先生ご子息）も教えて下さり、いろいろな方から教えていただきました。高校にて国語の教師をしてはおりましたが、注釈書なしで短歌の大意をつかむのに苦労しました。一つの歌に二日も三日もかかり頭から離れず、ふっと思いついた時の嬉しさは格別なものでした。広い知識を必要としました。私なりに考察はしましたが、途方も無い考えかもしれません。どうにも解けない時には神作光一、高久茂両先生のご教示をいただきました。そして何とか続けているうちに一六六回にもなってしまいました。

調べているうちに次々におもしろい事柄、知らなかった和歌の世界が広がってきました。研究者にとってはこの醍醐味が堪えられないのだろうと思います。私も少しだけ味わえました。調べる事のおもしろさ、勉強のおもしろさ、達成感も少しだけ味わえました。

ここで喜寿を迎えますので神作先生の勧めもあり出版することにしました。内容については恥ずかしいかぎりです。

最後になりましたが、神作光一、高久茂、稲村恒次、西川修子、石川勝利の諸氏、「花實」「十月会」「埼玉歌人会」の理事の皆さん、校正を手伝って下さった中村美代子さん、私を支えて下さる「花實」鳩山支部の皆さんに、また出版にあたりお世話下さいました現代短歌社の道具武志社長、今泉洋子さんに深く感謝申し上げます。

平成二十四年八月

利根川　発

著者略歴

昭和10年10月28日生れ
昭和30年７月　「花實」入会
昭和33年３月　東洋大学文学部国文科卒業
平成８年３月　38年間の教員生活退職
平成８年４月　埼玉県歌人会理事
平成23年１月　花實編集発行人
著書　歌集『土の音』『礫場』『雪魄』『休戚』『寂焉集』『利根川発歌集』『続寂焉集』『雪君』『雪骨』『六花』『丘を吹く風』『春茱萸』『御衣黄』『草苧麻』エッセイ集『秋山草』
所属　「花實」「日本歌人クラブ」「十月会」「柴舟会」「埼玉県歌人会」「現代歌人協会」

文学の中の姨捨　花實叢書第146篇

平成25年２月４日　発行

著　者　利根川　発
〒350-0303 埼玉県比企郡鳩山町熊井839
電話・ファックス 049-296-3524

発行人　道具武志
印　刷　㈱キャップス
発行所　現代短歌社
〒113-0033 東京都文京区本郷1-35-26
振替口座　00160-5-290969
電　話　03（5804）7100

定価3500円（本体3333円＋税）
ISBN978-4-906846-31-3 C0092 ¥3333E